UTA-MARIA HEIM

TOSKANISCHES BLUT

UTA-MARIA HEIM

TOSKANISCHES BLUT

Kriminalroman

GMEINER SPANNUNG

Bisherige Veröffentlichungen im Gmeiner-Verlag:
Toskanisches Feuer (2018), Toskanische Beichte (2017), Feierabend (2011), Totenkuss (2010), Wespennest (2009), Das Rattenprinzip (2008), Totschweigen (2007), Dreckskind (2006)

Personen und Handlung sind frei erfunden.
Ähnlichkeiten mit lebenden oder toten Personen sind rein zufällig und nicht beabsichtigt.

Besuchen Sie uns im Internet:
www.gmeiner-verlag.de

Im Ehnried 5, 88605 Meßkirch
Telefon 07575/2095-0
info@gmeiner-verlag.de

1. Auflage 2019

Lektorat: Claudia Senghaas, Kirchardt
Herstellung: Julia Franze
Umschlaggestaltung: U.O.R.G. Lutz Eberle, Stuttgart
unter Verwendung eines Fotos von: © Peter A. Schmidt
Druck: GGP Media GmbH, Pößneck
Printed in Germany
ISBN 978-3-8392-2488-5

In memoriam Leonardo da Vinci (1452–1519),
zu seinem 500. Todestag

Für Ute

The world is teeming: anything can happen.

John Cage, Silence. Lectures and Writings,
zit. nach Paul Auster, 4 3 2 1

Wenn du dir irgendwas lang genug vorstellst, beginnt es zu existieren.

Elise Wilk, Die grüne Katze

Wie die Geschichte endet, ist bloß das, woran man sich am ehesten erinnert.

Fredrik Sjöberg, Vom Aufhören. Über die Flüchtigkeit
des Ruhms und den Umgang mit dem Scheitern

Der Sarg war aus braunem Holz und hatte seitlich ein Sichtfenster. Er sah aus, als sei er seit Jahren nicht mehr sauber gemacht worden. María del Rosario García Díaz wischte mit einem feuchten Lappen über den Sockel, den sie in mildes Seifenwasser getaucht und gut ausgewrungen hatte. Mit einer weichen Bürste schrubbte sie den Staub aus den Reliefs. Als sie das geschafft hatte, taten ihr die Knie weh. Trotzdem putzte sie weiter und trug, nachdem sie endlich fertig war, eine Holzpolitur auf. Als sie den Glasreiniger auf das erleuchtete Sichtfenster sprühte, sah sie, dass drinnen beim Leichnam eine Maus war. Ein winziges Mäuschen, noch jung vermutlich, es wuselte unter den Beinen hindurch und verschwand hinter den Nägeln im Lendenschutz. María del Rosario García Díaz fragte sich, wie das Tier in den Sarg gelangt war. Sie hatte kein Loch entdeckt. Wahrscheinlich gab es eins an der Unterseite oder hinten an der Wand. Sie besaß keinen Schlüssel für den Sarg, obwohl er von Zeit zu Zeit geöffnet werden musste, um die Glühbirnen auszutauschen. Sie wusste auch nicht, wer einen hatte. Die Basilica di Santa Maria Novella war noch geschlossen, aber vom Wachpersonal war immer jemand anwesend. Sie lief durch das Mittelschiff und stieß unter einem Spitzbogen auf Xiaopàng Cheng, einen kleinen dicken Chinesen. Seine Securityuniform saß stramm wie ein Mao-Anzug, und sein fettig glänzendes, üppiges Haupthaar spaltete ein schnurgerader Scheitel. Er trug eine Brille, die seine Augen fast zum Verschwinden brachte.

»No problem, Ari«, sagte er, nachdem sie ihm die Sache geschildert hatte. »I'll do it myself. Lass mich nur machen.«

María del Rosario García Díaz, die aus Mexiko kam und vom Staff Ari genannt wurde, sprach mit Cheng nur Englisch. Er konnte kaum Italienisch, und sein Englisch war noch schlechter als ihres. Sie fragte sich, warum man ihn eingestellt hatte. Vermutlich war der Job so mies bezahlt, dass keiner, der sich verständigen konnte, bereit war, ihn zu machen. Oder Cheng stellte sich dumm. Ari traute ihm nicht. Sie glaubte auch nicht, dass er die Maus retten konnte oder wollte. Ari nahm das Telefonino und googelte. Die Maus war das erste Tier im chinesischen Tierkreis. Sie bedeutete Reichtum, Geiz und Dämonie.

Ari ging zum Sarg zurück und putzte die Scheibe. Da sah sie, dass es ohne Schlüssel funktionierte. Der Rahmen saß oben und unten auf einer Schiene. Mit etwas Druck konnte man das Glas zur Seite schieben und den Sarg aufmachen.

Der Leichnam schimmerte im Licht. Ari langte hinein und berührte die nackten Lenden. Der Schurz saß sehr tief. Sie strich über Bauchnabel und Brustwarze, wagte aber nicht, das Wundmal an seiner Seite anzufassen. Das Blut war grau und die Farbe musste erneuert werden. Sie klopfte ihm sacht auf die Schulter. Es klang hohl. Vermutlich war er aus Holz. Sie streckte den Kopf hinein und küsste ihn auf die Wange. Sein Blick blieb starr, aber er bewegte die Lippen. Er sagte: »¡Caramba!«

Ari bekreuzigte sich. »Jesús«, sagte sie.

Dann fing sie die Maus, die sich zitternd in der Hand des Erlösers verbarg.

1

Am Abend vor Heiligabend saß Giulia Franca an ihrem Küchentisch und stierte auf ein leeres Blatt Papier. Sie war vor wenigen Tagen umgezogen in die Via Guelfa, Ecke Via de' Ginori, in ein Zweizimmerappartement in einem ehemaligen Kloster in der Altstadt, mitten im San-Lorenzo-Viertel. Und hatte sich hinreißen lassen, ihre alte Familie einzuladen, die als solche schon lange nicht mehr existierte: Tommaso, ihren Exmann, die beiden erwachsenen Söhne Diego und Simone. So etwas hatte es ewig nicht mehr gegeben. Aber alle drei hatten zugesagt, sie wollten jeweils ihren Anhang mitbringen. Wobei Tommaso sogar neue Kinder hatte und es bei Simone ein Mann war: Er hatte offenbar die Gene der Großmutter geerbt. Giulia hatte keinen neuen Mann, aber dafür einen kleinen Kater: Carlo. Carlo hatte ein schwarzes Fell mit weißen Pfötchen und eine zweifarbige Nase, rot-schwarz, das Geruchsorgan eines Anarchisten.

Carlo schlief auf dem Sofa. Die Küche ging direkt in den Wohnbereich über, der Raum war großzügig und offen. Hohe Decken, undichte, riesige Fenster. Es war kalt und zog Tag und Nacht. Giulia hatte sich einen Schal um die Schultern gelegt. Sie trank ein Glas Vernaccia und überlegte sich ein Menü. Auf dem Tisch brannte eine Kerze. Sie würden zu neunt sein. Die beiden Kinder waren noch klein und würden am liebsten Pasta mit Pesto essen. Diego war wahrscheinlich immer noch Vegetarier. Simone war von jeher ein schlechter Esser gewesen, wobei er Fleisch bevorzugte und Gemüse hasste. Das hätte eigentlich eher zu Diego gepasst. Tommaso war sehr wählerisch. Er reagierte allergisch auf alles Mögliche und hatte erklärt, seine Ehefrau werde den Nachtisch mitbringen.

Gebackene Oliven, schrieb Giulia auf ihren Zettel, Peperonata, Blumenkohl, Linsen, ungesalzenes Brot. Diverse Schinken. Salami. Mortadella. Kutteln. Spaghetti. Frisches Pesto verde. Kalbfleisch. Salat. Kartoffeln. Käse. Panettone. Und Wein.

Es war alles ganz einfach. Kaffee war genug da. Sie musste nur zum Mercato Centrale di San Lorenzo gehen. Auf dem Tisch lag die Lichterkette, die Giulia geschenkt bekommen hatte. Sie wollte sie über dem Fenster befestigen. Da sah sie, im gegenüberliegenden Fenster hinter dem Kreuzgang, keine 20 Meter entfernt, wie eine Frau geschlagen wurde. Sie bekam im Stehen von einem Mann eine Ohrfeige. Giulia wohnte erst ein paar Tage in dem Haus, sie kannte niemanden. Auch dieses Paar nicht. Denn es musste ein Paar sein.

Es gab keine Vorhänge, und die Räume waren hell erleuchtet. Giulia blies die Kerze aus und löschte das Licht. Sie hätte die Fensterläden schließen können, aber sie blieb einfach mitten im Zimmer stehen und blickte gebannt hinüber. Das Paar befand sich in einer Küche, beide waren braunhaarig und noch jung, aber schon nicht mehr ganz schlank. Giulia wunderte sich, dass sie das als Erstes registrierte. Erst dann nahm sie wahr, dass die Frau ihre Arme in einer Abwehrhaltung vor dem Gesicht hielt. Sie verfolgte, wie der Mann schrie und auf sie eindreschen wollte, dann aber innehielt. Stocksteif standen die beiden da. Dann ließ die Frau ihre Arme sinken und wandte sich ab. Der Mann trat von hinten auf sie zu, legte ihr die Hand auf die Schulter, sie drehte sich zu ihm um, packte ihn am Handgelenk, wischte sich mit der anderen Hand ein paar Tränen weg, lächelte. Er versuchte, sie zu umarmen.

Giulia nahm ihr Glas und legte sich auf das Sofa. Sie sagte sich, dass sie das nichts anging. Gleichzeitig zogen Bilder an ihr vorbei. Bilder ihres eigenen Lebens. Tommaso hatte sie nie geschlagen.

Es war über 20 Jahre her, doch die Szene hatte nichts von ihrer Kraft verloren. Tommaso war mit seinem Rennrad gestürzt und hatte sich ein paar Verletzungen zugefügt. Es war ein Unfall, bei dem er leicht hätte tot sein können. Giulia dachte damals, dass es besser gewesen wäre.

Das war etwas, über das sie nie mit jemandem sprechen konnte. Sie hatte Tommaso gepflegt, aber er hatte sich nicht pflegen lassen.

Giulia fischte im Dunkeln nach ihrem Telefonino und drückte eine Nummer.

»Ich habe eben an dich gedacht«, sagte Fischer, »ich sehe, dass du es bist.«

»Wie geht es?«, fragte Giulia.

»Mäßig, kein Hochamt, dafür die Mühen der Ebene.«

Er klang vertraut. »Wie lang ist es her?«

»Eine Weile.«

»Ich bin eben Zeugin einer Gewalttat geworden. Na ja, nur eine Handgreiflichkeit.«

Es war ein Schock. Nach der Trennung war sie monate-, vielleicht jahrelang wie betäubt gewesen. Sie hatte sich gesagt, dass es anderen genauso ging. Daran konnte sie sich noch entsinnen. Sonst hatte sie das meiste vergessen, was damals passiert war. Die beiden Söhne waren noch klein gewesen. Diego war gerade in die Schule gekommen, Simone ging in den Kindergarten. Giulias Erinnerung nach hatten sie vorwiegend bei ihr gelebt, aber sie konnte sich irren, und man hatte sich die Verantwortung geteilt. Sie hatte sich die Zeiten, wo wer bei wem war, nicht aufgeschrieben. Auch nicht, wer was bezahlt hatte. Oder wann welche Urlaube stattfanden. Es gab nicht einmal Bilder. Es war nichts aufgehoben. Auch die Briefe nicht, die Mails, die es gegeben haben musste. Es war alles gelöscht, von der Festplatte eines Laptops, der längst verschrottet war, aus dem Gedächtnis.

Sie hatte funktioniert. Sie musste ja funktioniert haben. Wie sonst sollte es gegangen sein. Die beiden Söhne schafften ihre Schulkarriere und wuchsen heran. Giulia hatte zu beiden ein herzliches, liebevolles, zärtliches, aufopferndes Verhältnis gepflegt. Beide waren auf ihre Art auffällig und bedürftig, und sie hatte sie gehätschelt. Der zweite Schock kam, als sie aus dem Haus gingen. Sie meldeten sich nicht mehr, oder kaum noch. Jeder auf die ihm eigene Weise.

Giulia sagte sich, dass Leben so ging. Dass irgendwann keiner mehr dem andern in die Augen blicken konnte. Dabei waren die Söhne von ihr abgenabelt worden. Das spielte aber keine Rolle mehr. Man musste neue Felder suchen, sich neue Ziele stecken. Wie bitter. Und unausweichlich. Giulia ging das an. Sie steckte Felder ab, wurde beruflich erfolgreich.

Sie erinnerte sich an einen Tag, an dem Diego mit einer Schramme im Gesicht nach Hause kam. Er war ein kompakter kleiner Kerl, ein Raufbold, und sie packte ein Pflaster darauf. Er wollte aber nicht reden. Er verschwieg ihr, wer ihm das zugefügt hatte. Sie musste sich darauf besinnen, dass er ein Recht darauf hatte, es für sich zu behalten. Und sich damit abfinden, dass sie trotz der beiden Söhne allein blieb. Simone war anschmiegsamer. Aber nur scheinbar. Er hütete und verbarg alles, was ihn anging. Sogar seine Socken. Wenn sie ein Loch hatten, warf er sie in den Müll. Er bat sie nie, sie zu stopfen. Obwohl sie das konnte. Und manchmal war es sinnvoll und sparte Geld.

Sparen musste sie auch. Wobei das irgendwann aufhörte. Die Schulden wurden so groß, die Unwägbarkeiten, dass ein Paar Socken egal war. Tommaso hatte sie sicherlich unterstützt. Ganz bestimmt. Das konnte man in den Kontoauszügen nachsehen.

Es war ein Leben in Entfremdung. Und eigentlich sehr lange her, wenn man von den letzten Jahren absah. Denn das Studium der Söhne währte ja noch nicht sehr lang. Zwei Jahre, fünf Jahre? Davor war Pubertät gewesen, schier endlose Pubertät.

Laken, die gewaschen werden mussten. Die Söhne hatten nie ein Problem damit gehabt, dass Giulia das Bettzeug abzog. Ob sie Sex miteinander gehabt hatten? Vermutlich hatten sie das. Brüder hatten immer Sex miteinander. Zumindest onanierten sie gemeinsam, wenn sie zehn, zwölf, 13 Jahre alt waren.

Manchmal, später, hatten sie Mädchen mitgebracht, oder auch Jungs.

Giulia hatte Roberto kennengelernt. Roberto war verschwunden. Sie hatte ein Ristorante in Marina di Santo Stefano geerbt. Das war ein anderes Kapitel. Darum musste sie sich auch kümmern.

An ihre Mutter dachte Giulia ungern. Das war noch eine andere Baustelle.

Jetzt kam erst mal Weihnachten.

Das Glockengeläut der Chiesa di Santo Stefano. Giulia fischte nach ihrem Telefonino. »Pronto!«

»Ich bin's«, sagte die Mutter. »Julia, grüß Gott.« Ihre Stimme hatte eine dunkle, jazzige Note, obwohl sie vor Jahrzehnten das Rauchen aufgegeben hatte, und ihr Honoratiorenschwäbisch einen vertrauten warmen Ton. Das täuschte. Klara Kerner war eine kühle, rationale Person. Sie hatte ihr Leben in einer leitenden Position beim Landesamt für Verfassungsschutz verbracht, und bald 20 Jahre Ruhestand konnten die Prinzipien, die sie dort praktiziert hatte, nicht erschüttern. Sie ließ nichts und niemanden an sich heran, am wenigsten ihre eigene Tochter.

»Schön, dass du anrufst, *Mama*. Ich habe eben an dich gedacht.« Der erste Satz war eine Lüge, der zweite nicht. Pfarrer Fischer aus Konstanz hatte vorhin das Gleiche zu ihr gesagt. War es die Wahrheit gewesen? War er noch ihr Vertrauter? Waren sie noch Freunde? Wieso hatte sie ihn nicht nach Florenz eingeladen? Wieso er sie nicht nach Konstanz?

»Du wirkst müde«, meinte die Mutter, die entsetzlich nachtwach klang.

»Wie spät ist es?«

»Halb eins.« Die Mutter seufzte. »Nicht, dass ich Isolde nachtrauere, das nicht. Aber seit ich nicht mehr in einer Beziehung lebe und abends keinen Wein mehr trinke, werde ich gar nicht mehr müde. Bloß, man kann ja nicht allein trinken. Und es ist schwer, in meinem Alter noch eine neue Liebe zu finden. Die Frauen sind alle viel jünger, und sie wollen keine Partnerin, die auf Mitte 80 zurauscht.«

Giulia lachte. »Man hört dir das Alter wirklich nicht an. Und du siehst immer noch verdammt gut aus.«

»Das nützt leider nicht viel.« Die Mutter seufzte. »Ich hätte nie gedacht, dass ich mal einsam werde. Dass mich das Alter packt.«

»Hör zu, Klara.« Giulia atmete tief durch. Es musste sehr ernst sein, wenn sie ihre Mutter beim Vornamen nannte. »Wenn du davon träumst, dass du Heiligabend in Florenz verbringst, dann träum weiter. Ich hab hier den Megastress mit meiner Exfamilie, ich weiß selber nicht, warum ich mir das antue.«

»Du hast sie eingeladen?«

»Ja, alle. Tommaso, Diego und Simone, jeweils mit ihren derzeitigen Lieben.«

»Wie lang hast du sie nicht gesehen?«

»Unterschiedlich.« Giulia atmete tief durch. »Ich wollte mit diesem Umzug zeigen, dass ich mich dem Leben stelle. Das heißt, dass ich auch mit der Vergangenheit umgehen kann. Also mit dem, was vor Roberto war. Und es ist nur normal, wenn ich mit meinen Söhnen wieder regelmäßigen Kontakt pflege. Was Tommaso angeht …« Er ist wieder verheiratet und hat kleine Kinder. Giulia brachte den Satz nicht zu Ende.

»Ich habe bereits ein Bed and Breakfast gebucht«, sagte die Mutter. »Es ist bei dir um die Ecke, in der Via Ventisette Aprile. Hab ich mir schon alles ausgedruckt. Mein Zug fährt um 6.17 Uhr ab Stuttgart. Umsteigen in Zürich, Lugano und Mailand. Kurz vor vier bin ich da.«

»Klara, das geht auf gar keinen Fall. Weißt du noch, wie du dich mit Tommaso gestritten hast? Hör mal, ich bin über Mitte 50, es ist alles verdammt lang her, aber das macht es nicht besser. Ich war ein Einzelkind, du hast dich nie um mich gekümmert, hast mit allen meinen Freunden Streit angefangen, ich bin geflohen vor dir, bis nach Italien … Dort hast du mir mein Studium vermiest und dann beizeiten die Familie entzweit, und dann zwei Dutzend Jahre lang Funkstille, aber seit Letztjahr im Herbst wirst du plötzlich anlehnungsbedürftig, rufst dauernd an, stehst ständig unangemeldet vor der Tür …«

Giulia übertrieb. Doch konnte es sein, dass die Mutter sich veränderte? Dass sie im Alter doch noch anhänglich wurde? Vielleicht bereute sie es, dass sie nie Wert gelegt hatte auf ein Familienleben und wollte nun auf den letzten Drücker nachholen, was sie verpasst, versäumt, verunmöglicht und vermasselt hatte.

»Wir brauchen uns nicht zu sehen«, entgegnete die Mutter spitz. »Ich kann mich in Florenz auch allein beschäftigen, es gibt Tausende von Touristen, die dort das Jahresende verbringen.«

Carlo setzte sich auf dem Sofa auf und spitzte die Ohren. Im Kreuzganghof waren schwere Schritte zu hören, da war ein schleifendes Geräusch. Jemand hustete. Mehrere Sekunden Stille. Erst dann schlug unten das große Tor zu. Lärmendes Scheppern durchbrach die Stille der Nacht. Der Nachhall drang durch das undichte Fenster. Giulia stand auf und blickte hinüber in die fremde Küche. Auch dort hatte niemand die Läden geschlossen. Hinter der Scheibe war alles dunkel.

»Was ist los?«, fragte die Mutter. »Wieso redest du nicht mit mir?«

»Dann komm halt. Um sieben Uhr gibt es schon Abendessen.«

2

Der Zug war pünktlich. Um 15.59 Uhr fuhr der Frecciarossa, der Richtung Napoli Centrale unterwegs war, an der Stazione Firenze Santa Maria Novella ein. Klara Kerner stieg als Erste aus dem Zug. Das gehörte noch zu den Gewohnheiten, die sie sich in ihrer Zeit beim LfV, dem Landesamt für Verfassungsschutz, antrainiert hatte. Erste Grundregel bei einer Dienstreise: Verfolger abschütteln.

Die Reise war kaum beschwerlich gewesen. Am Heiligabendmorgen waren wenige Leute unterwegs gewesen, das Umsteigen verlief glatt, und alle Züge waren reserviert. Im Frecciarossa hatte Klara ein Mineralwasser und eine Tüte Erdnüsse angeboten bekommen, wobei sie beides ablehnte. Zweite Grundregel bei einer Dienstreise: Nichts zu sich nehmen, was einem gezielt verabreicht wird. Dennoch hatte sie das ans Fliegen erinnert, und sie hatte diese Erinnerung genossen. Man müsste einfach, dachte sie, noch viel mehr unterwegs sein. Solange es noch geht und der Globus einen trägt.

Der Bahnhof glich einem Flughafen. Beim Durchschreiten der Schranke fühlte Klara sich als Teil des Gewimmels und zwängte sich mit der Menge zum Ausgang. Trippelnd zog sie den Rollkoffer eng hinter sich her und fühlte sich erst wieder frei, als sie richtig ausschreiten konnte. Die Stazione Firenze Santa Maria Novella glich einer Großbaustelle. Es war unmöglich festzustellen, was genau gebaut wurde. Offenbar musste alles irgendwie neu gemacht werden. Überall waren Absperrungsbänder und stillgelegte Baumaschinen. Draußen sah es nicht besser aus. Die Fußgänger wurden umgeleitet. Zwischen Planen ragten schwarze Pfeiler in die Höhe. Klara begriff. Offenbar sollte ein neues Straßenbahnnetz gebaut werden, und hier war der Knoten.

Es war kühl, aber nicht kalt, es windete leicht und dunkelte bereits. Obwohl alles in Aufruhr war, hatte man ordentlich Flitter aufgehängt. Was Weihnachtskitsch anging, ließen sich die Italiener nicht lumpen. Zwischen Asiaten mit Mundschutz, Paaren mit Bart und Kopftuch, toskanischen Großfamilien und parfümierten jungen Afrikanern drängelte sich Klara von der Piazza della Stazione weiter Richtung Via Nazionale. Alle wuselten durcheinander. Viele schoben Gepäck, Kinderwägen, Rollstühle und Fahrräder. Zäh bewegte sich ein Strom von Menschen gen Centro. Daneben züngelte der Autoverkehr. Motorinos und Vespas schossen ums Eck. Genauso hatte sich Klara Florenz vorgestellt. Da sah sie gegenüber auf der Piazza di Santa Maria Novella die gigantische gotische Basilika. Die dunkelgrün-weiße Marmorfassade verwandte strenge geometrische Formen, was für die Renaissance typisch war. Das betonte die immense Fläche der senkrecht aufragenden Wand und gab der Kirche und der sie umgebenden Klosteranlage etwas furchteinflößend Erhabenes. Klara hatte ein wenig darüber gelesen. Santa Maria Novella war die älteste große Basilika in Florenz und die wichtigste Dominikanerkirche. Daran schloss sich das Kloster an mit dem geräumigen, gepflegten grünen Kreuzgang.

Klara, die sich immer für Kunstgeschichte interessiert hatte, scherte aus dem Pulk der Passanten aus. Mit entschlossenen Schritten ging sie auf das gewaltige Portal zu. Sie freute sich auf die Fresken aus der Gotik und der Frührenaissance, finanziert von den führenden Florentiner Familien, die sich damit ihre Gräber dort erkauften. Klara sah auf die Uhr. 16.20 Uhr. Bis zur Via Guelfa war es zu Fuß nicht weit, vielleicht eine Viertelstunde, sie hatte noch zweieinhalb Stunden Zeit.

Die Kirche hatte tatsächlich auf. Klara bezahlte den Eintritt und ging hinein. Der Innenraum mit Blick auf den Chor und das Kreuz von Giotto war von einer anbetungswürdigen Stringenz. Klara, die zwar katholisch, aber nie gläubig gewesen war, betrachtete das mit der respektvollen Distanz der kunstbeflissenen Juristin. Lange verweilte sie vor Sandro Botticellis Fresko »Christi Geburt«. Vom 100 Meter langen Mittelschiff mit seinen Spitzbögen führten Rundbögen in die Seitenschiffe. Im Hauptschiff gab es nur wenige Besucher, hier war Klara fast allein. Im linken Seitenschiff stieß sie nach ungefähr 50 Metern auf das Fresko »Die Heilige Dreifaltigkeit« von Tommaso Masaccio.

Nachdem sie sich auch die Kapellen angesehen hatte, lief sie zurück zum Hauptschiff und zum hinteren Teil der Kirche. Sie suchte den Ausgang, der zum Kreuzgang und von dort aus vermutlich zum Museum führte, und überlegte, ob sie den asiatischen Wärter fragen sollte, der neben der Büste des heiligen Antonius stand und sie feindlich anstierte. Vermutlich wollte er Feierabend machen, oder er hatte wegen bevorstehender Gottesdienste eine lange Nacht vor sich. Aber sie wusste plötzlich nicht mehr, wo er sich befand. Auch hatte sie die zeitliche Orientierung verloren. Die Uhr zeigte halb sechs.

Da hob die Orgel an, und der Organist spielte eine Kantate aus dem Weihnachtsoratorium, »Herrscher des Himmels, erhöre das Lallen«. Sie hatte lange Jahre als Agnostikerin im Kirchenchor gesungen. Aus vollem Herzen sang Klara mit: »Herrscher des Himmels, erhöre das Lallen, / lass dir die matten Gesänge gefallen, / wenn dich dein Zion mit Psalmen erhöht! / Höre der Herzen frohlockendes Preisen, / wenn wir dir itzo die Ehrfurcht erweisen, / weil unsre Wohlfahrt befestiget steht!«

Dabei näherte sie sich einem Grab, das sich von den Gräbern der reichen Florentiner beträchtlich unterschied. Es war aus dunklem Holz und hatte an der Seite ein Sichtfenster. Der dornengekrönte Leichnam darinnen badete im Neonlicht. Er war nackt und trug einen Lendenschurz, an der Seite und an den Händen und Füßen hatte er große blutige Stigmata. Neben ihm lagen drei lange Nägel; vielleicht waren es auch fünf, aber Klara konnte nur drei erkennen. Sie bückte sich und ging ganz nah an die Scheibe heran. Es gab keinen Zweifel, dass es sich um das kunstvoll drapierte Grab von Jesus Christus handelte. Und dass der Leichnam, der dort drinnen lag, Jesus Christus darstellen sollte. Aber es *war* nicht Jesus Christus. Es war auch nicht Che Guevara, obwohl der Tote dem in Bolivien ermordeten Guerillaführer, der wie ein toter Gottessohn ausgestellt und fotografiert worden war, vielleicht noch mehr ähnelte. Es war die frische Leiche eines bärtigen jungen Mannes. Er hatte schulterlanges, braunes Haar und die blutigen Stigmata des Heilands an seinem schlanken Körper, der trainiert wirkte.

Punkt sieben klingelte Klara draußen neben dem schmiedeeisernen Tor. Giulia hatte ihren Namen mit Kugelschreiber in Großbuchstaben notiert und den Papierstreifen mit Tesafilm auf die Klingel geklebt. Klara würde ihre Tochter darauf hinweisen, dass das nicht hielt. Giulia musste das Namensschild ordentlich ausdrucken und unter dem Plastikfenster befestigen. Sonst konnte es passieren, dass es abfiel oder jemand es abriss, und der Besuch konnte nicht klingeln. Freilich rief man heutzutage einfach mit dem Handy an, es war keine Katastrophe – ärgerlich war es trotzdem.

Die Gehwege waren schmal in Florenz. Es hatte angefangen zu nieseln, und es war unmöglich, mit zwei Regenschirmen aneinander vorbeizukommen. An der verkehrsreichen Via Nazionale entlang war Klara bis hoch zur Via Ventisette Aprile marschiert, hatte schnell in ihrem B&B eingecheckt, sich Hände und Gesicht gewaschen. Im »Leonardo« hatte sie geschwind einen Caffè getrunken. Dann war sie auf direktem Weg zurück zur Via Guelfa gegangen, die sich zwei Parallelstraßen weiter unten befand. Sie besaß einen ausgezeichneten Orientierungssinn. Die Straßen waren festlich erleuchtet, doch das Altstadtviertel wirkte, obwohl es im Zentrum zwischen Bahnhof und Dom lag, ein wenig heruntergekommen. Die apricotfarbenen Fassaden der Häuser waren lange nicht gestrichen worden, sie waren fleckig und der Putz bröckelte. Verrostete Fenstergitter, wurmstichige Holztüren, und zwischen stinkenden Mülltonnen spielten verwahrloste Kinder. Vor einem leer stehenden Laden mit verbeulten Rollläden hockte ein Hund mit einem verbundenen Bein. Zwischen den parkenden Autos standen in kleinen Gruppen Männer: Afrikaner, Araber, Asiaten. Sie sprachen rollend und ratternd. Die winzigen, vollgepfropften Lebensmittelläden, Schneidereien, Friseure und Ledergeschäfte waren ebenfalls afrikanisch, arabisch, asiatisch. Nur die kargen, grell beleuchteten Bars schienen fest in italienischer Hand zu sein. Bis hinaus auf die Straße drang das Klopfen der Espressomaschinen.

Als niemand den Türöffner betätigte, klingelte Klara erneut. Diesmal mit etwas mehr Nachdruck. Sie spähte durch die Streben. Aus massiven Klostermauern ragten hohe Fenster. Nach dem dritten Klingeln erklang endlich der Summton. Klara drückte das schwere, schleifende Tor auf und zwängte sich hindurch. Zwischen den Aufgängen reihten sich Fahrräder und Motorinos. Ganz hinten an der Mauer stand Giulias schwarze Vespa, die einen Platten hatte. Giulia hatte sich entschuldigt, weil sie damit das Gepäck nicht vom Bahnhof abholen konnte, aber Klara meinte, sie besitze sowieso einen Rollkoffer. Sie begutachtete den kaputten Reifen. Auf dem Betonboden hatte jemand versucht, eine Blutlache zu beseitigen. Vielleicht war auch nur eine Flasche Saft ausgelaufen. Überall lagen Glassplitter.

Am vorderen Aufgang fehlte der Name Franca. Giulia wohnte am hinteren Aufgang. Wieder musste Klara läuten. Sie ging eine enge, gewundene Steintreppe hinauf in den ersten

Stock. An der dunkel gebeizten Eichentür war ein Löwenkopf befestigt, der einen beweglichen Ring im Maul trug. Klara betätigte den Klopfer.

Julia öffnete. Aber es war nicht Giulia, wie sie heute aussah, es war die zarte Studentin Julia, die Stuttgart mit Anfang 20 verlassen hatte, um in Florenz ihr Glück zu finden. Das Wesen war blond, langhaarig, mittelgroß und schlank. Es hatte feine Züge. Zu Jeans trug es einen weichen weißen Wollpullover. Es gab Klara höflich die Hand. »Simone.«

Das Wesen war männlich. Es war Klaras jüngerer Enkel. Als sie ihn zuletzt gesehen hatte, war er noch in den Windeln gewesen. »Ciao, ich bin die Klara.«

Sie drückte ihm die Hand und stapfte an ihm vorbei durch die Tür, die nach innen aufging. Am Ende der kleinen Treppe, die in den Flur hinunterführte, stand Giulia. Ihr graublondes Haar war zerzaust, die Nase fettig, sie hatte hektische rote Flecken im Gesicht. Über das schwarze Etuikleid hatte sie eine rotkarierte Schürze mit einer Blumenborte gebunden. Klara umarmte ihre Tochter herzlich. Dabei fühlte sie, dass Giulia seit dem Sommer zugenommen hatte.

»Wo sind die anderen?« Klara schaute sich um. Der Esstisch war ausgezogen und festlich gedeckt. Daneben gab es einen niedrigeren Tisch für die Kinder. Klara zählte insgesamt zehn Gedecke, acht große und zwei kleine.

»Noch nicht da.« Giulia lachte und musterte ihre Mutter. »Es ist doch gerade erst sieben. Hier ist man nie pünktlich. Gut siehst du aus. Steht dir, die Haare noch kürzer. Hattest du eine schöne Fahrt?«

»Fantastisch, Julia.«

»›Giulia‹«, korrigierte Giulia. »Bitte nenn mich wie alle andern ›Giulia‹, *Mama*.«

Das Wort *Mama* hörte sich so falsch und gespreizt an wie je. Giulia konnte es nicht aussprechen, ohne dass es ironisch klang.

»Für mich bist du Julia, Kind.« Klara deutete mit ausgestrecktem Zeigefinger auf Simone, der unschlüssig herumstand. »Julia ist meine Tochter. Ich bin deine Großmutter. Kennst du mich noch? Kannst du Deutsch?«

»Ja natürlich, Diego und ich, wir sind zweisprachig aufgewachsen.« Simone hatte nur einen leichten Akzent. »Aber ich muss gestehen, dass ich mich nicht an dich erinnere, Oma.«

»Sag Klara zu mir.« In der Tasche ihrer weinroten Cordhose fischte sie nach einem Tempo und putzte sich die Nase. »Ich könnte etwas zu trinken gebrauchen.«

»Möchtest du einen Tee?« Simone deutete auf die Kanne, die auf der Anrichte stand.

»Lieber ein Glas Rotwein.«

Giulia schenkte ihr eines ein, kehrte an den Herd zurück, wandte den beiden den Rücken zu, lüftete den Deckel und rührte in einem Topf. Es roch nach Paprika und Knoblauch.

Klara nahm einen kräftigen Schluck. Und noch einen. Der Wein schmeckte samtig und vollmundig. Ein Montepulciano.

Es klingelte, und dann klingelte es wieder. Klara stellte das Glas ab. Stimmengewirr und Gelächter. Ehe sich der Raum mit Menschen füllen konnte, nahm sie ihren Mantel und schlüpfte an ihnen vorbei, hinaus in die Nacht.

Sie lief durch die festlich erleuchteten Straßen bis zum Mercato Centrale. Die Markthalle lag da im gleißenden Lichterglanz, und an die Wände wurden Sterne projiziert. Es nieselte nicht mehr, war aber deutlich kälter geworden. Nur vereinzelt waren Leute unterwegs. Leerer war Florenz nie, und nachdem sie sich mehrmals umgesehen hatte, schlug Klara den Weg in Richtung Basilica di San Lorenzo ein.

Plötzlich spürte sie Schritte hinter sich.

»Ich bin Ihnen gefolgt«, sagte jemand auf Englisch. Es war ein Mann.

Klara drehte sich nicht um. Sie ging einfach weiter. Sie hatte richtiggelegen.

»Sie haben die Leiche entdeckt«, sagte der Mann. »Und Sie sind jetzt unterwegs zur Polizei. Aber Sie werden nicht zur Polizei gehen.«

Sein Englisch war nicht besonders gut. Doch Klara hörte die Drohung deutlich heraus. Sie fragte sich, warum einer eine Leiche in einer Kirche in einen Schaukasten legte und dann nicht wollte, dass man das den Behörden meldete. Klara blieb stehen. Sie fühlte, wie ein schmaler Gegenstand sich von hinten in ihren Mantel bohrte, auf der Höhe des Herzens. Der Mann, der ihr das Ding auf den Leib drückte, wusste, wo er ansetzen musste.

»Ich habe mich nicht umgedreht«, sagte Klara. »Ich gebe Ihnen genau drei Sekunden Zeit zu verschwinden. Leider gibt es derzeit keine Menge, in die Sie augenblicklich abtauchen können. Eins, zwei …«

Sie drehte sich um. Und erblickte einen kleinwüchsigen, beleibten Asiaten, der einen Knirps in der Hand hatte. Keinesfalls eine Waffe mit Schalldämpfer. Klara musste laut lachen. Der andere lachte auch.

»Klara«, sagte Klara.

»Cheng«, sagte der Asiate.

Ich hab den doch heute schon mal gesehen, dachte Klara. In der Basilika. Das war der Wärter. »Wo kommen Sie her?«

»Von der Arbeit.«

»Na, ich meine, sonst. China?«

»China.«

Klara ging die chinesischen Geheimdienste durch. Sie kannte sich da nicht wirklich aus. »Ist Ihnen klar, dass Sie einer alten Frau einen ziemlichen Schreck eingejagt haben?«

»Tut mir leid«, sagte Cheng. »Ich glaube, ich weiß, wer das war, mit dem toten Mann. Ich würde die Frau gern beschützen.«

»Ach, und das ist alles?«

»Ja, ist alles. Die Frau hat viel Pech gehabt in ihrem Leben. Sie hat einen Fehler gemacht. Sie hat was getan, was ihr nur Ärger bringt. Können Sie mir helfen, die Leiche aus dem Sarg zu entfernen?«

»Ist der Zeitpunkt nicht schlecht gewählt?« Heiligabend, dachte Klara. Da findet doch sicherlich irgendeine Messe statt.

»Im Gegenteil, Signora.« Cheng grinste. »Ich habe alle Vorkehrungen getroffen. Wir simulieren einen Notarzteinsatz. Da wird eine Sichtblende eingezogen. Aber allein schaff ich das nicht.«

»Verschwinden Sie!«, rief Klara. »Verschwinden Sie auf der Stelle! Ich gehe zu den Meinen zurück. Das ist alles, was ich für Sie tun kann.«

»Sie werden von mir hören.« Cheng verbeugte sich. »Frohe Weihnachten!«

Er drehte sich auf dem Absatz um und lief davon. Klara rannte ihm nach. »Halt! Jetzt warten Sie! Ich komme mit.«

Als Klara Kerner in die Via Guelfa zurückkehrte, war das Fest in vollem Gange. Giulia hatte die Antipastiteller schon abgeräumt, und man war beim Primo: Spaghetti mit Pesto. Falco und Valentina, die einander gegenüber am Kindertisch hockten, schaufelten vergnügt. Der fünfjährige Falco trug Anzug, Fliege und ein weißes Hemd, das er begeistert bespritzte, die dreijährige Valentina ein Rüschenkleid und Lackschuhe. Tommaso und seine Frau Aurora saßen neben den beiden am großen Tisch, daran anschließend Simone mit Salvatore und Diego mit Luna. Giulia, die neben ihr Platz nahm, deutete auf den leeren Stuhl. Klara gab allen die Hand und setzte sich neben Diego.

Niemand fragte Klara, wieso sie zu spät zum Essen kam. Sie hätte auch nicht gewusst, was sie erzählen sollte. Die Wahrheit? Als sie mit Cheng zur Basilica di Santa Maria Novella zurückkehrte, war die Tür verschlossen gewesen. Cheng hatte keinen

Schlüssel für das Portal gehabt, sie benutzten einen unscheinbaren Seiteneingang. Drinnen war es schummrig. Sie gingen durch das Hauptschiff nach hinten, Cheng lief voraus. Als sie den beleuchteten Sarg erreichten, war dort alles in Ordnung. Drinnen lag wieder der hölzerne Jesus, der hier daheim war.

»Zu spät«, sagte Cheng.

»Wenn ich es nicht mit eigenen Augen gesehen hätte.« Klara schnaufte. »Wer ist diese Frau?«

»Sie ist sehr sympathisch. Mehr sage ich dazu nicht.«

Klara fragte sich, ob es eine militante Performancekünstlerin war. Eine antiklerikale Fanatikerin. Oder eine fehlgeleitete Feministin. Ob sie mit der Aktion ein Zeichen setzen wollte. Für oder gegen was?

Geistesabwesend drehte sich Klara die Spaghetti auf die Gabel. Sie kaute lustlos, trank aber mit Appetit ihren Wein. Giulia schenkte ihr nach und lächelte angestrengt. Klara versuchte, sich gedanklich in die Runde einzufinden. Man sprach Italienisch, was sie rudimentär beherrschte, aber sie verstand nahezu nichts. Diego neben ihr übersetzte, sie hörte überhaupt nicht zu, was er nicht bemerkte. Im Vergleich zu seinem filigranen kleinen Bruder war er ein ziemlich derber Klotz, immer gewesen, schon als kleines Kind. Klara konnte ihn von jeher nicht leiden, zumal er Tommaso glich; wie sein Vater hatte er etwas Verschlagenes. Wobei sie auch nicht wusste, ob sie Simone mochte; seine verzärtelte Art ging ihr auf die Nerven. Giulia hatte die Eigenarten ihrer Söhne immer toleriert, ihr Fehlverhalten unterstützt und ihre Mängel gefördert. Klara hatte ihre Tochter am Telefon immer wieder ermahnt, härter durchzugreifen. Aber sie kam nicht mehr auf Besuch. Sie verzichtete darauf, vor Ort Ratschläge zu erteilen und die Wirkung ihrer Worte zu kontrollieren. Vielmehr war sie fortgeblieben und hatte nur von Ferne beobachtet, wie Giulias Ehe beizeiten in die Binsen ging. Diego und Simone kamen vorübergehend zum Vater, und der Kontakt brach ganz ab. Was Klara manchmal bedauerte, denn mehr Enkel hatte sie nicht. Sie hätte Diego jetzt fragen können, was Simone und er beruflich machten, wie alt sie waren und ob sie womöglich noch studierten. Sie verschob es auf später.

Die Pastateller wurden abgeräumt, als Zwischengang gab es einen Linsensalat auf Mortadella. Klara, die an ihrem dritten Glas nippte, studierte die Gesichter von Aurora, Salvatore und Luna. Die drei, die neben Giulia auf der anderen Seite des Tisches saßen, einte offenbar ein Gefühl der Fremdheit. Doch sie gingen unterschiedlich damit um. Während Aurora an Tommasos Lippen klebte und unentwegt über Valentinas dunkelblonde Locken strich, hatte sich Salvatore in die innere Emigration begeben. Er diskutierte einfach nicht mit, obwohl es um Politik ging und Klara mitbekommen hatte, dass das irgendwie sein Spezialgebiet war. Luna hingegen versuchte verzweifelt, zu Wort zu kommen, was ihr mühsam gelang. Tommaso, der leidenschaftlich gestikulierte, fuhr ihr immer wieder dazwischen.

Niemand nahm wirklich Notiz von Klara. Keiner kümmerte sich um sie. Auch Diego hatte es aufgegeben und rangelte verbal mit seinem Vater. Giulia wandte der Gesellschaft den Rücken zu. Sie stand am Herd und kümmerte sich um den Secondo. Tommaso entkorkte, unablässig redend, eine weitere Flasche Wein. Klara erhob sich, ging zur Spüle und füllte die Karaffe mit Leitungswasser. Sie stellte sie zurück auf den Tisch und fühlte eine Spannung, die sie sich nicht erklären konnte, zumal sie das Gespräch nicht ansatzweise verstand. Sie wusste auch nicht, wie gut sich die einzelnen Mitglieder der Tischgemeinschaft kannten. Anstatt zurückzukehren zu ihrem Platz, ging sie zu den Kindern und setzte sich neben sie auf den Boden. Beide fingen simultan an zu kichern. Wie unschicklich, dass eine Nonna sich während des Essens an Heiligabend dermaßen danebenbenahm! Sie musste betrunken sein, doch das war Klara noch lange nicht.

Sie fühlte eine unsägliche Leere in sich. Ein Lebtag lang war sie stark gewesen, unabhängig, beruflich extrem erfolgreich. Nun versuchte sie, dorthin zurückzukehren, wo sie es nie ausgehalten hatte, nämlich in den Schoß der Familie. Plötzlich stand Simone auf und hockte sich neben sie. »Mi dispiace. Es tut mir leid«, sagte er.

»Worüber reden sie?«

»Giulia hat von dem tätlichen Übergriff erzählt, den sie gestern Abend in der Wohnung vis-à-vis beobachtet hat, und sie reden über Femizid. Das ist, wenn eine Frau, nur weil sie eine Frau ist, umgebracht wird, wegen ihrer Zugehörigkeit zum weiblichen Geschlecht. Wie sagt man? Geschlechtermord?«

»Ich weiß, was Femizid ist.« Klara klang barscher, als sie wollte.

»Femizid gibt es nicht nur bei den Moslems, es betrifft genauso die Katholiken und den Rest. Es gibt eine breite Bewegung gegen Femizid in Florenz. Salvatore und ich sind da Mitglied. Mein Vater findet das falsch. Er sagt, wenn Frauen aus Liebe getötet werden, dann ist es eine Privatsache, zwar traurig, aber die Frauen müssen sich selbst wehren. Wie sollen sie sich wehren, wenn sie tot sind, und ihre Familien tun meistens auch nichts. Oft stecken sie selber mit drin, oder sie sind zu feige, an die Öffentlichkeit zu gehen. Femizid ist keine Privatsache, das hat nichts mit Religion zu tun, es ist ein politischer Akt. Und wir müssen uns mit politischen Mitteln dagegen wehren. Mein Vater sagt, dass homosexuelle Männer für ihre eigenen Rechte kämpfen sollen, und damit basta, aber das reicht nicht; er kapiert nicht, dass alles miteinander zusammenhängt.«

»Warum sagt Salvatore nichts?«

»Es hat keinen Sinn. Ich sage ja auch schon lange nichts mehr. Der Einzige, der noch argumentieren mag, ist Diego. Er hat sich schon als Kind für mich geprügelt. Und Luna versucht, ihm zur Seite zu stehen, aber du siehst ja, wohin das führt.«

Klara lächelte schmallippig und streckte die Hand aus. »Komm, hilf einer alten Frau mal auf.«

Sie saßen und aßen bis spät in die Nacht. Es gab keine Geschenke, auch nicht für die Kinder. Vielleicht hatte die Bescherung vorher stattgefunden. Klara wusste es nicht. Sie wollte keine Geschenke, und sie hatte auch für niemanden etwas mitgebracht. Sie kauerte auf dem Sofa und kalauerte mit den Kindern. Falco und Valentina wurden einfach nicht müde. Sie stupsten Klara ins Knie, kicherten und ließen sich kraulen. »Brava, brava«, riefen sie. Gegen eins servierte Giulia Feigenlikör und schwäbische Ausstecherle, nach einem Rezept aus dem Internet. Klara hatte nie gebacken, auch an Weihnachten nicht, und ihrer Tochter da nichts mitgeben können.

Weil Tommaso und Luna geraucht hatten, öffnete Giulia die Läden und lüftete. Klara stand auf und blickte nach draußen, zum gegenüberliegenden Küchenfenster. Dort standen ebenfalls die Läden offen und alles war dunkel.

Obwohl der Abend unbeholfen und streitlustig angefangen hatte, war er doch schnell herumgegangen. Und Klara fragte sich, wie ein Essen über so viele Stunden dauern konnte, ohne dass man es merkte. Schließlich war sie doch Teil der Gemeinschaft geworden. Man hatte sich irgendwie in drei, vier Sprachen verständigt.

Als sich Klara auf der Straße von den anderen verabschiedete, spürte sie, dass sie betrunken war. Sie hatte stundenlang auf dem Sofa vor sich hin gedöst. An den Abschied von ihrer Tochter konnte sie sich schon jetzt nicht mehr erinnern. Hoffentlich hatte sie nichts Falsches gesagt. Klara wusste, dass sie sich um die gefürchtetste chinesische Geheimorganisation kümmern musste, das sogenannte »Dritte Büro«. Das war vielleicht noch größer und gefährlicher als die NSA. Mit diesem Vorsatz fiel sie ins Bett.

3

Am Morgen klingelten die Glocken der Chiesa di Santo Stefano. Giulia erwachte mit fürchterlichem Kopfweh. Es war ein grauenhafter Abend gewesen. Sie fischte nach ihrem Telefonino. »Pronto.«

»Ciao, Mamma, ich bin's, Simone.«

»Um diese Zeit?« Ihre Stimme klang belegt. Der Mund war pelzig.

»Es geht gegen Mittag. Danke für das wunderbare Essen und den gelungenen Heiligabend. Nachdem wir uns in dieser Runde erst finden mussten, haben wir uns doch prima zusammengerauft.« Simone lachte. »Hätte ich nie gedacht, dass Luna, dieses blonde Vollweib, so krass feministische Standpunkte hat. Papa war echt am Verzweifeln. Er konnte gar nicht anders, als ihr am Ende zu Füßen zu liegen. Und was blieb ihm anderes übrig, als Salvatore zu mögen? Und die Kinder der beiden, Falco und Valentina, sind ja bezaubernd. So keck und aufgeweckt und dabei so echt italienisch erzogen. Aurora wirkt etwas schüchtern, und sie fühlte sich am Anfang wohl etwas verloren. Wir hätten sie gleich mehr einbeziehen müssen. Aber den Vogel schießt ja deine Mutter ab. Eine tolle alte Frau. Und so wach, intelligent und rüstig! Sie wirkt mindestens zehn Jahre jünger. Meinst du nicht, dass wir heute zusammen etwas unternehmen können?«

»Das werden wir sicher tun.« Als Giulia gähnte, pochte ihr Schädel noch schlimmer. »Ich glaube nicht, dass Klara nach Florenz gekommen ist, um uns in Ruhe zu lassen. Sie behauptet zwar, sie kommt allein klar …«

»Sie ist bezaubernd«, sagte Simone. »Auch wenn sie ein wenig brüsk wirkt. Das ist ihr Naturell. Schade, dass wir sie nicht früher kennenlernen durften.«

»Das habt ihr. Diego und du, ihr wart noch sehr klein. Sie hat sich in die Familienbelange eingemischt und alles vergiftet. Sie hat Tommaso quasi hinausgeekelt. Dabei reichte es, dass sie zwei, drei Mal im Jahr hier einlief. Den Rest der Zeit hat sie sich um nichts gekümmert.«

»Wir haben nie darüber gesprochen.«

»Ich habe, ehrlich gesagt, über viele Jahre hinweg vergessen, dass ich eine Mutter habe. Um ihrer Dominanz zu entkommen, musste ich fort von Stuttgart, aber ich floh leider geradewegs in die Arme deines Vaters, das war ein Fehler und musste scheitern. Anstatt eine verwöhnte florentinische Zahnarztgattin zu werden, hätte ich mein Germanistikstudium zu Ende bringen müssen. Als ihr klein wart, hatte ich nicht die Kraft dazu. Und finanziell war ja alles da. Also habe ich mein Talent verschleudert und meine Energie später in Projekte gesteckt, die nichts einbringen. Diese Tourismusagentur lohnt sich nicht, die Immobilien stinken mir sowieso und das Ristorante in Marina …«

»Dass du es so siehst, das weiß ich.« Simone seufzte. »In meinen Augen hast du einfach dein Ding gemacht. Ich habe euch nie als Paar erlebt, dazu war ich noch zu klein. Ich hatte nie eine vollständige Familie, ich war immer abwechselnd bei Mamma und Papà. Der Kontakt zu meinen Eltern ist gestört. Zu beiden. Das will ich ändern, wir müssen das ändern. Es ist gut, dass du dich an deine Mutter annäherst.«

»Ich weiß nicht, ob ich das tue. Wir sind uns eher zufällig nähergekommen, als ich im vorletzten Sommer ihre Hilfe brauchte. Das heißt, stellte sich dann heraus, es war genau umgekehrt. Sie nahm meine Hilfe ungefragt in Anspruch und spannte mich ein. Es ging um einen jungen Mann, der plötzlich vor meiner Tür stand. Das ist eine andere Geschichte. Jedenfalls bemüht sie sich seither um mich, und wir sind inzwischen ein paar Tage zusammen am Gardasee gewesen.« So schlecht konnte es ihr nicht gehen. Trotz ihres zerrütteten Zustands sprach Giulia wie ein Buch. »Wie viel haben wir eigentlich getrunken? Hör mal, ich bring hier mal die Flaschen weg, räum etwas auf und …«

»Das haben wir längst erledigt. Schon vergessen? Und sollen wir in einer halben Stunde auf einen Kaffee vorbeikommen, Salvatore und ich? Die Nonna bringen wir mit. Vielleicht schaffen wir es ja dann auf einen Gang durch die Stadt.«

»Florenz wird heute fürchterlich voll sein. Aber wegen mir. Vorausgesetzt, Klara zieht nicht wieder einen Karren Mist hinter sich her.«

»Was meinst du damit?«

»Sie neigt dazu, die Schwierigkeiten anderer Leute zu ihren eigenen zu machen. Oft sind es tödliche Probleme. Konflikte in einem größeren Maßstab, von einem globalen Ausmaß. Bis sie vor bald 20 Jahren in Rente ging, war sie ein hohes Tier beim baden-württembergischen Landesamt für Verfassungsschutz. Die hocken in Stuttgart.«

»Ah ja?« Simone horchte auf. »Und um was geht es da?«

»Das ist ein deutscher Geheimdienst, der auf Länderebene strukturiert ist. Das LfV ist eine Art Frühwarnsystem der freiheitlichen demokratischen Grundordnung, wie es in Deutschland heißt. Seine Aufgabe besteht darin, verfassungsfeindliche und sicherheitsgefährdende Aktivitäten zu beobachten wie zum Beispiel Rechts- und Linksextremismus, Ausländerextremismus sowie religiöse Fundamentalisten. Dazu gehört auch die Spionageabwehr.«

»Wow«, sagte Simone. »Krass.«

»Klara gehört zur alten Riege, die immer noch Informationen liefert. Wie genau das vonstattengeht, weiß ich nicht. Aber wenn sie hier einläuft, könnte das auch andere Motive haben als rein familiäre. Sie hat sich nach dem vergeblichen Versuch, alles an sich zu reißen und zu bestimmen, nie mehr wirklich um uns gekümmert. Wieso sollte das nun im Alter plötzlich Priorität haben?«

»Du meinst, sie nimmt uns und unser Weihnachtsfest gar nicht ernst? Sie nimmt die Gastfreundschaft nur einfach so mit? Um sich zu tarnen?«

»Wer weiß. Hör mal, ich hab mit deiner Nonna zwei Geschichten erlebt, die mehr als extrem sind. Beide Male ging es darum, ausgestiegenen oder aufgeflogenen Verbindungsleuten eine neue Identität zu verpassen. Das sind Methoden, sag ich dir. Da geht es zur Not über Leichen. Klara tat, als habe sie nichts damit zu tun, aber sie war beide Male ganz nah dran an der Sache. Ich würde mich nicht wundern, wenn bald was passiert.«

»Hast du eigentlich noch Kontakt«, fragte Klara, »zu diesem Pfarrer?«

Ihre Stoppelfrisur leuchtete makellos weiß, sie sah aus wie das blühende Leben und hatte Simone und Salvatore kurz zum Brötchenholen geschickt.

»Justus Fischer in Konstanz?« Giulia wusste gleich, wen sie meinte. »Ja, jetzt länger nicht, aber vor zwei Tagen haben wir telefoniert.«

»Wie geht es ihm?« Klara klang nicht so, als ob sie das wirklich interessierte. Sie wollte etwas Bestimmtes wissen.

»Bescheiden, denke ich, aber es geht. Er hat schließlich seine Pfarrei verloren, weil er mit diesem jungen Mädchen zusammenlebt.«

»Na, so jung ist die auch nicht mehr. Wie heißt sie noch, Reinhild?«

»Meike. Aber Fischer nennt sie Reinhild. Na ja, und Fischers Opa ist kürzlich gestorben. Seine Oma liegt schwerst dement im Pflegeheim.«

»Zwei tolle Leute. Ein herrliches Paar. Ich werde die beiden nie vergessen. Es ist schrecklich, wenn man alt wird«, sagte die Mutter, ohne mit der Wimper zu zucken. Sie tat, als sei sie

Lichtjahre von deren Schicksal entfernt. Dabei war sie gerade mal zehn Jahre jünger.

»Und dann eben die Schwester …«

»Sarah? Die mit der Trisomie? Er hat doch drei Schwestern …«

»Sarah hat ein Kind. Ein gesundes Kind. Sie leben zusammen in einer betreuten Wohngruppe. Sarah braucht Fischer nicht mehr. Er lebt ein normales bürgerliches Leben mit Reinhild, er denkt sogar darüber nach, sie zu heiraten.«

»Na und?«

»Es scheint nicht sein Traum zu sein. Vorher war er depressiv, dann hat er sich aufgerappelt, aber jetzt ist er nur noch unterfordert.«

»Unterfordert?« Klara runzelte die Stirn.

»Er hat irgendwie keine Aufgabe mehr. Vielleicht ist er auch überfordert, von der irdischen Liebe, die einem ja auch Körperliches abverlangt, und das ist er nicht gewohnt … Er hatte ja noch nie eine Freundin.«

»Was machen die beiden beruflich?«

»Er arbeitet als Religionslehrer, bei ihr weiß ich es nicht.«

»Die zwei könnten doch zum Jahreswechsel nach Florenz kommen. Dann würden wir uns mal wiedersehen.« Klara lächelte.

»Ich weiß nicht. Fischer hat eine große Familie. Sind alle sehr katholisch. Bestimmt hat er Verpflichtungen.«

»Tu mir einen Gefallen«, sagte die Mutter. »Ruf Fischer an und sorge dafür, dass er hier auftaucht.«

»Zu Silvester?«

»Das ist zu spät. So lange kann ich nicht warten.«

Giulia dachte an das Schleifgeräusch unten im Kreuzgang, bevor mitten in der Nacht scheppernd das Tor zufiel. Wer auch immer vorgestern das Haus verlassen hatte, die Nachbarn waren seitdem weg. Es konnte somit nicht schaden, wenn Fischer kam. Er war ein gestandener Geistlicher und ein aufrechter und besonnener Charakter, das brachte immerhin Beruhigung und manchmal sogar Licht in die Dinge. Was die Mutter bezweckte, begriff Giulia nicht. Klar war nur, dass sie die Familie für ihre Ziele instrumentalisieren würde.

Der Duomo ragte auf wie ein riesenhafter Pappkandidat. Man konnte dieses mehrteilige Multifunktionsgebäude mit seinen mannigfachen Formen im gleißenden Funkeln der Festbeleuchtung einfach nicht ernst nehmen. Es sah aus, als hätte ein raffinierter Bühnenbauer es geschafft, das Pappmaché mit Hilfe eines besonders perfiden Kleisters in unendliche Breiten und Höhen wachsen zu lassen. Die Kulisse wirkte nicht plastisch, die dritte Dimension ging ihr vollkommen ab.

Florenz war gestopft voll. Giulia schob sich mit Klara, Simone und Salvatore durch die Massen. Es waren so viele Touristen unterwegs, dass sie wahllos aneinanderklebten. Wenn sich nicht einer am andern festklammerte, wurde man unweigerlich voneinander getrennt. Die Leute waren vielfältig maskiert, sie trugen Vollbart, Niqab, Schal und Mundschutz. Sie kamen aus der ganzen Welt und hatten Waffen dabei: Nadeln, Flaschen, Messer. Es war ein Wunder, dass niemand die Nerven verlor und nichts passierte. Selbst die kleinen Kinder sogen emsig an ihrem Schnuller, ohne ihn aus Verzweiflung fallenzulassen, und die alten Leute ergaben sich in ihre Ohnmacht.

»Wetten, dass wir die einzigen Einheimischen sind, die sich diesen Tort antun?«, fragte Simone. Wie Diego studierte er irgendwas mit Wirtschaft, aber während der große Sohn dafür nach Mailand gegangen war und noch vor dem Abschluss ein Auslandsjahr plante, blieb der kleine in Florenz.

»Was studierst du eigentlich?«, fragte Giulia Salvatore, der so dicht hinter ihr war, dass sie seinen Atem spüren konnte. Sie hatte keine Ahnung, obwohl Simone schon eine ganze Weile mit ihm zusammen war.

»Come per favore? Wie bitte?«

Er hatte sie nicht verstanden und sie beließ es dabei. Die Frage war unpassend in diesem Gedränge. Simone und Klara waren ein Stück weit abgedriftet. Salvatore sprach besser Deutsch als Klara Italienisch, und er übersetzte aus Höflichkeit selbst dann, wenn sie ihn nicht hörte. Überhaupt war Salvatore ein überaus zuvorkommender Zeitgenosse. Im Gegensatz zum zartgliedrigen Simone wirkte er athletisch, fast massig, groß und dennoch gedrungen. Er hatte ein freundliches, gutmütiges Gesicht und ein schelmisches Lächeln. Dennoch gewann Giulia den Eindruck, dass er Kampfsport praktizierte. Seine Augen blitzten reaktionsschnell, seine Bewegungen erfolgten präzise. Obwohl er meist still war und in sich ruhte, wirkte er stets wach und aufmerksam.

Er legte Giulia die Hand auf die Schulter. »Der kleine Asiate, der hinter Klara hergeht«, raunte er. Erst sprach er Deutsch, dann wechselte er ins Italienische. »Er hat ihr vorher etwas zugesteckt. In die Manteltasche. Vielleicht einen Zettel oder einen Stick. Was kann das bedeuten?«

Ich habe es gewusst. Giulia seufzte. »Non lo so. Grazie, Salvatore.«

Giulia tat sich schwer damit, Fischer am ersten Weihnachtsfeiertag anzurufen. Es war der einzige Tag im Jahr, der dem Kreis der Familie vorbehalten war. Deshalb zögerte sie das Telefonat immer wieder hinaus. Nachdem sie mit den anderen dreien in einer Bar einen Caffè getrunken und allein nach Hause zurückgekehrt war, fasste sie sich ein Herz.

Er war sofort am Apparat. »Ich wünsche dir eine gesegnete Weihnacht. Ist alles in Ordnung?«

»Nein«, sagte Giulia. »Meine Mutter ist hier.«

»Das meine ich nicht. Haben deine Nachbarn Ruhe gegeben?«

»Sie sind ausgeflogen. Fort.«

»Umso besser.«

»Meine Mutter möchte, dass du kommst. Du und Reinhild. Also, dass ihr kommt!«

Stille. »Das können wir gerne überlegen. Wart, wir haben eine Einladung zu Silvester, aber die könnten wir noch absagen …«

»Sie will, dass ihr sofort kommt.«

»Wie jetzt?«

»Noch heute. Oder spätestens morgen.«

»Ist etwas passiert?«

»Da kannst du Gift darauf nehmen, dass etwas passiert ist. Aber du glaubst doch nicht, dass meine Mutter mir etwas darüber verrät.« Giulia hörte selbst, wie gekränkt sie klang. »Es stinkt mal wieder zum Himmel.«

Fischer lachte unfroh. »Ich muss das erst mit Reinhild besprechen. Sarah wird untröstlich sein, und ich kann sie mit dem Baby wirklich nicht mehr überallhin mitnehmen.«

Giulia hörte im Hintergrund Sarahs fröhlich nörgelnde Stimme: »Justus … Justus … Kann ich noch, bitte kann ich noch Torte, kommst du?« Ein Säugling quietschte. Und wieder Sarah: »Noah hat nass gemacht!«

»Es tut mir leid.«

»Das braucht es nicht, Giulia. Bestimmt ist es eine Fügung Gottes. Seine Wege sind unergründlich.« In Fischers Stimme lag ein Sarkasmus, den er früher nicht gehabt hatte. »Dann ist es wenigstens zu etwas gut, dass ich keine Messe mehr halte.«

»Es muss was mit der Kirche zu tun haben«, mutmaßte Giulia. »Oder mit Weihnachten. Meine Mutter will bestimmt nicht, dass du ihr die Beichte abnimmst.«

»Wir sind an Silvester bei Peter Müller eingeladen. Beim Gerichtspsychiater.«

Giulia stöhnte.

»Der Doktor hat sich jetzt endgültig von seiner Familie getrennt. Was hältst du davon, wenn wir ihn mitbringen?«

»Nein«, sagte Giulia. »Nein, nein, nein.«

Pünktlich um acht erschien Klara zum Abendessen. Sie waren allein. Giulia hatte Kerzen angezündet. Es gab massig Reste: Peperonata, ungesalzenes Brot, diverse Schinken, Kutteln. Kalbfleisch. Salat. Kartoffeln. Käse. Panettone. Und Wein.

Ab und an sah Giulia aus dem Fenster. Wieder lag das Küchenfenster gegenüber im Dunkeln. Sie werden über die Feiertage weggefahren sein, sagte sie sich. Was ist daran besonders? Die meisten jungen Paare fahren heim zu ihren Eltern. Und ist es wirklich so schlimm, dass sie sich in die Wolle kriegten? War das wirklich schon ein tätlicher Angriff gewesen, den sie beobachtet hatte, war das bereits Körperverletzung, oder übertrieb sie maßlos und redete sich das nur ein? Vielleicht gehörte das zum Spiel der beiden, und es hatte mit häuslicher Gewalt nichts zu tun.

»Was hat er dir in die Tasche gesteckt?«

»I wo, nichts«, sagte Klara. »Wen meinst du überhaupt?«

»Ich rede von diesem Chinesen oder was das war, der dich vor dem Dom angerempelt hat.«

»Ach, der.« Klara grinste. »Der hat mir einen Kompass geschenkt.«

Klara ging zu ihrem Mantel und zauberte einen kleinen runden Kompass aus der Tasche.

Giulia wog ihn in der Hand. Sie hatte das sichere Gefühl, dass mit ihm was nicht stimmte. Vielleicht war ein Mikro darin versteckt. Oder eine Kamera. Oder beides. Vielleicht gingen sie, während sie sich hier harmlos unterhielten, bereits irgendwo auf Sendung. »Du hast gewonnen. Fischer und Reinhild machen sich morgen früh auf den Weg. Sie fahren sozusagen ins Blaue.«

»Die Sache ist aus dem Ruder gelaufen. Wir machen antiklerikale Kunstaktionen, dafür haben wir die Reinigungskräfte eingeschleust und die Kirchen unterwandert, aber wir bringen doch keinen um. Was ist das denn für eine Scheiße, Ari? Was hast du dir bloß dabei gedacht. Und welche Idioten hast du angeheuert? Das sind doch komplette Hornochsen, die mit solchen Sauereien an die Öffentlichkeit gehen.«

»Ich weiß nicht, wovon du sprichst.«

»Ich spreche von dem Toten im Grab Christi.«

»Davon weiß ich nichts. Das waren wir nicht.«

»Du lügst. Wer soll es denn sonst gewesen sein?«

Mitten in ihrem Selbstgespräch spürte Ari, dass jemand ihr folgte. Seit sie in der Femengruppe mitarbeitete, hatte sie gelernt, besser auf sich aufzupassen. Sie drehte sich mehrmals um, konnte aber niemanden aus der Menge herausfiltern, der es auf sie abgesehen hatte.

Spätnachmittag. Schwindendes Licht. Lichterketten, Kugeln, Farbprojektionen an antiken Mauern. Der Turm des Palazzo Vecchio erstrahlte in Neonpink und Grellgrün. Im Strom der Touristen wurde Ari durch Florenz gespült, hinunter zum Arno. Sie wusste nicht so recht, was sie dort wollte. Sich unsichtbar machen vielleicht. Sie hatte Angst. Die Gruppe machte sich einen Spaß daraus, an heiligen Orten den Busen zu zeigen, viel mehr an Aggression steckte nicht dahinter. Freilich ging es gegen den Klerus und das Patriarchat, gegen die weltumspannende Männermacht. Freilich war Femen nicht weniger als die neue globale Frauenbewegung. Femen war radikal und packte das Übel an den Wurzeln. Kriminell war Femen nicht, und es gab keine, der Ari einen Mord zutraute. Die Genossinnen waren militant, ihre Provokationen bewusst geschmacklos, aber den Verzicht auf Gewalt hatten sie sich ganz groß auf ihre Fahnen geschrieben.

Eigentlich hatte Ari nur nochmal nach dem Loch suchen wollen. Und es gegebenenfalls zustopfen. Damit nicht wieder ein

Mäuschen zum Erlöser fand. Über Weihnachten würde es im Sarg verhungern. Ari war sich sicher, dass irgendwo ein Mäusenest war. Die Maus war zu klein gewesen, um allein unterwegs zu sein.

Dann hatte Ari die Leiche entdeckt. Und entsorgt. In einem ebenerdigen Steinsarkophag, nicht weit von der Fundstelle entfernt. Der Deckel war aus Metall und ließ sich mit Mühe lüften. Ari benutzte dafür ein Stemmeisen. Sie schaffte es, den Toten trotz Leichenstarre allein aus dem Holzsarg zu hieven und übern Steinboden zu schleifen. Während sie sich im hinteren Teil der Basilika zu schaffen machte, wurde weiter vorn der Rosenkranz gebetet. Um nicht gesehen zu werden, hatte sie ringsum Stellwände aufgebaut. Die standen in der Besenkammer bereit und wurden eingesetzt, wenn grundgereinigt oder restauriert wurde.

Als der Mann in die Grube fiel, gab es einen dumpfen Aufprall. Ari tat es leid. Aber wenn er gefunden würde, wären sie und ihre Gruppe in Gefahr. Man würde sie verdächtigen. Wer auch immer das Opfer im Sarg drapiert hatte, wollte genau das erreichen. Allerdings brachte man keinen um, nur um einer Horde wild gewordener Feministinnen eins auszuwischen. Da gehörte schon mehr dazu. Verzweiflung. Hass. Irgendein niederes Motiv. Ari überlegte, an wen sie der Tote erinnerte. War er ein Politiker? Ein Sportler? Er war noch jung. Er sah selbst im Tod noch gut aus.

»Die Sache ist aus dem Ruder gelaufen, nicht wahr?«

Ari drehte sich um. »Cheng!«

Er war über Nacht noch kleiner und dicker geworden. In seinem dunkelblauen Mantel sah er aus wie der Hausmeister von Mao Tse-tung. Er grinste. Seine Zähne waren groß und gelb. Es fing an, zart zu schneien. Die Flocken waren so fein, dass sie noch in der Luft schmolzen.

4

Zu italienischen Ceccarelli-Fischgrathosen trug Fischer ein Armor Lux Frotteeshirt, hergestellt in Frankreich, das so blau war wie das bretonische Meer. Darüber eine offene Hirschlederjacke aus Polen, braun wie die polnischen Felder und geschnitten wie ein Anorak. Dazu schwarze Hannes Roether Deutschlederschuhe aus reiner imprägnierter Baumwolle, Herkunft Deutschland. Das alles wirkte salopp und teuer und schon neu leicht abgetragen. ›Used look‹. Fischer war extrem gut aussehend, und es war ihm durchaus bewusst. Dass sich durch seine vollen, braunen Locken neuerdings Silberfäden zogen, machte ihn noch attraktiver. Mit Mitte 40 wirkte er noch immer jungenhaft und spitzbübisch, mit seinen ausdrucksvollen grauen Augen, die durch seine randlose Brille noch vergrößert wurden. Er besaß eine harmonisch geformte Nase und fein geschwungene, sinnliche Lippen. Er sah aus wie ein intellektueller Genießer, ein etwas frivoler Schöngeist, dabei predigte er Demut und Erbarmen.

Reinhild wirkte neben ihm ein wenig ordinär mit ihren blondierten Strähnen und der starken Schminke. Sie trug einen eng taillierten schwarzen Mantel mit Pelzimitatkragen, den sie im Auto auszog, und hochhackige, spitze Wildlederstiefel in der Farbe von geronnenem Blut. Sie stammte von der Schwäbischen Alb, sie sprach ausladend breit und ihre Stimme war etwas rau. »Du stehst morgens auf, du gehst zur Arbeit, du kommunizierst mit anderen Leuten. Du hältst unablässig Kontakt, du nimmst neuen Kontakt auf, du lässt Kontakte schleifen. Unentwegt bist du verbandelt mit deinen Mitmenschen, du bist Teil dieser Welt, Mitglied in einem gigantischen Netzwerk von Stimmen und

Seelen und Meinungen, von kalten und warmen Strömungen, du bist in einem Fluss. Du gehst einfach nur ein Brötchen kaufen und beißt hinein, du schaust jemandem in die Augen dabei, er lächelt zurück, dein Tag ist gerettet; oder er versteht deinen Blick falsch, und du wirst dich jahrelang nicht mehr vor deine Tür trauen, weil du nicht weißt, ob er davor steht und auf dich wartet. Du kannst dir nie sicher sein, ob der, mit dem du es zu tun hast, normal ist, ob er angemessen reagiert, ob er eine Kränkung erträgt. Oder ob er sich verbirgt und dir droht und dann zuschlägt. Du weißt nie, ob und wann er dich tötet. Du musst mit allem rechnen, jederzeit, bei jedem, weil du nie weißt, wer der andere ist, ob ihm zu trauen ist, was er erfahren hat, was er mitteilen und was er ausleben will. Du weißt nicht, was er zurückhalten kann, du ahnst nicht, zu was er fähig ist. Du hast keine Ahnung, was er von dir verlangt und vor dir verbirgt.«

»Was willst du mir eigentlich sagen?«, fragte Fischer. Er redete in einem wunderbar warmen Alemannisch. Er fuhr.

»Dass ich diesen Job bei der Telefonseelsorge nicht mehr lange aushalte. Er nimmt mir jede Illusion dessen, was den Menschen ausmacht. Früher habe ich gedacht, der Mensch ist weder gut noch schlecht, er ist ein Ergebnis seiner Umstände, und wenn man es gut meint mit andern, dann wird das schon Früchte tragen und nützen. Aber so einfach ist es nicht. Das Einzige, was einen vor Schlimmerem bewahrt, ist die Zurückhaltung und das Misstrauen. Die meisten Menschen, denen ich zuhören muss, oder zuhören darf, sind Frauen, die meisten haben die Erfahrung gemacht, dass sie in einem bestimmten Augenblick ihres Lebens nicht aufgepasst haben; sie haben sich zu irgendetwas hinreißen lassen, dabei haben sie die Kontrolle verloren. Jeder von uns verliert schätzungsweise ein paar Mal am Tag die Kontrolle, meistens geht es ja glimpflich ab, weil wir den Schlüssel im Rinnstein wiederfinden, den wir aus Versehen aus der Tasche gezerrt haben, um ein banales Beispiel zu nennen. Blöd wird es, wenn dabei Menschen involviert sind, zwei Menschen beispielsweise, ein Mann und eine Frau. Dabei ist dann gleich Macht mit im Spiel, die Sache läuft aus dem Ruder, aus einer Kleinigkeit wird leicht eine Katastrophe.«

»Mach mal das Radio an.« Fischer lächelte von der Seite an Reinhild vorbei.

Reinhild drückte auf den Knopf. Im Kulturkanal lief ein Song von Damien Rice: »The window's open now and the winter settles in / We'll call it Christmas when the adverts begin / I love your depression and I love your double chin / I love most everything you bring to this offering // Oh I know that I've left you in places of despair / Oh I know that I love you so please throw down your hair …«.

Der zweite Weihnachtsfeiertag. Es war noch Nacht. Fischer überholte einen Audi, der schwankend vor sich hin zockelte, als sei er selber betrunken. Die Autobahn war frei, aber keineswegs leer, und sie waren kurz vor Zürich. Fischer hatte vergessen, sich eine Vignette zu besorgen, und freute sich auf die italienische Grenze. Er hatte seinen schwarzen Smart verkauft und fuhr nun einen schwarzen Daimler.

»Jede Übertretung«, sagte Reinhild, »mündet in die Gefahr, und jede Gefahr geht leicht tödlich aus. Wer das Risiko nicht meidet, wird darin umkommen. Schenke niemals deinem Nachbarn einen freundlichen Blick, lass dich nie auf eine unverbindliche Begegnung ein, suche nirgendwo einen Bekannten, einen Freund, einen Partner, gehe nur auf Menschen zu, wenn du bereit bist, dich vollkommen zu entäußern, alles zu geben, alles zu opfern und zu verlieren. Dich rückhaltlos unterzuordnen und aufzugeben.«

Fischer wusste, wie sich ein Burn-out anfühlte, er hatte länger mit einem gelebt. Er glaubte nicht, dass Reinhild auf eines zustrudelte. Er setzte den Blinker und scherte wieder ein. »Ja, und dann?«

»Ich weiß es nicht.« Sie kramte ihr Schminktäschchen hervor und zog die Lippen nach. »Wir haben wohl keine Alternative, als uns strangulieren zu lassen. Wenn wir leben wollen, müssen wir uns dem Wahnsinn ausliefern, der Paranoia, der Gemeinheit, dem blinden Wüten der Willkür. Die Alternative ist Rückzug, Passivität, völliger Verzicht.«

»Wie wäre es mit etwas mehr Vorsicht?«, fragte Fischer.

»Das ist nie verkehrt, aber wie viel Vorsicht ist geboten, und wo wird sie schon wieder zum Verhinderungsgrund? Die meisten Frauen, die vergewaltigt, missbraucht, misshandelt und geschlagen werden und die mir ihr Leid klagen, würden von sich behaupten, dass sie umsichtig gewesen sind und das nicht haben kommen sehen. Vielleicht fehlt ihnen eine Form von Intuition, die aber nur dahin führen kann, dass man sich nichts mehr traut und nichts mehr zutraut. Weil man nämlich nicht wissen kann, wann das Beil darniedersaust und der Hammer fällt. Der Fehler liegt bereits darin, dass die Frau eine Frau ist und das Opfer das Opfer. Wenn du Pech hast, bist du falsch geboren.«

Reinhild holte einen Apfel aus der Tasche und biss hinein. Im Augenwinkel sah Fischer, dass sie das Grün der Schale mit dem Rot des Lippenstifts verschmierte. Die Morgendämmerung verdüsterte sich wieder; es dunkelte plötzlich und fing an zu graupeln. Er kontrollierte die Scheinwerfer und machte den Scheibenwischer an. »Ich glaube, du solltest dich mehr auf dein Studium konzentrieren. Vielleicht laugt dich das einfach aus, dieses immer Zuhörenmüssen.« Und mit einem stärkeren theoretischen Hintergrund, dachte Fischer, wirst du differenzierter argumentieren und die Dinge besser gewichten können. Du wirst die Umwelt in all ihren Facetten und in sämtlichen Schattierungen sehen, die Details wahrnehmen, anstatt immer nur Schwarz und Weiß miteinander zu konfrontieren und gegeneinander auszuspielen.

»Ich weiß, was du denkst.« Reinhild kaute diskret und drehte den Apfel ein wenig. »Ich habe den Laptop dabei und werde jeden Tag an meiner Hausarbeit schreiben. Es ist keine Ausflucht, dass mir das Schicksal dieser Leute so nahegeht. Na, es sind ja vor allem Frauen. Junge Frauen, alte Frauen, das Alter spielt keine Rolle. Auch das Vermögen oder die Bildung spielen keine Rolle. Es ist völlig egal, wo die Frauen herkommen, ob sie gläubig sind oder nicht, woran sie glauben. Selbst die Frage, ob sie Kinder und eine Familie haben, hat manchmal kaum eine Bedeutung. Das Problem ist eigentlich immer, dass sie sich etwas getraut, dass sie etwas versucht haben, dass sie die vorgezeichneten, ausgetretenen Pfade verlassen und etwas Neues ausprobiert haben. Dass sie sich ein Ziel gesetzt haben, bei dem sie sich vergaloppieren mussten, weil sie ihre Verirrung und die Vorboten ihres Scheiterns nicht erkannt und die Warnzeichen in den Wind geschossen haben.«

»Ah, es gibt also beizeiten Signale, für die man Antennen haben muss. Vorhin hast du gesagt, man merkt nicht, wenn man in sein Verderben rennt, weil es sich durch nichts ankündigt«, wandte Fischer ein.

Reinhild sah ihn an. »So? Hab ich das? Das stimmt ja auch, wo liegt der Widerspruch, wenn man das Augenfällige ausblendet und die Bedrohung nicht wahrnimmt, aber vermutlich kündigt sich das Unheil doch an. Das Problem ist und bleibt die riesige Ungerechtigkeit, dass wir nicht frei sind, dass die Menschen nicht frei sind, sich zu rühren, ohne dass einer vor ihnen das Messer zieht. Wir sind drinnen nicht sicher, wir sind draußen nicht sicher, wir sind am Tag und in der Nacht nicht sicher, überall lauert uns einer auf, daheim und wenn wir unser Zuhause verlassen, in der Heimat und in der Fremde sowieso.«

»Du sprichst jetzt von den Frauen.«

»Die Frauen und die Jugendlichen und die Greise und die Geflüchteten und die Migranten und die Andersdenkenden,

Andersfühlenden und alle, die anders sind, und alle, die gleich sind oder gleich sein wollen.«

Im Radio kamen Kulturnachrichten. »Als Papst Franziskus an diesem ersten Weihnachtsfeiertag vor Zehntausende von Gläubigen trat und seinen Segen Urbi et Orbi sprach, wirkten seine Gesichtszüge angespannter als sonst, der Mund nahezu verkniffen. Er hatte das Antlitz eines Bedenkenträgers, ›als ob er eine Vorahnung gehabt hätte‹, sagte Vatikan-Sprecher Eugenio Casabaldi später, in einer zusätzlichen Liveübertragung vom Petersplatz. Wo Schaulustige ausharrten und sich Gruppen bildeten, obwohl es längst nichts mehr zu sehen gab. Nach der Ansprache des Papstes war die Femenaktivistin Emma C. barbusig in die große Weihnachtskrippe geklettert und hatte das Jesuskind aus dem Stroh gezerrt. Sie wurde von einem Wachmann festgenommen.«

Nun folgten ein paar Sätze auf Italienisch, in schlechter Smartphone-Qualität.

»Vatikan-Sprecher Casabaldi sprach von einem ›extrem schwerwiegenden Vorfall‹, weil ›die religiösen Gefühle einer großen Zahl von Menschen‹ verletzt worden seien. Emma C. drohe deshalb ein Gerichtsverfahren wegen ›Störung des Friedens, obszöner Akte in der Öffentlichkeit und Diebstahl‹. Die Justizbehörden des Vatikans sprachen sich aber lediglich für ein Platzverbot aus.«

»Muttergottes«, sagte Fischer und deutete mit dem Kinn auf den Polizisten, der in Ausübung seiner Amtstätigkeit ungerührt im Vollschiff stand. Mit der Kelle wurde er rechts rangewunken.

»So.« Reinhild packte den Apfelbutzen in ein Tempo und strich leicht über Fischers Arm. »Halt an. Jetzt muss ich sowieso mal pinkeln.«

Der Schweizer Kantonspolizist scherte sich nicht um die fehlende Vignette, sondern machte stattdessen einen Drogenschnelltest. Im ersten Licht des Tages musste Fischer seine Hand öffnen, dann wurde ihm eine Flüssigkeit aufgesprüht. Als das Spray trocken war, durfte er weiterfahren. Fischer segnete den klatschnassen Beamten und wünschte ihm eine freudvolle Weihnacht. Reinhild fluchte und notierte sich die Dienstnummer des Uniformierten, der so humorfrei gewesen war wie die Ulknudel in einem Nonsense-Podcast.

Fischer versuchte, sie zu beschwichtigen. »Jetzt haben wir quasi die amtliche Erlaubnis, auf Schweizer Staatskosten schwarzzufahren. Außerdem hat der Regen aufgehört.«

Es hatte sich gelohnt, in aller Herrgottsfrühe aufzubrechen. Hinter dem Gotthard klarte der Himmel auf, und sie hatten noch den ganzen Tag vor sich. Aufgefächert wie die Dreieinigkeit Gottes grüßte die Sonne hinter den aufragenden Felsen. Südlich von Como tranken sie einen Caffè. Reinhild aß dazu ein Cornetto. Fischer hatte keinen Appetit. Er gebärdete sich wortkarg und war schnell beleidigt, als Reinhild ihn darauf hinwies, dass sie fahren wollte. Er schmiss ihr den Schlüssel zu und traf sie am Ausschnitt.

»Aua!« Reinhild fasste sich an die Brust.

Fischer fiel auf, dass sie einen glänzenden schwarzen Pulli trug, der zwar hochgeschlossen war, aber an den Schultern kleine Löcher hatte, durch die man links das Tattoo sehen konnte. »Sorry. Das wollte ich nicht.«

»Schon recht. Ich bin nur erschrocken.«

»Ist der Pulli neu?«

»Nein, ich habe ihn nur wiedergefunden.«

Sie stiegen wieder ein. Reinhild fuhr zügig und sicher. Sie konzentrierte sich auf den flüssigen Verkehr.

Fischer hing seinen Gedanken nach. Giulias überstürzte Einladung war die letzte Rettung gewesen, einem drohenden Familienkrach und möglicherweise der Trennung von Reinhild aus dem Weg zu gehen. Wie meistens drehte es sich um die Versorgung der Großeltern und um die Fürsorge für Sarah und das

Kind. Wobei ein Grab zu richten das Einzige war, was der Opa noch brauchte, und schon da haperte es. Die Oma dämmerte im Pflegebett dahin, und Sarah wurde mit dem Baby betreut. Da hatte es andere Zeiten gegeben, harte Zeiten, die Fischer an den Rand seiner selbst und in die Psychiatrie gebracht hatten. Jetzt, wo alles geregelt oder aber zu Ende war, brachen verschärft die Konflikte auf. Sie entzündeten sich daran, wer was zahlte. Der Grabstein, die Pflegestufe, Sarahs Brille. Jeder Hafenkäse wurde aufgerechnet, und wenn einem die Argumente ausgingen, kam man mit der Zeit, die man investiert hatte. Fischers Schwestern Esther und Hannah, die zwischen ihm und Sarah kamen, überboten sich an Vorwürfen, vor allem ihm gegenüber. Sein jüngerer Bruder August hielt sich aus allem heraus. Die Eltern kniffen sowieso beide. Das hatten sie ihr Lebtag lang getan. Fischer wusste nicht, worin ihre Ehe seit 50 Jahren bestand. Aber sie waren die nächste Generation, die alt wurde. Er mochte nicht daran denken. Es war wie überall. Da half Gottes Segen nicht viel. Und Reinhild goss immer noch Öl ins Feuer. Sie war wie geschaffen dafür, die Spannungen zum Eskalieren zu bringen.

»Angst«, sagte Reinhild, »Angst ist der Ring um deine Brust, es ist das, was dir die Brust zuschnürt und dich am Atmen hindert. Angst nimmt dir den Schnauf weg, du kannst noch einatmen, aber nicht mehr aus, du kriegst keine Luft mehr. Die Angst verhärtet deine Muskeln, dein Herz, dein Gehirn. Du liegst in Fesseln, du bist wund in deinem Innern, du läufst, du rennst, du rennst dir inwendig die Lunge aus dem Leib, doch du entkommst nicht, du kommst nicht davon, und du weißt es, dein hämmerndes Herz, deine leeren Gedanken, die verlorene Seele. Du schürfst dir die Haut auf, du zerkratzt dich, bis du blutest, du bist mit dir allein, mit dem Rest von dir, dieser zuckenden Hülle; niemand ist da, der dir zuhört, der dich rettet, du kannst dich keinem anvertrauen, du hast keine Stimme, dein

Schrei erklingt lautlos. Schlimmer als die Angst ist die Angst vor der Angst, schlimmer und weniger real, denn die Wirklichkeit ist das, was dich immer weiter in dich hineintreibt, sie ist der Hammer, der herabfällt, die drohende Axt, das Beil, der baumelnde Galgen. Es ist alles umsonst. Denn es ist doch einfach nur die Furcht davor, zu einem beliebigen Zeitpunkt vernichtet zu werden, gepaart mit einer entsetzlichen Panik und Höllenqualen. Na und?«

»Hör auf«, sagte Fischer, »ich kann das nicht mehr hören.«

»Du *willst* es nicht mehr hören«, entgegnete Reinhild. »Das ist ein Unterschied.«

»Mag sein. Gut. Ich will es nicht mehr hören.«

»Weißt du, wie viele Menschen mit diesem Gefühl in sich herumlaufen?«

»Nein, und ich will es auch nicht wissen.«

»Du glaubst an dein Gottvertrauen. Aber was nützt dir das, wenn der Teufel hinter dir her ist?«

Fischer streifte die Ahnung, dass die Krise noch nicht ausgestanden war. Sie schleiften die Konflikte mit. Dieses Weihnachten würde es noch gewaltig krachen, und nur mit viel Glück schafften sie es noch zusammen bis Silvester. Darüber hinaus wagte er nicht zu denken. Er konnte sich nicht vorstellen, mit Reinhild ein neues Jahr anzufangen.

Dabei waren sie erst ein gutes Jahr zusammen. Am Anfang war er sehr verliebt gewesen. Eingestanden hatte er sich das aber erst nach einer Weile. Zu vieles wurde dadurch in Frage gestellt. Sein ganzes Leben, das fragil genug war, kippte restlos in sich zusammen. Alles, was sich gerade eben erst wieder langsam zu ordnen schien, hatte von heute auf morgen keine Bedeutung mehr. Fischer hatte gedacht, dass er nach einer Midlife-Crisis in sein gewohntes Amt zurückkehrte. Das war nicht der Fall. Das genaue Gegenteil trat ein, er floh vor der Kanzel und wurde Religionslehrer.

Er zog aus dem Pfarrhaus aus und übernahm mit Reinhild die Wohnung der Großeltern. Beide kamen kurz hintereinander ins Pflegeheim, nachdem der Opa einen Schlaganfall erlitten hatte und halbseitig gelähmt war. Das schmerzte Fischer am meisten, dass sich das nicht anders lösen ließ. Der Großvater wollte nicht mehr und starb schnell, der Zustand der Großmutter verschlechterte sich dramatisch. Fischer fühlte sich mitschuldig daran, aber er wusste nicht, wie er es hätte verhindern sollen. Er hatte seine Energie in zu viele andere Dinge gesteckt und eine Menge Kraft verplempert. Sarahs Schwangerschaft kostete ihn ganz schön Nerven, zumal sie ein gesundheitliches Risiko darstellte und der Vater des Kindes so unvermutet verschwand, wie er gekommen war. Reinhild war ihm auch da von Anfang an keine große Hilfe.

Das merkte er allerdings erst Monate später, in der Rückschau, wenn er das alles Revue passieren ließ. Dass er überfordert gewesen war, chronisch überbeansprucht, das war nichts Neues und ihm vollauf bewusst gewesen. Aber zunächst war er von dem Gedanken beseelt, dass Reinhild ihm guttat. Dass er durch sie und mit ihr eine Erfahrung machen durfte, die ihm bis dahin verwehrt gewesen war. Die Liebe einer Frau. Die Liebe zu einer Frau. Fischer staunte selbst, dass ihn das Körperliche, Sexuelle nicht überraschte. Es war, als sei es von jeher da gewesen. Es lief wie von allein, und alle Bewegungen und Abläufe, alle Sinneseindrücke und selbst die Gerüche waren ihm vom ersten Mal an seltsam vertraut. Als hätte dieses intime Leben irgendwo bereitgestanden und nur auf ihn gewartet. Gleichzeitig stellte er verblüfft fest, dass es ihn nicht erfüllte. Nicht in der Weise, die er sich vorgestellt hatte. Er spürte keine Lust, ihm fehlte das Begehren. Er war asexuell, aber nicht impotent, er war einfühlsam und regelmäßig bereit. Und er war greifbar, fast rund um die Uhr, 24/7.

Reinhild schien das glücklich zu machen. Er ging davon aus, dass sie trotz ihrer Unkerei glücklich war. Sie musste es einfach sein. Das unstete Leben, das sie ein paar Jahre lang geführt hatte, war mit einem Mal zu Ende. Sie nahm ihr Psychologiestudium wieder auf und erzielte rasche Fortschritte. Nebenher engagierte sie sich ehrenamtlich. Sie hatte unablässig zu tun. Fischer begriff erst nach und nach, dass sie keinen Fuß in seine Familie hineinsetzte. Und auch ihre eigene Familie mied. Sie fuhr nie auf die Schwäbische Alb, wo sie herkam. Außer ihm hatte sie niemanden. Und sie schien keinen Menschen zu brauchen. Ab und zu telefonierte sie mit ihrer Freundin Annika, die er flüchtig kannte und für ein wenig überspannt hielt. Beide waren protestantisch und pietistisch erzogen worden. In einer Lebenswende, einer sogenannten Wiedergeburt, hatte Reinhild ihm erklärt, wird Christus Teil des menschlichen Lebens. Dazu musste man sein Leben unter das Gebet stellen und aus der Bibel lernen. Aus der bewusst vollzogenen Hingabe an Gottes Wort entstand eine stoffliche Gotteserfahrung. Sie hatte sich dann dem eher jesusfernen Islam und zuletzt dem katholischen Glauben angeschlossen.

Ein solches Streben und Umherirren war Fischer fremd. Er neigte weder zu Fanatismus noch zu Konvertitentum. Er verließ sich auf sein Gottvertrauen, mit dem er rang und das ihn dennoch stets begleitete. Er betete nicht, sondern hielt in allen seinen Gedanken unablässig Zwiesprache mit Gott. Das war völlig unangestrengt und lief quasi automatisch. Er war somit nie allein, denn neben ihm befand sich stets das höhere Wesen, mit dem er auf Augenhöhe kommunizierte. Dass es Gott nicht gab, konnte er sich nicht vorstellen. Noch weniger leuchtete ihm allerdings ein, dass man irgendetwas dazu beitragen konnte, damit Gott einem erschien. Er war halt da, und man musste es mit ihm aushalten. Das war nicht alle Tage einfach, weil Gott streitsüchtig und nur selten der gleichen Meinung war. Er stellte alles in Frage und erteilte kaum einen Rat. Mit Kritik hielt er sich selten zurück, bisweilen machte er einem sogar Vorwürfe. Trotzdem war Fischer sich sicher, dass Gott ihn liebte.

»Was machen wir eigentlich in Florenz?«, fragte Reinhild, als sie auf der Autostrada das Schild passierten, *Firenze*.

»Wir checken ein«, erwiderte Fischer. »Und dann sehen wir weiter.«

»Wie hat Giulia so kurzfristig eine Übernachtungsmöglichkeit für uns aufgetan? In Florenz ist derzeit doch der Bär los, oder?«

Fischer grinste. »Das ist ihr Job. Auch wenn zum Jahreswechsel die absolute Hochsaison herrscht, muss sie immer noch ein paar Kurzentschlossene unterbringen können. Zu was betreibt sie sonst diese Agentur?«

5

»Das ›Dritte Büro‹? Nie gehört«, sagte Fischer.

»Eine chinesische Geheimorganisation?«, fragte Reinhild.

»Das ›Dritte Büro der Hauptabteilung der chinesischen Volksbefreiungsarmee‹.« Klara hob den Zeigefinger. »Die Abteilung hat mindestens 100.000 Mitarbeiter. Deren Arbeit steht im Zentrum der chinesischen Militärstrategie. Es geht vor allem um Cyberspionage. Dafür belauschen sie weltweit die Kommunikation.«

»Bist du dir sicher«, fragte Fischer, »dass du die Leiche wirklich gesehen hast? Und dass der Mann tatsächlich tot war?«

Er wusste nicht mehr, ob er Klara Kerner im vorletzten Herbst geduzt hatte, als sie sich in Marina di Santo Stefano in der südlichen Toskana begegnet waren. Klara war deutlich gealtert, und er meinte die ersten Anzeichen einer Demenz bei ihr festzustellen. So hatte es auch bei seiner Großmutter angefangen, mit Verschwörungstheorien, Verfolgungsideen und groß angelegten Spintisierereien.

»Er hatte Totenflecke«, erwiderte Klara.

Der Kellner kam, und sie nahm die Pizza Diavolo entgegen. Groß und glänzend lag sie auf dem Teller, der Teig wirkte knusprig. Es war schon nach acht. Fischer und Reinhild hatten den Tag mit Sightseeing verbracht und sich zwischen die Touristenströme geschoben. Bei Giulia, die ihnen übertrieben eingespannt vorkam, hatten sie bislang nur eine Stippvisite gemacht. Giulia erwartete Familienbesuch und hatte sie daher an ihre Mutter verwiesen, die gerne mit ihnen essen gehen wollte. Sie meinte aber, sie werde später dazustoßen. Zu dritt saßen sie im Ristorante »Fuoco Matto« in der Via Ventisette Aprile, schräg gegenüber von Klaras Bed and Breakfast. Klara besetzte die Bank, Fischer und Reinhild hockten auf etwas zu niedrigen, aber bequemen Stühlen. Reinhild hatte sich fein gemacht. Sie hatte ihre blondierten Strähnchen hochgesteckt, war sorgfältig geschminkt und trug über einer hautengen Bluse ein schwarzes Kleid mit Spaghettiträgern. Fischer war in saloppem Schwarz gekleidet, Seide und zerknittertes Leinen, Klara trug ein Holzfällerhemd und ihre weinrote Lieblingscordhose, die verbeult und schon ziemlich abgewetzt war. Das Lokal war voll. Am Nachbartisch lärmte eine Großfamilie. Fischer und Reinhild aßen selbst gemachte Pasta mit Pilzen. Aus der Karaffe schenkte Fischer Weißwein und Wasser nach.

»Und du möchtest nicht, dass wir mit Giulia darüber reden?« Reinhild versuchte zu lächeln, hatte aber einen besorgten Gesichtsausdruck.

»Lieber nicht.« Klara griff nach dem Besteck. Sie lächelte zittrig zurück. Ihr rechtes Lid flackerte. »Nicht von dem toten Schneewittchen in Heilands gläserner Kiste. Ich möchte den Kreis der Eingeweihten so klein halten wie möglich. Und Giulia hat sowieso schon Lunte gerochen. Sie hat gesehen, wie Cheng mir einen Kompass geschenkt hat.«

»Einen Kompass?« Reinhild schüttelte den Kopf.

»Das mag ja alles irgendwie stimmen, selbst die Sache mit dem Sarg. Aber wie kommst du darauf, dass ein mächtiger chinesischer Geheimdienst, der sonst vor allem im Netz operiert, hinter einem solchen makaberen Happening steckt?« Fischer verlor langsam die Geduld.

»Das habe ich doch eben erklärt.« Sie drehten sich im Kreis. Klara erzählte die ganze Geschichte noch mal. Der als Heiland aufgebahrte Che Guevara in der Basilica di Santa Maria Novella. Und legte erneut dar, wieso sie Cheng im Visier hatte. »Er weiß zu viel. Und er ist irgendwie hinter dieser Putzfrau her. Er glaubt angeblich, dass sie den unbekannten Toten in den

Sarg gelegt hat. Vielleicht meint er auch, dass sie ihn umgebracht hat. Er möchte ihr helfen, die Tat zu vertuschen.«

»Das kann ja alles sein. Aber das ist noch lange kein Grund, so ein großes Ding daraus zu machen.« Reinhild leckte sich einen Soßenklecks aus dem Mundwinkel.

»Ich habe euch gebeten zu kommen, weil ihr euch mit den religiösen Ritualen der Katholiken auskennt.« Klara nahm einen großen Schluck Wein.

»Du hast Justus gebeten zu kommen«, korrigierte Reinhild. »Ich bin sowieso evangelisch. Also sozialisiert, meine ich.«

»Wieso gehst du nicht einfach zur Polizei?«, fragte Fischer.

Klara lachte laut auf. »Das ist doch Unfug. Wer würde mir, einer alten Frau, denn glauben? Außerdem halte ich sie in Italien für nicht sehr fähig. Aber mal was anderes … Sag mal, Justus, hast du früher nicht gestottert?«

Fischer rückte seine randlose Brille zurecht und lächelte.

»Die italienischen Behörden sind in der Tat etwas schwerfällig. Diese seltsame Erfahrung haben wir ja letztes Jahr in Marina gemacht. Trotzdem brauchst du dich nicht so reinzuhängen, Klara.« Reinhild legte den Kopf schief. »Schau, das führt doch zu nichts. Und es geht ja nicht mal um dein Amt.«

»Das werden wir noch sehen, ob es nicht um mein Amt geht.« Klara holte tief Luft. »Das LfV hat überall die Finger drin. Und nicht nur in Deutschland. Aber um dahinterzukommen, welche Rolle die dort spielen, bräuchte ich erst mal ein paar Angaben.«

»Wo, dort?«, fragte Fischer perplex.

»Na, in China! In Shanghai, von mir aus. In Peking. Und in Bethlehem. Wetten, dass der Mossad mit dem ›Dritten Büro‹ kungelt?« Klara kriegte ganz rote Bäckchen.

»Wieso jetzt Bethlehem?« Reinhild tupfte sich diskret den Mund ab und legte die Serviette ordentlich gefaltet auf den Tisch. Es war ihre pietistische Art auszudrücken, dass es ihr reichte.

»Na, Weihnachten. Das Kind in der Krippe. Jesus im Grab. Einfach eine Assoziationskette, verstehst du?« Klara langte sich ans Hirn. »Oder bist du schwer von Kapee? Es ist doch ganz einfach: Der israelische Auslandsgeheimdienst Mossad hat was mit dem ›Third Department of the People's Liberation Army‹ am Laufen. Der Job der 3PLA, also dem ›Dritten Büro‹, besteht darin, die gesamte globale Kommunikation zu kontrollieren. Die Chinesen spähen restlos alles aus, dringen in die verschlüsselten Botschaftskanäle von internationalen Unternehmen ein und durchforsten kriminelle Vereinigungen. Das Ziel: Sicherheitsbedrohungen erkennen, Wettbewerbsvorteile verschaffen. Na, und der Mossad ist entweder Freund oder Feind. Traditionell eher Feind, würde ich sagen. Aber vielleicht machen die auch Geschäfte zusammen, die Chinesen und der Mossad, die Welt ist ein Irrenhaus und hier ist die Zentrale. In Firenze, Compañeros.«

»Willst du einen Mord aufklären oder di… di… dich wieder deiner alten Truppe anschließen?« Fischer sah Klara fest an.

»Beides«, sagte sie. »Wenn ich Licht in die Sache bringe, finde ich wieder den Anschluss an mein altes Amt. Aber ich bin mir nicht sicher, ob das im Sinne des LfV wäre. Die drehen da womöglich inzwischen krumme Dinger, die zu meiner Zeit nicht durchgegangen wären. Obwohl, na ja.«

»Drüben war Licht.« Giulia kam atemlos an. Sie klang gehetzt. »Die sind wieder da.«

»Wer ist wieder da?«, wollte Klara wissen.

»Die Nachbarn. Das junge, korpulente Paar.«

»Das sich nachts an die Gurgel geht?« Klara rückte auf der Bank ein Stück zur Wand hin. »Da, hock dich hin.«

Giulia nahm Platz und zog ihren Mantel aus.

Der Kellner brachte die zweite Karaffe mit Weißwein. Reinhild und Fischer bestellten ihre Secondi, Giulia eine Pizza Napoli.

»Dick oder dünn?« Der junge Kellner sprach Deutsch und lächelte. Es war ein Test.

»Dick«, sagte Giulia. »Die klassische Napoli muss fingerdick sein. La vera pizza napoletana. Für mich bitte gefaltet im Papier und ohne Besteck. Dazu nehme ich ein Bier. Und noch eine Karaffe Wasser, bitte.«

»Subito.«

»Schmeckt spitze. Aber doch lieber mit Messer und Gabel.« Klara spießte das letzte Eck ihrer Pizza auf. Sie hatte alles aufgegessen, auch die üppig quellenden Teigränder.

Giulia krempelte die Ärmel ihres Pullovers hoch. »Die Nachbarn also. Ich bin zu denen rüber und hab mit denen geredet.«

Klara runzelte die Stirn. »Und?«

»Ich hab ihnen gesagt, was ich beobachtet habe. Das war denen aber nicht einmal peinlich. Offenbar ist das für die normal, so ein Umgang.« Giulia schüttelte den Kopf. »Und jetzt, *Mama*, was führt dich hier zu uns? Was ist es wirklich?«

»Gleich.« Klara stand halb vom Tisch auf. »Könntest du mich bitte rauslassen? Ich muss mal ums Eck.«

»Eine beginnende Demenz.« Fischer griff nach Giulias Hand, als die Mutter außer Hörweite war. »Es tut mir leid, dir das so sagen zu müssen. Aber ich bin mir ziemlich sicher.«

»Klara ist völlig verwirrt«, meinte Reinhild. »Sie sieht überall Gespenster und reimt sich die schlimmsten Sachen zusammen. Abenteuerliches Zeug, das irgendwie mit ihrer Vergangenheit beim Staatsschutz zu tun hat. Wir dürfen dir aber nichts sagen.«

»O Gott.« Giulia stöhnte. »Sie schnappt über. Ich habe es kommen sehen.«

»Ich möchte mir von Fischer ein paar florentinische Kirchen zeigen lassen«, erklärte Klara, als sie vom Klo zurückkam. »Ich interessiere mich vor allem für Christusdarstellungen. Welche Bedeutung hat Jesus Christus für die Chinesen?«

»Mamma mia«, sagte Reinhild.

»Muttergottes«, fluchte Fischer.

»Porco Dio.« Giulia schlug sich ans Hirn. »Die Kirchen sind voller Chinesen. Touristenpulks ohne Ende. Sie kommen am Morgen als erste und gehen am Abend als letzte. Frag sie doch einfach, wenn es dich interessiert.«

»Eine ausgezeichnete Idee!« Klara nahm noch einen tiefen Schluck von ihrem Wein. »Was verbindet ein Chinese mit dem Gekreuzigten? Oha, der Wärter in der Basilika! Sie haben eigens einen Landsmann eingestellt, und was der kulturell vermittelt, dazu ließe sich einiges zusammenreimen. Könnte es sich um einen Weltwirtschaftskrieg handeln? Also, um einen Vernichtungskrieg zwischen den USA und China? Der tote König der Juden als Symbol für die Vorherrschaft des Ostens.«

»*Mama*, bitte!«

»Wieso, Julia? Es gibt genügend jüdisches Kapital bei den Amis. Und wenn die Chinesen jetzt da ran wollen …«

Die Pizza kam, und nach ihr die Secondi.

Klara grinste leicht irr und bestellte ein Tiramisu zum Nachtisch.

Gegen zehn Uhr verließen sie das Lokal. Der Kellner hatte es plötzlich eilig und brachte ihnen die Rechnung, weil nun die nächste Schicht kam, die reserviert hatte. Auf der gegenüberliegenden Straßenseite war das Bed and Breakfast, aber Klara war noch nicht müde und wollte lieber noch mit in die Via Guelfa, einen Absacker nehmen. Fischer und Reinhild schlossen sich an, sie mussten eh in die Richtung. Ihr Hotel lag ein Stück weiter unten in der Nähe der Stazione Firenze Santa Maria Novella. Die Via S. Zanobi war menschenleer und wirkte trotz der matten Lichterketten düster und spärlich beleuchtet.

»Ich wette mit euch, dass jetzt gleich einer kommt, der meinen Kompass haben möchte«, schmetterte Klara fröhlich. »Ich bin nämlich im Augenblick so eine Art Lebendmedium. Oder ein halbstaatlicher Kurierdienst.«

»Welchen Kompass?«, fragte Reinhild, die sich bei ihr eingehakt hatte.

»Das hast du mich schon mal gefragt, Kindchen. Einen Kompass halt. Da sind Daten drauf. Verschlüsselte Daten. Daten, die so geheim sind, dass man sie in kein Netz stellen darf. Deshalb kommen zweibeinige Transportunternehmen wieder in Mode. Ich habe das Ding von einem Chinesen. Wetten, dass der, der es mir wieder abnimmt, kein Chinese ist?«

»Wie kommen die grade auf dich?« Giulia ging langsam ein Licht auf. Sie musste das Theater einfach nur mitspielen und so tun, als nähme sie den Klimbim ernst, dann kriegte sie nach und nach heraus, was mit Klara nicht stimmte.

»Weil sie wissen, dass ich mit solchen Dingen Erfahrung habe. Und dass ich zwar alt, aber immer noch verflixt gut bin.« Klara hüpfte von einem Bein aufs andere. »Die haben mich im letzten Jahr in Marina ausgespäht. Ich hab euch ja gesagt, macht eure Scheißhandys nicht an. Daran hat sich doch am Ende kein Schwein mehr gehalten. Ich sag euch, das war die Krux.«

»Haben sie dich hierher bestellt?«, fragte Giulia.

»Und wenn ja, wer?«, ergänzte Fischer. Offenbar verstand er Giulias Taktik.

»Erste Frage: Ja. Ich bekam eine Fahrkarte. Die lag einfach so in meinem Briefkasten. Firenze einfach, über Milano.«

»Ja, können die sich denn keinen Flieger leisten?« Reinhild konnte es nicht fassen. Die Frage war lässlich. Sie übertrieb ein wenig, doch Klara schöpfte keinen Verdacht.

»Wer sind die?«, insistierte Fischer.

»Ich weiß es nicht.« Klara seufzte. »Aber ich würde mal sagen, ich bin zur richtigen Zeit am richtigen Ort.«

Giulia erkannte allmählich das Ausmaß der Katastrophe. Das war deutlich. »Sie haben dir aber kein Zimmer gebucht?«

»Bin ich wahnsinnig?«, rief Klara. »Nur über meine Leiche, das wäre ja ein grober Anfängerfehler. Ich habe auch den Zug, den sie mir rausgesucht haben, nicht genommen. Ich habe umgebucht.«

Von hinten näherte sich ein Mann mittleren Alters, Typ Südeuropäer. Er trug einen maßgeschneiderten Anzug und handgenähte Halbschuhe mit Ledersohlen. Offenbar war er gerade eben erst aus dem Auto geklettert. Er war von oben bis unten trocken und roch nach Chanel. Als er mit Klara auf einer Höhe war, händigte sie ihm ohne mit der Wimper zu zucken den Kompass aus. Sie tat es diskret und mit Charme. Er bedankte sich nicht. Schnell ging er weiter und verschwand in der Via Panicale. Hatte Klara einem zufällig vorbeieilenden Passanten das Ding in die Hand gedrückt? Oder was war das?

»Warum hat der Chinese ihm den Kompass nicht selbst gegeben?«, fragte Giulia.

»So tickt ein Geheimagent nicht«, erklärte Klara. »Es geht immer darum, Spuren zu verwischen. Oder aber Spuren zu erzeugen. Falsche Spuren. In diesem Fall war es eine falsche Spur.«

»Woher willst du das wissen?« Fischer blieb stehen.

Klara auch. Sie zeigte mit dem Finger. »Der Schnösel hat geschwitzt. Deshalb stank sein Parfüm so. Dass er geschwitzt hat, zeigt, dass er lügt. Er kann nicht mal ohne Worte die Unwahrheit sagen! So was nenne ich einen kompletten Versager.«

»Du meinst also«, folgerte Reinhild, »da waren gar keine Daten drauf?«

»Exakt. Die Aktion hat nur dazu gedient, um von einer anderen Sache abzulenken.«

»Und was passiert jetzt?«, fragte Giulia, als alle vier mitten auf der Straße standen.

»Na, wir gehen zu dir.« Klara zeigte auf das Kloster. »Oder sind da noch Enkel drin? Kleinkinder? Schwiegersöhne?«

»Nur Simone und Salvatore, glaube ich.« Giulia schloss das Tor auf.

»Das ist mir zu anstrengend. Dann gehe ich lieber nach Hause.« Auf dem Absatz drehte Klara sich um und machte kehrt.

Am Morgen ging Klara zeitig ins »Leonardo«. Alessia, ihre Wirtin, hatte ihr Frühstücksgutscheine gegeben. Sie nahm ein Cornetto und einen Caffè. Beides schmeckte köstlich. Die enge Bar mündete in einen großen, zweigeteilten Raum. Im Mantel saß Klara im Wintergarten und blätterte in ihrem Reiseführer. *Florenz.* Klara war allein. Sie musste nachdenken. Der 27. Dezember. Ein Freitag. Sie hatte das Zimmer bis zum darauffolgenden Donnerstag. Sie hatte fast eine Woche Zeit.

Doch wofür? Sie hatte eine Leiche gefunden, die wieder verschwunden war. Das war ihr nicht das erste Mal im Leben passiert. Es gehörte sozusagen dazu. Wer für einen Geheimdienst arbeitete, der wusste, dass Menschen auf unnatürliche Weise zu Tode kamen und aus dem Verkehr gezogen werden mussten. Eigentlich ging es Klara bei diesem Fall, in den sie sich mehr oder minder freiwillig hineingegeben hatte, ausschließlich um sich selbst. Sie wollte sich Klarheit darüber verschaffen, wer sie wofür benutzte. Wenn sie nebenher ein Verbrechen aufklärte, dem organisierten Verbrechen auf die Schliche kam, die globalen Geheimdienste enttarnte und die freiheitlich-demokratische Grundordnung des deutschen Staates verteidigte, war das gut, denn es zeigte, dass sie noch etwas draufhatte.

Um ihren Job zu erledigen, brauchte sie vor allem Geduld. Man musste warten können. Man musste es ertragen lernen, nichts zu wissen. Das war schwer zu erdulden, wenn nichts passierte, das die Lage erhellen half, tagelang nicht, wochenlang nicht. Oft musste man nichts tun, selbst dann nicht, wenn die Dinge ins Rollen kamen. Vieles erledigte sich von selbst. Man musste es nicht austragen, sondern nur aushalten, beobachten, aussitzen.

Simone kam heraus und setzte sich mit seinem Cappuccino zu ihr. Er wirkte zart und unschuldig wie ein Siebenjähriger und sah aus wie frisch gebadet. »Alessia hat mir gesagt, dass du hier bist.«

»Sie haben dich geschickt, um auf mich aufzupassen. Weil sie davon ausgehen, dass ich nicht mehr ganz richtig bin im Kopf. Sag Fischer, dass ich ihn sprechen will. Ich muss mit ihm in einige Kirchen gehen. Vielleicht auch in Bibliotheken. Und in Buchhandlungen. Es geht um Kulturgeschichte, mein Bub. Ich weiß ja, dass du davon nichts verstehst. Hast du mit Julia gesprochen?«

»Meine Mutter hat mir alles gesagt. Ich meine, alles, was sie weiß. Den Rest habe ich von Reinhild. Sie saßen mit Fischer noch bis in die Nacht hinein in der Küche und hielten Kriegsrat. Mamma ist der Meinung, du solltest umgehend dein Zeug packen und ab nach Hause, aber Reinhild sagt, sie hat die weite Reise nicht angetreten, um unverrichteter Dinge wieder abzuziehen, und Fischer will wissen, was Sache ist.«

Klara staunte. Die Direktheit, mit der Simone die Dinge ordnete, war wohltuend. Vielleicht wurde aus ihm doch noch was. »Was studierst du, mein Bub?«

»Ich mache einen Bachelor in International Economics. Dieser Studiengang konzentriert sich auf Handel und Marketing im globalen Maßstab, mit Fokus auf Finanzwirtschaft und die internationalen Märkte.«

Das kann man nochmal brauchen, dachte Klara und strahlte Simone an. »Dann kannst du mir ja bestimmt erklären, was es mit dem Wirtschaftskrieg zwischen China und den USA auf sich hat.«

»Du meinst den Handelskonflikt zwischen Washington und Peking, demzufolge China verstärkt in den europäischen Technologiesektor investiert?«

»Tut China das?«

»Und ob. Strategie: Schlüsseltechnologien in Europa aufkaufen!«

Das ergab Sinn. Florenz als zentraler Schauplatz im Herzen Europas. »Okay«, sagte Klara. »Da wären wir dann bei der Auferstehung. Tod und Auferstehung.«

»Hä?« Simone drehte die Handflächen nach oben und zuckte die Schultern. »Wenn du willst. Kann sein. Irgendwie geht es ja weiter. Die Märkte verschieben sich.«

»Genau«, bestätigte Klara. »Aber hat der amerikanische Präsident nicht vorher schon Europa den Handelskrieg erklärt? Auf dem niedrigsten Niveau, wo geht, nämlich per Twitter?«

»Exakt. Die US-Großkonzerne haben die europäischen Unternehmen übernommen, unter Einsatz aller verfügbaren Mittel. Und nicht erst seit America First! Die Leitlinie der amerikanischen Politik bestand schon vorher darin, Handelskriege zu führen. Das hat sich nun verschärft. Tabus gibt es keine. Dabei ist alles erlaubt, was der Sache dient: Spionage, Erpressung, Bestechung, Prostitution, Mord. Und sämtliche Institutionen mischen mit, angefangen von der Justiz über die Börsenaufsicht bis hin zur CIA und anderen Geheimdiensten.«

»Bestimmt sehr lehrreich.« Klara grinste. »Also das Versagen der Behörden. Ich war bei einer kleinen Truppe von Nachrichtendienstlern, die waren wirklich alles andere als korrupt … Hat am Ende allerdings meist nicht viel gebracht. Die machen aber trotzdem so weiter. Sie melden sich bis heute am Telefon immer mit Hallo, komplett Dienst nach Vorschrift.«

»Ich weiß, dass du beim Staatsschutz warst. Und dass du noch irgendwelche Kontakte hast. Aber was ich nicht verstehe«, sagte Simone, »wieso bist du in diese verfluchte Kirche gegangen? Und findest da eine Leiche. Ich meine, war das Zufall?«

Aha, Themenwechsel. »Du glaubst mir also?«

»Warum sollte ich dir nicht glauben? Du warst, als Diego und ich klein waren, nie für uns da. Du hast uns niemals Märchen erzählt. Wieso also Misstrauen?«

»Weil ich alt bin. Alte Leute werden dement. Manche entwickeln unterwegs auch noch Psychosen. Sie fangen an zu spinnen und bauen geistig ab.«

»Gibt es bei dir Anzeichen, dass das bei dir der Fall ist, Nonna?«

Klara kicherte. »Das weiß ich doch nicht. Deine Mutter ist jedenfalls der Ansicht. Und Fischer und Reinhild wohl auch. Was sagt dein Bruder Diego dazu?«

»Keine Ahnung. Ich rede nicht mit Diego.«

»Seid ihr zerstritten?«

»Nein. Auseinander. Wir haben uns einfach nichts zu sagen.«

»Trotzdem studiert ihr das Gleiche. Diego macht doch auch was mit Wirtschaft?«

»In Milano. Er ist schon viel weiter als ich, er ist ja auch älter. Was daraus werden soll, weiß ich nicht. Luna kommt aber auch aus Firenze, und sie wohnen derzeit bei ihren Eltern.«

»Werden sie heiraten?«

»Damit du Urenkel bekommst?« Simone lachte. »Salvatore will unbedingt Vater werden, aber sein Sperma ist einfach zu langsam. Das hat er schon mal testen lassen. Es könnte also sein, dass es mit mir was wird. Hat aber noch Zeit mit dem Kinderwunsch. Im Übrigen hast du meine Frage nicht beantwortet. Das mit der Leiche, war das Zufall?«

»Ich habe etwas geahnt«, sagte Klara. »Intuition. Oder sagen wir, es gab Hinweise auf meinem Smartphone. Hast du mit Salvatore darüber gesprochen?«

»Er weiß auch alles. Er war doch bei Giulia gestern Abend dabei.« Simone grinste. »Du pflegst nicht nur ein tiefenentspanntes Verhältnis zur sexuellen Vielfalt, sondern auch zum Verbrechen. Ersteres hab ich in den Genen, letzteres eher nicht.«

»Du solltest mich jetzt etwas alleine lassen.« Klara holte ihr Handy heraus und checkte das Display. »Wir treffen uns um zwölf vor dem Dom. Bring Fischer mit.«

Klara brauchte nicht sehr weit zu gehen. Bereits zwei Straßen weiter wurde sie angesprochen. Diesmal war es eine Frau. Sie war mittelgroß und nicht mehr ganz jung. Hübsches, rosiges Gesicht, normale Figur. Über ihre Herkunft ließ sich nichts Sicheres sagen. Sie sprach Deutsch, vermutlich mit einem osteuropäischen Akzent. Klara vermutete, Russland, aber sie war sich nicht sicher. Obwohl es nur wenige Plusgrade hatte und der Himmel bedeckt war, hatte die Frau ihren dunkelblauen Mantel nicht zugeknöpft. Darunter trug sie ein dunkelblaues Kostüm, dazu dunkelblaue Pumps und eine dunkelblaue Tasche. Die braunen Haare hatte sie zu einem Knoten geschlungen. Sie wirkte ein wenig wie von einer Fluggesellschaft.

»Sie sollen einen Anschlag durchführen, Signora.« Das waren die ersten Worte, die sie an Klara richtete. Das hieß, sie hatte sie zweifelsfrei erkannt. Und sie gehörte zum inneren Zirkel. Obwohl sie Deutsch sprach, sagte sie *Signora*. Das hieß, sie versuchte, sich anzupassen. Aber sie benutzte das falsche Verb. Es hieß *verüben*, einen Anschlag verübte man.

»Interessant«, sagte Klara. »Mir ist ja schon viel Unsinn passiert, aber so ein Quatsch war noch nicht darunter. Und das in meinem Alter. Wissen Sie überhaupt, wie alt ich bin?«

»Wir kennen Ihren Geburtstag, Ihren Geburtsort, Ihr Sternzeichen und Ihren Aszendenten«, erklärte die Frau völlig humorfrei. »Ich glaube aber nicht, dass Sie davon mehr erfahren wollen. Ihre Sterne stehen schlecht.«

»Sie wissen nicht zufällig, wie Sie heißen?«

»No idea«, antwortete die Frau, die wie absichtslos neben ihr herging. Sie hielt dabei einen dezenten kleinen Abstand ein. Auch die englische Floskel klang angenehm diskret. »Nennen Sie mich einfach, wie Sie wollen. Diese Freiheit gehört zu unseren Allgemeinen Geschäftsbedingungen.«

»Annika.« Klara wusste erst nicht, wo sie den Namen herhatte. Von Pippi Langstrumpf jedenfalls nicht. Der Eindruck war frischer. Richtig, es war diese Freundin von Reinhild.

»Annika, in Ordnung.«

»Wo gehen wir eigentlich hin?«

»Ich gehe dahin, wo Sie hingehen.«

Sie gingen geschlossen an einer Reihe von Geschäften vorbei und rempelten jeden an, der ihnen entgegenkam.

»Um was für eine Art von Anschlag handelt es sich denn?«, fragte Klara artig.

»Das wissen wir nicht. Wir sind nicht da, um ihn in Auftrag zu geben, wir sind dazu da, ihn zu verhindern.«

»Ach so. Ja, dann.« Eigentlich hatte Klara Annika gleich sympathisch gefunden.

»Was regen Sie sich auf? Das ist doch oft so, dass man nicht weiß, was sich einem in den Weg stellt. Wir kämpfen ständig gegen Windmühlen.«

»Wer ist *wir*?«

»Die Menschheit, die menschliche Natur.«

»Sie werden mir doch nicht weismachen, dass Sie im Namen der menschlichen Natur unterwegs sind?«

Sie gingen Richtung Universität und von dort aus weiter zum Botanischen Garten, dem Giardino dei Semplici. Er hatte geöffnet. Niemand war unterwegs. Die Bäume besaßen keine Blätter, aber es gab auch genug Bäume mit Nadeln.

»Ich bin dazu abgestellt, auf Sie aufzupassen, Signora.« Annika streifte Klara mit einem Blick, der signalisierte, dass sie zu allem fähig war. Zur Not war sie sogar in der Lage, sich bei ihr einzuhaken.

»Keine Ursache, ich passe schon auf mich selbst auf.« Um zu demonstrieren, was sie damit meinte, schritt Klara entschlossen weiter geradeaus. »Sind Sie denn überhaupt bewaffnet?«

»Ich bin eine Waffe.« Annika vertrat sich in ihren Pumps den Fuß. Sie schrie auf, taumelte, rang nach Luft und musste sich prompt an Klara festhalten.

Klara blieb stehen. »So kommen wir nicht weiter, Annika. Sie haben nicht zufällig Lust, mit mir in eine Kirche zu gehen? Ich möchte Ihnen was zeigen.«

Annika hatte ganz offenbar keine Lust dazu. Sie hatte zu überhaupt nichts mehr Lust. Sie schmiegte sich eng an Klara, ließ sich hart umarmen, glitt an ihr hinunter und ging unerhört langsam zu Boden.

6

Punkt zwölf stand Fischer vor dem Hauptportal des Duomo. Während er nach Klara Ausschau hielt, beäugte er die Touristen. Es war ein ziemliches Gewimmel. Die Glocke Santa Reparata schlug vom Campanile formvollendet zwölf Mal. Sie war 1705 von Antonio Petri gegossen worden, hatte einen Durchmesser von zwei Metern und wog 5.000 Kilo. Ihr Nominal war um a0, allerdings mit äußerst dominantem Quart-Nebenschlagton.

Als der Nachhall verklungen war, ahnte Fischer, dass Klara nicht kommen würde. Er musste allein essen gehen. Simone war mit Salvatore in einem der Museen, sie wollten irgendwann dazustoßen.

Fischer wartete exakt eine Viertelstunde. Dann ging er die Via dell' Oriuolo hinunter. In der Biblioteca delle Oblate lief er zwischen den Klosterarkaden hindurch hoch zur Caffetteria und weiter auf die Dachterrasse. Dort setzte er sich mit einem Teller Pasta an einen der Bistrotische und blickte hinüber auf Brunelleschis Kuppel. Um ihn herum hockten Kunststudierende auf dünnen hellgrünen Plastikstühlen und versuchten trotz der Kälte im Freien zu zeichnen. Sie trugen fingerlose Handschuhe, Mützen und Schals. Aus ihren Mündern wehten graue Atemwolken. Sie hatten Bleistifte, Kohle und Kreiden dabei. Vor ihnen lagen Skizzenbücher und Zeichenblöcke, die sie mit Strichen, Schraffuren und Farben füllten. Fischer beobachtete begeistert, wie neben ihm ein Dom aus Tinte entstand. Er hatte sein Leben immer als reich empfunden. Er war nahe bei Gott und den Menschen.

Bei allen Zweifeln hielt Fischer es nicht für ganz unmöglich, dass Klara doch noch bei Verstand war. Und dass sie zumindest einen Teil dessen, was sie berichtete, tatsächlich beobachtet hatte. Er versuchte, sich die Situation Schritt für Schritt vor Augen zu führen. Ein junger Mann war zu Tode gekommen und in einem Sarg gegen den Leichnam des toten Herrn Jesus Christus ausgetauscht worden. Dann war die Leiche verschwunden. Klara hatte irgendwie davon Wind bekommen, dass in Florenz etwas passieren würde, sie war nicht ganz zufällig in diese Kirche gegangen. Allerdings hielt sie sich bedeckt; entweder wollte sie ihre Informanten schützen oder hatte Angst vor ihnen. Oder sie wusste tatsächlich selber nicht so genau, wie sie an die Nachrichten gelangt war, und musste es erst noch herausfinden. Da die merkwürdige Aktion in einer Kirche stattfand und etwas Religiöses zu symbolisieren schien, hatte Klara ihn um Hilfe gebeten, Fischer, den gefallenen Priester. Den ruchlosen Pfarrer, der den Zölibat aufgegeben hatte, weil er eine Frau liebte. Klara hatte ein seltsames Verbrechen aufklären wollen. Nun befand sie sich womöglich selbst in Bedrängnis.

Er sah auf sein Smartphone. Reinhild hatte ihm eine SMS geschickt. Er solle sofort in den Botanischen Garten kommen. Klara sei dort zusammengebrochen, sie sitze auf einer Bank und rede wirres Zeugs.

Fischer nahm den Weg über die Via dei Servi. In einer Viertelstunde war er da. Er sah die beiden von Weitem. Sie hatten sich in der Nähe des Eingangs postiert und Reinhild winkte. Sie trug einen fleischfarbenen Anorak mit Goldknöpfen auf den aufgesetzten Brusttaschen, in dem sie seltsam nackt wirkte. Klara hockte frierend auf der Bank und klapperte mit den Zähnen. Sie hatte ihren grauen Mantel bis oben zugeknöpft und den Kragen hochgeschlagen. Reinhild hatte ihr ihre blutrote Mütze geliehen, die das weiße Stoppelhaar vollständig bedeckte. Klara wirkte kahl und krank. Ihr Gesicht war fahl, die Augen blutunterlaufen und gelb.

»Ich kann nichts dafür«, flüsterte sie heiser, fast tonlos.

Reinhild setzte sich zu ihr und nahm ihre Hand. »Natürlich nicht.« Sie sah Fischer an.

»Lass mich raten«, sagte Fischer, »es ist wieder ein Mord geschehen, und wieder ist die Leiche verschwunden. Bestimmt ist es dieses Mal eine Frau.«

»Stimmt!« Klara sah auf und hob den Zeigefinger. »Also, es war ein Mordversuch. An einer Frau. Ganz tot war sie nicht, aber plötzlich war sie weg. Und sie war blau gewandet und hatte ein wenig was von Mutter Maria!«

»Amen.« Fischer fühlte, dass er zu mehr Empathie nicht mehr fähig war. Er dachte an seine Oma, wie es bei ihr angefangen hatte. Sie war weit weniger besitzergreifend gewesen. Eine beginnende Demenz verstärkte oft die Charaktereigenschaften, die vorher schon vorherrschend gewesen waren. Bisweilen steigerten sie sich ins Unerträgliche.

»Du bereust, dass du hierhergekommen bist, mein Sohn«, sagte Klara mit fester Stimme. »Du zweifelst an meinem Verstand. Akuter Verwirrtheitszustand, Delir, Schizophrenie, psychotische Störung … kommt alles in Frage, nicht wahr?«

Fischer spürte, wie er rot wurde. Und weil er nicht stottern wollte, hielt er den Mund.

»Aber wir glauben dir doch«, log Reinhild.

Klara stand auf. »Ihr habt recht. Es gibt vermutlich keine Weltverschwörung. Das ist keine Sache von Geheimdiensten. Das ist kein Wirtschaftskrieg, sondern einfach ein makabres, infames Spiel meiner Familie. Mir gehört eine kleine Villa in Halbhöhenlage auf dem Bopser, in einer privilegierten Randlage Stuttgarts, früher mal das Gartenhaus eines Fabrikanten. Neuerdings fahre ich einen Porsche, und ich habe Geld. Einen Großteil davon habe ich zu Zeiten angelegt, als sich das noch richtig rentiert hat. Ich habe Aktien, Immobilien, Versicherungen, ich kriege immer noch Zinsen. Was starrt ihr mich so an? Ich bin reich, ich habe immer gut verdient, ich bin ja nicht irgendwer. Aber leider bin ich bei guter Gesundheit, verdammt robust. Eine Frau wie ich kann 100 werden. Aber möchte das meine Tochter? Liegt das im Interesse meiner Enkel? Die ganze Brut will doch nur eines, nämlich erben.«

»Dann können wir ja heimfahren«, meinte Reinhild, die ebenfalls fror und blaue Lippen hatte. »Wir gehören schließlich nicht zur Familie und haben nichts davon, wenn du entmündigt wirst.«

Fischer begriff, dass sie Klara absichtlich provozierte, um sie von ihrem neuen Wahngebilde runterzubringen.

Aber Klara ließ sich nicht mehr stoppen. Sie sprang auf, ihr Körper straffte sich, und plötzlich ging eine ungeheure Kraft von ihr aus. »Jetzt verstehe ich auch diese schwammigen Andeutungen auf meinem Handy. Ich sollte von denen hierhergelockt werden, damit sie mir üble Streiche spielen, und am Ende werde ich für unzurechnungsfähig erklärt. Wenn ich nicht tatsächlich hinüberschnappe, denn so leicht ist das ja alles nicht zu verkraften. Aber noch bin ich glasklar im Kopf.«

»Was genau ist denn passiert?«, fragte Fischer.

Darauf Reinhild: »Eine fremde Frau ist in ihren Armen zusammengebrochen. Sie lag am Boden, verdrehte sie Augen und war scheinbar tot. Klara hat aber festgestellt, dass sie noch geatmet hat. Dann kam ein Gärtner mit einem Schubkarren, hob die Frau auf und schob sie davon.«

»Ich dachte, es sei eine Agentin«, erklärte Klara. »Aber vermutlich war es nur eine von der Familie bezahlte Schauspielerin. Was mich daran allerdings irritiert, ist der Umstand, dass sie tatsächlich wie tot aussah. Als wäre die Seele aus ihr herausgefahren. Das kriegt auf der Bühne ja keiner so ohne Weiteres hin.«

Fischer und Reinhild stierten in die Luft und schwiegen. Es half alles nichts. Offenbar hatte die alte Frau nun völlig den Verstand verloren. Dass sie körperlich robust war und den Vorfall gut verkraftete, sagte ja noch nichts über ihren Geisteszustand aus.

Unbeirrt sprach Klara weiter. »Es gibt zwei Möglichkeiten: Entweder, ich habe mich geirrt. Oder es steckt doch mehr dahinter als diese Brut verrotteter Verwandter. Vielleicht ist es ein Mix aus beidem. Das wäre besonders perfid.«

»Wie meinst du das?«, fragte Reinhild.

»Na, das hieße beispielsweise, dass Simone beim Geheimdienst ist.«

»Bei welchem Geheimdienst?«

»Komm«, sagte Fischer, »es reicht jetzt. Wir gehen einen Kaffee trinken.«

»Ich bin müde.« Klara gähnte. »Und mir ist frisch. Aber ich erkälte mich schon nicht.«

»Wie kommst du eigentlich darauf, dass es ein Mordversuch war?«, fragte Fischer.

»Ich habe Mandeln gerochen. Beim Ausatmen. Blausäure. Ich tippe auf eine Vergiftung durch Weihnachtsgebäck.«

»Glaubst du, die Frau hat überlebt?« Reinhild hakte sich bei Klara unter. Sie hatte offenbar definitiv beschlossen, Klaras Gedankengängen zu folgen. Wahrscheinlich keimte in ihr erneut die Hoffnung, auf diesem Weg endlich mehr über ihren Geisteszustand herauszufinden.

»Das kommt auf den Gärtner an. Wenn er Bescheid wusste und ein Gegengift geben konnte, stehen die Chancen vielleicht nicht schlecht. Womöglich sollte die Frau gar nicht sterben. Vielleicht sollte sie nur ein kleines bisschen zusammenbrechen. Man kann Blausäure nur so schlecht dosieren. Gibt es eigentlich in der Familie Ärzte?«

Reinhild strahlte. »O ja. Luna studiert Medizin und Tommaso ist Zahnarzt.«

»Wieso hat sie eigentlich dich angerufen?«, fragte Fischer, nachdem sie Klara zu ihrem Bed and Breakfast gebracht hatten. Sie wollte sich dort ein wenig ausruhen.

»Meine Nummer war eingespeichert, und deine anscheinend nicht. Sie hat gedacht, wir seien zusammen unterwegs.«

»Aber wollte Klara nicht ausdrücklich mit mir allein was unternehmen?« Fischer ging neben Reinhild her und versuchte, die Zusammenhänge zu erkunden.

»Schon, aber nachdem sie zusammengebrochen ist, war es sowieso egal, wer ihr hilft, wieder auf die Füße zu kommen.«

»Ist die Fantasie der zu Boden gegangenen Frau vielleicht die Spiegelung von Klaras eigenem Zusammenbruch?«

»Gute Idee«, meinte Reinhild. »Allerdings hielt Klara, als ich sie fand, einen dunkelblauen Knopf in der Hand, den sie irgendwo abgerissen hatte.«

Sie liefen ziellos am Arno entlang, überquerten schließlich wie blind eine belebte Brücke und bemühten sich um Orientierung. Auf der anderen Flussseite, im Stadtteil Oltrarno, reihten sich kleine Läden, Galerien und Handwerksbetriebe eng aneinander. Fast alle hatten geschlossen.

»Mittagspause!«, rief Reinhild. »Das ist etwas, worauf man sich in Italien wirklich verlassen kann. Nur die Kirchen haben offen.«

Sie hatten die Via di Santo Spirito überquert, in Richtung Piazza Santo Spirito. Fischer deutete nach links, wo etwas zurückgesetzt eine steinerne Fassade aufragte. »Dann müsste das wohl Santo Spirito sein. Dann gehen wir doch hinein. Klara wollte sowieso mit mir in die Kirche gehen. Vielleicht finden wir ein Mitbringsel für sie.«

»Oder wir zünden eine Kerze an.« Reinhild nickte und blickte auf ihr Handy. »Aber Santo Spirito ist das eher nicht. Oder siehst du hier eine Renaissancekirche mit Augustinerkloster?«

»Santo Spirito ist wohl weiter vorn.« Fischer wedelte mit der Hand.

»Diese Kirche ist auf der Karte nicht eingezeichnet. Wie sie wohl heißt?« Reinhild sah auf und suchte ein Schild. »Steht nichts dran. Sie ist wohl komplett unbedeutend.«

»Wie wohltuend. Dann ist das tatsächlich ein Hort des Glaubens.« Fischer hielt ihr die Tür auf. Der Gestank nach Moder, Wachs und Weihrauch schlug ihnen entgegen. Es gab nur schießschartenartige Fenster, aber sie wurden empfangen von einer Flut von Kitsch. Von der Decke herab hingen zwischen rissigen Kronleuchtern Kreuze aus mehreren Jahrhunderten. Die Jesusse, die daran festgenagelt waren, wirkten vielfältig verunstaltet. Von Wänden und Decke bröckelte der bunte Putz. Alles war mit Bordüren, Sonnen und Sternen bemalt. Die Gemälde an den Wänden, in wuchtigen Blattgoldrahmen zwischen schiefe Säulen montiert, waren kindlich und schrill. Sie zeigten Märtyrer in idyllischer Landschaft vor den Insignien des Heiligen Geistes. Außerdem existierten zahlreiche Tiermotive. Hirsche, Schafe, Hunde, Löwen, Mäuse, Schlangen und Tauben. Und natürlich Fische. Dazwischen klebten Zettel mit Fürbitten, an Gott gerichtete Postkarten und Fotos von Kindern, die gestorben oder durch ein Wunder geheilt worden waren. In Nischen standen amazonenartige Marienstatuen, Schreine mit Knochen, verstaubte Glasvasen, Vitrinen mit angelaufenen Rosenkränzen, abblätternde Monstranzen. Davor Plüschtiere, Tagebücher, Puppen, Fußbälle und Bilder. Daneben rußgeschwärzte Großporträts von Heiligen, Päpsten, krebskranken Kindern, Jungfrauen, Stiftern und Gönnern der Kirche. Überall an den Seiten standen Kerzenständer, darin brannten Teelichte und Kerzen, die alles, was sie mit ihren mickrigen Flammen nicht erhellen konnten, in ein umso tieferes Dunkel stürzten.

»Großartig«, sagte Fischer, der andächtig herumging. »Ich habe es immer gesagt, der Glaube hat nichts mit Ästhetik zu tun.«

»Sarah würde es hier gefallen.« Reinhild deutete auf drei alte Frauen, die in der vordersten Bank knieten und laut beteten. Sonst war die Kirche menschenleer. »Sie würde sich sicher dazugesellen und mitmachen. Ich frage mich trotzdem, was wir hier verloren haben.«

Fischer sah sie an und lächelte. »Wir haben etwas gefunden. Es gibt selbst in einer Stadt wie Florenz ehrliche religiöse Orte.«

»Das ist aber nicht das, wonach Klara fahndet, oder?« Reinhild runzelte die Stirn. Ihr Handy fiepte. »Simone? Ja, Justus ist auch hier. Nee. Er hat offenbar auf lautlos geschaltet.« Sie stürzte hinaus.

Fischer drehte sich im Kreis. Er fühlte, dass er etwas übersehen hatte, steckte einen Euro in einen Schlitz und zündete ein Teelicht an. Was konnte das Auge in dieser Masse missglückter Kunst verfehlen? Gab es etwas, das nicht ins Bild passte? Fehlte etwas?

Es gab eine Stellwand mit Informationen zur Kirche. Sie reichten von der Baugeschichte bis zu den wöchentlichen Gottesdiensten. Aber auch hier wurde kein Name der Kirche genannt. Am Rand der Bänke lagen stapelweise Gebetsbilder. Darauf war die Madonna vor dem Kreuz positioniert. Sie stand auf dem Globus, der Afrika zeigte, und hatte die Hände zum Segen erhoben. Darüber im Halbkreis: *la Signora di tutti i Populi.* Darunter: *Che la Signora di tutti i Popoli /* la Beata Vergine Maria */ sia la nostra Avvocata. / Amen.* Die Frau aller Völker, die selige Jungfrau Maria, als unser aller Fürsprecherin?

Fischer googelte und landete bei einem Wikipedia-Eintrag über die Seherin Ida Peerdeman: »Am 25. März 1945 soll sich ihr die Gottesmutter in Amsterdam erstmals im Erwachsenenalter offenbart haben. Dies sei die erste von 56 Erscheinungen gewesen. Mit großem Nachdruck habe Maria sich an die Kirche und die Welt gewandt. In prophetischen Schauungen habe sie die Welt und insbesondere Europa vor Glaubensabfall, moralischem Verfall, Katastrophen und Krieg gewarnt. Nach und nach habe die Gottesmutter in den Botschaften einen Plan offenbart, mit dem Gott durch Maria die Welt retten wolle und auf eine neue Ausgießung des Heiligen Geistes vorbereite. Dazu habe sie allen Völkern und Nationen ein Gnadenbild und ein Gebet geschenkt. Die Gottesmutter erscheint hierbei unter einem neuen Titel, ›unter dem sie in dieser Zeit von allen Menschen gekannt und geliebt werden‹ wolle: ›die Frau aller Völker‹ beziehungsweise ›die Mutter aller Völker‹.«

Reinhild kam wieder herein und stürmte auf Fischer zu. »Wo bleibst du denn?«

»Ich lasse mich inspirieren und sinniere«, sagte Fischer. »Wir sollten uns mal in der feministischen Ecke umschauen. Es könnte außerdem sein, dass wir es mit einem übernatürlichen Phänomen zu tun haben.«

»Welches Wunder ist es diesmal?«

»Kein Wunder, eine Gabe. Hast du dich mal mit außersinnlichen Wahrnehmungen beschäftigt?«

»Du meinst, Hellsicht und Visionen? Ja, ich glaube schon. Dieser Padre Pio, der später heiliggesprochen wurde, war doch so einer. Der hat bei der Beichte schon vorher gewusst, was die Sünder verbrochen haben. Er blutete nicht nur aus den Wundmalen Christi, sondern konnte sich auch gleichzeitig an zwei Orten aufhalten.«

»Was bringt dich jetzt auf den?«

»Na ja, wir sind doch in Italien. Und da wird er unheimlich gefeiert.« Sie zeigte auf einen Sims. »Da drüben liegen Bilder von dem.«

Fischer kam es nicht recht vor, dass er mit Reinhild, Simone und Salvatore über Klaras Geisteszustand diskutierte. Die drei waren zu jung und zu ungefestigt, um ihr dabei restlos ihre Würde zu lassen. Sie wühlten in der schmutzigen Wäsche des Unbewussten und unterstellten ihr allerlei. Bei Reinhild kam erschwerend hinzu, dass sie Psychologie studierte. Sie saßen in der Libreria »Todo Modo« in der Via dei Fossi, wieder auf der nördlichen Seite des Arno, zwischen Fluss und Basilica di Santa Maria Novella. Eine sinnliche Buchhandlung mit poetischem Flair: Inmitten von vollgestellten Bücherwänden wurde gegessen, getrunken, gelesen, geschrieben und gelernt. Ein Dutzend Leute, Schüler und Studis, hockte an viereckigen Tischen, vor Laptops, Gläsern, Geschirr und Besteck, die meisten waren still, aber man konnte sich gedämpft unterhalten. Immer wieder kamen Kunden herein, die stöbern oder gezielt etwas kaufen wollten.

»Ich finde es ganz zauberhaft hier.« Fischer wollte endlich das Thema wechseln und deutete mit einer weit ausholenden Geste in den Raum. »Meraviglioso.«

»Du triffst es nicht ganz.« Simone lachte. »Meraviglioso heißt wunderbar. Aber es stimmt beides.«

»Vielleicht hat Justus recht«, meinte Reinhild schließlich. »Und es ist erst mal gar nicht entscheidend, ob Klara spinnt oder nicht. Wichtig ist die Bedeutung dieses Bildes, das sie in der Kirche gesehen oder einfach nur fiktiv beschrieben hat. Ein Leichnam von Jesus Christus aus Holz wird durch eine frische Leiche ersetzt. Welchen Symbolwert hat das? Was soll uns das sagen?«

»Welche Botschaft steckt hinter dieser Aktion? Hat das irgendwie mit Kunst zu tun?«, fragte Salvatore. »Wir wissen doch gar nicht, wie der junge Mann zu Tode kam. Vielleicht wurde er aus der Gerichtsmedizin entführt. Oder aus dem Bestattungsinstitut gestohlen. Dann ist das Leichenschändung. Grober Unfug. Aber kein Mord. Klara weiß darüber nichts. Doch es ist ihr selbst fundamental wichtig, es herauszufinden und zu begreifen. Sie hat Justus extra nach Florenz geholt.«

»Sie braucht einen Pfarrer dafür, um sich über ihr eigenes Hirngespinst klarzuwerden?« Simone schüttelte den Kopf. »Da hakt doch was. Und nun die Sache mit dieser Frau, die sie angeblich wiederbelebt hat.«

»Sie hat sie nicht wiederbelebt«, wandte Reinhild ein.

»Aber würde man sich so etwas einfach ausdenken?«, fragte Salvatore. »Das mit dem Gärtner und dem Schubkarren …«

»Klara hat einen Sprung in der Schüssel, sie ist nicht ganz gescheit«, unterbrach Reinhild. »Was aber nicht heißt, dass sie den Bezug zur Realität vollkommen verloren hat. Gerade deshalb, weil sie spinnt, kann man ihr in vielerlei Hinsicht vertrauen.«

»Jetzt haben wir uns einmal im Kreis gedreht«, meinte Fischer abschließend. »Nachdem wir Klara zerlegt haben, setzen wir sie langsam wieder zusammen. Wir werden nicht herausfinden, wie glaubwürdig das alles ist. Wir müssen einfach abwarten, bis wieder was passiert.«

»Wir sollten erst mal ein paar Bücher kaufen«, schlug Reinhild vor. »Die Gelegenheit ist gerade günstig, es gibt hier auch deutsche Titel, und wir haben Giulia von zu Hause noch nicht mal ein Geschenk mitgebracht.«

Fischer nickte zu allen Titeln, die Reinhild sich von der Buchhändlerin empfehlen ließ. Für Giulia wählte sie einen Krimi aus, »Ausbruch« von Dominique Manotti. Er war vom Französischen ins Deutsche übersetzt worden, spielte aber wohl teilweise in Italien.

»Soll ich das als Geschenk einpacken?«

»Non lo so«, erwiderte Reinhild, weil sie die Frage nicht verstanden hatte.

»Wir haben diesen Mann nicht umgebracht«, sagte Emma, »wir wissen nicht mal, wie er heißt und wie er starb und in den Sarg kam. Wir wissen rein gar nichts. Und wenn dieser Cheng nun meint, er weiß was, und er kann uns damit an den Karren fahren, dann ist das sein Problem.«

Es war schon Spätnachmittag. Ari hatte bald Feierabend. Da sie mit dem Putzprogramm durch war und auch die Blumen versorgt hatte, verschanzte sie sich in der Besenkammer. Sie rauchte gemütlich eine Zigarette und telefonierte mit ihrer Femengenossin Emma, um ihr zur Jesuskind-Entführung auf dem Petersplatz zu gratulieren. Sie benutzte dazu bedenkenlos WhatsApp, nachdem sie von Rosina, einer weiteren Genossin aus Rom, gehört hatte, die italienischen Behörden müssten die Amerikaner zu Hilfe holen, um WhatsApp zu knacken. Da Rosinas Vater im italienischen Justizministerium arbeitete, war die Auskunft glaubhaft. Das Ministero della Giustizia hatte seinen Sitz im Palazzo Piacentini nahe der Tiberinsel und war regelmäßige Zielscheibe von friedlichen Femenanschlägen, Brustentblößungen und pseudoexhibitionistischen Akten.

Ari schüttelte den Kopf. Ihre Augen funkelten. »Eben nicht. Es ist unser Problem.«

»Du hast die Leiche beseitigt. Das ist sicher verboten, aber du hast den Mann nicht getötet. Also hör auf, dir einen Kopf zu machen.«

Ari presste die Lippen zusammen und schwieg.

»Bist du noch dran?«

»Ja. Emma … Emma … Mich hat vorhin eine Frau angesprochen, hier drin in der Basilika, eine alte Frau. Sie fragte nach Cheng.«

»Na und?«

»Ich hatte kein gutes Gefühl … Da stinkt irgendwas zum Himmel.« Ari holte tief Luft. »Findest du es nicht komisch, dass niemand den Toten vermisst? Zumindest steht nichts darüber im Internet.«

»Vielleicht ist es ein Tourist, der länger allein unterwegs gewesen ist. Vielleicht hat er sich selbst umgebracht, er hat Gift geschluckt und sich als postmortale Performance selber in diese Sargvitrine gelegt.«

Ari schnaubte. »Klingt plausibel. Das erklärt einiges. Ich habe nämlich absolut nichts davon mitbekommen, dass die Polizei ermittelt.«

»Halt«, rief Emma. »Plutonium. Der Mann starb an einer Vergiftung durch radioaktives Polonium-210. Er war früher mal Agent beim russischen Geheimdienst, floh dann als scharfer Kremlkritiker nach Florenz, wo er für den italienischen Nachrichtendienst arbeitete. Das war ein Auftragsmord, initiiert vom Kreml.«

»Wo hast du das her? Surfst du nebenher im Netz, oder was?«

»Es gab vergleichbare Fälle. Du solltest dich dringend dekontaminieren lassen. Das ist gar nicht so einfach. Es ist kostenintensiv und dauert.«

»Bleib auf dem Teppich«, sagte Ari. »Hör auf mit dem Müll. Was macht Rom? Wie ist das Wetter?«

»Bedeckt«, meinte Emma. »Hast du schon von dem Fall Angelina gehört? Das ist die 19-Jährige, die an Heiligabend von ihrem Freund mit dem Messer abgestochen wurde, weil sie ihn nicht heiraten wollte, in einem Dorf in Apulien. Der Familie und dem ganzen Dorf war bekannt, dass er gewalttätig ist, dass sie in Gefahr schwebt, aber keiner hat sich eingemischt, niemand hat ihr geholfen. Schon wieder ein Femizid. Wie viele Frauenmorde muss es noch geben, ehe die Medienwelt erkennt, dass es sich um gezielte Verbrechen gegen Frauen handelt, die das patriarchalische System opfert? Es sind einzelne Frauen, die nur deshalb sterben, weil sie Frauen sind. Aber es ist die Gesellschaft, die das ermöglicht und duldet, weil es die bestehenden Verhältnisse stabilisiert. Dieses Dorf steht exemplarisch für ganz Italien. Wir sollten uns um die Leute dort kümmern.«

»Wir sollten mal eine Pause machen, meinst du nicht?«

»Nein. Wir sollten weiter vor Ort Aufklärung betreiben und uns neue Protestformen überlegen. Raus aus dem Getto der Kirche und noch mehr rein in die Regierung. Staatsbankrott, Krieg der Märkte, der Zerfall Europas. Diese Regierung ist dermaßen beschissen, dass sie selbst die Römische Kurie noch toppt. Der hohe Klerus hat wenigstens Niveau und kann fließend Latein.«

Cheng stürmte in die Besenkammer und fuchtelte mit den Händen. Er hatte sich heftig die Haare gerauft. Seine schwarze Borstenfrisur, die er sonst als Helm an den Kopf geklatscht trug, stand wie eine Klobürste in sämtliche Himmelsrichtungen ab.

»Wir können uns nicht um alles kümmern.« Ari seufzte. »Warte, ich muss kurz mal weg. Ich ruf dich gleich wieder an.«

Ari steckte ihr Telefonino in die Schürzentasche. Cheng packte sie am Ärmel. Er zerrte sie durch das Hauptschiff zum hinteren Teil der Kirche. Dort stand der Holzsarg mit dem Sichtfenster. Der Herr Jesus lag ordentlich drapiert im Neonlicht, reglos auf dem Rücken. Erstaunlich war nur, dass er blutete. Das Blut suppte aus allen seinen Wundmalen. Fast wie bei einem kleinen Springbrunnen.

»Igitt«, sagte Ari. »Das ist ja ekelhaft.«

»Ach was«, erwiderte Cheng. »Hier sind übersinnliche Kräfte am Werk. Das ist ein Wunder, Ari! Das Wunder der Basilica di Santa Maria Novella.«

Ari deutete auf einen Zettel, der an die Scheibe geklebt war. Darauf stand in vier Sprachen, auf Englisch, Deutsch, Italienisch und Chinesisch: »Es ist Menstruationsblut, das hier fließt.«

7

»Blausäure? Ich soll Tommaso fragen, ob er eine Agentin mit Weihnachtsbrötchen vergiftet hat?« Langsam wurde es Giulia zu bunt. Ihre Mutter spann hochgradig.

Sie standen neben der Küchenzeile und blickten aus dem Fenster. Draußen herrschte tiefe Nacht. In der hell erleuchteten Küche gegenüber stritt sich das etwas beleibte Paar. Beide gingen aufeinander zu, sie schrien und gestikulierten, ohne dass sie handgreiflich wurden. Aber ihre Gesichter waren wutverzerrt. Plötzlich zog die Frau den Pulli hoch und zeigte dem Mann ihre nackte Brust.

Giulia wandte den Blick ab und sah auf die Uhr. Kurz nach halb acht. Sie sehnte sich nach nichts mehr, als zurück zu ihrer Arbeit zu gehen. Sie betrieb eine Tourismusagentur, die Agenzia Azzurro Vacanze Verde, die alles rund um den Urlaub organisierte; nebenbei hielt sie Workshops ab und vermittelte als Maklerin Immobilien. Sie hatte ein Büro in der Via Porta Rossa zwischen Via dei Calzaiuoli und Via de' Tornabuoni, in einer der gehobenen Hauptgeschäftsstraßen zwischen Arno und Dom. Die Lage war nahezu unbezahlbar, doch die Dienstleistungen, die Giulia anbot, waren es teilweise auch. So kam sie halbwegs durch, und ihre Klienten und Kunden hatten das angenehm entlastende Gefühl, sich wirklich das Optimale geleistet zu haben.

Freitag, der 27. Dezember. Es dräute ein endloses Wochenende, das fast nahtlos in den Jahreswechsel überging. Die Mutter wollte erst am 2. Januar wieder fahren.

»Nun«, sagte Klara, »vielleicht war es auch Luna. Die beiden sind meine Hauptverdächtigen. Sie haben medizinisches Fachwissen. Gegen sie als Täter spricht nur, dass sie beide nichts erben.«

»Was, erben?«

Klara zog die Schultern hoch und hob die Hände. »Na, von mir. Ihr wollt mich doch alle nur verrückt machen. Schalu! Weil ich nicht von selber das Feld räume. Damit ich wenigstens in die Klapse komme oder ins Pflegeheim, und dort werde ich entmündigt. Wenn ich nicht mehr ganz sauber bin, könnt ihr untereinander alles aufteilen, was ich besitze, mein gesamtes Vermögen.«

Giulia beschloss, nicht weiter darauf einzugehen. Es hatte keinen Sinn. »Hast du heute überhaupt schon was gegessen? Du bist sicher unterzuckert, und das ist nicht gut fürs Gehirn. Wir sollten was zusammen kochen. Justus und Reinhild wollten vorbeikommen.«

Klara winkte ab. »Schon wieder? Die zwei waren mir bislang keine große Hilfe. Ich habe mir von diesem Pfarrer mehr erhofft. Der muss doch wissen, auf was sich seine Kirche gründet. Nein, so richtige Freunde werden wir nicht.«

Giulia lachte. »Nur Geduld. Die bleiben auch noch ein paar Tage. Sie wollen mit uns Silvester feiern.«

Klara verzog die Mundwinkel und schnaufte. »Immer diese Fresserei. Mir täte es heute ein Teller Spaghetti. Und falls du noch ein Glas von dem weichen Montepulciano hast …«

»Der ist leider aus. Ihr habt zwölf Flaschen davon getrunken!«

»Oh, das ist mir aber arg. Gibt es etwas anderes?«

Giulia holte eine Flasche Prosecco aus dem Kühlschrank, öffnete sie und schenkte großzügig ein. Sie prosteten einander zu. Giulia setzte Nudelwasser auf. Als sie den Kopf nach rechts wandte und hinausschaute, sah sie im Fenster hinter dem Kreuzgang nur noch den Mann. Die Frau hatte den Raum verlassen. Oder sie lag blutend am Boden. Vielleicht hatte der Mann sie niedergeschlagen.

»Ich habe kein Salz mehr«, sagte Giulia. »Meinst du, du könntest kurz rüber zu den Nachbarn und welches holen? Klopf einfach kurz an das Küchenfenster.«

»Verstehe.« Klara spähte hinaus und nickte. »Aber wieso lässt du mich das machen? Weshalb schaust du nicht selbst nach, ob bei denen alles in Ordnung ist?«

»Du hast das gelernt und bist solchen Dingen eher gewachsen.«

»Das kann man nicht lernen.« Klara ging hinaus in den Kreuzgang. Das Appartement vis-à-vis war größer als Giulias, es lief ums Eck und hatte bestimmt drei oder vier Zimmer. Gegenüber spähte Klara durch die Scheibe, konnte aber offenbar niemanden ausfindig machen. Sie ging zurück zum Eingang, der links an der Seite lag, und betätigte den Türklopfer.

Giulia machte das Licht aus. Sie beobachtete, wie die Tür aufgerissen wurde. Die Mutter wich zurück. Der Nachbar hatte ein Messer in der Hand. Er hatte offenbar seine Frau erwartet. Oder er war dabei, Tomaten aufzuschneiden. Es war allerdings kein Tomatenmesser. Die Klinge war lang und spitz. Klara sagte etwas. Der Mann antwortete ausführlich. Seine Mimik wirkte freundlich und lebhaft. Er lachte. Dann lief er in die Küche und schüttete etwas Salz in eine Tasse. Die gab er Klara mit.

»Iiiieh«, machte Giulia, als Klara ihr die Tasse reichte. In das Salz mischte sich ein Tropfen Blut.

»Er hatte sich eben ein bisschen geschnitten und wollte sich ein Pflaster auf die Hand kleben«, erklärte Klara. »So habe ich ihn wenigstens verstanden. Seine Frau ist losgegangen, um ihrer Tante einen selbst gebackenen Panettone zu bringen. Er hat uns spontan zum Abendessen eingeladen. Es gibt kurzgebratenen Gulasch.«

»Das ist ja sehr nett von diesem Hornochsen. Aber da hat er die Rechnung ohne Justus und Reinhild gemacht.«

»Die bringen wir mit«, sagte Klara. »Und den Topf mit den Spaghetti nehmen wir auch mit. Etwas Wein, Käse, Oliven. Und was du sonst noch im Kühlschrank findest.«

Die Nachbarn hießen Alessandro und Viola. Sie waren frisch verheiratet, arbeiteten beide als Deeskalationstrainer und nutzten ihre Küche für Rollenspiele.

»Unser Schulungsansatz besteht in der Prävention. Es geht darum, Gefahren zu vermeiden, und dazu braucht es kompetentes Verhalten«, erläuterte Alessandro. »Die Menschen werden immer aggressiver und gewalttätiger. Immer öfter müssen sich Angestellte, die in Ämtern, Behörden und so weiter arbeiten, gegen Übergriffe schützen. Es geht dabei um verbale und körperliche Grenzverletzungen, um direkte und indirekte Attacken. Oft passiert so etwas unvermittelt, manchmal baut sich die Situation aber auch langsam auf. Und bisweilen wird die Eskalation sogar von vorn herein bewusst herbeigeführt.«

Viola nickte. »Bei unseren Seminaren bringen wir den Leuten bei, in Stresssituationen Ruhe zu bewahren. Das hilft schon einmal sehr, Gewaltbereitschaft abzubauen. Es geht darum, die Wahrnehmung zu steuern und die Kommunikation gezielt zu lenken. Das Deeskalationstraining ermöglicht unseren Kunden, sich ihre Gesundheit zu bewahren.«

»Vero interessante.« Klara stimmte zu in ihrem stockenden und grottenschlechten Italienisch, das auch nach ein paar Gläsern nicht besser wurde.

Fischer und Reinhild verhielten sich merkwürdig still. Giulia nahm an, dass es nicht nur daran lag, dass sie für die beiden übersetzen musste. Sie hatten sich offenbar gestritten. Oder sie bedrückte etwas.

»Wir haben es immer häufiger mit organisierten und strukturierten Angriffen zu tun«, erzählte Alessandro. »Das geht bis hin zu vernetzten Protestformen. In Firenze und in ganz Italien gibt es immer mehr Gruppen, die sich beispielsweise übers Internet verabreden, um irgendwo scheinbar spontan für Ärger zu sorgen. Femen ist so eine Gruppe. Habt ihr von denen mal was gehört?«

»Das sind doch diese Oben-ohne-Aktivistinnen«, meinte Giulia.

»Genau. Aber nicht nur. Die Entblößung geht der eigentlichen Aktion oft nur voraus. Diese Feministinnen haben ein ungeheures Arsenal an Ideen, wie sie nerven, provozieren, verärgern, für Chaos sorgen und die öffentliche Ordnung stören können. Leider werden sie dabei immer militanter.«

»Wir beraten vor allem Kirchen«, ergänzte Viola. »Die sind von dem Schwachsinn am meisten betroffen.«

»Wenn ich das richtig verstehe«, Klara zeigte mit dem Finger auf Giulia, »hast du diese Wohnung hier nur bekommen, damit ich deine Nachbarn kennenlerne. Ich soll nämlich einen Anschlag verhindern. Das ist mir von ziemlich weit oben befohlen worden. Hinter dem Rest an Rätseln, vor die ich in Florenz gestellt wurde, steckt die liebe Familie, doch dieser Auftrag kommt von außen. Man braucht keine Verschwörungstheoretikerin zu sein, um dahinterzukommen, dass hier im Haus die Fäden zusammenlaufen. Das ist mir jetzt zu kompliziert auf Italienisch. Könntest du das bitte mal übersetzen?«

Giulia nickte und lächelte. »Cara Viola, caro Alessandro. Meine Mutter möchte sich für das hervorragende Essen bedanken. Sie ist müde und will bald ins Bett.«

Am Samstagmorgen ging Giulia allein in die Markthalle. Der Mercato di San Lorenzo di Firenze lag mitten im Zentrum, zu Fuß nur fünf Minuten entfernt; ein stattlicher Bau in der Nähe der Basilica di San Lorenzo. Obwohl das gesamte Umfeld vollkommen touristisch war, wurde der Markt vor allem von der einheimischen Bevölkerung frequentiert. In der Halle im Erdgeschoss gab es zu günstigen Preisen alles Erdenkliche an Lebensmitteln. Giulia kaufte Wein, Obst, Gemüse, getrocknete Steinpilze, frische Pasta, Käse, Mortadella, Kalbfleisch und Kutteln. Sie machte Witze, empfing Komplimente und feilschte mit den

Händlern. Mit der Rolltreppe fuhr sie hoch in den ersten Stock und trank in einem der Ristoranti, die eben aufmachten, einen überteuerten Caffè und ein Glas Leitungswasser.

An ihren Tisch trat eine sehr blonde und üppige junge Frau. »Buongiorno.«

»Luna! Weihnachten gut überstanden? Was machst du denn hier?«

»Na, dasselbe wie du, nehme ich an. Einkaufen!« Luna beugte sich zu Giulia hinunter. Sie küssten sich auf die Wangen.

»Setz dich doch einen Augenblick zu mir.« Giulia deutete auf den freien Stuhl.

Luna holte ihren Cappuccino und das Cornetto, von dem sie schon abgebissen hatte, und nahm ihr gegenüber Platz. »Es ist gut, dass ich dich treffe. Deine Mutter hat mich angerufen. Gestern, gegen Abend. Sie klang ziemlich verwirrt. Sie hat mich gefragt, was ich in meinem Medizinstudium mache. Ob wir da mit Aprikosenkernen experimentieren. Blausäure. Wie spinnert ist das denn?«

»Woher hat sie überhaupt deine Nummer?«

»Ganz einfach. Ich hab sie ihr gegeben, am Heiligabend. Wir wollten zusammen in die Uffizien. Na ja, vielleicht machen wir das noch.« Luna nahm einen großen Schluck aus ihrer Tasse und biss in das Hörnchen.

»Und was hast du ihr gesagt?«

Luna kaute. »Hm, ich habe ihr die Gegenfrage gestellt, warum sie das wissen will. Daraufhin hat sie mir eine vollkommen verrückte Geschichte erzählt, absolut verworren. Darin kamen massig Geheimdienste vor, außerdem ein, zwei Leichen, und dann ging es um Erbschleicherei. Sie behauptete, ich sei eine Mörderin. Ich fürchte, deine Mutter hat wirklich nicht mehr alle Tassen im Schrank.«

Giulia fuhr ihre Krallen aus. Spontan war sie bereit, Klara zu verteidigen. »Ganz so drastisch ist es wohl nicht. Sie ist da in eine undurchsichtige Sache hineingeraten, die sie nicht mehr überschaut. Ansonsten besitzt meine Mutter einen glasklaren Verstand. Wir müssen etwas Geduld aufbringen.«

»Geduld, mit ihr? Sie hat offenbar einen Verfolgungswahn oder sie sieht Gespenster. Sie muss dringend zum Arzt. Vermutlich kommt sie bald in eine Anstalt.«

Giulia sah in Lunas ebenmäßiges Gesicht, das von Abscheu entstellt war. »Mach mal halblang, Luna. Es kann sein, dass sie in einer Krise ist. Aber es ist noch lange nicht sicher, dass sie echte Aussetzer hat. Menschen, die ernsthaft psychotisch werden oder dement, verhalten sich anders. Sie kann ihre Impulse durchaus kontrollieren. Wenn sie konfuses Zeugs erzählt, hat das vielleicht einen Grund. Meine Mutter hat in ihrem Leben dramatische Dinge erlebt. Ich glaube schon, dass sie über einen gewissen Instinkt verfügt, der bei ihr noch sehr gut funktioniert – egal, wie abstrus und an den Haaren herbeigezogen ihre Gedankengänge anmuten.«

»Du willst sie also allein nach Hause fahren lassen, nach Deutschland?«

»Ja, natürlich. Von ihr geht doch keine Gefahr für sich oder für andere aus. Sie ist weder orientierungslos noch unfähig, ihren Alltag zu bewältigen.« Giulia trank ihren Caffè aus, stand auf und nahm den Korb und ihre beiden Taschen. »Stimmt. Als Einzelkind muss ich mich schon um sie kümmern. Ich werd das mal beobachten. Aber lass es bitte meine Sorge sein.«

Luna sah trotzig zu ihr auf. »Es ist auch Diegos Großmutter.«

»Was soll das heißen?«

Lunas Augen waren sehr blau. Es waren die unschuldigen Augen einer echten Blondine. »Es gibt doch bestimmt ein Testament. Vielleicht müsste sie das noch ändern. Und wenn es keins gibt, dann sollte sie eins machen. Bevor es zu spät ist.«

»Jetzt hört's aber auf.«

»Es wäre doch nur gerecht, wenn dafür gesorgt wird, dass auch die Enkel ihren Anteil bekommen.«

»Und dafür soll sie jetzt ein Testament aufsetzen?« Giulia schnappte nach Luft.

»Ja, solange sie noch geschäftsfähig ist. Diego würde sonst nichts erben, und zwar, solange du noch lebst.«

»Stronza. Du Luder, du fieses Stück.« Giulia drehte sich auf dem Absatz um und lief davon. Sie hatte Luna auf den ersten Blick sympathisch gefunden. Sie hatte ihre weibliche und zugleich frauenbewegte Art auf Anhieb gemocht. Nun sah sie, wie sehr sie sich geirrt hatte. Mit ihrer Menschenkenntnis war es mitunter nicht weit her.

Die Sonne schien. Am Himmel trieben Wolkenzipfel. Es war wärmer geworden, dabei war Schnee angesagt. Auf direktem Weg stapfte Giulia nach Hause, an asiatischen und afrikanischen Läden vorbei; auf den Tattooshop folgten ein Änderungsschneider und eine Vintageboutique. Es roch nach Couscous und Curry. Giulia sog den unvertrauten Geruch ein, die Mischung war anregend, der Mix lenkte sie ab, konnte sie aber nicht beruhigen. Sie war hell empört. Zunächst hatten die haltlosen Storys ihrer Mutter sie entsetzt, aber nun merkte sie, dass sie trotz allem auf ihrer Seite war. Es musste nicht, aber es konnte immerhin was daran sein. Und es war nicht recht, Klara vorschnell als unzurechnungsfähig abzustempeln.

Klaras Vermutung, dass die Familie sie beerben wollte, hatte sich zumindest als vollkommen zutreffend erwiesen. War Luna ihr in die Falle gegangen? Stellte die Mutter sich blöd, um die Enkel aus der Reserve zu locken? Auch das hielt Giulia für möglich. Sie beschloss, mit Fischer zu reden. Ohne Reinhild, die eine seltsame Ähnlichkeit mit Luna hatte. Wobei Luna äußerlich mehr Klasse besaß. Giulia fragte sich, was Fischer an Reinhild fand. Ob es nur ihre Jugend war. Aber womöglich übersah sie etwas. Vielleicht besaß Reinhild innere Werte.

Giulia musste sich eingestehen, dass Reinhilds blondierte Mähne immer noch vorteilhafter aussah als ihre strohigen graublonden Strähnen. Sie gab zu, dass sie eifersüchtig war. Als sie Fischer vor zweieinhalb Jahren kennengelernt hatte, war sie ziemlich verliebt in ihn gewesen. Das hatte sie sich allerdings erst später eingestanden, schon wegen Roberto, ihrem Lebensgefährten. Fischer war viel zu jung gewesen für sie. Außerdem war er ein katholischer Pfarrer. Sie hatte trotz allem versucht, ihn zu verführen. Sie war mit ihm in ein Naturschutzgebiet gefahren, an einen verwunschenen, entlegenen Strand. Es hatte nicht funktioniert. Ihre Bemühungen blieben vergeblich. Dann hatten sie diese abgehackte Hand gefunden. Kurz darauf trieb Roberto in einem Fischerboot, tot vermutlich, zumindest gab es ein Begräbnis. Und Carlo Scarivari, der Immobilienmakler, mit dem sie ein paar Jahre das Ladenbüro im Erdgeschoss geteilt und für den sie manchmal gearbeitet hatte, war spurlos verschwunden. Seitdem zahlte sie seine Miete und übernahm seine Kunden, und kürzlich hatte sie sich den kleinen Kater angeschafft. Carlo. Fremden gegenüber war er zurückhaltend und scheu. Wenn Besuch kam, ließ er sich nicht streicheln. Vermutlich war er eher ein Strolch, ein Streuner, doch er durfte nicht wieder nach draußen, weil er sich erst in der neuen Wohnung eingewöhnen musste. Giulia seufzte. Am Morgen war er durchs offene Fenster in den Kreuzgang gesprungen und ihr beinahe entwischt.

8

Fischer fühlte sich wohl in Florenz. Sie waren sicher im hässlichsten Hotel der Stadt untergekommen, aber es lag zentral, und die Bediensteten waren freundlich. Das Zimmer war klein und schäbig. Das störte ihn nicht. Reinhild war nach dem Frühstück eine Runde spazieren gegangen. Allein. Fischer hatte zwar gleich nach dem Aufstehen geduscht, aber er wollte sich endlich die Zähne putzen und musste sich dringend rasieren.

Obwohl er hochwertige Kleidung schätzte, eine gehobene Küche bevorzugte, erlesene Weine trank, Kultur genoss, in die Kirche ging, Sport trieb, las, das gute Gespräch suchte und Wert legte auf eine gewisse Lebensqualität, war er kein Snob. Er hielt sich weder für vornehm noch für besonders intellektuell, und er konnte auf Luxus leicht verzichten. In dieser Hinsicht war Reinhild ihm ähnlich. Sie war komplett unkompliziert und hatte kaum Ansprüche. Fischer war ihr dankbar dafür. Er hatte vor ihr nie eine Freundin gehabt und daher keine Vergleichswerte, aber mit seinen Schwestern Esther und Hannah hatte er die Erfahrung gemacht, dass sie kaum zufriedenzustellen waren. Sie hatten an allem etwas zu meckern und auszusetzen. Nur die über zehn Jahre jüngere Sarah labte sich beständig am Leben, an allem, was es ihr bot. Sie freute sich sogar darüber, wenn sie traurig war. Plötzlich sehnte sich Fischer unendlich nach seiner kleinen Schwester; ihn übermannte die Sehnsucht, sie sofort sehen zu müssen. Er verließ das winzige Bad, langte nach dem Handy, das auf dem Nachttisch lag, und drückte ihre Nummer. Nach dem zweiten Klingelton war sie dran.

»Du Böser«, schrie sie ins Telefon, »du hast uns Weihnachten leinegelassen. Weil die blöde Reini. Die dich mitgenommt hat. Die soll fortgehen, die soll wieder weg!«

Wie immer, wenn sie sich aufregte, schwand ihre Sprachkompetenz.

»Jetzt komm mal wieder runter, Prinzessin. Reinhild ist nicht blöd. Du konntest sie bisher doch auch immer gut leiden.«

»Jetzt nicht mehr. Vorbei.« Sarah schluchzte. »Und du bleibst bei mir. Du bleibst immer daheim.«

Fischer tigerte durchs Zimmer. Fünf Schritte nach links, fünf Schritte nach rechts. Er blickte auf die Gardine vor dem Fenster. »Du wohnst nicht mehr bei mir. Du hast jetzt eine eigene Wohnung. Das Pfarrhaus gibt es nicht mehr.«

»Doch. Du bist wieder der Pfarrer, und ich bin deine Haushaltin. Ich bin dein Frau! Verdammt!« Sarah war wirklich wütend. Wenn sie sich in etwas hineinsteigerte, fing sie manchmal an zu krampfen. Fischer wollte es aus der Ferne verhindern.

»Jetzt sei doch nicht so bockig. Du bist erwachsen, Sarah, du lebst in einer Wohngemeinschaft, du bist Mutter, du hast ein Baby.« Es war ein Wunder, dass sie mit Anfang 30 noch schwanger geworden war. Und ein noch größeres Wunder, dass sie das Kind austragen konnte. Das größte Wunder: Noah hatte normale Gene.

»Der Noah ist blöd, der Noah ist böse, der Noah hat die ganze Nacht geplärrt.« Sarah klang verzweifelt, wurde aber langsam ruhiger.

»Und? Hat Andi dir geholfen?«

»Nein, der nicht. Stephan war da. Und vorhin kam Regina. Da war ich aber schon ganz arg fertig, du. Da war ich Matsch.« Sarah klang plötzlich theatralisch. »Ich hab dem Noah, ich hab dem Trinken gegeben, ich hab dem gewickelt, ich hab dem umarmt und gehalten, ganz fest. Da hat der geschlafen, endlich hat der das, der war auch Matsch war der, und Regina hat gesagt, das hast du gut gemacht.«

Fischer hörte, wie stolz Sarah auf sich war. »Das hast du auch gut gemacht. Ich bin sehr stolz auf dich.«

»Wann kommst du wieder?«

»Nach Neujahr. Mensch, jetzt gönn mir doch auch mal einen Urlaub. Sei doch nicht so egoistisch.«

»Bin ich das?«, fragte Sarah ganz leise. Sie flüsterte fast.

Fischer wusste, was er so sehr an ihr liebte und was ihm gefehlt hatte: Sie lebte alle ihre Gefühle voll aus und verstellte sich nie. Sie konnte das gar nicht. Sie kostete das, was sie empfand, bis zur Neige aus, und sie zeigte es allen. Sie hatte keine Scheu, vollkommen ehrlich zu sein. Sie konnte gar nicht anders. Das machte sie so besonders, so einzigartig. »Prinzessin«, sagte er, »jetzt lass mir doch die paar Tage in Florenz. Die nächste Reise machen wir wieder zusammen. Versprochen.«

»Und die Reini kommt mit?« Es knallte. Offenbar klatschte Sarah begeistert in die Hände. Jedenfalls fiel das Telefon hinunter. Nach einer Pause: »Sag, dass die Reini mitkommt.«

»Klar.« Fischer grinste. Er hörte auf dem Flur Schritte. Reinhild kam zurück. Sein Herz klopfte schneller. Er freute sich. Sie würden sich ausziehen und noch eine Stunde zusammen im Bett liegen. Reinhild würde ihre eiskalten Füße an seinen Waden wärmen. Er würde ihren Rücken streicheln, ihre Brüste. Sie würde sich auf ihn legen, und er würde beide Arme um sie schlingen. Ihre langen Haare würden ihn kitzeln. Er würde ihr ein paar Strähnen aus dem Gesicht streifen. Weiter mochte er nicht denken. »Die Reinhild ist wieder dabei.«

»Sie kann dann auch auf den Noah aufpassen.«

»Oh! Jetzt kommt Reinhild eben nach Hause ins Hotel.«

Die Zimmertür ging auf. Reinhild kam herein. Sie trug ihren scheußlichen fleischfarbenen Anorak mit den Goldknöpfen, die auf den Taschen saßen wie Brustwarzen, und die blutrote Mütze, mit der sie aussah wie nach einer Chemotherapie.

»Sei nicht immer so gemein zu Reini«, sagte Sarah streng. Sie konnte manchmal Gedanken lesen. »Du sollst nicht wieder mit ihr streiten.«

»Wir streiten schon nicht«, erwiderte Fischer.

»Versprochen und nicht gebrochen?«

»Versprochen, Prinzessin. Ciao und bis bald.« Fischer beendete das Gespräch und gab Reinhild einen Kuss.

»Wir müssen reden«, meinte sie. Ihr pinkfarbener Lippenstift war verschmiert und klebte an den Zähnen. Sie setzte sich auf die Bettkante und sah zu ihm auf. »Was starrst du mich so an? Ich weiß, dass dir meine Schminke nicht gefällt und du meine Klamotten billig findest ... Dabei bemüh ich mich ja schon, aber es ist mir einfach alles nicht so wichtig.« Sie brach in Tränen aus.

»Was ist dir nicht wichtig?« Fischer war nahe daran, sich hinzuknien und Reinhild in den Arm zu nehmen, ließ es dann aber. Stattdessen hockte er sich vor ihr auf den Teppichboden.

»Dieser ganze Zirkus.« Reinhild nahm ein Taschentuch und putzte sich geräuschvoll die Nase. »Mir ist es einfach nicht so wichtig, wie ich aussehe. Mir ist es nicht so wichtig wie dir.«

Fischer rückte die randlose Brille gerade und legte den Kopf schief. »Mir ist es doch auch nicht so wichtig.«

»Da lügst du jetzt.« Reinhild drehte den Kopf zur Seite und stierte auf die großformatige Fotografie des Doms, die über dem Kopf des Bettes hing. Ihr kamen wieder die Tränen. Sie blinzelte. »Ich glaube immer, ich muss besonders attraktiv für dich sein.«

»Musst du nicht. Sei doch einfach du selbst.«

»Ich komme mir so ohnmächtig vor. Dauernd habe ich das Gefühl zu versagen. Ich bringe es einfach nicht.« Reinhild weinte weiter. Sie rieb sich mit dem Handrücken übers Gesicht. Kniff die Lider zusammen. Bekam kleine rote Kaninchenaugen.

Fischer fiel das Wort *authentisch* ein, aber er vermied es gerade noch, es auszusprechen. Es war ein verbrauchtes, verbotenes Wort, und er wollte es nicht noch mehr verbocken. »Zieh dich aus.«

Reinhild streifte ihre Mütze ab und zog den Anorak aus. Beides landete auf dem Bett. Sie stand auf und taumelte ins Bad.

Der Reißverschluss ihrer Hose ratschte. Sie setzte sich auf die Schüssel. Fischer hörte sie bei offener Tür plätschernd und ausdauernd pinkeln. Er versorgte die beiden Kleidungsstücke.

»Das Alter«, hatte der Opa gesagt, »ist nichts für Feiglinge.«

Fast bis zum Ende hatte er sich aufopfernd um die Oma gekümmert, die es erst nicht mehr so wusste, dann nicht mehr ganz gescheit war, nicht mehr ganz sauber, schließlich hatte sie nicht mehr alle Tassen im Schrank. Er hatte sie so behandelt, wie er sie ein Lebtag lang behandelt hatte, mit Liebe und Respekt. Dass ihr Geist erlosch, nahm ihr noch nichts von ihrer Seele, es schmälerte ihre Güte und ihr freundliches Wesen nicht, es raubte ihr nichts an Wert. Davon war der Großvater zutiefst überzeugt, und wer anders darüber dachte, konnte ihm den Buckel runterrutschen. Mit dieser Haltung schaffte er es, ihren geistigen Abbau zu verlangsamen. Stoppen konnte er ihn nicht, doch sie erkannte ihn bis zuletzt, nachdem er ihr bereits ins Pflegeheim gefolgt war und sie in benachbarten Zimmern wohnten. Als er nach dem Schlaganfall nicht mehr sprechen konnte, sprach sie auch nicht mehr, und als er für immer die Augen schloss, blieb sie im Bett. Seitdem lag sie da und starrte an die Decke. Sie aß und trank. Sonst tat sie nichts mehr.

Im Pflegeheim hatte der Opa das Essen verweigert, weil er nichts mehr für die Großmutter tun konnte. Er konnte zwar noch ihre Hand halten, mit der linken Hand, die rechte war gelähmt, aber in den Fingern steckte keine Kraft mehr, und ihre Faust blieb kalt. In ihm wuchs kein Leben mehr, er konnte sie nicht mehr wärmen. Er saß von früh bis spät im Zimmer auf seinem Stuhl und wartete auf das Ende. Da hockte er dann mit offenem Mund, wischte sich einen Tropfen von der Nase und strich sich über das schüttere gelbweiße Haar. Erst saß er meistens in ihrem Zimmer, dann immer öfter in seinem eigenen.

Ab da kam Fischer jeden Tag und las dem Großvater stundenlang vor. Eigentlich hätte er es vorgezogen, Stellen aus der Bibel vorzutragen, denn das waren die nachhaltigsten Geschichten, die einen bis ganz an das irdische Ende begleiten und vielleicht sogar über die Schwelle tragen konnten. Möglicherweise waren diese Erzählungen wieder da, noch bevor Petrus mit seinem mächtigen Schlüssel das Himmelstor aufschloss und einen mit Leiern und Harfen (und womöglich mit Blockflöten) die himmlischen Heerscharen umschwirrten. Am Anfang war das Wort – wieso sollte das nicht auch für die Ewigkeit gelten? In dieser Richtung äußerte sich Fischer.

Doch der Opa, der als Schulmeister vom alten Schlag immer ein Meister der Schrift gewesen war, schalt das alles groben Unfug. Er brauchte die Bibel nicht, er litt Höllenqualen, er wollte dafür keinen Trost, aber umso mehr Bilder. Obwohl er nicht mehr sprechen konnte, tat er seine Meinung unmissverständlich kund. Er fuchtelte stumm mit dem Finger, verzog das Gesicht, zeigte auf die Bücher von John Milton, Klopstock und Rilke, die, in vergilbtes Zeitungspapier eingebunden, im Regal standen, verlangte nach dem »Verlorenen Paradies«, dem »Messias« und haufenweise Versen. Fischer las ihm vor von Miltons sieben Erzengeln, die wie Raumschiffe durch das Universum schossen. Und er berichtete ihm vom Satan, dem gefallenen Engel, der mit der Hoffnung im Gepäck unterwegs war, sein böser Aufstand könne glücken: »Und fortgeschnellt von seinen Wunschgedanken, / Senkt er zur Erdenküste unter ihm / Herab von der Ekliptik seinen Flug, / In vielen Kreisen durch die Luft getragen, / Hinunter steil …«

Fischer erzählte von Klopstocks Seraph und Cherubim, referierte Engelsgesang: »Gabriel strahlte schwebend voran; die fliegenden Locken / Säuselten ihm, und er sang in die Lispel der goldenen Harfe«, rezitierte das Gedicht von Rainer Maria Rilke aus den »Duineser Elegien«: »Ein jeder Engel ist schrecklich.«

»Aber beim Übernatürlichen geht es nie um die Begegnung mit dem Jenseitigen!«, rief der Opa klar und deutlich und wiederholte einen Rilke-Satz, den er nach der Hälfte abbrach. »Denn das Schöne ist nichts / als des Schrecklichen Anfang ...«

Er fiel vom Stuhl und war tot. Der Großvater, der ein Verfechter des Glaubens gewesen war, starb inmitten einer Engelsschar, jedoch ohne Aussicht auf Erlösung.

»Woran denkst du?«, fragte Reinhild.

Das war auch so eine Formulierung, die auf den Index gehörte. Sie lagen unter der Decke, und Reinhild strich mit der Fingerkuppe über Fischers Rücken. Er streichelte ihr Gesicht. Ohne Brille wirkten ihre Konturen verschwommen und weich, fast lieblich. Obwohl er allen Grund hatte, ihr dankbar zu sein, obwohl er ihr Dank schuldete für die Zärtlichkeit, die sie ihm schenkte, für ihre naive und unkomplizierte Hingabe, spürte er eine leise Gereiztheit aufsteigen. Er hatte sie vorher schon gefühlt, dann zwischenzeitlich in Reinhilds Armen vergessen. Als es vorbei war, waren ihm die Großeltern in den Sinn gekommen. Ihre Liebe zueinander. Fischer verlor sich in seinen traurigen Tagträumen. Er hatte die Oma an die Decke starren und den Opa vom Stuhl fallen gesehen.

Fischer fuhr über das Tattoo an Reinhilds linker Schulter. Ein Anker, das christliche Symbol der Hoffnung. Nicht sehr originell. Bei seinen Schülerinnen war es ungeheuer in Mode. Sie waren zehn Jahre jünger als Reinhild. »Was ich denke? Na, warum du dir wohl diese Tätowierung hast stechen lassen.«

»Warum? Weiß nicht. Gibt viele Gründe. Das ist eines der ältesten Tattoomotive überhaupt. Schon im 19. Jahrhundert ließen es sich die Matrosen in die Haut ritzen. Als Zeichen, dass man mindestens einmal den Atlantik überquert hatte. Dann steht es aber auch für Kraft, Unterstützung, Halt und Heimat. Es kann Familie und Freunde symbolisieren, die man in stürmischen Zeiten braucht. Vor allem dann, wenn man allein und weit weg ist. Der Anker lässt an den Boden und an die eigenen Wurzeln denken, an die geliebten Menschen, zu denen man zurückkehren will.«

Fischer fragte sich, warum er sie nie nach der Bedeutung des Tattoos gefragt hatte. Und weshalb sie diese Frage nie eingefordert hatte. Eines Abends war sie heimgekommen mit einer Plastikfolie auf der Schulter, und als sie die abnahm, war die Haut rot und geschwollen gewesen. Mittendrin saß der schwarzblaue Anker. Er besaß keine Schriftzeichen, und erst jetzt bemerkte Fischer bewusst, dass der Ring nicht einfach geschlossen war, sondern oberhalb davon einen offenen Bogen aufwies. Er drückte den Daumennagel hinein. »Und das?«

»Das ist eine Sechs. Die Zahl Sechs steht für die Selbstliebe, zu der wir aufgefordert sind und ohne die das alles nicht möglich ist.« Reinhild lachte leise. »Diese Verbindung von Anker und Ziffer habe ich mir selbst ausgedacht.«

Fischer fürchtete, dass es Reinhild genau daran mangelte. Und dass er ihr auch nicht das geben konnte, was sie verdient hatte und brauchte. Bevor sie sich letztes Jahr im Herbst gefunden und ineinander verliebt hatten, hatte Reinhild ein unstetes und waghalsiges Leben geführt, das sie um die halbe Welt spülte. Sie war sehr anfällig gewesen für Ideologien, sehr verführbar; doch sie wirkte auch verführerisch in ihrer Anmut, die sie in ihrer Wildheit besessen und in der Zähmung verloren hatte. Er hatte sie befristet gerettet und dabei etwas Wesentliches an ihr zerstört. Vielleicht war es das, was ihn innerlich rasend machte. Er musste sie heimlich verhöhnen und erniedrigen, weil er versagt hatte. Er war zu der Leidenschaft seines Großvaters, der die schwere mit der leichten Liebe verbunden und beides gelebt, verschenkt und ausgekostet hatte, nicht ansatzweise in der Lage. Seine eigene Liebesfähigkeit kreiste letztlich ausschließlich um ihn selbst. Solange er im Zölibat gelebt hatte, brauchte er sich dafür nicht zu rechtfertigen, denn er hielt stets Zwiesprache mit Gott. Unablässig war er in Kontakt mit dem höheren Wesen, das ihn bewahrte, leitete und hielt. Da er keine irdische Begleitperson hatte, die stets an seiner Seite war, merkte er gar nicht, wie ichbezogen er funktionierte. Obwohl Sarah es ihm regelmäßig unter die Nase rieb. Aber letztlich hatte er es immer schnell geschafft, ihre Kritik an ihm kleinzureden. Auch das war im Grunde beschämend gewesen.

»Lass uns etwas Schönes zusammen machen heute«, schlug Fischer vor, »du darfst bestimmen.«

Sie liefen den ganzen Tag durch die Uffizien. Sie bestaunten die Architektur von Giorgio Vasari, Bernardo Buontalenti und Alfonso Parigi dem Jüngeren, die den Gebäudekomplex in der zweiten Hälfte des 16. Jahrhunderts entworfen hatten, um Ministerien und Ämter darin unterzubringen. Von Anfang an befand sich darin die äußerst bedeutende Kunstsammlung *Galleria degli Uffizi*, die Werke der Malerei und Bildhauerei von der Antike bis zum Spätbarock zeigte. Sie sahen sich Gemälde aus fünf Jahrhunderten an, von deutschen, französischen, flämischen und niederländischen Künstlern. Und dann natürlich die Werke der italienischen Renaissance. Sie betrachteten Leonardo da Vincis »Verkündigung«, Michelangelos »Tondo Doni« und Raffaels »Selbstporträt«.

Fischer fürchtete, dass Reinhild das alles ihm zuliebe machte. Vor Sandro Botticellis »Geburt der Venus« fiel sie einfach in Ohnmacht.

Zur Happy Hour waren sie mit Giulia verabredet. Sie trafen sich im Caffè an der Piazza Sant'Ambrogio, ihrem Lieblingslokal, das bis drei Uhr nachts geöffnet hatte und wo man herrlich draußen sitzen konnte. Beides war an diesem Samstagabend irrelevant, aber Reinhild schaute mit ungläubigen Augen auf das Büfett. Auf einer Anrichte (ein schönes altes Wort, dachte Fischer) waren Körbe, Schalen, Schüsseln und Platten mit kalten und warmen Speisen versammelt. Es gab Vitello tonnato, mariniertes Gemüse, Crostini, Mozzarella caprese, Auberginen-Carpaccio, Bruschetta, eingelegte Oliven, Grissini, Chips, Foccacia, Zucchini-Pralinen, Ofenkartoffeln mit Rosmarin, falsche Kutteln nach toskanischer Art, gratinierte Miesmuscheln, gefüllte Artischocken mit dicken Bohnen, Pecorino und Salbei, Schweinelendchen und Pasta mit Kirschtomaten.

»Das ist alles umsonst«, sagte Giulia und wies mit einer einladenden Geste auf die köstlichen Antipasti, »du musst für den Apéro nur einen Aufpreis auf dein Getränk bezahlen. Dann kannst du dir davon nehmen, so viel du willst, und aus der Küche kommen immer neue Sachen.«

»Aber ich habe doch gar keinen Hunger.« Reinhild lächelte unsicher und setzte sich mit zittrigen Beinen an den Tisch.

»Du musst was essen.« Fischer hockte sich neben sie, gegenüber von Giulia. Er sah sie fest an. »Reinhild ist vorher plötzlich bewusstlos geworden.«

Giulia runzelte die Stirn. »Niedriger Blutdruck?«

Reinhild schaute vom einen zum andern. »Weiß nicht. Und es ist ja auch nicht auf einmal gekommen. Es ging ganz langsam los. Also, erst wurde mir schwindlig. Ich fühlte mich so komisch benommen, ich war ziemlich neben der Kappe. Dann wurde es immer schlimmer. Mir wurde schlecht, ich bekam Herzrasen, Panik, mein Gehirn setzte aus und ich wusste nicht mehr, wo ich bin. Ich bekam Schweißausbrüche und konnte nicht mehr richtig sehen. Eigentlich nahm ich alles wie durch einen Tunnel wahr. Das Blickfeld wurde immer mehr eingeengt, dann schwanden die Geräusche, übrig blieb nur ein Brummen, und dann bin ich wohl weggesackt.«

»Warum hast du denn nichts gesagt?«, fragte Fischer.

»Ich konnte nicht mehr sprechen.«

Beim Barista bestellten sie einen Liter Wasser. Reinhild nahm dazu eine Orangina, Fischer ein Glas Vermentino und Giulia einen Aperol Spritz.

Sie bedienten sich an der Vorspeisentheke. Reinhild hielt sich zunächst zurück, langte dann aber doch zu.

»Schon seltsam«, meinte Giulia nachdenklich, als sie mit vollen Tellern zum Tisch zurückkehrten. »Meine Mutter benimmt sich grottenkomisch, dann erzählt sie von dieser Frau, die es einfach in ihren Armen umhaut …«

»… und nun fliegt auch noch Reinhild am Täfer hinunter«, ergänzte Fischer.

»Hä?«, machte Reinhild.

»Das sagt man halt so. Wenn jemand in die Knie geht und es ihn vorübergehend umbläst.« Fischer spießte eine Kartoffel auf.

Giulia hob das Glas. »E ora buon appetito!«

Sie prosteten einander zu. Fischer hatte ein flaues Gefühl im Magen. Auf einmal wurde ihm übel. Mitten im Essen ging er auf die Toilette und übergab sich.

9

Obwohl sich Diego schon als kleiner Junge schützend vor seinen jüngeren Bruder gestellt hatte und ihm gegenüber stets loyal gewesen war, wollte Simone schon seit Jahren nichts mehr mit ihm zu tun haben. Es war Simone immer sichtlich unangenehm gewesen, wenn er sich in seine Angelegenheiten mischte. Er hasste es, dass Diego sich wegen ihm auf der Straße raufte. Zumal er gegen Jungen kämpfte, die schwächer waren als er. Simone schien Diego von jeher zu verachten. Zumindest glaubte Diego das.

Bis heute versuchte er vergeblich, die Anerkennung seines jüngeren Bruders zu bekommen. Das war eigentlich merkwürdig, und es fand eher im Verborgenen statt. Die Eltern hatten mit sich selber zu tun und nie bemerkt, dass Diego der Unsicherere und Bedürftigere von beiden war. Simone konnte sich von jeher hervorragend abgrenzen, er wusste, was er wollte und wie er es bekommen konnte. Seine sexuelle Orientierung lebte er so selbstverständlich aus wie seine übrigen Neigungen. Ihm gelang alles spielend. Obwohl er zart wirkte, nahm er unendlich viel Platz ein. Er setzte bedingungslos seine Interessen durch und schaffte es dabei stets, als der Gute zu erscheinen. Simone war der Prototyp des positiven Helden. Er gab sich fortschrittlich, tolerant und weltoffen und verteidigte die gesellschaftlichen Utopien. Diego hingegen war plump und teigig als Bub. Beizeiten kam er sich als Außenseiter vor, er stand nie im Zentrum der Aufmerksamkeit, fühlte sich fremd und wertlos und musste um Beifall stets ringen. Während Simone der Erfolg nachgeworfen wurde, musste Diego sich mühsam abstrampeln. Ihm stand das Gute offenbar nicht zu, er fühlte sich von Kind auf unterlegen, und das machte ihn langsam böse und gefährlich. Diego wusste, der entscheidende Kampf der ungleichen Brüder stand noch aus. Zwischen ihnen musste es zum offenen Konflikt kommen, wenn ein paar entscheidende Fehler aus der Vergangenheit bereinigt werden sollten. Auch wenn Simone ihm aus dem Weg ging, steuerte doch alles auf den Showdown zu. Diego dachte dabei nicht unbedingt an ein Pistolenduell auf der Hauptstraße mittags um zwölf. Doch Simone würde seine gerechte Strafe erhalten und Diego ritt in den Sonnenuntergang.

An Heiligabend waren beide der Einladung der Mutter gefolgt, nachdem sie monatelang keinen Kontakt gehabt hatten. Diego war über das Wiedersehen mit Simone nicht glücklich, sie hatten sich nichts zu sagen gehabt. Diego hatte wie immer versucht, dem kleinen Bruder zu gefallen, und auch Luna hatte sich ins Zeug gelegt, aber es hatte alles nichts genützt. Sie sprachen nicht darüber, aber Luna ahnte offenbar, dass Diego unter der Geringschätzung des Bruders litt. Sie wollte es ihm recht machen, wenn sie in der Diskussion um den Femizid radikale feministische Positionen einnahm, die Simone zupasskamen.

Zu Salvatore hatte Diego keine Meinung. Er hatte ihn an Heiligabend das erste Mal gesehen. Eigentlich wirkte er ganz nett, und man merkte ihm nicht unbedingt an, dass er schwul war. Simones Homosexualität hatte Diego bis dahin immer ausgeblendet, obwohl sie wirklich nicht zu übersehen war. Dass Salvatore nicht aufdringlich tuntig wirkte, eher das Gegenteil war der Fall, er war auf diskrete Weise männlich, nahm Diego für ihn ein. Er war ihm nicht unsympathisch. Trotzdem wollte er Simone alleine sprechen. Er überlegte, wie er sich ihm nähern konnte, ohne dass Salvatore in der Nähe war. Auch Luna sollte an dem Treffen auf keinen Fall teilnehmen. Es war eine Sache nur zwischen Brüdern.

Am Sonntagmorgen ergab sich die Gelegenheit, sich mit Simone zu verabreden. Diego hatte bei der Mutter seinen Schal vergessen, und Simone würde ihn ihm bringen. Dazu konnten sie sich irgendwo in der Stadt treffen. Diego schlug vor, dass sie zusammen ein Stück am Arno entlanggingen. »Nur wir beide, ja?«

Simone kam ihm breit lächelnd und mit wehendem Mantel entgegen. Er sah blendend aus und wahnsinnig weiblich. Er sah fast so aus wie früher die Mutter, als sie kleine Kinder waren und Diego sie umarmte und seinen Kopf an ihren Bauch schmiegte.

Simone gab ihm den Schal, ohne ihm in die Augen zu sehen oder ihn zu berühren. Diego legte ihn wie eine Schlinge um den Hals. Simone fing an zu plappern. Er erzählte, wie aufreibend das Leben in Florenz sei, dass er den Absprung einfach nicht geschafft habe und nun überlege, mit Salvatore zusammen eine größere Wohnung zu mieten, aber das sei ja unbezahlbar, und noch weiter draußen leben wollten sie nicht; dass Giulia wahnsinnig Glück gehabt hatte mit ihrer neuen Bleibe in der Altstadt, dass es kälter werden und bald schneien sollte, dabei hatte es immer noch sieben Grad.

»Warum studierst du eigentlich Wirtschaft?«, fragte Diego.

Simone lachte. »Keine Ahnung. Vielleicht, weil du es machst. Mir ist nichts Besseres eingefallen.«

»Könnte es sein, dass du mich überrunden willst?«

Simone blieb stehen. »Überrunden? Wie das? Du bist doch schon fast fertig, hast brillante Noten und ein Auslandsstipendium, und ich kriege kaum die Füße auf den Boden.«

Diego drehte sich zu ihm um. »Du hast mich immer überflügelt. Schon als Kind. Du konntest sogar früher richtig lesen als ich, dabei warst du zwei Klassen unter mir.«

Grau und breit lag der Arno vor ihnen. Als die Sonne herauskam, spiegelten sich auf den gekräuselten Wellen beiderseits die Palazzi. Diego stand auf dem Ponte Vecchio, der den Palazzo Vecchio mit dem Palazzo Pitti verband, und stierte auf das Wasser. Simone trat hinter ihn. Diego konnte im Nacken seinen Atem spüren.

Sie kamen von der südlichen Flussseite, wo Diego an der Piazza Santa Felicita aus dem Bus gestiegen war, und gingen weiter den Lungarno entlang. Dann bogen sie ab in die Via del Parione und machten einen Schlenker zum Palazzo Corsini. In einem kahlen Garten setzte sich Diego auf eine Steintreppe.

Simone zeigte auf den spätbarocken Geldtempel, der zwischen antiken Statuen aufragte. »Um da reinzukommen, muss man sich vorher anmelden. Schade. Beeindruckender Bau. Der stand da noch nicht, als hier Mitte des 14. Jahrhunderts die erste große Bankenpleite stattfand. Das war, glaube ich, im Jahr 1345, ein Meilenstein in der Geschichte des Finanzkapitals. Denn unter anderem die Corsini haben es damals geschafft, das Blatt zu wenden. Sie galten als die reichste Familie von Florenz, ihre Paläste beherbergten unvorstellbare Kunstschätze. Heute befindet sich hier die größte private Kunstsammlung.«

Diego hatte den Kopf in die Hände gestützt und hob nun den Blick. »Ging aus der Familie nicht auch ein Papst hervor, Clemens XII.?«

»Kann sein. Aber das war später. Sie haben auch einen eigenen Hausheiligen, Andrea Corsini. Der lebte genau zu der Zeit. Er gehörte zum Karmeliterorden. Zwei Jahre nach dem Finanzcrash kam er aus Frankreich nach Florenz zurück. Im selben Jahr, 1347, brach eine Pestepidemie aus. Andrea hatte keinerlei Angst, sich anzustecken, sondern pflegte die Kranken und betrieb eine aufopfernde Seelsorge.«

Über Diegos Gesicht huschte ein maliziöses Leuchten, denn es war klar, dass Simone einer echten Begegnung auswich. Aber Simone sprach unbeirrt weiter. »Bald schon hielten ihn die Florentiner für einen Propheten und Wundertäter. Sein Orden ernannte ihn zum Provinzial für die Toskana. Während Andrea weiter Wunder wirkte, passierte ein weiteres und womöglich noch viel größeres Wunder: Auf den Bankrott folgte der Boom. Der Handel florierte, die Banken machten wieder Profit. Und plötzlich gab es ungeahnte Überschüsse, mit denen man alles finanzieren konnte: Dom, Kirchen und Paläste. Und mehr noch. Die florentinischen Bankiers und Kaufleute, die eben noch von Geiz und Neid regiert wurden, verwandelten sich in großzügige Kunstmäzene. Michelangelo, Brunelleschi und Alberti überführten den Reichtum in bezaubernde Schönheit, und alle guten Geister erfanden zusammen die Welt neu. Der moderne Mensch wurde geboren. Das Ganze wurde getauft auf den Namen Renaissance. Aber um dieses Projekt zu stemmen, dafür brauchte es einfach nur einen Haufen Kohle.«

Diego nickte. »Geld ist, nicht nur in Florenz, die Wurzel allen Übels. Und gleichzeitig die Voraussetzung für das Entstehen von Zivilisation und Kultur.«

»Was hast du? Du bist so bleich?« Simone beugte sich zu Diego hinunter und legte ihm zaghaft die Hand auf die Schulter.

»Ja, mir ist es irgendwie schlecht.« Diego spuckte ein wenig beim Sprechen, und ein Tropfen traf Simones Lippe. »Hoffentlich nicht wieder der Norovirus. Den hatte ich im letzten Winter schon. Das ging urplötzlich los mit der Infektion, aus heiterem Himmel Brechdurchfall, aber wie!«

Simone schlug sich mit der Hand auf den Mund. »O Gott, das ist hochansteckend.«

Diego hatte keinesfalls vergessen, dass sein anstrengender kleiner Bruder auch ein Hypochonder war. Ein empathischer Hypochonder: Er hatte alles, worunter sein Gegenüber litt, sofort auch. Es gab keine Krankheit, die er nicht auf der Stelle teilte.

Gegen Abend erkrankte Simone schwer. Die ersten Anzeichen waren Mattheit und Abgeschlagenheit. Dann kamen die Kopf-, Bauch- und Gliederschmerzen, es wurde ihm schlagartig übel und er musste schwallartig spucken. Gleichzeitig bekam er heftigen Durchfall. Er maß Fieber und hatte tatsächlich eine erhöhte Temperatur.

Erschöpft legte sich Simone ins Bett und kroch unter die Decke. Noch wohnten sie nicht zusammen, aber Salvatore war bei ihm und würde die Nacht über bleiben. Er kochte ihm kannenweise Kamillentee, um den Flüssigkeits- und Elektrolytverlust auszugleichen, er verabreichte ihm ein Mittel gegen Erbrechen und machte ihm Wadenwickel. Trotzdem musste Simone dauernd wieder aufstehen, um sich im Bad zu übergeben und auf die Schüssel zu setzen. Sein Stuhl war wässrig, der Po schon wund. Am Telefon hatte Diego ihm mitgeteilt, er fühle sich wieder besser. Dass bei ihm der Ausbruch der Krankheit noch bevorstand, war nicht weiter erstaunlich. Die Ansteckungsgefahr begann unmittelbar mit dem Beginn der Infektion, und bis die ersten Symptome ausbrachen, vergingen bis zu 50 Stunden.

Salvatore rief bei Giulia an, um das gemeinsame Abendessen abzusagen. »Fischer war es gestern Abend auch nicht gut«, erzählte er, als er zurück in Simones Schlafzimmer kam, »er musste während des Essens in der Bar plötzlich brechen.«

»Krass.« Simone versuchte zu lächeln.

Salvatore setzte sich auf die Bettkante. »Dann ging es ihm aber gleich wieder besser. Ich soll dich von deiner Mamma grüßen. Sie hat für heute Abend Klara und die beiden Fischers eingeladen.«

»Die sind nicht verheiratet.«

»Das ist doch egal.« Salvatore nahm Simones Hand. »Das heißt, ich würde dich schon heiraten, Amore, wenn …«

»Findest du, sie passen zusammen?«, unterbrach Simone schnell.

Salvatore überlegte. »Nein«, sagte er dann. »Fischer hat Stil, Reinhild versucht vergeblich, sich daran anzugleichen. Das sieht ein Blinder mit Krückstock. Ich glaube, dass sie unter seiner Dominanz ziemlich leidet. Und er war ja mal Pfarrer. Wusstest du das? Bis vor einem guten Jahr sogar. Dann hat er wegen Reinhild sein Amt aufgegeben.«

»Krass.« Simone schloss die Augen.

»Ich kann mir vorstellen, dass das nicht so einfach ist. Die sind ja beide stockkatholisch. Und wusstest du, dass sie Psychologie studiert? Traut man ihr gar nicht zu …«

Simone war müde und ihm war schwindlig. Um ihn drehte sich alles. »Aber Reinhild ist nett. Falls ich an Silvester wieder gesund bin, werde ich mich ein bisschen um sie kümmern.«

»Das sind nur noch drei Tage.« Salvatore strich Simone zärtlich über die Wange und küsste ihn auf die Stirn. »Wie blass du bist.«

»Ich bin wahnsinnig ansteckend.«

Salvatore lächelte. »Du steckst mich schon nicht an.«

Simone schlief ein. Salvatore setzte sich mit seinem Buch an den Küchentisch. Er las die letzten Seiten des Romans »Beides sein« von Ali Smith. Es ging darin um zwei Lebensgeschichten, die über 500 Jahre auseinanderlagen: George, die um ihre plötzlich verstorbene Mutter trauerte, entsann sich an eine Italienreise. Mit ihrer Mutter und ihrem kleinen Bruder hatte sie den Palazzo Schifanoia in Ferrara besucht. Dort war sie auf wunderschöne Fresken aus dem 15. Jahrhundert und auf den Renaissancekünstler Francesco del Cossa gestoßen. Infolge dieser Begegnung war er quasi neu beseelt worden, und durch die Erinnerung an dieses Kunstabenteuer gelang es George, ins Leben zurückzufinden.

Als das Buch zu Ende war, klappte Salvatore es nicht gleich zu, sondern blätterte darin. Er las die Stelle mit der heiligen Katharina noch mal, die man heute noch sehen konnte: »In einer Kirche in Bologna, sagte die Mutter. Als sie heiliggesprochen wurde, grub man ihre Gebeine aus – von verschiedenster Seite ist bezeugt, wie süß der Geruch war, als man sie ausgrub.«

Plötzlich hatte er eine dieser Vorahnungen, die ihn immer befielen, wenn er sich in völligem Einklang mit sich selber und der Situation befand. Sobald er sich vollständig in Ruhe gelassen fühlte, senkte sich sein Bewusstsein ab; und damit gelangte er zu einer Hellsicht, die dann aber meist stockte, ehe sie zum Ziel fand. So war es auch jetzt. Gleich würde etwas passieren. Er wusste zwar nicht was, aber Salvatore wunderte sich nicht, als es klingelte und Diego unten vor der Tür stand. Er lauschte auf die Schritte im Treppenhaus und ließ ihn herein.

»Ich habe eigentlich Simone erwartet.«

»Er schläft«, flüsterte Salvatore. »Komm in die Küche. Möchtest du ein Bier?«

Diego hatte tatsächlich Blumen mitgebracht. Weiße Rosen. Salvatore nahm sie und stellte sie in eine Vase.

»Ich wollte mit meinem Bruder reden«, erklärte Diego. »Heute Morgen schon. Doch das Gespräch kam nicht zustande. Wir sprachen nur über Geld und über Kunst.«

Salvatore holte zwei Flaschen Bier aus dem Kühlschrank. Sie setzten sich einander gegenüber an den Küchentisch.

»Also«, begann er, »was hast du auf dem Herzen?«

Bevor Diego durchatmen und da ansetzen konnte, wo ihn der Schuh drückte, klingelte es erneut. Es war Reinhild. Sie jagte die Treppe hoch und stürmte in die Küche.

»Störe ich?« Sie japste.

Salvatore legte den Finger an die Lippen. »Leise. Simone liegt krank im Bett und schläft.«

»Wie geht's ihm? Was hat er denn?«

»Einen Magen-Darm-Infekt. Nicht weiter dramatisch.«

»Kann ich auch ein Bier haben?« Reinhild zeigte auf die beiden Flaschen. Sie war zu dünn angezogen mit ihrem schwarzen Blazer und ungeschminkt. Da es keine weiteren Stühle gab, lehnte sie sich an den Küchenschrank. »Eigentlich wollte ich zu Simone.«

»Da bist du nicht die Einzige«, meinte Diego.

»Wie hast du seine Wohnung hier draußen überhaupt gefunden?« Salvatore nahm noch ein Bier aus dem Kühlschrank und öffnete alle drei Flaschen.

»Simones Mutter hat mir seine Adresse gegeben und mir erklärt, welchen Bus ich nehmen muss.«

Salvatore hob seine Pulle. »Cin cin.«

»Cin cin. Also, Jungs, dann mal cheers.« Reinhild stieß mit den beiden an.

»Was macht Justus?«

»Keine Ahnung. Wir haben uns, glaube ich, gestritten.«

»Das glaubst du?« Simone grinste.

»Ja. Ich habe keine Lust mehr, hinter ihm her zu dackeln.«

»Geht ihr nicht zusammen zum Abendessen? Giulia hat euch doch eingeladen …« Diego stockte. »Uns im Übrigen auch, aber Luna hat keinen Bock. Schon wieder Familie, und bald ist Silvester.«

Reinhild starrte über die Männer hinweg auf die schwarze Fensterscheibe. »Ich hab ebenfalls keine rechte Lust dazu. Klara kommt natürlich auch. Sie ist total auf Justus fixiert. Sie will, dass er irgendwelche Kohlen für sie aus dem Feuer holt. Ich störe sie dabei. Sie ignoriert mich. Sie nimmt mich selbst dann kaum wahr, wenn ich ein übertriebenes Interesse an ihren frappierenden Erlebnissen heuchle.«

Salvatore stand auf und holte einen mit Büchern bedruckten Papphocker. Reinhild setzte sich über Eck. »Ich möchte in Florenz was Sinnvolles machen. Da ist doch morgen diese Demo …«

»Keine Demonstration, nur eine Kundgebung.«

»… wegen dem Mädchenmord in Apulien.«

Salvatore nickte. »Angelina. Hast du das mitbekommen?«

»Ja. Sie wurde von ihrem Freund erstochen. Giulia hat mir erzählt, ihr seid auch in der Anti-Femizid-Bewegung aktiv.«

»Genau, Simone und ich unterstützen die Kampagne gegen Femminicidio, die gerade in Florenz am Erstarken ist.«

»Ich nicht«, sagte Diego. »Und im Gegensatz zu Luna habe ich immer noch nicht vollends begriffen, was es damit auf sich hat.«

»Ich erkläre es dir. Ganz einfach.« Reinhild holte tief Luft. »Das ist eine weltweite gesellschaftliche Bewegung. Es gibt sie eben auch in Deutschland. Die Gruppierungen sind international vernetzt und versuchen, Gewalt gegen Frauen sichtbar zu machen – vor allem im Hinblick auf Beziehungstaten. Und schwerpunktmäßig auch dort, wo es keinen Migrationshintergrund gibt. Denn wenn Frauen islamischer Herkunft misshandelt, missbraucht, mit Säure übergossen, gesteinigt oder auf andere Weise getötet werden, wird das von den Medien wahrgenommen. Allen anderen Frauen wird diese Aufmerksamkeit nicht zuteil. Femminicidio wird nicht nur in Italien praktiziert, es ist ein globales Problem. Auch bei uns. Hunderte von Frauen werden jährlich in Deutschland von ihrem Partner oder Expartner getötet. Bei den wenigsten hat das einen religiösen Hintergrund.«

Diego schwieg. Sein Gesichtsausdruck wirkte neutral, fast leer. Das Thema schien ihn nichts anzugehen. Möglicherweise langweilte es ihn sogar.

»In Italien ist das nicht anders.« Salvatore grinste. »Wenn man mal unterstellt, dass der Katholizismus kein Glaubensmotiv beinhaltet. Wusste ich gar nicht, dass du dich in dieser Richtung auch engagierst. Hätte ich dir irgendwie gar nicht zugetraut.«

»Ich hab schon ganz andere Sachen gemacht«, sagte Reinhild. »Ich habe für den Dschihad gekämpft. Ich habe geglaubt, die Frauen dort seien emanzipiert, weil sie sich verschleiern und Maschinengewehre tragen. Das war aber ein Fehler.«

»Dann kannst du schießen?«, fragte Diego amüsiert.

»Ja, natürlich. Ich hatte allerdings nur ein kleines Sturmgewehr. Schwäbische Präzisionsarbeit. Kompletter Murks. Es traf nie. Es schoss immer daneben.«

Am Sonntag schneite es. Flaumige Flocken fielen vom Himmel und blieben überall liegen, auf den Dächern der Palazzi, auf den Bäumen, den Autos, den Müllcontainern und auf dem Pflaster. Die Kuppel des Doms sah aus wie mit Puderzucker bestäubt, und Michelangelos »David«, der oben auf der Piazza della Signoria stand und entrückt auf die Stadt hinabsah, trug eine weiße Kapuzenjacke. Sie bedeckte nicht nur Kopf und Schultern der bekanntesten Skulptur der Welt, sondern verhüllte auch Nase und Geschlechtsteil.

Mittags um zwölf ging es los. Auf der Piazza drängten sich die Massen. Um den »David« herum hatten sich Tausende von Menschen versammelt. Hunderte Male wurde er begeistert fotografiert – wobei es keinen scherte, dass die monumentale Statue nur eine Kopie war und dass sich das Original schon seit 150 Jahren in der Galleria dell'Accademia befand. Die Demonstranten hatten Plakate, Transparente und Megafone dabei. Es wurden Sprüche skandiert und Reden gehalten. Eine Rockband spielte Livemusik. Ein Mädchen rezitierte ein Gedicht. Drei Persönlichkeiten des politischen Lebens stritten sich lautstark über Mikro.

Simone war noch zu schwach gewesen, um aufzustehen, aber Salvatore hatte ihm einen Pfefferminztee gekocht und ihn dann für ein paar Stunden allein gelassen. Mit Reinhild zusammen war er zu der Kundgebung gegangen, und nun standen sie direkt neben »Davids« Sockel, mitten in einem Pulk von auswärtigen Feminismustouristinnen. Sie waren rothaarig und tranken Glühwein aus Thermoskannen.

»Ich verstehe leider nicht viel«, brüllte Reinhild in den brandenden Beifall, als die drei Pappnasen endlich abtraten. »Dazu reicht mein Italienisch bei Weitem nicht.«

»Das war nur Wichtigtuerei«, erklärte Salvatore.

Plötzlich kam Unruhe auf. Aber der Tumult legte sich schnell wieder. Mit angehaltenem Atem verfolgte die Protestgemeinde das Happening. Ein barbusiges Cowgirl mit Kletterausrüstung und Rucksack verschaffte sich schreiend Platz. Die Femenaktivistin schwang ein Lasso, das sie um Davids Fessel schlang. Am Seil kletterte sie zur Skulptur hinauf. Oben stellte sie sich neben die fünf Meter hohe Statue und sicherte sich mit einem Karabinerhaken. Dann schlang sie das Lasso um Davids Hals. Als sie auf der Höhe seiner Lenden schwebte, befreite sie sein Geschlecht von der Schneeschicht. Es sah aus, als wollte sie ihn sexuell befriedigen. Sie rief: »Pero oh! Dai cazzooo!«

»Cazzo?«, fragte Reinhild.

»Das ist ein Wortspiel. *Cazzo* bedeutet *Scheiße* oder *fuck*, heißt aber auch *Schwanz*. Und das schon seit der Renaissance! *Pero*, also Birne, heißt auch *Schwanz*.«

Abermals brüllte die Aktivistin: »Perooo ohh! Dai cazzooo!« Sie stöhnte wild und winkte dem Publikum zu.

»Sie feuert ihn an. Sie sagt, mach schon, komm«, übersetzte Salvatore.

»Dai cazzooo!« Die Aktivistin küsste die Kopie von Davids Penis. Dann holte sie eine Steinsäge aus ihrem Rucksack.

»Was macht sie?«, fragte Reinhild entgeistert.

»Sie schneidet David den Schwanz ab.«

Es gab ein lang gezogenes stechendes Geräusch. Dann war es vorbei. Das Cowgirl ließ die Steinsäge fallen. Triumphierend hielt sie mit beiden Händen ein großes Stück Marmor hoch. Ein Raunen ging durch die Menge, ein lang gezogenes »Oooooh«.

»Und die Eier«, ergänzte Reinhild. »Schwanz und Eier. Sie hat ihm auch die Eier abgeschnitten.«

Plötzlich baumelte die Aktivistin reglos am Seil. Sie war offenbar bewusstlos und ließ die Trophäe fallen. Der schwere Marmorbrocken sprang auf den Sockel und krachte neben Reinhild auf den Boden. Sie konnte gerade noch ausweichen und zur Seite springen. Reinhild bückte sich, hob ihn auf, steckte ihn in ihre große Umhängetasche, rempelte die Umstehenden an und rannte davon.

Ari sah immer wieder im Netz nach, ob irgendwo ein junger Mann vermisst wurde, der dem Toten glich, den sie in die Gruft geworfen und im Steinsarkophag hatte verschwinden lassen. Sie gab »tourist vermisst florenz« ein und fand die Meldung, dass ein spanischer Tourist in der Basilica di Santa Croce von einem 30 Zentimeter großen Stein erschlagen wurde. Das Deckenelement einer Säule hatte sich gelöst, war heruntergefallen und hatte den 52-jährigen Mann am Kopf getroffen. Er starb neben den Grabstätten von Michelangelo, Galileo und Machiavelli. Die Basilica di Santa Croce gehörte mit ihrer neugotischen Fassade zu den bedeutendsten Kirchen von Florenz. Das Direktorium der Franziskanerkirche zeigte sich ebenso betroffen wie Italiens Kulturminister. Er forderte sofortige Aufklärung. Die Staatsanwaltschaft ermittelte wegen fahrlässiger Tötung.

Sonst fand sie nichts. Ari hoffte, dass sich ihre Femengruppe von solchen Nachrichten nicht inspirieren ließ. Absolute Gewaltfreiheit und der Verzicht auf Gesetzesverstöße bildeten für sie die Grundvoraussetzung politischer Aktivität. Um bewusst und gezielt Normen zu verletzen, brauchte es die verlässliche Vereinbarung, dass man die grundlegenden Regeln der Gesellschaft kannte und einhielt. Man kriminalisierte sich grundsätzlich nicht selbst. Man fuhr nicht einmal schwarz.

Ari konnte bei der Kundgebung der Anti-Femminicidio-Bewegung nicht teilnehmen, weil sie im Dienstplan eingetragen und für die Sauberkeit des Museo di Santa Maria Novella und der Toiletten dort zuständig war. Wenigstens eine Reinigungskraft musste immer im Einsatz sein. Das galt auch für das Wochenende. Sie war allein und fand keine Vertretung.

Nachdem sie alles geputzt und gecheckt hatte, ging sie hinüber in die Kirche. Sie besuchte das Grab des Unbekannten und prüfte, ob es dort schon nach Verwesung stank. Sie roch nichts und nahm an, dass die Leiche luftdicht verschlossen war. Das beruhigte sie etwas. Trotzdem spürte sie plötzlich, wie stark ihr Herz klopfte. Diese blasphemischen Aktionen machten ihr Angst. Sie war streng katholisch aufgewachsen in Mexiko, in einem durchweg katholischen Land, 83 Prozent der Bevölkerung waren Katholiken. In einem Land, wo die katholische Kirche gegen die Drogenkartelle kämpfte und ein Priester um sein Leben fürchten musste. Priester waren in Mexiko meist unbestechlich und gingen mit sozialen Projekten gegen Bandenkriminalität und Drogensucht vor. Man musste tiefen Respekt vor ihnen haben.

Anstatt sie sich zum Vorbild zu nehmen, machten sie sich über die Werte solcher Charismatiker lustig. Ari fühlte tief in ihrem Innern, dass das alles nicht richtig war. Die Performance mit dem Menstruationsblut, das angeblich aus Jesu Wundmalen rann, war jedenfalls komplett daneben gewesen. Freilich war es nur Gelee aus dem Scherzartikelladen, das an ihm klebte und durch einen Trick scheinbar zum Fließen gebracht wurde. Mit Chengs Hilfe konnte sie das Malheur stoppen, ehe es ruchbar wurde. Sie fragte sich, wieso Cheng sich anbot, diesen Mist zu vertuschen. Es war unklar, wer das getan hatte. Ihre Gruppe bekannte sich nicht zu der Sache.

Die Idee war gewesen, den Klerus irgendwie bloßzustellen. Die Kirchenoberen anzuprangern. Schließlich hatten sie es verbockt. Oder waren sie etwa nicht dafür verantwortlich, dass Kinder von Priestern missbraucht wurden? Dass Homosexuelle geächtet, Frauen verachtet und umgebracht wurden? Man musste dagegen etwas tun, einschreiten, Zeichen setzen. Nun lief es allerdings darauf hinaus, die Gefühle der Gläubigen zu denunzieren und sich dabei auch noch schwer zu versündigen. Ari merkte, dass sie aussteigen musste. Sie war für solche Grenzüberschreitungen nicht geschaffen.

Ari hatte gedacht, sie habe ihre Erziehung überwunden und die Ideale ihrer Kindheit hinter sich gelassen, doch sie merkte nun, dass das Mumpitz war. Die Bande der Vergangenheit lie-

ßen sich nicht einfach abstreifen. Sie waren weit stärker als der Wille, seine Grundüberzeugungen zu ändern, zumal, wenn die gedankliche Basis moralisch unanzweifelbar und sinnhaft blieb.

Ari ging zurück zum Mittelschiff und sah hinauf zum Kruzifix von Giotto di Bondone, das er um 1280 gemalt hatte. Es hing frei in der Mitte, und die Jesusfigur darauf war einiges mehr als mannshoch; jedenfalls überragte sie Xiǎopàng Cheng, der mit den Armen oben an den Querbalken festgebunden war und dessen Füße nur bis zu Jesu Schenkeln reichten.

10

Am Sonntag erwachte Giulia früh. Sie fühlte sich zerfahren und erschöpft, und sie wusste nicht, wie sie diesen Besuchsmarathon und dann auch noch Silvester überstehen sollte. Dauernd musste eingeladen werden, ständig wurde eingekauft und gekocht, unentwegt kamen Leute, jeder aß und trank und erzählte abstruses Zeugs. Die Geschichten widersprachen einander, obwohl sie Parallelen aufwiesen, und am fürchterlichsten waren die Erzählungen der Mutter. Ständig wurde einer krank und kotzte, alle hatten Stress miteinander, es war ein Kuddelmuddel der schlimmsten Sorte.

Giulia gestand sich ein, dass sie gesellschaftlich keine Übung mehr hatte. Seit Jahren hatte sie kaum noch nachbarschaftliche Beziehungen gepflegt, sie hatte vor bald zwei Jahrzehnten ihren Mann ziehen lassen, ihre bis dahin vollständige Familie aufgegeben, ihre Söhne vernachlässigt, die Mutter abgeschrieben. Nun waren sie alle wieder da. Weil sie, Giulia, das mit einem Mal so wollte. Oder es zumindest in Kauf nahm und akzeptierte. Aus Gründen, die sie selbst nicht ganz durchschaute. Alle auf einem Haufen. Und neue, andere kamen dazu. Außerdem noch die Konstanzer Freunde.

Giulia hatte es sich viel einfacher vorgestellt. Das, was im Moment passierte, war eine völlige Überforderung, eine Zumutung, aber sie musste da jetzt durch. Leider kamen ihr auch Roberto und Carlo wieder in den Sinn, der offenbar umgekommene Lebensgefährte und der verschwundene Büropartner. Beides hatte wohl mit der Mafia zu tun, mit dem organisierten Verbrechen. Jedes Jahr verschwanden soundso viele Männer in Italien und tauchten nie wieder auf. Giulia würde wohl nie dahinterkommen, was in diesem Sommer vor zweieinhalb Jahren wirklich abgelaufen war. Doch sie schaffte es einfach nicht, damit abzuschließen. Auf einmal fühlte sie den heftigen Wunsch, Florenz zu verlassen und nach Marina di Santo Stefano zu fahren, ans Meer, zu ihrem Ristorante, wo es oben auch Zimmer gab, die inzwischen halbwegs renoviert waren und wo man wohnen konnte. Das Ristorante war bis April zu, chiuso; aber wenn sie wollte, konnte sie es sogar öffnen und mit ein paar Einheimischen und Zugelaufenen, Urlaubern vielleicht, eine Silvesterparty feiern. Oder sie blieb allein. Wie sie es normalerweise gewohnt war.

Natürlich hätte sie alle bitten können, abzureisen oder sich zurückzuziehen. Aber das gehörte sich einfach nicht. Was ihr blieb, war die Option zu verschwinden. Höflich war das auch nicht. Sie würde Klara die Schlüssel zu ihrer Wohnung geben, dann konnte sie mit Fischer und Reinhild und mit wem immer sie wollte ins neue Jahr hineinfeiern. Giulia stand auf und sah hinaus, ob draußen Schnee lag. Zumindest im Kreuzganghof lag keiner mehr. Also war über Nacht keine Schneekatastrophe eingetreten und die Straßen waren befahrbar.

So genervt war Giulia selten gewesen. Es hing damit zusammen, dass jeder sie vereinnahmte und sie immer weniger verstand. Klara erlebte seltsame Sachen und war offenbar mehr und mehr verwirrt. Justus war von seiner Liebe enttäuscht und versuchte nun doch noch herauszufinden, wie nah ihm Giulia sein konnte. Es war keine Anmache. Es war etwas anderes. Fischer kam Giulia vor wie ein kleiner Junge, der etwas ausgefressen hatte und, ohne dass er es zugab, getröstet werden wollte. Reinhild konnte sich nicht entscheiden, ob sie zur gestandenen Generation oder zu den Youngsters gehören wollte. Sie war unglücklich und stand dazwischen. Simone war, wie immer, wenn es ihm zu viel wurde oder nicht passte, krank. Salvatore war neu und nicht einzuschätzen. Diego fühlte sich wie stets fremd an.

Luna war offenbar kein Volltreffer. Tommaso war ein Versager und hatte sich gleich wieder verpisst. Immerhin. Falco und Valentina zählten noch nicht. Und die Nachbarn hatten gelogen. Alessandro und Viola waren keine Deeskalationstrainer. Giulia hatte ihre Seminarangebote im Internet gesucht. Die Homepage, von der sie geredet hatten, gab es nicht.

Von all diesen Leuten hatte Giulia im Moment mehr als genug. Blieb Aurora. Nach Concetta und Rita Tommasos neue Frau. Na ja, so neu war sie auch nicht mehr, sechs oder sieben Jahre, aber Giulia hatte sie an Heiligabend zum ersten Mal gesehen. Von ihr wusste Giulia nach wie vor nichts. Aurora hatte sich sehr zurückgehalten. Sie sah nett und gepflegt aus, vielleicht ein bisschen zu nett und gepflegt. Sie trug Röcke. Und sie war 20 Jahre jünger als Tommaso. Aber bei aller schlechten Laune wusste Giulia nicht, was sie Aurora sonst noch vorwerfen sollte. Also schickte sie Tommaso eine SMS und fragte, ob Aurora vielleicht Lust hatte, mit den Kindern einen Abstecher ans Meer zu machen. Sie müsse mal kurz nach Marina di Santo Stefano und dort nach dem Rechten sehen.

Zwei Minuten später erklangen die Glocken der Chiesa di Santo Stefano. Giulia langte nach dem Telefonino. »Pronto!«

»Ciao, Cara.« Es war Aurora. »Certo! Wie nett von dir. Natürlich habe ich Lust, mit runter ans Meer zu kommen. Und die Ragazzi auch.«

»Bene. Ich fürchte bloß, ich muss meine Mutter mitnehmen.« Giulia atmete tief durch. »Eigentlich habe ich diesen Coup angedacht, um ihr zu entkommen, einfach weg zu sein, am liebsten noch bis Neujahr, aber es wäre irgendwie nicht recht, sie sitzen zu lassen.«

Aurora lachte. »Deine Mutter ist ein wenig strapaziös, nicht wahr?«

»Vero, das war sie schon immer. Jetzt ist sie auch noch komplett durcheinander. Ich weiß nicht recht, was das für Gründe hat. Und schwanke immer zwischen zwei Extremen hin und her. Mal glaube ich, sie fängt vollends an zu spinnen, dann wieder halte ich alles für restlos richtig, was sie sagt.«

»Die Wahrheit wird irgendwo dazwischen liegen.«

»Ich hole sie einfach ab, sie steht beizeiten auf und frühstückt immer lang im ›Leonardo‹. Dann komme ich zu euch.«

»Du weißt, wo wir wohnen?«

»Ja, ich glaube schon.« Giulia schluckte. »Es dauert eine Weile. Das Auto kann ich hier ja nicht parken, sonst habe ich zwei. Ich muss erst noch mit der Vespa zur Garage. Zum Glück ist der Reifen repariert.«

Zwei Stunden später fuhren sie mit der weißen »Giulia«, einer coupéartigen, aber viertürigen Sportlimousine von Alfa Romeo, über Raccordo Autostradale Firenze – Siena runter nach Porto Santo Stefano. Es war die schnellste Strecke, und Giulia zahlte lieber die Mautgebühren, als dass sie über die A1 kroch. In zweieinhalb Stunden waren sie da. Von der SS1 Via Aurelia bog Giulia ab in die Strada Provinciale della Giannella und folgte dann auf der Halbinsel Monte Argentario der Via Panoramica, die von Porto Santo Stefano hoch auf die Küstenstraße nach Marina führte. Unter ihnen zog sich das Meer entlang, das Klara interessiert betrachtete. Es hatte ein mondsteinfarbenes, unergründliches Grau. Die Mutter hockte auf dem Beifahrersitz, sie war wortlos mitgekommen und hatte die ganze Fahrt über keine Silbe geredet. Aurora saß mit den Kindern hinten.

Valentina flüsterte laut.

»Valentina fragt, ob Klara nicht mehr sprechen kann«, sagte Aurora.

Falco kicherte.

Giulia streifte ihre Mutter mit einem Seitenblick. »Na, *Mama*, jetzt sag doch mal was. Oder bist du vollends sprachlos?«

Klara schwieg.

»Oh, oh! Sieht ganz so aus«, meinte Giulia. »Wir sollten mit ihr gleich zum Arzt gehen. Vielleicht hatte sie einen Schlaganfall.«

»Ich bin Ärztin«, erwiderte Aurora trocken. »Auch wenn das ins kollektive Bewusstsein deiner Familie noch nicht eingesickert ist. Darf ich Klara mal untersuchen? Ich kann natürlich nicht in die Menschen hineinschauen. Aber es gibt ein paar Anzeichen. Und wenn ich den geringsten Verdacht habe, müssen wir sofort in die Notaufnahme. Vielleicht handelt es sich aber auch um einen totalen Mutismus. Er wird meist durch ein Schockerlebnis ausgelöst. Und ist dann Symptom eines Traumas. Manchmal ist er allerdings das Anzeichen einer Psychose.«

»Geht das wieder vorbei?«

»Bestimmt. Es kann vorübergehend auch sehr entlastend für Klara sein.«

Sie fuhren durch Marina. Am Ortsende lag das Ristorante »Da Roberto«, das Giulia geerbt hatte. Die Fassade war frisch gestrichen und die geschlossenen Fensterläden leuchteten dunkelgrün.

»Schön«, sagte Aurora. »Hier könnten wir bleiben, aber wir haben nichts für die Nacht dabei.«

»Da drin ist es jetzt saukalt. Ich glaube, ich bringe meine Mutter doch lieber in ein Krankenhaus. Wenn dann alles okay ist, können wir hinterher was essen gehen.«

Giulia wendete und fuhr nach Orbetello. Das Ospedale Civile San Giovanni di Dio lag in der Via Lungolago dei Pescatori 1, fast direkt am Wasser. Der lang gestreckte, zweistöckige, funktionale Bau war mit hohen Metallstäben umzäunt. Giulia parkte den Alfa neben der Notaufnahme. Falco und Valentina erwachten.

»Zur Untersuchung dürfen wir die Kleinen nicht mitnehmen. Möchtest du mit Klara hineingehen oder soll ich?«

»Mach du mal«, sagte Giulia dankbar. »Du kannst das sicher besser als ich. Ich kümmere mich derweil um die Kinder.«

Sie meldeten sich an und setzten sich zu viert in den Wartebereich. Klara ließ alles mit sich geschehen. Sie machte zwar keinen teilnahmslosen Eindruck und wirkte überaus bereitwillig, aber sie reagierte nicht auf Ansprache und setzte Wünsche, die man an sie richtete, nicht um. Das verunsicherte die beiden Kinder zunehmend. Sie kicherten immer lauter und verlegener.

Nach zwei Minuten wurde Klara bereits ins Sprechzimmer gerufen. Und zwei Stunden später kam sie wieder heraus. Inzwischen hatte Giulia mit Falco und Valentina in Orbetello eine Pizza gegessen, sie waren am Meer gewesen und hatten Spatzen gefüttert.

»Wie geht es dir, *Mama*?« Giulia griff nach der Hand der Mutter, doch die zog sie zurück. Klara stierte in eine weite Ferne. Ihre Wangen waren gerötet. Ihr Kinn zitterte.

»Sie haben sie an alle Maschinen angeschlossen, die ihnen zur Verfügung standen.« Aurora lachte. »Deine Mutter hat nichts, sie ist kerngesund.«

»Auch keine Demenz?«, fragte Giulia mit gequältem Spott.

Aurora wurde plötzlich ernst. »Sie haben eine Magnetresonanztomografie durchgeführt und eine Duplexsonografie. Sie konnten keine Durchblutungsstörung oder Gefäßverkalkung erkennen. Das spricht nicht nur gegen einen Schlaganfall, sondern auch gegen eine Demenz. Sie hat weder Alzheimer noch einen Hirntumor.«

Klara klatschte in die Hände und grinste.

»Das macht sie absichtlich«, meinte Giulia.

Die Kinder fingen an zu quengeln, rollten über den Boden, zupften an Auroras Rockzipfel.

»Raus hier!«, rief Aurora, las beide auf, klopfte ihre Kleider ab und nahm sie bei der Hand. Klara und Giulia folgten. Gemeinsam verließen sie das Krankenhaus.

»Wir haben leider schon gegessen.«

»Es ist ja auch schon nach drei.« Aurora drehte sich um. »Ich schlage vor, wir fahren zurück nach Marina. Dort mache ich mit Klara und den Kleinen noch einen Spaziergang am Meer, und wir gehen in eine Bar. In der Zeit kannst du in Ruhe deine Sachen erledigen. Wenn es dann dunkel wird, ab nach Hause.«

Dass Giulia im Ristorante zu tun hatte, war nur ein Vorwand gewesen, um aus Florenz rauszukommen. Das Tyrrhenische Meer zu sehen, das im Winter noch viel schöner war als im Sommer. Glatt und grau lag es da und war zugleich klar und umwölkt. Ein orangefarbener Sonnenstrahl spiegelte sich auf dem Wasser und färbte langsam aus. Giulia wartete, bis er erloschen war. Dann betrat sie das »Da Roberto«.

Drinnen roch es muffig. Die Stühle waren noch hochgestellt, aber Maria hatte länger nicht geputzt. Es war kühl in der Küche. Alles war in Ordnung. Niemand hatte eingebrochen, es gab keinen Wasserrohrbruch, es hatte nicht gebrannt. Auf dem Küchentisch lag ein Metzgermesser. Daneben Robertos Schlüsselbund. Er hatte einen Fischanhänger. Es waren alle Schlüssel daran: Ristorante, Appartamento, Sprinter, Motorino, Fischerboot, Fahrrad.

Roberto hatte einen lockigen grauen Pferdeschwanz getragen. Er war fast immer aufmerksam und zuvorkommend gewesen. Um Giulia eine Freude zu machen, hatte er Arien aus italienischen Opern vorgetragen, in denen besonders viel Amore vorkam. Wie alle Italiener schrie er beim Singen.

Dann verschwand er, und ein Sarg wurde in die Erde gesenkt. Zweieinhalb Jahre war das jetzt her, aber es war wie gestern. Giulia nahm den Schlüsselbund und umschloss ihn mit der Faust. Dann setzte sie sich an den Küchentisch und weinte.

Am Abend war Giulia wieder in Florenz. Als sie nach Hause kam, fühlte sich die Wohnung anders an. Sie roch schal und wirkte leer. Giulia lauschte in sich hinein und fragte sich, ob es an ihr selber lag, dass sie ihre noch recht neue Umgebung in der Altstadt so trostlos fand. Sie war restlos ausgepowert. Der ungewohnte Umgang mit zwei Kleinkindern hatte sie doch mehr angestrengt, als sie erwartet hatte, obwohl Falco und Valentina reizend waren. Von dem Abenteuer mit der Mutter nicht zu reden. Sie hatte sie in ihr B&B gebracht, wo die Mutter bereitwillig die Zähne putzte, pinkelte, sich auszog und ins Bett fiel. In der Bar hatte Klara etwas gegessen und getrunken, aber Giulia machte sich nun Vorwürfe, dass sie ihr vor dem Zubettgehen nicht wenigstens einen Tee gekocht hatte.

Giulia zog ihren Mantel aus und trat ans Küchenfenster. Schneeflocken fielen auf den Sims und blieben liegen. Jede von ihnen war einzigartig, aber nicht einmal dieser kühne Gedanke verscheuchte das Deprimierende des Augenblicks.

»Carlo?« Giulia drehte sich um zum Sofa, auf dem der kleine Kater häufig lag. Er war nie verschmust gewesen und ließ sich nicht gerne streicheln, auch schlief er viel, weshalb sie ihn manchmal für eine Weile vergaß. Dennoch füllte seine Anwesenheit auf fast magische Weise den Raum. Seit sie Carlo zu sich genommen hatte, war sie nie mehr allein, auch wenn ihr seine Anwesenheit nicht immer bewusst war.

Mit beiden Händen hielt sich Giulia am Küchentisch fest. Schlagartig ging ihr auf, dass Carlo nicht mehr da war. Sie spürte es einfach. Gleichzeitig fing sie an, manisch nach ihm zu suchen. Sie machte sämtliche Lampen an. Wie wild stob sie in alle Ecken, sah hinter Türen nach, kroch hinter den Sessel, kniete vor Sofa und Schränken. »Carlo?«

Nichts. Sie zog ihren Mantel wieder an, nahm den Schlüssel und ging nach draußen in den Kreuzgang. »Carlo? Wo bist du denn, Carissimo?«

Es waren mehr als genug Leute bei ihr ein und aus gegangen, die dafür verantwortlich hätten sein können, dass er abgehauen war. Aber am Morgen, als sie das Haus verließ, war er noch da gewesen. Sie hatte die Fenster überprüft und die Wohnungstür verriegelt. Seitdem hatte niemand das Appartement betreten. Giulia sah hinter Oliven- und Zitronenbäume. Auf den Zweigen lag eine sanfte, matt schimmernde Schneeschicht. Giulia blinzelte ins Halbdunkel. Sie wusste, dass sie Carlo hier nicht finden würde. Wenn er ausgebüxt war, war er vermutlich runter in den Hof und auf die Straße gelaufen. Zwar gab es am hinteren Aufgang eine Tür, doch die stand öfter offen, weil die Touristen, die in den Bed-and-Breakfast-Unterkünften nebenan wohnten, sich um ihre Sicherheit nicht scherten.

Im gegenüberliegenden Küchenfenster brannte Licht. Alessandro und Viola saßen am Tisch und spielten Karten. Giulia klopfte an die Scheibe. »Ciao, ich bin's. Störe ich? Es ist ja schon nach halb elf …«

Viola stand auf und ließ sie herein. Sie küsste sie auf beide Wangen. »Wir sind gerade fertig. Alessandro hat dreimal hintereinander gewonnen. Magst du ein Bier?«

»Danke, nein. Aber wenn du ein Glas Wein für mich hast?«

Viola lachte. »Ach ja, die Deutschen.«

In der Küche legte Giulia den Mantel ab. »Ich suche Carlo.«

»Wer ist das denn?« Alessandro umarmte sie und räumte die Karten zusammen.

»Mein Kater.«

»Hast du schon in der Waschmaschine nachgesehen?« Er grinste gemütlich wie ein Bär. »Katzen lieben Waschmaschinen.«

Giulia nickte. »Stimmt, aber ich habe einen Toplader, der Deckel ist immer zu.«

Viola brachte drei Gläser und eine Flasche Rotwein. Alessando nahm sie ihr aus der Hand und entkorkte sie. Er schenkte ein, sie hoben die Gläser.

»Ich werde gleich einen Streifzug durchs Viertel machen und sehen, ob ich Carlo irgendwo finde.« Giulia trank einen Schluck und sah die beiden fest an. Viola hatte grau geränderte braune Augen, Alessandro ein grünes und ein blaues. »Aber vorher möchte ich euch was fragen.«

»Nur zu.« Viola lächelte aufmunternd.

»Warum habt ihr uns angelogen?«

Viola griff sich an den Kopf. Sie wurde laut, fast hysterisch. »Che cazzo vuoi?«

Auch Giulia hob etwas die Stimme. »Was zum Teufel ich von dir will? Sag mir die Wahrheit. Ihr seid doch gar keine Deeskalationstrainer.«

»Woher willst du das denn wissen?« Alessandro schüttelte den Kopf. Er lehnte sich auf seinem Stuhl zurück und kreuzte die Arme vor der Brust.

Klassische Abwehrhaltung, dachte Giulia. Fluchtbereitschaft. »Ich habe im Internet nachgesehen. Da gibt es eure Seminare nicht. Ihr habt überhaupt keine Homepage.«

Viola holte ihren Laptop und knallte ihn auf den Tisch. »Ich sollte das nicht tun, und bitte behalte es für dich. Sonst gefährdest du uns. Wir arbeiten in unserem Job unter anderem Namen. Es kommt nämlich leider immer wieder vor, dass wir gestalkt, verfolgt, bedroht und terrorisiert werden.«

Sie drehte den Bildschirm um, und Giulia las: »Deeskalationstraining, Konfliktmanagement und Gewaltprävention.« Die beiden Fachkräfte, die auf der Seite mit gewinnendem Lächeln ihre Dienste anboten, hießen Ludovica und Vincenzo. Und waren unverkennbar identisch mit Viola und Alessando. »Ah! Gut. Aber wieso ruft das Stalker auf den Plan?«

»Das passiert schon mal, wenn wir unsere Kunden beraten. Und wenn sich dann ein Täter als Opfer dieser Beratung fühlt«, erklärte Viola. »Es dreht sich dabei meist um schwerere Fälle. Nachdem er längere Zeit Erfolg hatte, kommt der

Angreifer mit seiner Masche bei unserem Klienten plötzlich nicht mehr durch. Mit etwas Geschick kann er herausfinden, woran das liegt. Und wer dafür die Impulse gab. Also macht sich der Aggressor an die Verantwortlichen heran. Das kann bei einem gewaltbereiten Menschen schon zu einem klassischen Ausraster führen. Oder zu chronisch krankem Verhalten. Du musst ja einkalkulieren, dass in vielen Fällen eine psychische Erkrankung vorliegt.«

Giulia befriedigte diese Erklärung nicht. Aber sie hatte dem auch nichts entgegenzusetzen. Sie beschloss, sich den Webauftritt später genauer anzuschauen. Eine andere Frage beschäftigte sie weit mehr. Konnte es sein, dass jemand in ihre Wohnung eingedrungen war? Sie hatte keine Spuren eines Einbruchs erkennen können und auch keine Veränderung. Alles lag an seinem Platz. Nur Carlo nicht. Aber der Kater konnte sich ja nicht, wie sein Namensgeber, buchstäblich in Luft auflösen. Und wenn die Mutter doch nicht dement war, was sich ja heute bei der Untersuchung als wahrscheinlich erwiesen hatte, dann war an ihren wirren Geschichten womöglich doch was dran.

Giulia hatte den Verdacht, dass Viola und Alessandro Polizisten waren. Und dass sie als verdeckte Ermittler arbeiteten. Jedenfalls waren sie kein Paar. Das stellte Giulia zweifelsfrei fest, nachdem sie darum gebeten hatte, das Bad benutzen zu dürfen. Sie ging zur Toilette und wusch sich die Hände. Auf der Ablage überm Waschbecken lag ein Ehering. Auf der Innenseite war der Name Roberto eingraviert.

Giulia dachte an den Schlüsselbund, der im Ristorante in Marina auf dem Tisch gelegen hatte. Jemand wollte ihr damit ein Zeichen geben. Konnte es sein, dass sie in Gefahr war? Und dass ihr die neue Wohnung absichtlich angetragen worden war, weil sie Schutz brauchte? Ein entfernter Bekannter, Filippo, den sie scheinbar zufällig an einer Ampel getroffen hatte, lud sie auf einen Caffè ein. In der Bar war er mit diesem Angebot auf sie zugegangen. Ob sie ein Appartamento mieten wolle? Er wisse da was. War das ein Kontaktmann oder so ähnlich? Passten Viola und Alessandro auf sie auf? Eigentlich war es unmöglich, mitten im Zentrum von Florenz bezahlbaren Wohnraum zu bekommen, ohne Unsummen an Provision abzudrücken oder jemanden direkt zu bestechen. Schon komisch, dass sich Giulia darüber keinen Kopf gemacht hatte. Sie hatte sich einmal im Leben als Glückskind verstanden.

Giulia dachte an das mondsteinfarbene Meer, an sein unergründliches Grau, das sich in Nuancen bis zum Horizont zog. Das Wasser war so anders als im Sommer. Es dehnte sich endlos, lag da wie eine angespannte Fläche, die Wogen bügelte das klare, harte Winterlicht. Nichts erinnerte an den gleißenden Fluss des türkisfarbenen Augusttags. Vor bald zweieinhalb Jahren. Hatte Robertos Leiche wirklich im Fischerboot gelegen und war über die Wellen zurück an den Strand gespült worden? Einen letzten Zweifel daran hatte Giulia nie aufgegeben. Vielleicht war der Sarg beim Begräbnis tatsächlich leer oder mit Steinen gefüllt gewesen. Die Hoffnung, dachte Giulia, stirbt immer zuletzt. Aber was, wenn es Roberto selber war, der ihr den Schlüsselbund auf den Tisch gelegt hatte?

Das war alles sehr weit weg, eine bloße Spekulation. Weitaus näher lag ein bedrohlicher Gedanke: Giulia hatte ihrer Mutter tatsächlich die drei Klosterschlüssel gegeben, die man brauchte, um in ihre Wohnung zu gelangen. Danach hatte sie Klara aber nicht mehr aus den Augen gelassen. Sie waren immer zusammen gewesen, bis sie in Marina ankamen. Oder doch nicht? Jedenfalls hatte die Mutter keine Gelegenheit gehabt, in die Via Guelfa zu gehen. Allerdings hatte sie, als Giulia Aurora und die Kinder abholte, die Möglichkeit, den Schlüssel jemandem zuzustecken. Klara hatte allein im Auto gewartet. Wer besaß nun den Zugang zu ihrem Appartamento?

Eins nach dem anderen. Giulia stellte das Wasser ab und trocknete sich die Hände. Sie musste erst einmal Carlo finden.

11

Der Sonntagnachmittag hüllte Florenz in ein dumpfes, diesiges Licht. Am Fenster seiner Zahnarztpraxis sah Tommaso Franca zwischen den Lamellen auf den Arno hinunter, der hinter einer Wand aus Nebel lag. Er streifte sich die himmelblauen Nitrilhandschuhe über und griff nach der Spritze. Im Behandlungsstuhl lag Reinhild. Er hatte den Ausflug seiner Familie dazu nutzen wollen, endlich einmal seine Ruhe zu haben, und nun blieb ihm nichts anderes übrig, als Reinhild im Wortsinn auf den Zahn zu fühlen. Die Innenkante ihres rechten Schneidezahns war abgesplittert. Das war nichts, was nicht bis morgen hätte warten können, doch die Praxis war sowieso bis zum 6. Januar geschlossen. Als Reinhild ihn angerufen hatte, hatte er sie gleich hergebeten.

»Dein Name, Reinhild. Sag mal, war das nicht diese Märtyrin?«

Sie nickte. »Schon. Reinhild von Riesenbeck, auch Reinhild von Westerkappeln. Ihre Eltern hassten sie, weil sie unerträglich fromm war. So gottesfürchtig, dass Engel die furchtbare Feldarbeit für sie verrichteten. Daraufhin stieß ihre Mutter sie in einen Brunnen, aber am nächsten Morgen saß sie wieder oben am Rand. Aus Wut hat die Mutter Reinhild erwürgt und im Stall unter den Tieren begraben.«

»Und du meinst wirklich, du brauchst eine Betäubung?« Tommasos Deutsch war schlecht, aber nicht so miserabel wie Reinhilds Italienisch. Immerhin kamen sie klar.

»Ma certo! Unbedingt. Ich bin sehr wehleidig.«

Tommaso spritzte ein. Vorsichtig. Zweimal. Er wartete kurz, wieder Blick aus dem Fenster, dann machte er sich ans Werk.

Er arbeitete schnell und routiniert. Dabei aber präzise, überlegt und achtsam. Ziel war ein optimales Ergebnis. Nach 20 Minuten reichte er Reinhild einen Handspiegel. »Fahr mal mit der Zunge darüber. Soll ich noch polieren?«

»Nö, alles gut.« Reinhild begutachtete staunend ihren Schneidezahn. »Wow! Alles wie vorher. Ich kann nichts mehr erkennen.«

»Das sollst du auch nicht. Wie ist das denn passiert?«

»Wie, was meinst du damit? Der Zahn ist halt abgebrochen.«

»Das kommt vor. Aber nicht bei diesem Zahn. Nicht an dieser Stelle und mit diesem Winkel.« Tommaso streifte sich die Handschuhe ab. »Es sieht eher nach einer Kollision aus. Wie sagt man?«

Reinhild richtete sich auf und knüllte ihre Serviette zusammen. »Weiß nicht.«

»Hat dich jemand geschlagen?«

»Geschlagen? Nein.«

»Du wärst nicht die Erste, die mit einem zertrümmerten Gebiss zu mir in die Praxis kommt und das leugnet.« Tommaso setzte sich neben sie auf einen Schemel und sah sie ernst und lange an. »Hat dich dein Freund ins Gesicht gehauen?«

Reinhild sprang auf. »Wie kommst du denn auf so was? Das würde er nie tun!«

»Ich meine ja bloß. Das wäre nämlich ganz einfach der Klassiker. Was glaubst du, wie viele Frauen von ihren Männern krankenhausreif geprügelt werden?«

Tommaso war kahl, klein, klotzig und kompakt, zudem hatte er etwas Fieses, er war viel zu alt und überhaupt nicht Reinhilds Typ. Genauso wenig wie Diego, der etwas grober und größer war, ihm aber ansonsten sehr ähnlich sah. Immerhin musste Reinhild zugeben, dass Tommaso sein Handwerk verstand und zudem ein ungewöhnlich einfühlsamer Zahnarzt war.

Dennoch wollte sie nicht noch mit ihm in eine Bar gehen und einen Caffè trinken. Also lehnte sie seine Einladung ab, aber er ließ nicht locker.

»Gut, aber nur kurz.« Sie schulterte mühsam ihren Riesenrucksack.

»Was hast du denn da drin, Wackersteine?«

Reinhild verließ das Behandlungszimmer. Mit beiden Händen griff sie in den Rucksack und holte den Marmorbrocken heraus. Im Eingangsbereich hievte sie ihn auf den Empfangstresen.

Tommaso stand hinter ihr. »Was um Himmels willen ist das?«

Reinhild drehte den Brocken um. »Das ist Davids Phallus. Als Gesamtpaket.«

Tommaso griff sich an den Kopf. »Davids Ding? Du hast Davids Ding? Nach dem überall wie wahnsinnig gefahndet wird?«

»Woher weißt du das denn?«

»Na hör mal, es kam in den Nachrichten …«

»Der Klumpen fiel mir praktisch vor die Füße. Ich brauchte ihn nur aufzuheben und damit wegzulaufen. Schwer war er schon. Aber nicht so schwer. Vielleicht war es die Aufregung. Es ging alles ganz schnell. Jetzt weiß ich nur nicht, was ich damit machen soll.«

Tommaso kriegte einen knallroten Kopf. »O weh, bitte verwickel mich nicht in die Sache. Das gibt sicher ganz schön Ärger.«

»Wieso? Wegen dem heiligen David? Ich habe ihm den Schwanz nicht abgeschnitten, ich habe ihn nur in Sicherheit gebracht vor einer Horde wild gewordener Feministinnen.«

»Das lässt sich hören. Aber du hattest jetzt über 24 Stunden Zeit, ihn bei der nächsten Polizeidienststelle abzugeben. Du musst schon erklären können, wieso das noch nicht geschehen ist.«

»Was würdest du vorschlagen?«

»Nichts, meine Liebe.« Tommaso schnaufte. »Es geht mich einfach nichts an. Es ist nicht mein Problem. Verstehst du, dein abgeschlagener Zahn, das ist mein Problem, ja, aber dieses Dings da …«

»Was würdest du machen, wenn das deiner wäre?«

»Meiner?«

»Dein Davids Schwanz.«

»Ist es aber nicht.«

»Er hätte mich erschlagen können. Mit etwas Pech wäre ich jetzt tot.«

»Kann man so sehen. Könnte es sein, dass dein Zahnverlust daher rührt?«

»Nein, tut er nicht.« Reinhild packte den Phallus wieder in den Rucksack. Er war wirklich sakrisch schwer. Über Nacht war er mindestens einen Zentner schwerer geworden. Sie begriff nicht mehr, wie er überhaupt in ihre Umhängetasche hineingegangen war. Und wie sie damit so schnell hatte rennen können.

»Ich denke, du solltest dich von diesem Ding wieder trennen. Das ist das Gescheiteste. Bring ihn in eine Kirche. Jesus hängt dort am Kreuz, Märtyrer treiben sich herum, Geflüchtete genießen Kirchenasyl; jeder hat ein Bleiberecht …«

»Kommst du mit?«

»Garantiert nicht.« Tommaso legte ihr die Hand auf den Arm. »Wieso müsst ihr Frauen nur immer so gründlich sein?«

In den Duomo zu gehen, traute sich Reinhild nicht. Die Kathedrale hatte zwar bis drei viertel fünf geöffnet und die Warteschlange würde sich nun schon halbwegs in Grenzen halten, aber dort drinnen war bis Torschluss einfach zu viel los. Auch war es mehr als fraglich, ob sie noch eingelassen wurde und, wenn ja, ob sie den Rucksack mit hineinnehmen konnte. Letzteres galt auch für die Basilica di Santa Maria Novella. Sie war zwar bis halb sechs offen, doch der Ticketschalter schloss bereits eine Dreiviertelstunde früher. Schnell ging Reinhild die Via Toscanella hinunter. Es dunkelte schon, als sie auf dem Ponte Santa Trinita den Arno überquerte. Auf der Via de' Tornabuoni streifte sie den Rucksack von den Schultern, verlängerte die Trageriemen, zog den Anorak aus und schnallte sich den Rucksack vor den Bauch. Dann zog sie den Anorak wieder an. Das Gewicht des Marmorbrockens zog ihre Schultern nach unten, das machte ihren Watschelgang noch überzeugender.

Als Hochschwangere wurde sie gleich behandelt wie eine behinderte Person und hatte freien Eintritt. Umsonst bekam sie ein Faltblatt ausgehändigt, das sie auf die prominentesten Sehenswürdigkeiten und Schätze der Kirche und der Klosteranlage hinwies. Neugierig betrat Reinhild die Kirche. Sie drängelte sich vorbei an einem kleinen, dicken Chinesen, der die dunkelblaue Uniform eines Sicherheitsdienstes trug und den Eingang blockierte. Er entschuldigte sich nicht, sondern musterte sie mit trübem Blick. Im Innenraum war es alles andere als rummelig. Lediglich wandelten vereinzelt Besucher umher, mit träumerischen Gesten, Paare und kleine Gruppen stierten auf pompöse Bilder. Zwischen immensen Säulen hing das Kreuz von Giotto. Dahinter befand sich, in vergleichsweise lächerlicher Bescheidenheit, ein kleiner Altar. Tommaso hatte vorgeschlagen, sie solle den Phallus auf den Altar legen, aber wie in den meisten großen Kirchen stand er hinter einer Absperrung, und man konnte nicht so leicht unbemerkt eindringen. Auch wenn nur eine Kordel gespannt war, würde doch irgendwem auffallen, dass sie in das Allerheiligste vorgestoßen war, und dann würde der Securitymann herbeieilen und sie überwältigen.

Es gab in dieser Riesenkirche mit ihren Seitenschiffen und Kapellen jede Menge Altäre, unterschiedlich ausstaffiert und in allen erdenklichen Größen. Reinhild konnte sich einen neuen aussuchen, oder sie wählte überhaupt einen anderen Ort. Sie drehte sich um und ging durchs Mittelschiff nach hinten zum Grab des Erlösers, in dem Klara angeblich die Leiche eines jungen Mannes entdeckt hatte. Bingo! Das war der ideale Platz! Dass sie nicht gleich daran gedacht hatte! Immerhin hatte sie das Unbewusste hierher geführt. Der Holzsarg stand fast am anderen Ende der Kirche. Zwei Stufen führten zu ihm hinauf. Reinhild lief zweimal daran vorbei, ehe sie ihn endlich fand. Dabei badete der Leichnam im grellen Neonlicht. Auch er wurde von einer Kordel eingezäunt und so vor der Zudringlichkeit der Besucher abgeschirmt, aber in diesem weniger spektakulären Teil der Basilika waren kaum Leute.

Reinhild zog den Anorak aus, schnallte den Rucksack ab, stellte ihn auf den Boden, hob den Marmorbrocken heraus, löste die Kordel vom Haken, ging die Stufen hoch und legte Davids Phallus neben den gefältelten weißen Lendenschurz von Jesus Christus auf der Fläche vor dem Sarg nieder.

Justus Fischer verbrachte den Sonntag in einer Art geistiger Agonie. Er konnte überhaupt nichts mehr denken, und noch weniger mochte er sich an irgendetwas erinnern. Er hoffte bloß, dass es ein vorübergehender Bewusstseinsschwund war und dass es nicht wieder losging mit der Depression, die ihn zwei Jahre zuvor in die Psychiatrie gebracht hatte. Dort wollte er nie wieder hin. Er wusste nicht, wie er mit Giulia samt ihrer Familie Silvester verbringen sollte, und hatte große Lust, wieder abzureisen, am besten gleich und ohne Reinhild. Die Schwierigkeiten, auf die er stieß, wurden immer größer, die Situation eskalierte, und er konnte Klara nicht helfen. Ihr Zustand war unklar, die Umstände blieben schleierhaft. Der Gang in die Kirchen, zu dem sie ihn aufgefordert hatte, war bisher immer wieder vertagt worden, und es war fraglich, ob er noch stattfand. Fischer wusste nicht, was Klara dort von ihm wollte; sie wusste es wohl selber nicht. Er mochte die resolute alte Frau. Deshalb folgte er und blieb.

Als Reinhild gegen Abend zurück ins Hotelzimmer kam, mit leidlicher Laune und einem reparierten Zahn, versuchte Fischer, sich zusammenzureißen. Er fragte nicht, wo die Last, die sie zwei Tage mit sich herumgeschleppt hatte, geblieben war. Um was auch immer es sich gehandelt hatte, der Rucksack war leer. Im Bad machte Reinhild sich frisch. Schweigend verließen sie das Hotel Richtung Zentrum.

»Klara hat mir die Schlüssel zu Giulias Wohnung gegeben«, sagte Fischer. »Heute Morgen. Ich bin zufällig an ihr vorbeigejoggt, und sie hockte allein im Alfa. Sie wartete offenbar auf Giulia, und sie sprach keinen Ton.«

»Woher weißt du dann, dass es die Schlüssel zu Giulias Appartement sind?«

»Von wo sollen sie sonst sein? Wir könnten hinein und dort etwas kochen. Spaghetti würden mir langen. Ich habe eigentlich keine Lust, schon wieder essen zu gehen.«

»Ist Giulia denn nicht da?«

»Nein, sie hat mir eine SMS geschickt. Sie ist nach Marina di Santo Stefano gefahren, mit Klara und Aurora und den Kindern. Sie wollten ans Meer, und Giulia muss wohl etwas erledigen. In ihrem Ristorante. Sie kommen erst spät zurück.«

»Sollten wir nicht vorher fragen?« Reinhild klang irritiert.

Fischer versuchte, Giulia anzurufen, aber sie ging nicht ran. Auf die Mailbox sprechen oder eine SMS schicken wollte er nicht. »Ich glaube, es ist schon in Ordnung.«

Es waren drei Schlüssel. Fischer öffnete das schmiedeeiserne Tor zum Kreuzganghof und die Tür zum hinteren Aufgang.

»Brennt denn hier kein Licht?«, fragte Reinhild.

»Bestimmt«, erwiderte Fischer, »aber offenbar ohne Bewegungsmelder. Oder er ist kaputt. Vielleicht gibt es einen Schalter.«

Er suchte vergeblich. Dann lief er hinter Reinhild her und stolperte im Dunkeln die steile, gewundene Treppe hoch. Im Kreuzgang schloss er die Wohnungstür auf. Er brauchte mehrere Anläufe, um das Schlüsselloch zu treffen, dann machte es plötzlich klack. Die Tür sprang auf. Reinhild schnappte nach Luft. Etwas Schwarzes schlüpfte an ihnen vorbei und huschte hinaus in die Nacht.

»Das war der Kater«, meinte Reinhild. »Carlo.«

»Scheiße«, sagte Fischer. »Komm. Wir müssen ihn einfangen.«

Er verriegelte die Eingangstür wieder.

Am Morgen versuchte Giulia, sich vorzustellen, was Carlo in der Nacht erlebt hatte. Sie kannte nur das Ende der Geschichte. Und malte sich aus, wie es dazu gekommen war. Um Abstand zu gewinnen, nahm sie seine Perspektive ein. Und um nicht gleich zum Schluss zu kommen, erfand sie ein paar Details. Das funktionierte. Es gelang ihr, sich ein wenig zu beruhigen.

Zunächst war Carlo einfach abgehauen. Auf diese Gelegenheit hatte er lange gewartet. Von den stochernden Geräuschen am Schloss war er schlagartig hellwach geworden. Er hatte sich aufgesetzt, war vom Sofa gehopst und zur Tür gesprungen. Nun schoss er nach draußen und versteckte sich hinter einem großen Terrakottatopf. Darin steckte ein mageres Olivenbäumchen, das kaum Blätter besaß und wenig Schutz bot. Seine Verfolger hatten sofort begriffen, dass er ausgebüxt war, und er wusste, sie würden ihn jagen und alles daran setzen, ihn zur Strecke zu bringen. Er duckte sich und zog den Kopf ein, als sich Schritte näherten. Der Spalt zwischen Topf und Hausmauer war zu breit, um seinen schmalen kleinen Körper wirksam verschwinden zu lassen. Von ihm blieb ein schwarzer Fleck. Beinahe wurde er gefunden, aber da es ziemlich düster war, hatte er Glück. Seine Verfolger rannten die Stiegen in den Hof hinunter. Als die Luft rein war, stolzierte Carlo mit steil aufgerichtetem Schwanz hinter ihnen her. Sie bogen nach links ab zu den Fahrrädern und Motorinos, er lief mit trippelnden Schritten nach rechts und zwängte sich zwischen den Gitterstäben des Tors hindurch. Dann stand er plötzlich auf dem Gehweg. Er war halb gepflastert und halb aus Asphalt. Der Schnee schmolz und in den Schlaglöchern hatten sich Pfützen gebildet. Wässrige Flocken flogen auf ihn nieder. Doch die Kälte und Nässe machten Carlo nichts aus. Er hatte ein dickes Fell.

Die Freiheit fühlte sich gut an. Sie roch nach Curry, Abgasen und Fisch. Und nach fremden Katern. Carlo war sterilisiert worden, was lediglich die Zeugung von Nachkommenschaft verhinderte und mit einer Kastration nichts zu tun hatte. Im Hinblick auf die Folgen kompletter Unsinn, zumindest, soweit es ihn selber betraf. Er nahm sich vor, noch in dieser Nacht einige anständige Rangordnungskämpfe auszufechten und im Viertel für Ordnung zu sorgen. Dazu war es von Vorteil, erst mal die Fühler auszustrecken und das Terrain zu sondieren. Die Straßenlaternen funzelten. Die Verkehrsschilder warfen Schatten. Um unsichtbar zu bleiben, kroch Carlo unter einen fahrbaren Müllcontainer. Dort würden ihn seine Verfolger, die nun mit langen Schritten herbeieilten, nicht vermuten. Sie diskutierten aufgeregt und liefen zurück in den Hof.

»Carlo!«, lockten sie ihn, »Carlo!«

Carlo streckte sich aus, bis er flach war wie ein Pfannkuchen. In dieser gemütlichen Position konnte er stundenlang verharren. Irgendwann kamen seine Verfolger heraus. Wild gestikulierend, laut schimpfend und streitend stapften sie durchs Tor. Es schleifte scharf am Boden, ehe es krachend zufiel. Für Carlo war klar, dass sie es aufgegeben hatten, ihn zu finden. Wer derart fuchtelte und kreischte, musste nicht ganz bei Trost sein, wenn er glaubte, auf diese Weise eine Katze fangen zu können. Es malträtierte die Ohren und brachte das Fell zum Vibrieren. Als das Geschrei sich entfernte, tauchte Carlo aus der Versenkung auf.

Er machte einen gehörigen Buckel. Dazu stellte er sein Fell auf, toupierte sich den Nacken und bauschte den Schwanz, bis er aussah wie ein kriegerischer Irokese. Er schwoll weiter an und pumpte sich mindestens zur doppelten Größe auf. Er war ein Panther! Das Abenteuer konnte beginnen.

Carlo war tätowiert am Ohr und in der Schulter gechippt. Der Transponder war so groß wie ein abgeschnittener Fingernagel. In einer gewebefreundlichen Hülle befanden sich Magnetspule und Mikrochip. Darauf war ein 15-stelliger Code gespeichert, den es nur einmal gab. Durch ein spezielles Lesegerät wurde dieser Code übermittelt. Damit konnte Carlo zweifelsfrei identifiziert werden, aber das setzte freilich voraus, dass man ihn zu fassen kriegte. Dafür sollte nun wiederum der GPS-Chip sorgen, der am Halsband befestigt und mit einer SIM-Karte bestückt war. Über die Smartphone-App konnte der Aufenthaltsort abgerufen werden. Carlo hatte den Chip zu Weihnachten geschenkt bekommen, ohne im Mindesten zu ahnen, was es damit auf sich hatte. Anstatt das gehässige Teil an einem Fahrradpedal abzustreifen und loszuwerden, trug er das Halsband mit Stolz und Würde.

Dass der Kater trotz seines jugendlichen Alters, seines geringen Gewichts und seiner mangelnden Erfahrung bereits überaus streetwise war, hatte er möglicherweise seinen Genen und der guten Erziehung seiner Mutter zu verdanken. In dem Vorort, in dem er vorher ein paar Wochen lang als Freigänger gelebt hatte, war wenig los gewesen. Dort gab es vor allem Kaninchen, Ratten und Hunde. Keine artgerechte Gesellschaft also, um seinen Verstand zu schulen, seine Schnelligkeit zu toppen, Schwierigkeiten zu meistern und die Krallen auszufahren. Aus Langeweile hatte er einmal ein Kaninchen gerissen, zumindest hatte er das gedacht; doch das dumme Ding hatte sich bloß totgestellt. Kaum hatte er die Fluchtdistanz erreicht, war es davongehoppelt. Er hatte auch mal einen hinkenden Hund gejagt, doch das war eindeutig Gewalt gegen Schwächere.

Hier kam Carlo voll auf seine Kosten. Das verrieten ihm die Schnurrhaare. Zur Probe prügelte er sich mit einem Perserkater, der das gleiche Gesicht hatte wie Donald Trump. Als Couch-Potato hatte Carlo ziemlich viel ferngesehen, und er wusste daher Bescheid. Der Perser besaß neben einer fiesen Fresse zwei Kilo Fell, aber nur zwei Gramm Muskeln, und Carlo ließ ihn laufen. Für einen fairen Kampf brauchte er keinen Feind, aber einen ebenbürtigen Gegner. Sowieso hatte der Perser draußen nichts verloren.

Der Nächste, bitte! Der stinknormale grau getigerte Hauskater, den Carlo nun vermöbelte, wirkte feingliedrig und besaß mandelförmige Augen. Er trug ein seidiges Haarkleid, sein Gang war aristokratisch. Damit hatte er hohe Ähnlichkeit mit einer edlen ägyptischen Mau, aber nicht deren feines Benehmen. Ganz im Gegenteil. Der gemeine Proll war mit allen Wassern gewaschen und biss Carlo einen Riss ins tätowierte Ohr, den er mit seiner Schwanzspitze bezahlte. Carlo spuckte sie gelassen aus wie die Galle einer toten Maus. Daraufhin verpasste ihm der Proll mit der Tatze einen gehörigen Hieb. Carlo blutete und fühlte einen stechenden Schmerz im Schädel; er meinte, er müsse gleich platzen, aber er war noch lange nicht bereit, klein beizugeben. Das hier war ab heute sein Revier. Und wenn irgendein anderer dahergelaufener Tagdieb glaubte, er dürfe sich darin einfach so aufhalten, dann musste er eben sehen, wo seine Gesundheit blieb. Also drosch er so lange auf den Proll ein, bis der die Lust verlor und sich trollte.

Der dritte Kater bezahlte seine Anwesenheit mit einem Loch im Pelz, der vierte war zu feige, um sich mit Carlo zu messen. Der fünfte war sich zu fein und fauchte. Damit war Schluss. Mehr Kater traf Carlo bei seinem ersten Freigang nicht. Er hatte gefühlt eine nicht unbeträchtliche Entfernung zurückgelegt und es immerhin bis zum Giardino Di Valfonda geschafft, ganz am Ende der Via Guelfa und des San-Lorenzo-Viertels. Er würde den Garten allerdings nicht betreten, weil an solchen Orten ungepflegte Katzenplagen lauerten, enthemmte Rudel, mit denen er es nicht aufnehmen konnte; das Entsorgungsamt schritt ein, um die Horden auszurotten, und wenn man Pech hatte, wurde man vergiftet.

Am Eingang des Giardino endete vorläufig sein Habitat. Carlo drehte sich um und trat den Rückweg an. Er hatte in dieser Nacht drei Kämpfe gewonnen. Er roch meilenweit nach Sieg. Keiner würde sich ihm heute noch in den Weg stellen. Morgen war es dann wieder das gleiche Spiel. Carlo würde dafür sorgen, dass er keinen, der ihm in die Quere kam, unversehrt ließ. Und zwar so lange, bis sein persönlicher Bezirk katerfrei war. Erst wenn endlich Ruhe einkehrte, konnte er sich unbehelligt seinem zweiten Hobby widmen: dem unwiderstehlichen Duft der Katzen.

Carlo fand mühelos nach Hause. Überrascht stellte er fest, dass es gar nicht so weit war. Er musste auf seinem Streifzug ziemlich im Viereck herumgelaufen sein. Dennoch war er der Ansicht, dass er sein Revier vorerst nicht noch vergrößern sollte. Besser, man beschränkte sich auf das Überschaubare und behielt seine Ländereien im Griff. Es herrschte tiefe Nacht. Die Straßenlaternen waren ausgegangen, aber das juckte Carlo nicht. In den frühen Morgenstunden war es in der Via Guelfa totenstill. Auf dem Pflaster lag Erbrochenes. Carlo machte einen Bogen darum und schnürte wie ein Fuchs. Er erkannte das Kloster sofort. Neben dem schmiedeeisernen Tor witterte er einen verwesten Vogel. Durch die Gitterstäbe zwängte er sich in den Kreuzganghof. Zwischen den Fahrrädern lag ein Stück Pizza. Carlo fraß den Belag herunter. Mit vorsichtigen, fast zärtlichen kurzen Bissen schnappte er sich die Salami. Akribisch löste er Tomaten und Mozzarella vom Teig. Dann trank er aus einer Pfütze, die nach Gummi schmeckte.

Weil er nun satt und zufrieden war, hatte er es nicht mehr eilig, in die Wohnung zu kommen. Sobald er sich wieder in Gefangenschaft begab, tauchte das alte Problem auf, da herauszukommen. Erst mal brauchte er bloß einen bequemen Schlafplatz, einen Ort, wo er es sich den Tag über gemütlich machen konnte. Um ihn auszukundschaften, hielt er sich am besten bedeckt. Niemand sollte bemerken, dass er wieder in sein Domizil zurückgekehrt war. Carlo beschloss deshalb, nicht zu miauen. Er hielt eh nichts davon. Das war Menschenkommunikation, einzig dazu angetan, durch simple Tricks an Futter zu kommen und sich durch einen verlogenen Niedlichkeitsfaktor Vorteile zu verschaffen. Katzen pflegten untereinander eine andere Sprache, die schnörkellos und direkt war, sie täuschten einander nicht.

Da die Tür zum hinteren Aufgang wagenweit offen stand, gelangte Carlo mühelos hinauf in den Kreuzgang. Anstatt sich vor dem Schlafzimmerfenster zu positionieren, einen Gassenhauer zu grölen, zu buckeln und um Einlass zu betteln, lief er leichtfüßig weiter ums Eck. Vielleicht gab es bei den Nachbarn ein freies Plätzchen. Dort hatte er garantiert seinen Frieden. Da sie nicht mit ihm rechneten, würden sie auch nicht nach ihm suchen. Falls das Sofa einen Bettkasten hatte, konnte er sich dort drinnen verstecken. Sobald er zurück in die Freiheit wollte, brauchte er nur herauszukommen. Die Nachbarn würden ihn an die Luft setzen, was zu Hause sicher nicht der Fall wäre. Ideale Bedingungen.

Nun ging es nur noch darum, in die fremde Wohnung zu kommen. Wie in seinem eigenen Heim gab es auch hier keine Katzenklappe. Wozu auch, wenn drinnen gar kein Artgenosse wohnte. In solchen prekären Fällen half nur Glück. Und Carlo hatte mehr Glück als Verstand. Nachdem er (ergebnislos) die Fenster überprüft hatte, kratzte er an der Wohnungstür. Sie stand tatsächlich einen Spalt offen! Er streckte seine Tatze hindurch, stemmte seinen Schädel dagegen und schlüpfte hinein. Drinnen brauchte er einen Moment, um die Orientierung wiederzugewinnen. Aus einer Ecke roch es nach Seife. Auf keinen

Fall wollte er ins Bad, da er seine Geschäfte bereits verrichtet hatte. Wenn es kein Katzenklo gab, würde er eine menschliche Toilette aufsuchen müssen. Diesen Tort hob er sich für morgen auf.

Das Schlafzimmer mied Carlo ebenfalls, da er annehmen musste, es war bereits belegt. Unnötigen Begegnungen ging er aus dem Weg. Die Stubentür war verschlossen, aber nebenan war ein Arbeitszimmer, in dem es nach angeschmorten Kabeln und heißen Festplatten roch. Da drinnen herrschte ein fürchterliches Chaos. Überall lagen Elektronikteile, Regalbretter und Ordner herum, der Papierkorb war ausgeleert worden, aus dem Schreibtischstuhl quoll der Schaumstoff heraus, und um ein Haar wäre Carlo von einem umstürzenden Bücherberg erschlagen worden. Ein Sprung auf ein Stück Holz hatte die Masse in Bewegung gesetzt. Der Aufprall war sehr laut und dröhnte in Carlos lädierter Ohrmuschel, aber keiner wurde von dem Krach geweckt. Carlo verharrte in einem Spalt zwischen Wand und einer Kiste, er hielt die Luft an, aber niemand kam, um nach dem Rechten zu sehen. Das wirkte schon merkwürdig. War denn niemand zu Hause? Vielleicht wohnte nur einer allein hier, und der konnte nicht schlafen und war kurz rausgegangen, um den Müll runterzubringen? Aber im Hof war kein Mensch gewesen, und draußen auf der Straße bei den Containern auch nicht.

Die Tür zur Küche stand sperrangelweit offen. Dass es die Küche sein musste, war klar, weil es nach geronnenem Blut, angesengtem Fett und verbranntem Fleisch roch. Offenbar hatte jemand die Steaks anbrennen lassen. Es roch nicht wirklich lecker, aber Carlo tappte auf leisen Pfoten hinein. Er zog die Krallen ein auf den Terrakottafliesen, um nur ja kein Geräusch zu machen. Mit der Radarfunktion seiner Schnurrhaare hatte er Menschen geortet und sie in der Küchenmitte lokalisiert. Zwei Menschen. Er hatte sich geirrt. Sie stanken nicht nach verkohltem Steak, sondern eher nach abgefackeltem paniertem Schnitzel. Carlos Schulter zuckte. Die Magnetspule seines Chips nahm Kontakt auf! Der Kater begriff nicht, dass er in Todesgefahr war, aber er spürte die Spannung. Vorsicht, Starkstrom! Nicht anfassen! Nichts wie weg. Instinktiv machte Carlo einen Satz rückwärts.

12

»Mir ist aufgegangen, dass die Farbe Blau eine Rolle spielt. Das Dunkelblau der Uniformen.« Am Montagmittag sprach Klara zwar immer noch nicht, aber sie schrieb immerhin Sätze auf Zettel. »Der chinesische Wärter in der Basilika. Die Agentin Annika. Und nun die Carabinieri.«

»Polizia di Stato«, korrigierte Giulia.

Die Wohnung gegenüber war mit Polizeiband abgesperrt. Ein halbes Dutzend Leute war hineingegangen und kein Einziger wieder herausgekommen. Sie standen sich dort drinnen auf den Füßen herum. Hinter den Säulen neben dem Eingang warteten zwei sportive Tragen, die aussahen wie für die Schlittenrettung. Auch sie waren dunkelblau.

»Früher benutzte man Zinksärge«, schrieb Klara auf ihren Zettel.

Mit Fischer und Reinhild hockte sie im Wohnbereich auf dem Sofa, Giulia saß auf dem Sessel. Gemeinsam warteten sie darauf, dass die Kriminalpolizei kam und sie als Zeugen vernahm. Sie tranken Tee. Im Appartamento stank es nach Kerzen. Giulia erklärte, dass der Kater gechippt sei und wie so etwas funktionierte. Im Morgengrauen hatte sie ihn mithilfe des GPS-Chips dingfest gemacht, was überraschend einfach gewesen war. Allerdings hatte er sich von ihr nicht einfangen lassen. Carlo hatte gefaucht, war ums Eck gewischt und verschwunden. Giulia blieb mit den beiden Leichen in der Küche allein. Alles sprach für Fremdverschulden. Ganz ersichtlich hatte man die Nachbarn an den Elektroherd angeschlossen. Dazu hatte man mit Kabeln nicht gespart. Giulia ging zurück in den Flur und legte den Hauptschalter um. Dann vergewisserte sie sich, dass sie für Alessandro und

Viola nichts mehr tun konnte. Schließlich nahm sie das Telefonino und wählte die Numero Unico di Emergenza, die einheitliche Notrufnummer 112. Dort sagte man ihr, man könne sie nicht verbinden und sie müsse die 113 wählen und sich an die Polizia di Stato wenden, da in diesem Fall nicht die Carabinieri zuständig seien, sondern die Kollegen von der Questura Firenze.

Sie landete auf Platz 13 in der Warteschleife. Als sie den Kontaktmann der zuständigen Polizeidienststelle endlich an der Angel hatte, war über eine Viertelstunde vergangen. Fünf weitere Viertelstunden dauerte es, ehe jemand kam. Dann erschienen aber sämtliche Instanzen gleichzeitig: Kripo, Spurensicherung, Notarzt und Gerichtsmediziner. Bevor sie den Tatort betraten, legten sie umständlich Schutzkleidung an. Bereits vor der Wohnungstür demonstrierten sie die Gründlichkeit ihrer Methoden. Alles wurde eingezäunt, abgeklebt, gesichert, fotografiert und gefilmt, ehe es untersucht, katalogisiert und gegebenenfalls eingetütet und abtransportiert wurde. Unten am Tor standen zwei Uniformierte mit Maschinenpistolen, die keinen hereinließen, der sich nicht ausweisen konnte und nachweislich im Kloster wohnte. Das verhinderte wirksam jeden Zustrom von Zaungästen, Schaulustigen und Journalisten.

Allerdings hatte die Staatspolizei keinen blassen Schimmer, dass sich auf dem Gelände ein tierischer Spitzel herumtrieb: Kater Carlo war ein Chip implantiert worden mit einem 15-stelligen Code, der einmalig war und identisch mit der Telefonnummer von Kardinal Stendal, Chef des Vatikanischen Geheimdiensts Pro Deo Due. Oder, um genau zu sein, mit der Durchwahl seines Vorzimmers. Das war eine vereinfachende Maßnahme, weil der Kardinal semidement war und sich fremde Anschlüsse nicht mehr merken konnte. Über das Lesegerät von Stendals Sekretär Luigi wurde der Code übermittelt und der Telefonkontakt hergestellt. Carlo funktionierte als Sender. Einen streunenden Kater als Spion oder Kontaktmann einzusetzen, war genial. Giulia hatte die Wohnung wegen Carlo bekommen, um so in die nächste Nähe der Nachbarn vorzustoßen, die einer konspirativen Tätigkeit nachgingen und nachrichtendienstlich erfasst werden sollten. Das Ganze hatte irgendwie mit dem Toten in der Kirche zu tun.

Klara waren diese Zusammenhänge einigermaßen deutlich, doch schon das Erzählen wäre ihr zu umständlich gewesen. Sie konnte das alles unmöglich schriftlich erklären, zumal es sich um reine Mutmaßungen handelte. Dabei musste man nur den Schneid haben, das Augenfällige und das Verborgene zu sinnhaften Mustern zu verbinden, um zum Ungeheuerlichen und Unausdenkbaren vorzudringen.

»Geht es dir gut, Klara?«, fragte Reinhild.

Klara ignorierte sie.

Als die beiden Beamten endlich an Giulias Tür klopften, begann es zu dämmern. Sie kamen in Zivil, zeigten ihre Dienstausweise und stellten sich vor als Signor Innocenti und Signora Bacci. Offenbar sollte es keine Rolle spielen, welchen Rang sie bekleideten und wie weit sie es in ihrer Laufbahn schon gebracht hatten. Beide trugen atmungsaktive Outdoorklamotten und halbverwaschene Jeans. Sie waren mittleren Alters, hatten praktische Kurzhaarfrisuren und wirkten so unscheinbar und spießig wie Straßenbahnschaffner. Klara fiel auf, dass die zwei einander wesensmäßig glichen. Auch Alessandro und Viola waren sich vom Typ her ähnlich gewesen. Sie fragte sich, ob man bei der Teambildung in Italien von vornherein auf Entsprechungen und Gleichheit setzte. Oder ob man die Polizei an die Besonderheiten des Falls anpasste. Zweiteres erschien Klara logischer. Diese Parallele zwischen den Opfern und den Ermittlern war offensichtlich generiert worden. Womöglich steckte noch mehr dahinter. Klara hätte Innocenti und Bacci gerne gefragt, wie gut sie Alessandro und Viola gekannt hatten.

»Meine Mutter kann nicht sprechen«, sagte Giulia. »Sie hat auch nichts gesehen. Sie war nämlich nicht da.«

Das war nicht vollends korrekt, aber Klara nickte.

Bei der Zeugenvernehmung handelte es sich um reine Routine. Die Fragen stellte Signora Bacci und Signor Innocenti schrieb mit. Sie besaßen kein Diktiergerät, und sie wollten sich auch nicht setzen. Breitbeinig standen sie im Raum. Ihre Fragen blieben sehr oberflächlich. Wo man zum vermuteten Tatzeitpunkt (zwischen Mitternacht und halb zwei) gewesen sei. Wie lange und wie gut man die Nachbarn gekannt habe. Ob sie sich in letzter Zeit seltsam verhalten oder verändert hätten. Ob man in den letzten Tagen und Wochen etwas Auffälliges bemerkt habe, Fahrzeuge, die vor dem Kloster parkten, Bettler, die herumlungerten, Fremde, die sich im Haus aufhielten.

»Hier sind immer Touristen«, sagte Giulia. »Es gibt mehrere Bed and Breakfasts, die dauerhaft ausgebucht sind. Kein Mensch kontrolliert, wer ein und aus geht.«

Reinhild und Fischer erklärten, dass sie selbst zu Gast waren und wie Klara außerhalb wohnten, weil hier nichts mehr frei gewesen sei. Sie machten beide einen zerfahrenen und zutiefst unehrlichen Eindruck, was den beiden italienischen Kommissaren über die Sprachbarriere hinweg schon über die Körpersignale hätte auffallen müssen. Falls ihnen etwas komisch vorkam, ließen sie es sich jedenfalls nicht anmerken. Sie lehnten einen Caffè ab und waren schon bald fertig.

»Gehört die schwarze Katze, die da vorhin draußen neben dem Zitronenbaum saß, Ihnen?«, fragte Signor Innocenti, als er seinen Block einsteckte.

Giulia nickte. »Es ist ein Kater. Er ist sehr scheu. Gestern ist er mir abgehauen; wie das passieren konnte, ist mir unerklärlich, und nun lässt er sich nicht mehr einfangen.«

»Mit dem Tier stimmt etwas nicht«, erklärte Signora Bacci.

»Come?«, rief Giulia. »Wie bitte? Carlo ist geimpft, sterilisiert, tätowiert, gechippt … Er frisst veganes Futter und hat ein weiches, seidiges Fell …«

»Das meinen wir nicht.« Signor Innocenti lächelte. »Sicherlich ist Ihr Kater gut gepflegt und körperlich gesund. Es ist auch nicht das Karma. Es sind die Augen, verstehen Sie? Mit den Augen ist etwas verkehrt.«

Die beiden warfen sich die Bälle zu.

»Hä?« Giulia langte sich ans Hirn. »Das ist eine Katze. Das sind ganz normale Katzenaugen.«

»Wir haben uns miteinander beraten und sind darin übereingekommen, dass das Tier eine PTBS hat.« Auch Signora Bacci lächelte.

»PTBS?«

»Posttraumatische Belastungsstörung. Carlo ist traumatisiert.« Diesmal übernahm Signor Innocenti nicht. Die Signora durfte weiterreden. Sie genoss es sichtlich, Giulia zu verunsichern. »Er hat möglicherweise etwas gesehen oder gehört, was uns bei unseren Ermittlungen helfen könnte. Jetzt geht es nur noch darum, ihn zum Sprechen zu bringen.«

»Vorher bringen Sie meine Mutter dazu. Wobei auch das schon nicht ganz einfach sein dürfte.« Giulia stand auf. »Ich will ja nicht unhöflich sein, aber ich hatte eben noch den Eindruck, dass Sie gleich gehen wollen.«

»Ja, aber wir kommen wieder. Passen Sie auf Ihren Kater auf. Sie sollten ihn auf keinen Fall einschläfern müssen. Er kann uns noch wertvolle Dienste leisten.« Immer noch die Signora. Sie war eindeutig die Eloquentere. In ihrer Stimme lag etwas Drohendes.

»Hören Sie, was soll der Quatsch?« Giulia wurde wütend. »Wollen Sie mir unterstellen, dass ich etwas verschweige? Wieso sagen Sie das dann nicht direkt?«

»Viele Menschen lieben ihr Tier mehr als alles andere.« Signor Innocenti lächelte nicht mehr, sondern blickte sehr besorgt.

Das Ermittlerduo verabschiedete sich und schüttelte jedem reihum die Hand. Offenbar dachte man, dass das in Deutschland so üblich war. Giulia lief voraus und riss die Tür auf.

»Völliger Wahnsinn«, sagte sie, als sie in den Wohnbereich zurückkam. »Die beiden haben echt einen an der Waffel. Sie achten eigentlich überhaupt nicht auf uns, wir sind ihnen als Zeugen scheißegal, die haben sich unsere Antworten ja nicht mal notiert. Der hat oft gar nicht mitgeschrieben, ist euch das eigentlich aufgefallen? Aber wenn es dann um meinen Kater geht … Darauf brauche ich erst mal einen Schnaps. Oder nein, lieber einen Apéro.«

Sie tranken einen abgestandenen Campari, der schal schmeckte und zur Jahreszeit nicht passte. Immerhin tat er seine Wirkung. Alle quatschten durcheinander.

»Ich kam mir eben ziemlich verlogen vor«, eröffnete Reinhild, beließ es dann aber dabei. »Und jetzt fühle ich mich ausgelaugt.«

»War das der Auftakt zu einem Geständnis?« Giulia legte den Kopf schief. »Du denkst nur an dich. Hast du denn gar kein Mitleid?«

»Das waren ja zwei schräge Vögel.« Fischer schnaufte. »Ich schlage vor, dass ich morgen früh mit Klara endlich in diese Kirchen gehe. Morgen ist schon Silvester, und uns läuft allmählich die Zeit davon.«

»Wie viele Kirchen wollt ihr denn besuchen?« Die Frage war an Fischer gerichtet, aber Giulia sah Reinhild dabei an. »Und welche?«

»Das muss Klara entscheiden«, antwortete Fischer.

Giulia nickte. »Abends ab acht, halb neun gibt es hier jedenfalls was zu essen. Nachdem Heiligabend eindeutig ein Erfolg war, habe ich alle noch mal eingeladen, die ganze Familie. Diego und Luna fahren an Neujahr nach Mailand zurück. Nicht, dass ich Luna zu sehr ins Herz geschlossen hätte, aber sie ist nun mal mit meinem großen Sohn zusammen. Und ob der kleine wieder fit ist? Salvatore wird ohne Simone nicht kommen. Ich würde mich sehr freuen, wenn ihr mir beim Kochen ein wenig Gesellschaft leistet. Wann seid ihr denn zurück?«

»Keine Ahnung.« Fischer zuckte die Schultern.

»Das sehen wir dann«, sagte Klara. »Lo vedremo allora.«

Nanu? Plötzlich redete sie wieder. Die Runde war sprachlos. Es blieb bei diesem kryptischen Satz mitsamt seiner korrekten Übersetzung ins Italienische. Und niemand kam auf die Nachbarn zurück.

Sie begannen mit der benachbarten Basilica di San Lorenzo di Firenze im Herzen des San-Lorenzo-Viertels. Diese öffnete an Silvester wie an allen anderen Dienstagen um Punkt zehn Uhr. Klara betrat die Kirche mit Fischer durch den Seiteneingang. Dort wurden die Gläubigen eingelassen, die das Gespräch mit Gott suchten. Für sie war der Eintritt umsonst. Wer nicht beten wollte, stand Schlange, ging durch das Hauptportal und zahlte zur Buße 8,50 Euro. Hinter Klara schlüpfte Fischer durch die schmale Tür. Sie empfing eine erdrückende Weite.

»Und nun?« Fischer schnappte nach Luft. »Wo willst du hin?«

»Brunelleschi«, flüsterte Klara. »La Basilica conserva meravigliose opere d'arte, come la Sagrestia Vecchia di Filippo Brunelleschi del XV secolo. Ich spreche von der Alten Sakristei, dem einzigen Teil der Kirche, der zu Brunelleschis Lebzeiten fertig wurde. Komm! Wir müssen ins südliche Querschiff. Dort sind die Gräber der Familie Medici.«

Seit sie am Vorabend ihre Stimme wiedergefunden hatte, sprach Klara ein zwar bisweilen fehlerhaftes, aber fließendes Italienisch. Sie benutzte es auch dann, wenn kein Einheimischer zur Stelle war. Sie sprach italienische Eigennamen richtig aus und wusste allerlei Jahreszahlen auswendig, von denen sie vorher keine Ahnung gehabt hatte. Auch kannte sie geschichtliche Details und Anekdoten, sobald es sich um die Renaissance drehte.

Sie gingen geradeaus durch. Der Innenraum war gewaltig und kalt. Es herrschten strenge und klare geometrische Formen.

»Hier erfand Brunelleschi den Raum neu«, erklärte Klara. »Damit brach er mit allen bis dahin bekannten Bautraditionen und hat erstmals das Konzept der Linearperspektive verwirklicht. Sie wird durch Fluchtlinien definiert, die alle in einen einzigen Punkt zu münden scheinen – und so erschuf Brunelleschi die Zentralperspektive.«

»Ah«, sagte Fischer. Es wurde ihm irgendwie schlecht. Der Magen stülpte sich um, und im Hals steckte ein Knoten. Gleichzeitig brach ihm der Schweiß aus.

»Ist dir nicht gut?«, fragte Klara.

Fischer schluckte. »Es geht schon. Vermutlich ist es dieser Virus, den scheinbar alle hier haben. Ich sollte meine Immunabwehr stärken, aber leider klappt das gerade gar nicht.«

»Dann hilft dir vielleicht beten?« Klara grinste und zeigte auf die andere Seite, wo die hölzernen Kniebänke standen. »Du kannst dich ja hier hinknien. Was betest du am liebsten? Vaterunser, Ave Maria oder gleich einen ganzen Rosenkranz?«

»Ich bete eigentlich nicht. Meine Zwiesprache mit Gott gleicht dem, was andere denken nennen. Mein Denken ist Gebet. Ich wiederum bezeichne das als Gottvertrauen.«

»Interessant. Wir sind da. Hier ist die Alte Sakristei.« Klara blieb stehen und deutete an die Decke. »Das Gewölbe über dem Altar zeigt zum ersten Mal naturgetreu den Sternenhimmel. Sonne, Mondsichel und Planeten sind dermaßen exakt positioniert, dass sich das Datum, das von Toscanelli festgehalten wurde, genauestens rekonstruieren lässt.«

»Wann war das denn?«, fragte Fischer.

»Am 4. Juli 1442 um zehn Uhr vierzig.«

Er legte den Kopf in den Nacken und stierte hinauf. Ihm schwanden die Sinne. Dann erlebte er eine Auffahrt. Die transparente Schönheit dieses Himmels nahm Fischer in sich auf. Er saß plötzlich zur Rechten des Vaters. Und wunderte sich nicht, dass Gott sein eigener Opa war. Er hatte keinen Rauschebart. Aber sein volles Haar war etwas zu lang und schlohweiß, mit einigen gelblichen Strähnen darin. Er strich sich eine widerspenstige Locke aus dem Gesicht.

»Horrido!«, rief er vergnügt. »Ahoi!«

Der Großvater sah wieder viel besser aus als vor seinem Tod. Gott lebte und wirkte verjüngt, er war höchstens 90 Jahre alt.

»Ich kann hier nicht bleiben«, sagte Fischer. »Ich bin schließlich nicht Jesus Christus.«

Gott lehnte sich auf seinem Thron zurück, schlug die Beine übereinander und hob gütig seinen Arm. Er sprach sein gemütlichstes Bodenseealemannisch. »Und ob du das kannst, mein Bub. Ich bin auch keinesfalls dein Gottvater. Ich sehe nur so aus. Ich bin Gott, stell dir das vor! Ich hab mich hier hingehockt, weil kein anderer den Job übernehmen wollte. Meinen Vorgänger haben sie freigesetzt. Er hat verkündet, der Sinn des Lebens sei das Leben selbst. Das ist eine Philosophie ungefähr auf dem Stand einer streunenden Katze. Hat man ihm vorgeworfen, sackerlot und Donnerwetter. Also quasi das Ende der Metaphysik. Dabei war das gar kein schlechter Mann. Sie haben ihn nur nicht begriffen. Er hat zu verständlich geredet.«

»Das ist immer verkehrt«, sagte Fischer. »Tätest du mir vielleicht einen Tipp geben?«

»Ja so«, sagte Gott, was nichts hieß, einfach nichts.

»Was für einen Tipp?«, fragte Klara.

Fischer öffnete die Augen, und Sonne, Mond und Sterne hingen verschwommen am Firmament. Er lag auf dem Steinboden. Klara hatte ihren Mantel darauf ausgebreitet und ihm unter den Rücken geschoben. »Wo ist meine Brille?«

»Tutto bene. Alles gut.« Klara reichte sie ihm.

Er nahm sie und setzte sich auf. »Wie lange war ich weg?«

»Ein paar Minuten. Du bist ganz langsam in dich zusammengesackt. Hast du dich verletzt?«

Fischer lauschte in sich hinein, doch er fühlte nirgendwo Schmerzen. »Ich glaube nicht. Aber das finde ich jetzt doch bedrohlich. Reinhild ist schließlich auch umgefallen. Und einen niedrigen Blutdruck habe ich nicht.«

»Ja, und dann war da die Geschichte mit dieser Pseudostewardess. Annika, die Agentin im dunkelblauen Mantel. Sie zeitigte die gleichen Symptome. Also, die ist genauso in sich zusammengeknickt. Nur, dass sie sich an mir festhalten konnte. Als hättet ihr beim gleichen Choreografen studiert.«

Fischer fühlte sich zu schwach, um Klara zu fragen, ob sie etwas über Funktion und Verbleib von dieser Annika wusste. Ob sie sich erholt und noch einmal versucht hatte, Kontakt aufzunehmen, nachdem sie vom Gärtner mit dem Schubkarren abtransportiert worden war.

»Und mir ist auch blümerant.« Klara fasste sich an die Stirn. »Seit Tagen bin ich nicht mehr die Alte. Seit meiner Ankunft in Florenz fühle ich mich schwächlich und unwohl. Eigentlich hat es schon angefangen, als ich am Bahnhof die Basilika betrat.«

Und dann diese Aussetzer, dachte Fischer. Ihre Halluzinationen, Phobien und Wahnvorstellungen. Die ganzen Verschwörungs- und Verfolgungsgeschichten. Die vorübergehende Stummheit. Und nun die Behauptung, sie sei zu einer Art Hellsicht gelangt. Fischer konnte das alles nicht einordnen. Klara war ein Rätsel. Er schwieg. Sie hingegen setzte zu einer längeren Erklärung an.

»Plutonium«, sagte Klara. »Polonium-210. Das ist die perfekte Tatwaffe. Man kann sie gefahrlos mit sich herumtragen, solange das Glasfläschchen fest zugeschraubt ist. Es handelt sich nämlich um Alphastrahlung. Wenn eine Atombombe explodiert, wird hingegen Gammastrahlung freigesetzt, das ist etwas völlig anderes. Bei uns nehmen sie Alphastrahlung. Wir werden verstrahlt. Wir haben die Strahlenkrankheit. Machen kann man in diesem Stadium nichts mehr. Da hilft einem, wenn man mal ehrlich ist, kein Krankenhaus.«

»Ah«, machte Fischer. »Ja, und jetzt?«

»Über Essen, Trinken und die Atmung gelangt die Strahlung in den Körper. Dann ist alles eine Frage von Tagen oder Wochen. Mit Müdigkeit, Schwindel und Kopfschmerz fängt es an. Darauf folgen Symptome wie Übelkeit, Erbrechen und Durchfall.«

»Simone.« Fischer schluckte.

»Häufig sind Konzentrationsstörungen, manchmal tritt auch Verwirrtheit auf. Dann kommt es zu Nasenbluten und Haarausfall, man kotzt Blut und kackt Blut, und dann: Kollaps, Koma, Kreislaufversagen.«

»Du meine Güte. Wieso sollte uns einer mit Plutonium vergiften wollen?«, rief Fischer. »Uns und eine völlig fremde Frau?«

Er fasste es nicht. Aber so ergab alles plötzlich einen Sinn.

»Es sind die gleichen Leute, die Giulias Nachbarn an den Starkstrom angeschlossen haben. Das war kein gewöhnlicher Mord, sondern ein politisch motivierter Anschlag. Die Polizei weiß es, sie wurde ordentlich eingeschüchtert, und deshalb simuliert sie nur und tut nichts. Annika wollte, dass ich das Attentat verhindere. Das konnte ich leider nicht. Ich war auf der richtigen Spur, aber leider zu langsam. Am Tatabend war ich sowieso so was von ausgeknockt.« Klara seufzte. »Ja, der Zeitpunkt ist schlecht gewählt.«

»Das ist ein Filmzitat aus ›Casablanca‹«, meinte Fischer. »Aber warum sind wir hier drin? Was suchst du da in der Alten Sakristei?«

»Vergiss es.« Klara winkte ab. »Wir müssen weiter. Wir nehmen uns das Ospedale degli Innocenti vor.«

»Ist das eine Kirche?«

Klara grinste. »Nein. Es ist ein Findelhaus. Ein berühmtes

Bauwerk der Renaissance, erdacht und erschaffen von Filippo Brunelleschi.«

Brunelleschi. Wenn wir wirklich nur noch bis zum Ende der Weihnachtsferien existieren sollen, dachte Fischer, warum ist sie dann hinter diesem Architekten her? Warum verzapft sie diesen ganzen Mist? Eben noch hatte er an einen teuflischen Sinn geglaubt. Da hatte er sich geirrt. Er schwenkte um, änderte diametral seine Meinung und hegte ganz stark den Verdacht, dass Klara definitiv übergeschnappt war.

»Und danach zur Kuppel vom Dom? Brunelleschis Kuppel?« Er wollte sarkastisch sein, doch seine Stimme klang dünn.

Klara nickte begeistert. »Ja. Die Kathedrale kommt zuletzt.«

»Zuletzt kommt der Tod.«

»Eben nicht!«, rief Klara. »Wir müssen alle gemeinsam zum Duomo. Dort werden wir geheilt. Es könnte nämlich sein, dass Brunelleschis Bauwerke eine dekontaminierende Wirkung aufweisen.«

»Wieso tauchen dann die Symptome bei mir auf, wenn ich mitten in der Alten Sakristei stehe?« Man kann selbst den Wisslosesten gescheite Fragen stellen, dachte Fischer, das schadet nie.

Klara hatte auch prompt die Lösung parat. »Das funktioniert wie Homöopathie. Brunelleschi liefert eine ganzheitliche Behandlungsmethode, die den Zustand von Körper, Geist und Seele umschließt. Unser gesamtes Wesen wird durch das Gewahrwerden makelloser Schönheit in einen anderen, ekstatischen Aggregatzustand verwandelt, was die radioaktiven Strahlen abtötet und den Schäden, die sie verursachen, die Wirkung stiehlt.«

»Wie soll das Gift denn in unsere Körper gelangt sein?«

Klara grinste. »Montepulciano. Wir haben zwölf Pullen davon gesoffen.«

»Aber nicht alle sind krank«, wandte Fischer ein. »Und dir ging es schon gleich bei der Ankunft nicht gut.«

»Auch wieder wahr. Aber ich bin mir sicher, dass sich die Giftmischer in Florenz befinden.«

»Und was haben die für ein Motiv?« Es ist ein Spiel, nur ein Spiel, sagte sich Fischer. Ein Gedankenspiel. Die Gedanken sind doch frei, oder nicht? Das gilt auch für die Gedanken der Kranken. »Du hast gemutmaßt, dieser Plutoniumanschlag sei politisch motiviert …«

Klara machte eine wegwerfende Handbewegung. »Das ist Quatsch. Nein, dahinter steckt die Pharmaindustrie. Wir sind deren Versuchskaninchen. Wenn die Renaissance gegen die Strahlenkrankheit hilft, lässt sich da mühelos absahnen. Dekontaminationstourismus. Alle Strahlenopfer ab nach Firenze. Vielleicht hat sogar meine Tochter die Finger drin.« Wie immer, wenn sich Klara aufregte, verfiel sie mehr und mehr in ihr verhocktestes Schwäbisch. »Der ihre Agentur läuft doch überhaupt nicht mehr gut. Meinst du, ich täte das nicht wissen? Die braucht dringend mal wieder eine neue Idee, wie sie das Geschäft ankurbelt.«

»Heilung durch Dombesuch? Die ästhetischen Kräfte der Renaissance wirken gegen atomare Verseuchung? Und das wird dann vor Ort zu Kapital gemacht? Du bist nicht mehr ganz gescheit«, sagte Fischer, der es nicht mehr aushielt. Gleichzeitig schwenkte er schon wieder um und änderte den Kurs, denn vollends sicher war er sich nicht. Es klang abstrus und nach Geistesstörung, doch vielleicht hatte Klara in gewissem Sinne sogar recht. Vielleicht musste man ihren Anfangsverdacht und die Schlussfolgerungen, die sie daraus zog, nur vom Kopf auf die Füße stellen. »So herum gibt es keinen Sinn. Aber könnte es nicht auch andersherum sein? Vielleicht geht es um seelisch-geistige Verstrahlung durch ungeklärte Umwelteinflüsse? Nur mal angenommen, dass die Stadt die Giftpanscherin ist? Dass wir von Florenz vergiftet werden?«

Klara hörte ihm nicht zu. Beleidigt lief sie davon. Fischer folgte ihr.

»Hier fand 1419 die Geburtsstunde der Renaissance statt.« Klara fuchtelte mit dem Arm. »Brunelleschi wurde von der Zunft der Florentiner Tuch- und Pelzhändler beauftragt, ein Waisenhaus zu bauen. Es ist sein erstes bedeutendes Werk.«

Fischer wurde von der Sonne geblendet, die zwischen zwei Wolkenfetzen aufblitzte. Er blinzelte und hielt sich die Hand über die Augen.

»Beim Ospedale degli Innocenti offenbart sich erstmals das Grundprinzip der Architektur Brunelleschis und damit der Frührenaissance«, erklärte Klara. »Die einzelnen Bauteile besitzen streng geometrische Formen, sie sind klar und straff organisiert und linearperspektivisch angeordnet.«

»Ah«, sagte Fischer.

Sie standen mitten auf einem großen Platz, der umschlossen war von Gebäuden. Neben ihnen ragte ein Reiterstandbild auf von gigantischer Größe; auf dem Gaul hockte wahrscheinlich Filippo Brunelleschi. Fischer wurde ein wenig schwindelig, doch er versuchte, sich fest auf beiden Beinen zu halten und die aufsteigende Übelkeit niederzukämpfen. Er hob den Kopf und blickte in den Himmel. Über ihnen flogen schwarze Vögel, die schrille Schreie ausstießen. Waren es Mauersegler?

»Die Kunstgeschichte bezeichnet das als ›Körperbau‹. Säulen und Fenster werden wie Individuen behandelt und quasi als Subjekte plastisch hervorgehoben.« Klara zeigte nach oben ans Ende der Säulen. »Siehst du, da? Die Zwickelflächen zwischen den Bögen wurden mit Tondi gefüllt. Das sind kreisrunde Bildwerke in Reliefform. Andrea della Robbia hat darin Terrakottafiguren von Kleinkindern gestaltet. Jedes Kind ist vollkommen einzigartig. Das hatte es seit der Antike nicht mehr gegeben: die Säule als architektonisches Gleichnis des Menschen. Von diesem Kinderheim aus hat sich eine neue Säulenarchitektur über ganz Europa verbreitet.«

Fischer, der sich wieder fing, staunte. »Woher weißt du das nur alles?«

»Keine Ahnung. Meine Tochter Julia hat Kunstgeschichte studiert, Kunstgeschichte, Germanistik und Philosophie. Sicher hat sie mir das bei einem früheren Florenzaufenthalt alles erzählt, sie war ja immer so beflissen, aber das ist sicher über 20 Jahre her.« Klara lächelte, und kurz schien in ihren Zügen Wehmut auf. »Na, ich habe halt ein sehr gutes Gedächtnis, für meinen Job früher war das entscheidend wichtig, aber Dinge, die ich nicht brauche, schiebe ich weg. Das ist belastendes Material. Ich verdränge das nicht, ich verräume oder versorge es eher. Jetzt, wo ich die Sachen brauche, sind sie auf einmal wieder da. So geht es eben auch mit meinem Italienisch.«

Das klang entwaffnend vernünftig. Dennoch fiel Fischer ein Einwand ein. »Aber als wir im Herbst letzten Jahres zusammen in Marina waren, da hat das nicht funktioniert.«

Klara überlegte. »Nein, hat es nicht. Ich glaube, Marina war nicht inspirierend genug.«

»Nicht einmal das Meer?« Fischer grinste.

»Nein, es hatte einen entspannenden Einfluss. Trotz der ganzen Wirrnisse, in die wir verwickelt wurden, blieb ich völlig locker. Das ist diesmal etwas anderes. Hier in Florenz fühle ich mich angespannt und leicht wie eine Feder. Die Stadt hat eine konzentrierende Wirkung auf mich, aber manchmal wird es mir auch zu viel.« Klara sah sich um, und ihr Blick verschleierte sich.

Fischer verstand genau, was sie meinte. Sie gingen zur Winde, zur Babyklappe, wo die elternlosen Kinder abgegeben wurden. Das Gitter lag hinter einem schmiedeeisernen Zaun, und die Mauer war reich geschmückt mit einem Psalm und der Darstellung von zwei engelhaften Kleinen. Daneben standen Putzutensilien.

»Wir sollten was essen gehen«, schlug Fischer vor.

Klara zeigte mit dem Finger auf ein lang gestrecktes Gebäude. »Dort drüben ist ein kleines Renaissancemuseum mit Arbeiten von Luca della Robbia, Sandro Botticelli, Piero di Cosimo und der ›Anbetung der Könige‹ von Domenico Ghirlandaio. Oben drin gibt es eine nette Caffetteria. Von der Plattform hat man einen herrlichen Blick auf den Dom und die Synagoge, man kann sogar bis zu den dahinterliegenden Bergen sehen, aber ich fürchte, zum Draußensitzen ist es doch etwas zu kalt.«

»Du warst also schon mal hier?« Fischer wunderte sich.

»Offenbar.«

»Komisch. Giulia hat mir erzählt, die Caffetteria gibt es erst seit letztem Jahr.«

»Erst gab es den Toten in der Basilika. Dann war da der Chinese mit dem Kompass unterwegs. Und dann kam die Sache mit Annika.« In der fast leeren Caffetteria des Ospedale degli Innocenti versuchte Fischer, die Fakten, die Klara ihm als solche präsentiert hatte, zusammenzutragen, sie miteinander in Verbindung zu bringen und neu auszuwerten. Reinhild hatte ihm erklärt, wie klientenzentrierte Gesprächstherapie funktionierte: Der Berater nahm die Perspektive des Klienten ein und versuchte, ihn von innen heraus zu verstehen. Fischer hatte das schon vorher praktiziert, doch es war ihm nicht bewusst gewesen. »Jetzt fragen wir uns eigentlich nur noch, was die Pharmaindustrie mit dem Mossad und dem ›Dritten Büro der Hauptabteilung der chinesischen Volksbefreiungsarmee‹ zu tun hat.«

»Und mit dem Vatikanischen Geheimdienst Pro Deo Due. Der Schlüssel liegt beim Weltwirtschaftskrieg«, sagte Klara streng. »Da sind wir dann auch gleich bei der Tourismusbranche und den Umtrieben meiner Tochter. Denn dass die mit ihrer Agentur nicht ganz koscher ist, liegt doch auf der Hand. Carlo, ihr Kompagnon, ist nicht umsonst vor zweieinhalb Jahren spurlos verschwunden. Zusammen mit Julias Lebensgefährten, diesem Roberto. Na ja, zusammen vielleicht nicht, aber zumindest zeitgleich. Ich bin mir ziemlich sicher, dass das nicht nur mit dieser Sekte zu tun hatte, der mit dem Fischsymbol …«

»Ichthýs.« Fischer nickte.

»… sondern auch mit der Agenzia Azzurro Vacanze Verde.«

»Interessanter Gedanke.« Er rührte in seinem Cappuccino. »Da fällt mir wieder dieser sizilianische Witz ein: Was ist der Unterschied zwischen den Leuten, die den Espresso löffeln, und denen, die ihn umrühren?«

Klara winkte ab. »Kenn ich schon. Es gibt keinen.«

»Roberto wurde ermordet, Carlo hat man nie gefunden«, sinnierte Fischer. »Das ist gewiss ein Unterschied. Aber es kommt beide Male aufs Gleiche heraus.«

»Nein.« Sie sah Fischer fest an. Je nach Lichteinfall changierte ihre Augenfarbe. Scheinbar rührte das auch von ihrer Befindlichkeit her, obwohl man sich das nicht recht erklären konnte. Auf alle Fälle wirkte es verstörend. Meistens waren Klaras Augen blau oder grau. Aber jetzt glänzten sie grün, kalt und klar. »Roberto hat man nicht umgebracht. Roberto lebt.«

»Woher willst du das wissen?«

»Julia glaubt es. Und ich bin mir sicher, dass sie ihre Gründe dafür hat.«

»Ach. Und jetzt meinst du, dass der Doppelmord an Giulias Nachbarn mit der Roberto-Carlo-Geschichte zu tun hat?«

Klara seufzte. »Womöglich. Vielleicht hat alles mit allem zu tun.«

Schweigend widmete sich Fischer seinem Panino alla Caprese. Klara redete weiter wirres Zeug, vermatschte jeden Gedanken zu Brei. Fischer seufzte. Sie waren in Italien. Jedermann wusste, wie der Hase lief. An der Tragödie mit Carlo und Roberto war die Mafia schuld. Die beiden hatten sich einfach nicht vernünftig verhalten. Roberto hatte die Schutzgelder für sein Ristorante nicht gezahlt, die er dem Anwalt und Mafioso Alfonso Cazzotto schuldete, und Carlo hatte sich bei seinen Immobiliengeschäften nicht erkenntlich gezeigt. Beide hatten sich verspekuliert.

»Da ist er.« Klara deutete durch die große Glasscheibe nach draußen. »Das ist der kleinwüchsige fettleibige Chinese, der in der Basilica di Santa Maria Novella auf den Heiland und die Heiligen aufpasst. Er heißt Cheng.«

»Er hat dir den Kompass geschenkt? Bist du dir sicher?«

»Absolut.«

»Meinst du nicht, dass er vielleicht nur Ähnlichkeit mit einem anderen Asiaten ...« Fischer stockte.

»Willst du damit sagen, dass in unseren Augen alle Asiaten gleich aussehen?«, fragte Klara empört. »Das ist offen rassistisch!«

Durch die Glasfront beobachteten sie, wie sich ihm ein Mann mittleren Alters näherte. Er wirkte südeuropäisch, war gut aussehend und trug einen Kamelhaarmantel.

»Das ist der, dem ich den Kompass geben musste«, erklärte Klara. »Dass er sich mit Cheng trifft, ist kein gutes Zeichen. Dass ich Zeugin dessen sein soll, noch weniger. Du weißt doch, ich soll hier einen Anschlag durchführen.«

»Hm.« Fischer schluckte. »Und China wäre demnach dein Auftraggeber?«

Es hing eine seltsame Spannung in der Luft. Das Mindeste, was er erwartete, war ein Feuergefecht. Aber nichts passierte. Die beiden Männer unterhielten sich nur lebhaft miteinander.

Klara deutete auf den Südländer. »Das ist Luigi, der Sekretär von Kardinal Stendal, dem Chef des Vatikanischen Geheimdiensts Pro Deo Due. Mit Giulias Lesegerät habe ich Carlos Chip geknackt. So stieß ich beim Kater auf die entsprechende Telefonnummer, und Luigi kannst du googeln.« Sie grinste diabolisch. »Ich vermute, dass es nicht die Radikalfeministinnen waren, die den toten jungen Mann in den Sarg von Jesus Christus gelegt haben. Und dass der Auftrag vom Vatikan kommt.«

»Es sind zu viele Problemfelder.« Fischer kapitulierte. »Und viel zu viele Impulse, die sich widersprechen. Ich komm da nicht mehr mit. Eins nach dem andern. Was machen wir zuerst? Wir müssen uns auf eine Sache konzentrieren.«

Klara blickte auf die Uhr. »Schon gleich halber zwei. Ich schlage vor, wir rufen die andern an und gehen gemeinsam in den Duomo.«

Eine Frau eilte über die Plattform und lief mit wehendem Mantel auf die beiden Männer zu. In der Mitte fehlte ein Knopf. Darunter trug sie ein dunkelblaues Kostüm. Hübsches, rosiges Gesicht, mittelgroß, normale Figur und nicht mehr ganz jung. Aufgesteckte braune Haare.

»Annika«, sagte Klara staunend. »Was macht die denn hier?«

Xiaopàng Cheng war in einem Hochhaus in jenem Vorort von Shanghai aufgewachsen, in dem sich später, ein paar Hochhäuser weiter, das »Dritte Büro« ansiedelte. Es umfasste inzwischen über 100.000 Hacker, Linguisten, Analysten und Offiziere, die sich weltweit bei ihren Cyberattacken in fremde Rechner einnisteten. Die Cyberspione deckten nicht nur die Wirtschaftsgeheimnisse amerikanischer Firmen auf (was China frenetisch dementierte), sie enttarnten auch das Personal konkurrierender Geheimdienste, eliminierten unliebsame Regierungen und desavouierten feindliche Systeme. Ein Erzfeind war unter anderem der international organisierte Katholizismus. Nicht, dass die Chinesen auch nur ein My von jener Ideologie verstanden. Die war ihnen egal. Es ging um die globale Wirtschaftsmacht, um die uneingeschränkte Hegemonie auf dem Weltmarkt. Diese strebten die Chinesen an. Und da war ihnen die Macht des Papstes durchaus im Weg.

Nach dem dritten Bandscheibenvorfall hatte sich Cheng für den Außendienst beworben, er brauchte Bewegung und wurde nach Florenz geschickt. Rom selber wäre viel zu auffällig gewesen, Agenten flogen dort schneller auf, als Heilige in den Himmel kamen. Cheng wurde in eine Basilika beordert. Dort stand er sich als Securitymitarbeiter die Beine in den Bauch, aber alles war besser als sitzen. Er besaß einen IQ von 159 und war in seiner Tätigkeit oft nicht hinreichend gefordert. Das änderte sich erst, als er sich in Ari verliebte. Zwar gestand er sich seine Gefühle nicht ein, aber er handelte zum ersten Mal in seinem Leben komplett irrational. Andauernd setzte er völlig verrückte Ideen um und wagte Aktionen, von denen er vorher die Finger gelassen hätte. Er wollte sie damit beeindrucken, hatte aber nur beschränkt Hoffnung, dass ihm das wirklich gelang. Ari reagierte bislang nicht darauf.

Chengs eigentliche Aufgabe bestand darin, Kontakte zum Vatikanischen Geheimdienst Pro Deo Due zu knüpfen. Das war denkbar einfach, da der Geheimdienst praktisch selber auf ihn zukam. Kardinal Stendal wurde auf eine Reise von Rom nach Florenz geschickt, was sich von Shanghai aus sehr leicht manipulieren ließ, da reichte ein Eintrag von höherer Stelle in seinem Dienstkalender. In der Basilika sollte er einen Kontaktmann treffen, der freilich nicht kam, und dort verlor er seine Lesebrille. Cheng brachte sie ihm und verneigte sich. Stendal war fasziniert von dem kleinen, maoistisch anmutenden Hausmeister. Und versuchte, ihn als Verbindungsmann zu rekrutieren, weil er die Tarnung perfekt fand.

*Cheng hatte auch weiterhin tadellose Manieren. Allerdings war er gezwungen, hie und da unschöne Dinge zu tun. Da er für zwei überaus erfolgreiche und skrupellose Geheimdienste arbeitete, war das kein Wunder. Als Doppelagent der Chinesen und des Klerus hatte er quasi ein Alleinstellungsmerkmal. Bei seinen Liquidierungen praktizierte er Verfahren, die extrem unfein waren. Richtig kriminell wurde es allerdings erst, als im vergangenen Sommer eine Abgesandte der Stadtverwaltung zu ihm kam, Signora Martelli**. *Der Sindaco, der Oberbürgermeister von Firenze, hatte sie geschickt, um ihn mit einer bestialischen Aufgabe zu betrauen: Er sollte die zahlreichen Besucher, die sich vor der Basilica di Santa Maria Novella auf die Steinstufen setzten, mit dem Wasserschlauch nassspritzen. Um den Touristen den nötigen Respekt vor den einzigartigen Bauten und Denkmälern des Weltkulturerbes beizubringen, griff der Sindaco zu drastischen Maßnahmen: Wer sich unerlaubt niederließ, um in Ruhe sein Bier zu trinken oder sein Gelato zu essen, wurde überall in der Stadt brutal vertrieben. Neben der Florentiner Stadtreinigung wurden auch Angestellte der betreffenden Institutionen miteinbezogen.*

»Wo bleibt da die Toleranz?«, fragte Cheng. »Zumal außer dem Tourismusboom in Italien nichts wächst? Es gibt hier ja nicht mal mehr gescheite Tomaten.«

---

* Auch Nebenfiguren haben es verdient, anständige Namen zu haben. Manchmal tun sie sogar was für den Plot. Bitte auf Signora Martelli achten!

»Wir haben die Pflicht, dafür zu sorgen, dass man die Schönheit unserer Stadt respektiert«, meinte darauf der Sindaco.

Einer seiner Auserwählten war Cheng.

13

Durch Florenz schoben sich an diesem Silvesternachmittag die Massen. Vor dem Duomo war es so gestopft voll, dass Tuchfühlung unausweichlich war. Dauernd wurde man angerempelt. Schwächliche Staturen gingen zu Boden. Im Gedränge häuften sich Ohnmachtsanfälle. Die Misericordia di Firenze war mit ihren BOS-Fahrzeugen überall im Einsatz. Vom Rettungswagen bis zum Helikopter war alles unterwegs. Die Organisation war perfekt. Allerdings gab es im Zentrum kein Durchkommen, und landen konnte man sowieso nirgendwo. Deshalb beschränkten sich die Notfallmaßnahmen auf die Peripherie, und die Touristen im Kerngebiet mussten ihre Erste-Hilfe-Maßnahmen selbst durchführen.

Es schneite nicht und war auch nicht mehr nasskalt. Es war kühl und die Luft seltsam durchscheinend. Ein zauberhaftes, betörendes Licht, das es nur im Dezember in Florenz gab. Am klaren Himmel stand die bleiche Mondsichel. Noch dunkelte es nicht. Dennoch war der Dom märchenhaft erleuchtet. Der Campanile Giottos sah mehr denn je aus, als sei er aus Pappmaché, und hatte den Charme einer billigen Kinderfilmkulisse. Das machte seine Aura umso magischer.

»Keine Chance«, sagte Klara. »Wir kommen in die Kathedrale nicht hinein. Die Schlange zieht sich durch das ganze Gewimmel. Da stehen offenbar Hunderte an. Somit bringt es auch überhaupt nichts, Julia und die anderen zu holen. Die Stadt ist wegen Überfüllung geschlossen.«

»Und was machen wir jetzt?« Fischer war leutescheu und schwitzte.

»Wir gehen nach Hause und helfen Julia beim Kochen.« Klara packte Fischer am Ärmel. »Komm. Wir kehren um. Sie hat ja schon wieder die ganze Bagage eingeladen. Den heillosen Patchwork-Klüngel. Familie! Als ob das am Heiligabend nicht gelangt hätte. Aber wenn man es einmal anfängt, muss man es treiben. Dabei gibt es heute Abend jede Menge Konzerte und Kultur. Und das alles umsonst und draußen. Aber das ist wieder nur was für die Touristen. Die Einheimischen bleiben daheim hocken.«

Hintereinander kämpften sie sich durch die Menge, schoben sich an riechenden Menschen vorbei, rieben sich an Jacken und Mänteln.

»Ich habe das Gefühl, dass gleich was passiert«, raunte Klara.

Doch es passierte nichts. Schließlich konnten sie wieder gehen, ohne einen Fremden beiseitezuschieben. Die Araber und Asiaten, die in der Via Guelfa vor ihren Geschäften standen, wichen sogar zurück und machten ihnen Platz. Unbehelligt erreichten Klara und Fischer Giulias Kloster.

Carlo war wieder da. Er lag lang auf dem Sofa und grinste. Ein Eckzahn ragte aus dem Maul und blitzte gefährlich. Das Blut am Ohr war verkrustet. Er seufzte schwer und nieste. Seine Pfoten zuckten im Schlaf.

Es war kühl in der Wohnung und zog. Giulia schälte am Küchentisch Kartoffeln. Sie war in Jeans und Sweatshirt und machte einen zerfahrenen Eindruck. Ihre hektischen roten Flecken zogen sich von der Stirn bis hinunter zum Hals. »Ich habe noch überhaupt nicht mit euch gerechnet«, rief sie. »Reinhild ist zu Simone gegangen. Es geht ihm wohl besser.«

»Die Stadt kollabiert«, erklärte Klara. »Nimm es mir nicht übel, aber ich brauche einen Kaffee.«

»Ich mach das«, bot Fischer an, wandte ihnen den Rücken zu und hantierte an Spüle und Herd.

»Es ist schön, dass es dir besser geht.« Giulia sah Klara an. »Komm, setz dich.«

Klara machte keine Anstalten zu erklären, warum sie keinen Ton mehr gesagt hatte. Ob sie tatsächlich nicht mehr hatte sprechen können. Oder was das sonst gewesen war und bedeutete. Sie setzte sich neben den Kater aufs Sofa und kitzelte Carlos Tatze. »War die Polizei noch mal da? War noch was wegen deinen Nachbarn?«

Giulia schüttelte den Kopf. »Nein, nichts. Irgendwie macht mir das zu schaffen. Ich fand die schon komisch, und ich hab auch gemerkt, dass mit denen was nicht stimmt. Die waren kein Paar, die waren nämlich gar nicht verheiratet. Ich dachte mir schon, dass die was zu verbergen haben. Dass sie ein Doppelleben führen. Ich dachte, das sind vielleicht spezielle Ermittler. Dass die bestimmten Gefahren ausgesetzt sind, kann ich ja nachvollziehen. Aber so gnadenlos … Ist das nicht schrecklich?«

»Hast du in den letzten Wochen irgendeinen Wink bekommen, dass Roberto noch leben könnte?«, fragte Klara.

Giulia wurde zündend rot. So rot, dass die Flecken verschwanden. Sie griff nach einer neuen Kartoffel. »Wie kommst du jetzt darauf?«

»Bei Mord gibt es vielleicht Zufälle. Aber nicht bei Hinrichtungen dieser Art. Alessandro und Viola müssen etwas verbockt haben. Und zwar gründlich verbockt. Und die haben nicht einfach so hier gewohnt, in der Wohnung gegenüber. Sie waren da, um ein Auge auf dich zu haben. Warum auch immer. Entweder sie waren zu deinem Schutz abgestellt oder sie sollten dich zur Strecke bringen. Ich vermute Ersteres. Die ganze Show in der Küche war für dich. Diese scheinbaren Streitereien und Gewalttätigkeiten. Du solltest auf die beiden aufmerksam werden, damit sie besser auf dich aufpassen können. Aber sie haben ihren Auftrag, aus welchen Gründen auch immer, nicht erfüllt und sind in ihrer Mission gescheitert.«

»Interessanter Gedanke.« Giulia sah nicht auf. Sie sprach leise und wie zu sich selbst. »Könnte es sein, dass auch du gescheitert bist, *Mama*? Du solltest doch einen Anschlag verhindern, oder nicht? War es das hier? Diese Schweinerei? Was tust du hier bei uns wirklich? Wieso bist du überhaupt nach Florenz gekommen?«

Klara ging nicht darauf ein. »Die einzige Angelegenheit in deinem Leben, die dich mit dieser Sache in Verbindung bringen könnte, hat mit Carlos und Robertos Verschwinden zu tun. Wir haben nie erfahren, was damals geschehen ist. Hat Carlo dir ein Zeichen geschickt?«

»Nein.« Giulia bekam einen glasigen, schockstarren Blick.

»Dann war es Roberto.« Klara kraulte ungerührt den Kater, der aufsprang, gähnte und mit steil aufgerichtetem Schwanz zum Fressnapf schritt.

»Er hat Mundgeruch«, sagte Klara.

»Ja«, meinte Giulia nach einer Pause. »Es war Roberto. In Marina lag sein Schlüsselbund. Einfach so auf dem Küchentisch. Neben einem Metzgermesser.«

»Ah. Was meinst du, wer hat dir das denn da hingelegt?«

»Das weiß ich doch nicht.« Giulia durchfuhr ein Ruck. Sie schmiss die Kartoffel an die Wand und brüllte. »Woher soll ich das denn wissen? Ich halte das alles nicht mehr aus. Ich kann nicht mehr!«

»Mach mal halblang.« Klara sprang auf, hechtete zum Küchentisch und versuchte, Giulia das Messer zu entwinden.

»Lass mich!«, schrie Giulia und krampfte die Faust um den Griff. »Geh weg, fort, fort, sonst passiert ein Unglück!«

Fischer drehte sich um. »Was hast du denn, Giulia?«

»Sie dissoziiert«, sagte Klara seelenruhig. Sie ließ Giulias Handgelenk los. Mit erhobenen Armen ging sie drei, vier Schritte zurück. »Sie hat vergessen, wer sie ist.«

»Am Arsch!«, rief Giulia, »alles für den Arsch! Das Kind liegt im Brunnen und ist tot.«

Mitsamt dem Messer und ohne Mantel rannte sie aus der Wohnung. Niemand hielt sie auf.

»Ich mach das.« Klara nickte Fischer zu. »Und du bleibst hier.«

»Soll ich das Essen absagen?«

»I wo. Das wäre eskapistisch. Nur nichts skandalisieren. Du kochst.«

Hinter Giulia her stapfte Klara durch das San-Lorenzo-Viertel. Giulia legte ein strammes Tempo vor. Sie drehte sich kein einziges Mal um. Offenbar war sie schon vorher komplett zerrissen und vollkommen außer sich gewesen, und nun hatte der Stress ihr den Rest gegeben. Das war mehr als eine vorübergehende Dysfunktion, ihr Zustand war eskaliert. Sie ist hinübergeschnappt, dachte Klara, und es war egal, ob Giulia sie bemerkte oder nicht. Vermutlich würde ihre Tochter sie in diesem Zustand eh nicht mehr erkennen. Vermutlich durchlebte sie eine Amnesie. Auf jeden Fall litt sie unter einer schweren Strukturstörung, einer diagnostizierbaren Dissoziation. Mit solchen Fällen hatte es Klara in ihrer Berufslaufbahn öfter zu tun gehabt. Sie betete, obwohl sie nicht an Gott glaubte. Sie betete, dass Giulia sich nichts antat. Sich nicht selbst verletzte. Die Gefahr war vorhanden. Das Risiko musste sie eingehen, wenn sie ihre Tochter nicht überwältigen und entwaffnen wollte. Vielleicht hätte sie es geschafft, obwohl Betroffene in diesem Zustand Bärenkräfte entwickelten.

Es war bereits stockdunkel, die weißen Weihnachtssterne blinkten. Klara schlängelte sich durch die herumstehenden Händler und Passanten hindurch. Die Straßen waren voll, noch voller als am Nachmittag, aber Klara merkte es nicht. Sie war komplett konzentriert, denn sie wollte erfahren, wohin die Reise ging, zu wem Giulia mit dem Messer unterwegs war. Ihre Vermutung war richtig: Der Weg führte stracks zum Erdgeschossbüro, von dem Giulia ihr viel erzählt hatte. Der ehemalige Laden befand sich zwischen einem Lederwarengeschäft und einer Pizzeria, in der Via Porta Rossa zwischen Via dei Calzaiuoli und Via de' Tornabuoni, auf halbem Weg zwischen Arno und Dom. Eine privilegiertere und zentralere Lage war in Florenz kaum denkbar. Klara fragte sich, wovon Giulia die Miete bezahlte. Die Agenzia Azzurro Vacanze Verde, die Ferienwohnungen vermittelte, Toskana-Aufenthalte organisierte, Touristen bespaßte und Seminare bestritt, konnte das nicht einbringen. Carlo Scarivaris Immobilienanteil konnte das schon eher. Nach seinem Verschwinden hatte Giulia das Maklergeschäft, bei dem sie vorher nur mitgeholfen hatte, einfach übernommen.

Obwohl Klara selber nicht mehr nahbar gewesen war und Symptome entwickelt hatte, die sie sich nicht erklären konnte und von denen sie nicht wusste, woher sie kamen, sah sie keine Zusammenhänge zu Giulias Zustand. Deren plötzliches Weglaufen hatte ganz eindeutig mit Carlo und Roberto zu tun, wobei sich Klara auch darauf keinen Reim machen konnte. Wie war ihre Tochter in die Geschehnisse damals verstrickt gewesen? Wie hing Carlos Verschwinden mit dem vermeintlichen oder tatsächlichen Tod von Roberto zusammen? War es tatsächlich Mord? Klara würde es vielleicht endlich herausfinden. Und sie würde ihre Tochter schützen, falls sie in die Vorfälle verwickelt war. Sie würde die Situation retten. Vielleicht würde sie die beiden Fälle sogar aufklären. Sie brauchte nur einen Hebel, wo sie ansetzen konnte.

Giulia hatte tatsächlich einen Schlüsselbund bei sich. Sie entriegelte die drei Schlösser an der Eingangstür ihres Ladenbüros und schlüpfte hinein. Dann zog sie die Tür hinter sich zu. Klara nahm an, dass es einen Hinterhof geben musste, vielleicht auch einen Hinterausgang oder zumindest ein Fenster, aber ihr fehlte die Vision, wie sie dorthin gelangen konnte. Also wartete sie ein paar Minuten, und dann klingelte sie einfach.

»Was wünschen Sie?« Giulia kam gleich an die Tür. Sie wirkte ganz normal.

»Ich würde gern Signor Scarivari sprechen.«

»Das bin ich.«

»Na, prima. Kann ich reinkommen?«

Giulia ließ Klara den Vortritt. Sie folgte ihr in ein funktional eingerichtetes Büro und setzte sich am Schreibtisch an den Computer. Er war eingeschaltet. Giulia beschäftigte sich offenbar mit ihren Mails. Sie blickte Klara freundlich über den Rand ihrer Lesebrille an. »Womit kann ich Ihnen helfen?«

»Quadratische Tomaten«, sagte Klara. Sie stand mitten im Raum und sah sich unauffällig nach dem Küchenmesser um, das Giulia mitgeschleift hatte, konnte es aber nirgends entdecken. »Ich würde gern quadratische Tomaten züchten. Sie passen besser in Kartons.«

»Überhaupt kein Problem«, meinte Giulia. »In Marina haben sie welche. Sie pflanzen auch Würfelmelonen an, die man stapeln kann.«

»Ausgezeichnet!«, rief Klara. »Wann können wir denn nach Marina fahren, um die Ernte dort zu besichtigen?«

»Das könnten wir im Prinzip gleich tun, aber ich fürchte, wir sollten es lieber bleiben lassen. Es ist nicht die richtige Jahreszeit.«

»Kennen Sie sich denn in Marina aus?«

»Ja, mein Freund Roberto hat dort gelebt. Er hat mich ein paar Mal eingeladen und auf seinem Boot mitgenommen.«

»Roberto«, sagte Klara. »Ah. Ja, ich kenne ihn. Ein strammer Bursche. Immer zu einem Späßlein aufgelegt. Und ein großer Freund der italienischen Oper.«

»›Manche mögen's heiß‹.« Giulia nickte. »Sie kennen den Film? Ich verstehe die Anspielung. Wenn Sie damit jetzt andeuten wollen, dass Roberto zum Mafia-Syndikat gehört hat, liegen Sie richtig.«

Klara setzte sich auf einen der Besucherstühle und lächelte aufmunternd.

»Er zählte nicht zu den Opfern der toskanischen Mafia, auch

wenn er sich beizeiten so stilisiert hat. Er war Teil des Rings von Alfonso Cazzotto, ein Mitglied der Fraternità, der verschwiegenen Bruderschaft mit der Muttergottes als Patronin.«

Klara hatte Alfonso kennengelernt. Der charismatische, kettenrauchende Rechtsanwalt war ein Padrino, ein Pate, ein Don gewesen. Im Herbst des vorigen Jahres, gut ein Jahr nach der Sache mit Roberto und Carlo, hatte man ihn im Hafen von Porto Santo Stefano gefunden. Er lag im Wasser. Aber er war nicht ertrunken. Er war zersiebt worden von den Kugeln einer Maschinenpistole. Er war von den Mafiosi, von seinen eigenen Leuten, hingerichtet worden.

»Signor Scarivari! Was ist denn auf dem Boot passiert?«

»Na ja, eine Jacht wie in dem Film war es nicht, sondern ein ganz gewöhnliches Fischerboot. Wir sind halt ausgefahren und haben Fische gefangen. Das heißt, Roberto hat Fische gefangen. Er hatte da so ökologisch korrekte Vorstellungen davon, spezielle Netze, Nachhaltigkeit und so weiter.«

»Geht es auch etwas genauer?«, fragte Klara.

Giulia hockte da und stierte mit milchigem Blick in die Weite. »Es war früh am Morgen, kurz nach Sonnenaufgang. Wir gingen gemeinsam an Bord und legten ab. In Ufernähe ankerte Roberto und warf die Treibnetze aus. Sie waren großmaschig und eher instabil, demzufolge hielten sie keine zu großen und fassten keine zu kleinen Fische. Somit wurde verhindert, sagte Robert, dass er durch den Beifang seinen Teil zur Überfischung beitrug. Das erklärte er mir jedes Mal neu, wenn ich auf sein Fischerboot kam. Ich freute mich schon auf unser Frühstück, das so was wie ein Ritual war: Wir hatten frische Panini dabei, dazu gab es rohen Fisch mit Olivenöl und Rosmarin. Außerdem Kaffee aus der Thermoskanne und Wasser.«

»Das habe ich nicht gemeint mit ›genauer‹.« Klara seufzte. »Signor Scarivari, kommen Sie doch endlich zum Punkt.«

»Roberto hantierte mit den Netzen und sang eine Arie aus

einer italienischen Oper, in der sehr viel Amore vorkam. Ich entsinne mich wieder, es war die bekannteste Nummer aus ›L'elisir d'amore‹, einer Opera buffa von Gaetano Donizetti: ›Una furtiva lacrima‹. Nemorino singt sie, als er Adinas Zuneigung spürt, aber es ist keine Jubelarie in C- oder D-Dur, sondern eine melancholische Romanze in b-Moll. Sie thematisiert den Todeswunsch inmitten des Liebesglücks: ›…si può morir d'amor‹. Roberto hat das zelebriert. Wie alle Italiener schrie er beim Singen.« Giulia blinzelte. »Die Sonne gewann rasch an Kraft. ›Es wird ein wunderbarer Tag werden‹, sagte ich. ›Wolkenlos und windstill.‹ – ›Hoffentlich wird es nicht noch heißer‹, erwiderte Roberto. ›Das Wasser in der Lagune ist schon wieder viel zu warm.‹ Roberto war ein typischer Bilderbuchitaliener. Wie immer sprach er mit einer leidenschaftlichen Emphase und legte eine übertriebene gefühlsmäßige Betonung in einzelne Worte. Dabei gestikulierte er und entfaltete eine lebhafte Mimik, als verkündete er Botschaften von größter Wichtigkeit. Ich fand das alles sehr sympathisch. Ich betrachtete Roberto als meinen Freund.«

»Klar«, sagte Klara.

»Plötzlich sprach er von ›Ichthýs‹. Das sei eine verbrecherische Loge oder Sekte oder was, jedenfalls ein Teil der Mafia, der sich als katholischer Geheimbund getarnt habe. Er behauptete, dass ich dort Mitglied sei, und beschimpfte mich. Dann kam er auf meine Immobiliengeschäfte. Er nannte sie unsauber und brachte Beispiele.«

Klara hielt die Luft an.

Giulia hatte plötzlich das Messer in der Hand. »Roberto musste verschwinden. Also habe ich dafür gesorgt, dass er an einen sicheren Ort kam.«

»Sicherer Ort? Womöglich sind Sie schuld an seinem Tod.«

»Nicht doch«, erwiderte Giulia. »Wer würde denn von einem Mord sprechen?«

»Das habe ich nicht gesagt. Totschlag tut's auch.« Klara lächelte mondsichelfein.

»Ich bin kein Verräter. Auch wenn Giulia das glaubt. Sie meint, dass ich mich mit den falschen Leuten einlasse. Und dass ich dafür bezahlen muss. Falls ich noch lebe, möchte sie nichts mehr mit mir zu tun haben.«

»Und? Leben Sie noch?« Klara streckte die Hand aus. »Geben Sie mir das Messer.«

14

Anstatt zu Simone zu gehen, machte Reinhild einen Abstecher in die Basilica di Santa Maria Novella. Den Täter, dachte sie, zieht es immer an den Tatort zurück. Wobei sie sich nicht wirklich als Täterin empfand. Sie hatte ja nur einen Marmorbrocken, der ihr vor die Füße gehagelt war, eingesackt und an einen anderen, passenderen Ort geschleppt. Sie hatte sich nicht bereichert, niemanden um etwas betrogen und keinem was getan. Dennoch hätte sie mit ihrer politischen Kunstaktion provozieren können. Sie hatte Michelangelos David mit Jesus Christus in Verbindung gebracht. Oder, präziser, Davids gigantischen Phallus mit dem leeren Lendenschurz des lieben Heilands. Sie hatte der Keuschheit des Gottessohns ein geschlechtliches Opfer dargebracht, es war nicht weniger als die Testosteronierung des Christentums und damit weit mehr als die Kastration der Renaissance. Das Feministische daran lag im Akt an sich, in der Mehrdeutigkeit der Gender-Neuschöpfung: Mit Davids Phallus wurde Jesus endlich sexy, und das durch die Hände einer Frau. Die Symbolik krakte in alle Richtungen.

Reinhild fand, sie hätte es kaum besser machen können. Doch gleichzeitig beschlich sie ein schlechtes Gewissen. Sie hatte sozusagen gegen den gesamten Konsens des Abendlands verstoßen. Diese Hybris würde nicht ungestraft bleiben. Die westliche Welt würde ihr das übel nehmen. Doch was deren Sprachorgane betraf, war alles still und stumm. Soweit Reinhild es nachvollziehen konnte, war nichts über die Aktion in den Medien erschienen. Im Internet konnte sie keine Meldung entdecken. Das hieß, dass Davids Phallus unter größter Geheimhaltung entfernt worden war. Das konnte nur jemand gewesen sein, der streng auf der Seite der Kirche und der Gläubigen stand und jeden Skandal vermeiden wollte. Das war offenbar gelungen. Die Sache wurde totgeschwiegen und war somit kein Erfolg. Aber eben auch keine Katastrophe für Reinhilds persönliches Fortkommen.

Wieder musste sie keinen Eintritt bezahlen, weil es gegen fünf Uhr ging und die Kirche gleich schloss. Sie wurde aber noch hineingelassen, da sie, wie sie am Ticketschalter sagte, noch im alten Jahr wegen eines Gelöbnisses oder Gelübdes ein schnelles Gebet sprechen wolle.

Die Basilika roch muffig, nach klebrigem Staub, nassen Mänteln und Moder. Es war duster, das Mittelschiff spärlich beleuchtet, sie war allein, Reinhild konnte keinen einzigen Menschen erkennen. Sie wusste selbst nicht genau, was sie vorhatte. Wie ferngesteuert ging sie nach hinten zu Jesu Sarg. Dort drinnen war alles in Ordnung. Jesus lag an seinem Platz, angestrahlt vom Neonlicht, neben ihm die Nägel. Der Marmorbrocken davor war weg. Zwei Tage nach der Aktion war das mehr als erwartbar gewesen. Aber etwas irritierte sie dennoch. Reinhild schnupperte. Es roch nach Maiglöckchen! Sie sah an sich hinunter. Sie stand auf einem Metalldeckel. Er war mit lateinischen Buchstaben beschriftet und verschloss offenbar eine Gruft. Es schien so, als ob daraus der intensive süßliche Geruch aufstieg. Maiglöckchen, wusste Reinhild, spielten eine entscheidende Rolle bei der Fortpflanzung: Spermien verfügten über Riechrezeptoren. In ihren Köpfen wohnte ein Sensor für Maiglöckchenduft.

Mit tänzelnden Schritten näherte sich ein kleinwüchsiger, fettleibiger Asiate. Er trug die dunkelblaue Uniform eines Sicherheitsdienstes und wackelte gewichtig mit dem Kopf. »Wir machen zu. Aber Sie müssen die Basilika nicht verlassen«, sagte er auf Englisch. »Zumindest nicht jetzt gleich. Sie kommen mit mir mit.«

»Sie sind das!«, rief Reinhild. »Der Chinese, der hier Wache schiebt. Und der offenbar Schlimmeres verhindert hat. Sie sind doch Chinese?«

»Cheng. Xǐaopàng Cheng.« Der Chinese strahlte, nickte und gab ihr die Hand. »Ich wusste, dass Sie zurückkommen würden. Erstaunlich, dass Sie mich wiedererkennen. Aber Sie haben mich freilich beobachtet, als Sie das schwere Ding deponierten. Umgekehrt habe ich jeden Ihrer Schritte verfolgt, was Sie nicht bemerkt haben dürften. Ich ließ Sie gewähren, denn ich mag starke Frauen. Und es freut mich, Sie persönlich kennenzulernen.«

Reinhild begriff, dass sie dem Mann gegenüberstand, der ihr Attentat auf den Geist des Abendlands verhindert hatte, weil sie ihm sympathisch war. Er hatte den Phallus entfernt, um sie zu schützen. Vermutlich würde er ihr nicht verraten, wo er ihn versteckt hatte. Zumindest nicht gleich. Dazu war er zu gefestigt in seinen Vorstellungen. Sie glaubte allerdings nicht, dass er ein Gottesmann war. In diesem Punkt hatte sie sich geirrt. »Haben Sie Videoaufnahmen gemacht?«

Cheng nickte beflissen. »Auch das. Aber die brauchen wir nicht. Ich werde Sie meinen Arbeitgebern nicht verraten.«

»Wer sind denn Ihre Arbeitgeber?«

Cheng grinste, bis die Augen hinter seiner einmachglasdicken Brille knopflochschmal wurden. Er entblößte zwei Reihen gelber, großer und sehr gesunder Zähne. »Nun, ich würde sagen, ich habe mehrere.«

»Sie wollen mich in etwas verstricken«, riet Reinhild. »Ich soll Ihnen irgendeinen Gefallen tun. Geht es um Geld oder Sex?«

»Nicht doch. Aber Sie könnten mich heute Abend begleiten. Zu einer etwas anderen Silvesterparty.«

»Das ist unmöglich. Mein Verlobter erwartet mich. Er ist schon hierher unterwegs.«

Cheng schüttelte den Kopf. »Das glaube ich nicht.« Er schnüffelte. »Nach was riecht es denn hier?«

»Nach Maiglöckchen«, erwiderte Reinhild. Sie deutete auf den Deckel, auf dem sie stand. »Es kommt von da unten. Aus dieser Gruft. Sollen wir nicht mal nachsehen, was da drin ist?«

Ganz Florenz rüstete sich für den Jahreswechsel. Überall waren Bühnen und Tribünen aufgebaut. Kleinkünstler probten, Bands machten einen Soundcheck, gleißend weiße Girlanden hingen herunter, Lichtkunst erhellte die antiken Wände, Touristen schoben sich durch die Straßen und gafften. Es roch nach Hundekot, Schwefel, Schnupfen und Maroni. Vereinzelt knallten Böller. Gleich nach Giulia und Klara hatte Fischer die Wohnung verlassen, wobei ihm der Kater wieder entwischt war. Er hatte sich keine Zeit genommen, Carlo einzufangen, was er sowieso als chancenlos einstufte. Sondern war ohne Umschweife durch das Lorenzo-Viertel Richtung Bahnhof und zur Basilica di Santa Maria Novella geeilt, weil Simone ihm eine SMS geschickt hatte, dass Reinhild sich dort aufhielt. Da sie ihr Smartphone ausgeschaltet hatte und sich nicht meldete, war es die einzige Möglichkeit, sie noch vor dem Abend wiederzutreffen und sich mit ihr zu versöhnen. Fischer zweifelte sowieso, ob sie Giulias Essenseinladung überhaupt folgen würde. Er seufzte. Nach ihrem letzten und bisher schlimmsten Streit war Reinhild mit Sack und Pack aus dem Hotelzimmer ausgezogen; wo sie sich nun einquartiert hatte, wusste er nicht.

Als Fischer endlich dort ankam, hatte die Basilika bereits geschlossen. Reinhild war nirgends zu sehen. Er nahm daher an, dass er sie verpasst hatte. Fischer kontrollierte die beiden Nebeneingänge. Beim zweiten hatte er Glück. Er schlüpfte ins Innere der Kirche und kriegte schier gar Schnappatmung. Ihn überwältigte die überwölbte Höhe des gigantischen Raums in seiner dunkelbunten Düsternis. Und er hörte entfernt Stimmen.

Da er nicht entdeckt werden wollte, verbarg er sich zunächst hinter einem Pfeiler, lauschte und tastete sich langsam vorwärts. Er befand sich noch im hinteren Teil der Kirche, als er plötzlich meinte, Reinhild sprechen zu hören. Im Näherkommen erkannte er klar und deutlich ihre Stimme. Dann verstand er auch, was sie sagte. Sie redete Englisch. Im Zwielicht sah er sie und den Securitymann. Das muss Cheng sein, dachte Fischer. Jeder Chinese, mit dem Klara zu tun gehabt hatte. Reinhild versuchte, ihn von irgendwas zu überzeugen.

»Sollen wir nicht mal nachsehen, was da drin ist?«, fragte sie und deutete auf die Platte, auf der sie stand.

»Ich glaube nicht, dass Sie das etwas angeht«, erwiderte Cheng. »Ich denke, ich werde Sie für eine Weile in die Besenkammer sperren.«

Fischer verließ seine Deckung und sprang mit großen Schritten auf die beiden zu. »Ich weiß zwar nicht, was hier gespielt wird, aber vielleicht kann ich behilflich sein?«

»Justus!«, rief Reinhild. »Riechst du es auch?«

Fischer roch. »Blumen.«

»Maiglöckchen«, sagte Reinhild. »Der Duft steigt aus dieser Gruft auf.«

»Dann könnte es sein«, spintisierte Fischer, »dass ein Heiliger dort unten begraben liegt.«

Er hatte es halb als Witz gemeint, aber Cheng war Feuer und Flamme. Er plädierte dafür, das Unternehmen abzubrechen und das Ganze der zuständigen Geistlichkeit zu melden. Ob er damit den Mesmer meinte oder Luigi, den Sekretär von Kardinal Stendal, Chef des Vatikanischen Geheimdiensts Pro Deo Due, blieb offen.

Fischer hatte intuitiv den Eindruck, dass Cheng jemanden schützen wollte. Vielleicht jemanden, den er liebte. Das wollte Fischer auch. Er liebte Reinhild, und er wollte sie unbedingt schützen. »Eben hätten Sie meine Freundin fast eingesperrt, um selber den Deckel zu lüften und der Sache allein auf den Grund zu gehen. Gute Idee, da mal nachzuforschen. Denn dass das Geheimnis des unter den Boden in die Gruft versenkten Sarkophags menschengemacht ist, liegt auf der Hand.«

»Warum mischen Sie sich eigentlich in Sachen ein, die Sie nichts angehen?«, fragte Cheng.

Fischer dachte nach. »Hm. Das hat mehrere Gründe. Ich wüsste gern, ob meine Liebe zu Reinhild so rein ist, wie sie mir im Augenblick vorkommt. Und ob die alte Klara Kerner noch ganz bei Trost ist. Ich würde ihrer Tochter Giulia nur zu gern helfen, aus ihrer Misere herauszukommen; sie leidet wohl an einer Posttraumatischen Verbitterungsstörung. Falls Klara nicht spinnt, sondern die Wahrheit sagt, könnten die Ereignisse hier in dieser Kirche vielleicht helfen, das Verschwinden von zwei Männern aufzuklären.«

»Sie meinen, dass zumindest einer von beiden in diesem Loch begraben wurde?« Cheng schaltete schnell, griff aber zu kurz.

»So einfach ist es sicher nicht.« Fischer rückte seine randlose Brille zurecht. »Wir haben es nur immer wieder mit den Mysterien des Katholizismus zu tun. Und obwohl ich ein Mann Gottes bin, glaube ich nicht so recht daran. Klara Kerner hat ihr Berufsleben bei einem deutschen Geheimdienst verbracht. Sie geht auf Mitte 80 zu, aber sie hatte zumindest bis vor einiger Zeit Kontakte zu ihrem alten Amt. Das hat Giulia in ziemliche Turbulenzen gestürzt. Die sind aber, soweit ich das abschätzen kann, einigermaßen überwunden. Bleibt die alte Geschichte mit Carlo und Roberto. Keine Ahnung, ob Klara da auch eine Rolle gespielt hat. Und wie das jetzt läuft, ob sie noch aktiv ist, können wir sowieso nicht so recht einschätzen – aber jedenfalls machen wir uns Sorgen.«

»Wer sind Carlo und Roberto?«, unterbrach Cheng.

»Wo ist der Phallus?«, fragte Reinhild unvermittelt.

»Welcher Phallus?«, wunderte sich Fischer, »Also wirklich, Reinhild, mach hier kein neues Fass auf.«

Reinhild stieß ein schrilles Lachen aus. »Cheng hat Davids Phallus in der Besenkammer versteckt, wetten? Oder hier drunten in der Gruft. Der Marmorbrocken stinkt nach Maiglöckchen. Klar, das macht Sinn. Wo Spermien doch darauf stehen.«

Fischer kam nicht mehr mit. Aber das war er ja gewohnt. Dennoch wollte er diesen Zustand beenden. »Wir brauchen ein Stemmeisen, damit lupfen wir den Deckel. Und eine Taschenlampe. Dann schauen wir mal, was sich dort drunten verbirgt.«

Cheng protestierte. »Das ist Gotteslästerung.«

»Als katholischer Pfarrer darf er das«, entgegnete Reinhild strahlend. Es klang, als seien sie ein Herz und eine Seele. Auch sie war in neuer Liebe entflammt. Stolz zeigte sie auf Fischer.

Der Sarkophag war leer. Darin lag weder die Leiche eines bärtigen, muskulösen jungen Mannes noch der Phallus von Michelangelos David. Sie fanden lediglich das Skelett einer Maus.

»Das hätten wir uns denken können.« Cheng lächelte freundlich. »Das heißt, ich habe es vermutet.«

Fischer knipste die Taschenlampe aus. »Wieso machen Sie dann so ein Geschiss, wenn Sie sowieso schon wissen, Fehlanzeige.«

»Rènhé shì dōu yōu liǎngmiànxìng«, erklärte Cheng.

»Hä?«, machte Reinhild.

»Jedes Ding hat zwei Seiten.« Cheng lächelte maliziös. »Einerseits ist die Gruft unbewohnt, andererseits ist der Maiglöckchenduft verflogen.«

»Stimmt«, bestätigte Fischer grimmig.

»Ich rieche auch nichts mehr«, meinte Reinhild. »Man kann also nicht sagen, dass gar nichts passiert ist. So gesehen, ist es nicht ganz für die Katz gewesen.«

»Wir werden es erst mal als Wunder verbuchen«, knurrte Fischer. »Es bleibt uns ja nichts anderes übrig.«

»Und es bleibt unter uns.« Cheng legte die Handflächen aneinander und verbeugte sich, eine unverhohlene Geste des sofortigen Abschieds.

»Wir gehen ja schon.« Reinhild nahm ebenfalls die Hände hoch und ging drei Schritte rückwärts.

»Vielleicht sollten wir den Deckel wieder drauftun.«

»Ich mach das schon.« Cheng nahm Fischer das Stemmeisen aus der Hand.

»Was ist das für eine Silvesterparty, von der Sie vorher gesprochen haben?«, wollte Reinhild wissen.

Einträchtig gingen Fischer und Reinhild nebeneinander her zu Giulias Kloster. Sie hielten einander bei der Hand, mussten sich aber immer wieder loslassen, um entgegenkommenden Passanten auszuweichen. Beide schwiegen einvernehmlich. An der Ecke Via Guelfa, Via S. Zanobi kam ihnen Carlo entgegen. Der kleine Kater schritt majestätisch auf sie zu, ignorierte sie dabei völlig und verschwand, als Reinhild sich nach ihm bücken wollte, blitzschnell unter einem orangefarbenen Bauzaun.

»Keine Chance«, sagte Fischer.

»Ich helf dir kochen.«

Fischer nahm Giulias Schlüsselbund und schloss auf. Sie traten durch das Tor.

Reinhild sah auf ihr Handy. »Es ist gleich halb acht. Klara hat mir eine SMS geschickt, dass sie mit Giulia noch unterwegs ist. Wir sollen die Gäste bewirten. Und es muss ja wieder mehrere Gänge geben. Mindestens vier oder fünf. Da sind wir reichlich spät dran.«

Fischer winkte ab. »Wenn wir Pech haben, kommen die ersten um acht, aber die essen hier nicht vor neun. Schon gar nicht an Silvester.«

»Was will sich Giulia mit dieser verzwungenen Familienkiste eigentlich beweisen?« Reinhild ging hinter Fischer her durch den Aufgang und stieg die gewundene Treppe hoch. »Es ist doch mit Händen zu greifen, dass die sich sämtlich nicht grün sind. Und jahre- und jahrzehntelang hat es kaum Kontakt gegeben. Jetzt plötzlich drei Generationen um einen Tisch, dazu das ganze Patchworkgedöns, gleich zweimal hintereinander, Heiligabend, Silvester, und dann wir noch.«

Fischer schloss die Wohnungstür auf. »Vielleicht wissen wir nicht alles. Es gibt Familiengeheimnisse. Und Gründe, warum das alles so sein muss. Hilfst du mir, daran zu denken, dass ich Punkt acht Sarah anrufe? Ich habe es ihr versprochen.«

»Womöglich hat Giulia auch Angst. Angst vor dem Alleinsein.« Reinhild hängte ihre Jacke auf.

»Haben wir das nicht alle?« Fischer nahm ihr Gesicht in die Hände und küsste sie auf den Mund.

»Nein, nicht einfach so, ich meine etwas anderes. Vielleicht hat sie richtige Angst. Bewusst oder unbewusst. Und womöglich gibt es dafür einen Grund. Etwas ist passiert, das sie zur Zielscheibe eines übermächtigen Angriffs werden lässt. Sie lebt in einer permanenten Bedrohung. Mag sein, dass sie das verdrängt. Dass sie überhaupt alles wegschiebt und beiseitedrängt, was ihrem Bild von der heilen Welt im Weg steht. Doch die Nachbarn, die offenbar auf sie aufpassen sollten, sind nicht umsonst mit der Starkstromleitung hingerichtet worden.«

»Das sind alles Mutmaßungen, Spekulationen.« Fischer ging nach hinten durch in den Küchenbereich und inspizierte den Kühlschrank. »Giulia ist wohl schon vor längerer Zeit in die Nähe der Mafia und des organisierten Verbrechens geraten. Wie und wo und was genau, das wissen wir nicht. Sie darf darüber wohl nicht sprechen. Es bedroht sie sonst. Sie ist Teil der Omertà, vom Gesetz des Schweigens. Dabei wüsste ich gern mehr. Ich würde ihr so gerne helfen.«

»Das glaube ich gern. Und was würdest du sonst noch?« Reinhild stand plötzlich ganz dicht hinter ihm.

»Wie, sonst noch?« Fischer fuhr herum. »Du bist doch nicht etwa eifersüchtig? Auf Giulia? Das ist ja lächerlich.«

Fischer nahm die Lebensmittel aus dem Kühlschrank. Schweigend fingen sie an zu kochen. Reinhild schnitt Tomaten und Mozzarella, sie zerriss Basilikum und zerstampfte schwarze Pfefferkörner. Fischer kümmerte sich um die Kartoffeln und das Gemüse. Er wollte ein Gratin und eine Caponata zubereiten. Zum Hauptgang gab es dann Ossobuco mit Risotto alla Milanese, die Soße serviert mit einer Gremolata aus gehackter Petersilie, Zitrone, Knoblauch und Sardellen.

»Ist das nicht ein bisschen viel?« Reinhild warf ihm einen kritischen Blick zu. »Und du weißt aber schon, dass die Kalbshaxe nach dem Anbraten zwei Stunden kochen muss.«

»Wir haben den ganzen Abend Zeit«, erwiderte Fischer. »Giulia hat das Fleisch eingekauft, also müssen wir es auch machen.«

»Dann würde ich das aber vorziehen.«

Es klingelte. Tommaso stand in der Tür. Er zog Jacke und Pulli aus, krempelte die Ärmel seines feingestreiften Markenhemds hoch und fing an zu schnippeln.

»Wir können gerne über Davids Phallus reden«, sagte Reinhild. »Justus weiß über den Marmorbrocken Bescheid.«

Tommaso schwätzte mehrsprachig drauflos. Zu der Sache mit Davids Phallus sagte er kein einziges Wort. Dafür erklärte er umständlich, dass Aurora mit den Kindern später kommen würde, weil sie versuchte, die zwei zu Hause bettfertig zu machen. Sie wollten aber keine Pyjamaparty, sie wollten Krawatte, Rüschenkleid und Lackschuhe.

Punkt acht rief Fischer in Sarahs Wohngruppe an. Andi war am Apparat. »Sie ist mit Noah zu ihren Eltern gegangen. Sie bleibt dort bis morgen.«

»Hä?« Fischer konnte es kaum glauben. Sarahs Verhältnis zu den Eltern war nie besonders gut gewesen. Der Vater hatte ihr Anderssein niemals akzeptiert, die Mutter fühlte sich schuldig daran und nähte Sarah hübsche Kleider, die ihre füllige Figur kaschieren sollten. Mit der Schwangerschaft war die Beziehung zu ihnen quasi abgebrochen. Der Vater schämte sich, dass seine behinderte Tochter offenbar Sex gehabt hatte, konnte darüber aber nicht reden. Deshalb igelte er sich ein. Um des lieben Friedens willen folgte die Mutter bereitwillig seinem Beispiel.

»Heute Morgen schon. Ziemlich bald nach dem Frühstück.«

»Und? Habt ihr sie hingebracht?«

Andi lachte. »Nee, die schafft das doch allein. Regina hat ihr geholfen, Noah anzuziehen, und dann hat sie die beiden zum Bus gebracht. Bei der Übergabe hat sie erzählt, dass alles gut geklappt hat. Sarah hatte natürlich ihr Handy mit. Sie hat nochmals angerufen, dass sie gut angekommen ist.«

»Mit den Eltern habt ihr nicht geredet?«

»Nee, wieso sollten wir das?«

»Danke. Guten Rutsch.« Fischer wählte die Nummer seiner Eltern. Er hatte sie bewusst nicht eingespeichert, sondern gab sie jedes Mal neu ein.

»Dass du auch mal wieder anrufst«, sagte die Mutter. »Ich wünsche dir ein gutes neues Jahr.«

Damit war eigentlich alles geschwätzt. Seit Fischer sein Pfarramt hingeschmissen hatte, war der Kontakt abgerissen. Er wusste nicht, was für die Eltern schlimmer und gottloser war: sein Bruch mit dem Zölibat oder das uneheliche Kind der anders begabten Schwester.

»Ist Sarah bei euch?«, fragte Fischer.

»Sarah? Nein. Wie kommst du darauf?« Die Mutter klang empört. Und beleidigt.

»Hätte ja sein können.« Ihm brach der Schweiß aus. Sein Herz raste. »Wie geht es dem Vater?«

Es gelang ihm, seine Stimme unter Kontrolle zu halten. Und nicht zu stottern. Sie tauschten ein paar Floskeln aus, dann legte Fischer auf. Er rief Sarah an, aber ihr Handy war ausgeschaltet. Er sprach ihr auf die Mailbox: »Wo bist du? Himmel, Sarah, ruf mich sofort an. Sofort, Prinzessin!«

15

Sarah hatte hart an ihrem Plan gearbeitet. Sie hatte alles gegeben. Ich hab alles gegeben, dachte sie. Sie wiederholte Sätze oft mehrmals. Vor allem dann, wenn sie wütend war oder sich freute. Wenn sie richtig zornig war, kam sie aus den Wörtern gar nicht mehr heraus. Die drehten sich dann. Drehten sich in ihrem Kopf. Und Sarah drehte sich mit ihnen im Kreis. War sie arg glücklich, dann war das kein Hamsterrad, sondern eher eine Spirale. Mit der wurde sie ganz weit nach oben gespult. Sie tanzte dann. Sie tanzte dann Walzer. Und oben, an der Spitze, tanzte sie weiter, tanzte sie weiter mit den Wörtern Walzer, immer schneller und weiter, rechtsherum im Kreis.

»Sarah«, sagte August, der von seinem Buch aufsah.

Er hatte braune Augen, keine grauen wie Justus. Er war größer, dicker und jünger, wirkte aber älter. Seine Brille war anders. Und er hatte weniger Locken. Sonst sah er Justus ziemlich gleich. Er sah aus wie Justus, wenn er traurig und müde war.

»Ich geh auf die Toilette. Willst du mitkommen? Musst du mal?«

Sarah erwachte aus ihren Gedanken. Sie waren zu dritt allein im Abteil. Sie saß August gegenüber in Fahrtrichtung, neben sich Noah, der auf seinem Kissen lag und schlief. »Lieber nicht, weil wenn der Noah aufwacht …«

August ging hinaus und die Zugbegleiterin kam. Sarah war schon oft genug mit dem Zug gefahren, um zu wissen, dass sie jetzt die Fahrkarte sehen wollte. »Der August kommt gleich«, meinte Sarah und lachte leise. Sie hob ihre schwarzen Mandelaugen und rieb sich mit beiden Händen über ihr rundes Gesicht.

Die Zugbegleiterin ging weiter. Sarah verschwieg August, dass sie da gewesen war. Er setzte sich und griff nach seinem Buch. Sarah ging pinkeln. Die Klobrille war nicht sauber, und sie legte Papier darauf, ehe sie sich hinhockte. Als sie fertig war, zog sie sich sorgfältig an. Zu einem rostroten Wollpullover, den ihr die Mutter gestrickt hatte, trug sie eine Jeans mit praktischem Gummizug. Sie war nie richtig schlank gewesen, aber seit der Schwangerschaft musste sie richtig auf ihr Gewicht aufpassen. Das hatte ihr die Ärztin ganz deutlich gesagt, und Sarah hatte verstanden, dass sie das kontrollieren musste, wenn sie gesund bleiben wollte. Im Spiegel schaute sie nach, ob sie zugenommen hatte, ob ihr Bauch dicker geworden war. Er war nicht dicker geworden. Sarah strahlte ihr Spiegelbild an. Sie jauchzte kurz und nickte dreimal. Dann wusch sie sich gründlich die Hände.

»Hast du überhaupt genug Babynahrung dabei?«, fragte August, als sie wiederkam.

»Ich hab fünf Fläschle und fünf Gläsle.« Sarah streckte alle zehn Finger in die Luft. »Das langt. Morgen kann man neue kaufen. Und Windeln und Tücher hab ich auch.«

»Morgen ist Neujahr.« August seufzte. »Aber es wird schon irgendwie gehen.«

»Klar, geht.« Sarah klatschte in die Hände, legte den Kopf in den Nacken und lachte.

Noah fuhr mit den Fingern durch die Luft und grinste im Schlaf.

»Eigentlich sollte ich dich wieder nach Hause bringen.« August schüttelte bekümmert den Kopf. Dann zeigte er auf Noah. »Bist du denn nicht überfordert mit dem Baby? Wie willst du das überhaupt schaffen? So ganz allein. Das geht doch einfach nicht. Und du weißt wirklich keine einzige Telefonnummer?«

Sarah zuckte die Schultern. »Hab mein Handy verloren. Is weg. Aber ich hab die Adresse, wo ich hin muss. Ich hab die dir gegeben. Du bringst mich da hin, ja?«

August musterte den zerknitterten Zettel. »Via Porta Rossa. Schöne Scheiße. Was hättest du denn gemacht, wenn ich nicht in diesem Zug gesessen hätte? Wenn du mich umsonst hättest ausrufen lassen?«

»Hab ich aber nicht.« Sarah legte den Kopf schief, strich sich die schulterlangen schwarzen Haare zurück und fuhr sich mit der Zunge über die Lippen. »Hannah hat mir gesagt, dass du mit dem Zug um elf nach Italien fährst. An Silvester.«

»Ja, aber ich fahre nach Rom, nicht nach …«

»Ist Rom weit fort?«

»Ja, Rom ist weit.« August seufzte. »Ich fliege bloß nicht gern. Wie hast du es überhaupt bis zum Zug geschafft?«

»Ich hab im Bus ein nette alte Dame getroffen. Die war voll nett, du, und die ist mit mir am Bahnhof ausgestiegen und hat mich und Noah in den Zug reingesetzt. Ich hab der gesagt, da ist mein großer Bruder drin, mein junger großer Bruder, ich lüg nicht.« Sarah sah aus dem Fenster. »Wo sind wir? Ist da schon Schweiz?«

»Hast du denn deinen Ausweis dabei? Irgendwelche Papiere von Noah?«

Wieder zuckte Sarah die Schultern. Dann lächelte sie. »Du bist voll nett, du. Dabei kenn ich dich gar nicht. Also nicht so gut halt. Warum kommst du nie zu mir?«

»Schwierig. Ich wohne selber auch weit weg. Ich war nur zwischen den Jahren mal wieder in Konstanz, alte Freunde und Familie besuchen. Na ja, die Eltern, Esther halt und Hannah …«

»Wieso nicht bei mir? Bin ich nicht Familie?« Sarahs Gesichtsausdruck wandelte sich abrupt. Sie wirkte wütend und verletzt. Ihre Stimme wurde weinerlich. »Ich hab kein Mann. Meine Eltern sind mir böse. Opa ist tot, und Oma weiß es nicht mehr so. Justus hat ein Freundin. Ich hab dem geholfen, ich hab dem Haushalt gemacht, aber das macht jetzt die Reini. Er hat mich fortgeschickt. Niemand hat mich mehr lieb.«

»Das kann nicht sein.« August streckte die Hand nach ihr aus und berührte ihre Schulter. Er lächelte. »Ich hab dich lieb, Sarah.«

»Es ist wegen dem Noah.« Sarah weinte. Stark. Plötzlich hörte sie wieder auf zu schluchzen. Sie blinzelte. »Noah hat mich lieb. Hast du auch Kinder?«

»Ja, zwei. Aber die sind schon halber groß.«

»Hast du auch ein Frau?«

»Nein«, sagte August. »Im Augenblick nicht.«

»Warum nicht? Erzähl!«, rief Sarah. Sie stand auf und streichelte Augusts Wange.

Der Zug war pünktlich. Sie kamen um 12.21 Uhr in Zürich an und hatten dort 48 Minuten Aufenthalt. August versuchte, Hannah zu erreichen, den einzigen relevanten Kontakt, den er eingespeichert hatte. Sie ging nicht ans Festnetz und ihr Handy hatte keine Mailbox. Esther oder die Eltern anzurufen, hatte keinen Sinn. Das würde nur unnötig für Aufregung sorgen. Es war ihm auf alle Fälle zu anstrengend. Aber er musste es schnellstmöglich der Einrichtung melden, dass Sarah ausgebüxt war. Das konnte er erst, wenn ihm jemand sagte, welcher Träger das war. Oder wenn jemand die Nummer von Sarahs betreuter Wohnung hatte. Er steckte sein Smartphone weg. Dann kaufte er für Sarah eine Fahrkarte.

»Du bist voll nett«, sagte Sarah wieder und strahlte. Sie hatte ihr Gepäck umgehängt und schob den Kinderwagen.

Noah erwachte erst, als sie im Zug nach Mailand hockten. Um nebeneinanderzusitzen, mussten sie Plätze tauschen, doch der Fahrgast, den sie darum baten, ließ sich bereitwillig darauf ein. Sarah gab Noah die Flasche und wickelte ihn auf Augusts Schoß. Noah hatte nicht eingekotet, doch die Windel stank stark nach den süßlichen chemischen Zusätzen, die verhindern sollten, dass der Uringeruch durchdrang.

August entsorgte sie. Auf dem Weg zum Müllbehälter spürte er die missbilligenden oder auch nur ungläubigen Blicke der benachbarten Mitreisenden. Wenn einer ein falsches Wort sagt, dachte er, dann kann er was erleben. Er ging zurück zu seinem Platz. Hannah hatte ihm zwei dicke Vesper eingepackt. Er gab Sarah das mit Käse und aß selber das Schinkenbrot.

In Mailand hatten sie wieder eine Dreiviertelstunde Aufenthalt. In der Bahnhofsbar bestellte August Espresso und Wasser. Um 17.20 Uhr ging es mit dem Frecciarossa weiter, und um sechs waren sie in Florenz. Mit dem Taxi fuhren sie zu der Adresse, die Sarah auf dem Zettel stehen hatte. August bezahlte den Fahrer, dann standen sie mit Noah auf der Straße. Sie mussten noch ums Eck, das Ziel befand sich in der Fußgängerzone, doch es gab die Hausnummer nirgends. Die Straßen waren eh chaotisch nummeriert, August verstand das Prinzip nicht.

»Und was machen wir jetzt?« Er sah Sarah fest an. »Ich habe es mir die ganze Zeit gedacht. Du hast dein Handy noch, nicht wahr?«

»Wir warten, bis es ganz spät ist. Wenn dann kein Zug mehr fährt«, meinte Sarah, »dann kann Justus mich auch nicht fortschicken.«

»Täte er das denn sonst?«

Sarah hob die Handflächen nach oben. »Weiß nicht.« Sie schluchzte auf.

»Was ist das für eine Adresse, die du mir gegeben hast?«

»Ich habe sie von Giulia. Ich sollte die da besuchen.«

»Wer ist Giulia?«

»Das ist meine Freundin.«

»Hat sie den Zettel geschrieben?«

»Ja. Ich hab ihn aufgehebt in mein Geldbeutel.«

August deutete auf die Pizzeria, vor der sie standen. »Gut. Dann gehen wir jetzt da rein und essen eine Pizza.«

Sarah strahlte. »Echt? Kann ich Pizza?«

»Ja. Und wenn du meinst, dass ich dein Handy haben darf, dann gibst du es mir.«

Bis es so weit war, dauerte es geschlagene anderthalb Stunden. Sie aßen Pizza und noch einen Nachtisch. August bestellte für sich einen Caffè. Dann warteten sie, schweigend, während Sarah Noah fütterte und er wieder einschlief, und endlich kramte Sarah das Mobiltelefon aus einer frischen Windel. Sie schaltete es ein und drückte die Nummer. »Ich bin es, die Sarah. Justus?«

»Prinzessin! Hast du die Mailbox …«

»Nein, ich, ich …«

August streckte den Arm aus, und Sarah gab ihm ihr Handy. »Justus?«

»Mit wem spreche ich?« Fischer klang schneidend.

»Hier ist August.«

»August? *Der* August?«

»Dein kleiner Bruder, Justus. Ja.«

In diesem Augenblick wachte Noah auf und fing an zu schreien. Er brüllte wie verrückt.

»Wo seid ihr? Was ist passiert?«

»Nichts Schlimmes. Wir sind in Florenz. Sarah hat sich zu mir in den Zug geschmuggelt und mich quasi gezwungen, sie bei dir abzuliefern.« August musste laut sprechen, Sarah redete geräuschvoll auf Noah ein, und die Tischnachbarn drehten sich zu ihnen um.

»Wo seid ihr genau?« Auch Fischer hob die Stimme.

»In einer Pizzeria in der Via Porta Rossa.«

»Gut. Ich komme.«

Fischer hetzte durch das überfüllte Florenz. Er drängelte sich an Pelzmänteln und Parkas vorbei und zwängte sich zwischen elegant gewandeten Leibern hindurch, streifte sportliche Körper, schlüpfte in die Lücken zwischen Dürren und Fettleibigen, trat beinahe auf einen Hund. August erwartete ihn vor der Pizzeria. Fischer hätte seinen jüngeren Bruder um ein Haar nicht wiedererkannt. Alt war er geworden. Und fast feist. Dabei war er mal zierlich gewesen. Unverändert war nur seine Stimme. Sie ähnelte seiner eigenen, war nur vielleicht einen Tick tiefer.

»Sie ist da drin«, August zeigte auf die Eingangstür, »sie muss den Kleinen noch wickeln, und sie will nicht, dass ich ihr helfe.«

»Das hast du ja toll gemacht.« Fischer klang weniger sauer als vielmehr erleichtert.

Die beiden Brüder gaben sich die Hand. August grinste, und Fischer grinste auch. Er kannte ihn wirklich kaum. Zwar war August regelmäßig zur Kirche gekommen, als er noch in Konstanz gewohnt hatte, aber er hatte sich den familiären Verpflichtungen von jeher entzogen und war seine eigenen Wege gegangen. Beruflich hatte er sich nie etabliert, obwohl er in irgendwas promoviert worden war. Eine eigene Familie hatte er nicht auf die Beine gestellt, oder die Familien, die er mitbegründet hatte, waren bald zerbrochen. Er war ein Aussteiger, ein Gammler, ein Weltverbesserer. Die Großeltern hatten ihn nicht besonders geschätzt, und für die Eltern war er der Inbegriff einer gescheiterten Existenz.

»Ich will weiter nach Rom«, sagte August. »In anderthalb Stunden bin ich da.«

»Bleib doch einfach bis morgen. Schließlich haben wir Silvester, und ob da überhaupt noch Züge fahren. Bis du beim Bahnhof bist und dann in Rom landest, ist schon Mitternacht. Du kannst mit uns bei Giulia zu Abend essen. Sarah kann mit Noah dort wohnen, und für dich finden wir auch noch einen Schlafplatz.« Fischer sah auf die Uhr. »Wie lang ist sie denn schon auf der Toilette?«

»Ich guck mal nach.« August ging hinein und kam nach einer Weile wieder heraus. »Sie ist nicht mehr da. Neben der Küche gibt es einen Hinterausgang, und dort ist sie wohl raus. Sie hat die Orientierung verloren und sich verlaufen.«

Fischer schüttelte den Kopf. »So leicht verläuft sich Sarah nicht. Aber klar, wir müssen ihr nach und sie suchen. Im Dunkeln und bei dem Gedrängel dort draußen wohl nicht so ganz einfach.«

August rieb sich die Ärmel seiner gefütterten Lederjacke, die an vielen Stellen schadhaft und ziemlich zerkratzt war. »Es ist kalt. Das Baby erfriert, wenn sie es irgendwo stehenlässt. Sie kann die Verantwortung für einen sechs Monate alten Säugling nicht tragen. Sie ist selber eine hilflose Person.«

Wieder schüttelte Fischer den Kopf. »Ganz so schlimm ist es schon nicht. Sie hat ihr Handy, und sie quatscht jeden an, von dem sie Hilfe will. Dafür reichen ihr drei Wörter Italienisch. Glaub mir, Sarah ist ein Phänomen, wenn es darum geht, ihren Kopf durchzusetzen. Und sie kommt immer irgendwie durch.«

»Du meinst, die hat sich absichtlich abgesetzt?« August runzelte die Stirn. »Das ist ein Ding. Erst soll ich sie zu dir bringen, und dann macht sie sich bei der erstbesten Gelegenheit vom Acker.«

»Oder sie ist mit Noah entführt worden«, entgegnete Fischer trocken. »Komm!«

Im Lokal erklärte August in fließendem Italienisch dem Wirt, was passiert war. Der deutete auf den kleinen Hinterhof, der mit Kisten, Kartons, Kanistern und Mülltonnen vollgestellt war und einen schmalen Durchgang besaß. Das niedrige Tor stand offen.

»Da geht's lang.« Fischer deutete auf eine enge, unbeleuchtete Gasse. »Weißt du, bevor das Kind kam, fing Sarah schon an, apathisch zu werden. Sie war oft antriebsschwach und lustlos, sie wirkte deprimiert und wurde schnell müde, sie ist auch arg gealtert. Sie bekam bereits graue Haare. Das wurde zum Glück nicht mehr. Mit Anfang 30 kommen manche Downies schon in die Wechseljahre. Ein Glück für sie, dass sie noch fruchtbar war. Durch Noah hat sie sich massiv entwickelt. Endlich lernt sie, ihr eigenes Leben zu führen.«

»Was das bringt, das sehen wir ja.« August seufzte. »Wie ist sie überhaupt schwanger geworden? Und sag mal, Justus, hast du nicht früher gestottert?«

Eine Stunde später saßen sie in einem funktionalen Büro im Polizeirevier, in der Questura di Firenze in der Via Zara, 2. Eine Beamtin der Polizia di Stato nahm die Vermisstenmeldung auf und veranlasste die Fahndung. Ruhig tippte sie Daten und Fakten in ihren Laptop. Fischer hatte genug Zeit, sie genau zu betrachten. Sie erinnerte ihn an jemanden, aber er kam nicht darauf, an wen. Als Uniform trug sie ein dunkelblaues Kostüm mit taillierter Jacke. Die braunen Haare hatte sie zu einem Knoten hochgesteckt. Sie wirkte wie eine Stewardess und gab sich genauso unverbindlich und freundlich. Mehrfach erkundigte sie sich nach dem Grad von Sarahs Behinderung. Fischer erklärte, August übersetzte.

Als sie das Revier verließen, ging es gegen halb zwölf. Fischer hatte neben der Telefonnummer den Namen notiert, Annita Ferrari. Annita? Annita – Annika, dachte er. Die Polizistin war Annika! Annika, die Agentin, die prophezeit hatte, Klara sei hier in Florenz, um einen Anschlag zu verüben. Oder zu verhindern? Annika, die im Giardino dei Semplici in Ohnmacht gefallen und im Ospedale degli Innocenti wieder aufgetaucht war. Annika, die mit Cheng redete und mit Luigi, dem Sekretär von Geheimdienstchef Kardinal Stendal. Bei ihr liefen die Fäden zusammen, sie verband das »Dritte Büro« mit dem Vatikanischen Geheimdienst Pro Deo Due.

Die Mondsichel schien. Die Menschenmassen lichteten sich. Fischer und August kamen gut vorwärts. Schweigend gingen sie die Via S. Zanobi hinunter. Zehn Minuten später waren sie in der Via Guelfa. Giulia machte ihnen auf. Sie war mit Klara allein. Das Familienessen war zu Ende, Tommaso war mit Frau und Kindern lange vor Mitternacht nach Hause gegangen. Diego und Simone waren samt Anhang gar nicht erst erschienen; auch Reinhild hatte sich wegen unerträglicher Kopfschmerzen entschuldigt. Ihr Verbleib war unklar. Da sie aus dem gemeinsamen Hotelzimmer ausgezogen war und Fischer nicht wusste, wo sie wohnte, versuchte er, sie auf dem Handy zu erreichen. Er sprach ihr kurz auf die Mailbox und bat um Rückruf.

Giulia und ihre Mutter saßen über Eck auf Sofa und Sessel und tranken Prosecco. Sie begrüßten August beiläufig wie einen alten Bekannten. Fischer hatte die beiden schon vorbereitet. Er machte sich fürchterliche Sorgen inzwischen, vor allem um Noah, versuchte aber, den Ball flachzuhalten. In knappen Sätzen berichtete er von Sarahs Zugabenteuer und ihrem Verschwinden.

»Was für ein bescheuertes Silvester.« Klara stöhnte.

Giulia nickte. »Und Carlo ist auch nicht da.«

»Carlo?«, fragte August, der seine Jacke auszog und sich neben Fischer aufs Sofa fallen ließ.

Giulia stand auf und holte Gläser.

»Ihr Kater. Ausgebüxt.« Klara zog eine Grimasse. »Böses Tier, das sich meine Tochter da ins Haus geholt hat. Macht wieder das Gleiche mit ihr. Geht ohne ein Wort. Haut ab. Lässt sie einfach sitzen. Halt auch nicht besser als der, nach dem das Viech benannt ist.«

»Carlo kommt schon wieder«, erwiderte Giulia. Sie schwankte ein wenig und beließ es im Unklaren, von wem die Rede war.

Fischer hatte keine Lust, seinen Bruder in all die komischen Geschichten einzuweihen, die in den letzten Tagen in Florenz passiert waren, und von der Carlo-und-Roberto-Nummer hatte er sowieso die Nase voll. Wenn man die Sache realistisch betrachtete, waren die zwei mausetot, auch wenn Giulia das selbst nach zweieinhalb Jahren immer noch nicht wahrhaben wollte. Und wie besoffen musste man sein, um von der Katze anzufangen, wenn es um zwei Menschenleben ging? Fischer dachte an Rahel, seine kleine Schwester, die verschwunden war, als er acht Jahre alt gewesen war. Er blockte die Erinnerung bewusst ab.

Klara sah ihn fest an, ihre Augen waren grün, ihr Schwäbisch klang leutselig. »Du siehst aus, wie wenn du mir etwas beichten wolltest.«

»Ich habe Annika getroffen«, antwortete Fischer, »sie heißt Annita Ferrari und arbeitet bei der Polizia di Stato. Sie hat versprochen, alles zu tun, um Sarah und Noah aufzuspüren. Wir haben die Straßen abgesucht, sind in die Lokale gegangen, es hatte einfach keinen Sinn mehr …«

»In dem Gedrängel draußen ging nichts«, ergänzte August. »Vorhin war es einigermaßen erträglich, jetzt sind wieder alle auf der Straße. Aber wir ziehen nachher noch mal los, irgendwann wird's ja ruhiger.«

»Annika.« Klara nickte wohlwollend. »Sehr gut.«

»Man wird Sarah und Noah finden.« Giulia brachte eine neue Flasche und gab sie Fischer. »Sei so gut.«

Er entkorkte sie und füllte die Gläser.

Vermutlich, um von dem Thema abzulenken und weil sie angetrunken war, begann Giulia, von dem Doppelmord zu erzählen, der vor zwei Nächten in der Wohnung gegenüber passiert war. »Die Opfer sind gegrillt worden. Sah schlimm aus, ganz schlimm. Ich habe die beiden Leichen ja gefunden. Das war ein ganz dubioses Paar, die zwei hatten möglicherweise selber Dreck am Stecken. Wäre freilich schon spannend herauszufinden, auf welcher Seite die standen. Für mich sah das aus wie ein Auftragsmord. Da waren mehrere zugange. Irgendwer muss denen ja den Befehl gegeben haben, sie hinzurichten. Aber es wird natürlich nie herauskommen, wer dahintersteckt. In Italien werden die Schweinereien alle untern Tisch gekehrt.«

Etwas schnarrte. Fischer griff nach seinem Smartphone. »Sarah hat mir eine SMS geschickt.«

»Kann sie das denn?«, fragte August.

Fischer las laut vor: »Du gehst in der Luft spazieren. Es ist so ein feingestimmtes Licht. Der Mond ist eine Schaukel.«

Im Fernsehen, das auf stumm geschaltet war, wurde der Countdown gezählt. Um zwölf stießen sie an. Klara warf Fischer bekümmerte Blicke zu. Giulia hatte Häppchen gemacht. August aß mit Appetit.

Cara Giulia,

sollte Dir diese Mail zugestellt werden, heißt das, dass wir nicht mehr am Leben sind. Wir, das sind Alessandro und ich. Wir arbeiten nur zu zweit. Unsere Operationseinheit ist somit sehr überschaubar. Früher waren wir zu viert. Unsere Genossen waren Carlo und Roberto. Roberto hat uns rekrutiert. Er hat noch bei den Brigate Rosse angefangen. Als sie sich im Dezember 1981 spalteten, organisierte er sich im Partito della Guerriglia, der Guerillapartei. Da sie glaubte, dass der Bürgerkrieg unmittelbar bevorstand, suchte sie die offene Konfrontation und wählte als Strategie den bewaffneten Kampf. 1983 wurden elf Menschen ermordet. Darauf folgte eine Verhaftungswelle, und die Gruppe wurde von der Polizei zerschlagen.

Roberto hat die Guerillapartei zwei Jahrzehnte später neu gegründet, und einer der ersten Genossen beim Aufbau war Carlo. Carlo hatte durch sein Immobilienbüro eine perfekte Tarnung. Robertos Ristorante in Marina di Santo Stefano diente dem Informationsaustausch. Es war ideal, um Nachrichten zu verbreiten und sich gezielt zu vernetzen. Bereits vor Carlos und Robertos Verschwinden sind wir dort auf Dich aufmerksam geworden. Du wurdest eine Weile von uns beschattet und überprüft, was Roberto nicht nur gebilligt, sondern sogar selber angeordnet hat. Wir haben festgestellt, dass keine Gefahr von Dir ausgeht. Du warst, scusi, wenn ich das so offen sagen darf, erschreckend naiv. Aber gerade dadurch hat Robertos Tarnung zusätzlich an Stimmigkeit gewonnen. Sein Scheinleben bekam so einen authentischen Anstrich, und es hat ihm, glaube ich, gefallen. Wir waren gern in Marina. Auch nach Robertos Abgang haben wir weiter im Ristorante verkehrt. Ich nehme aber an, dass Du Alessandro und mich in Florenz nicht wiedererkannt hast. Wir haben beide bewusst viel an Gewicht zugenommen und uns auch sonst äußerlich stark verändert. Ich nehme außerdem an, dass die Genossen diesen Informationsknotenpunkt am

Tyrrhenischen Meer nach unserem Ableben nicht mehr ansteuern. Du brauchst also nicht zu befürchten, dass Du dort Terroristen begegnest.

Die Guerillapartei ist kleinteilig strukturiert. Wir leben in konspirativen Wohnungen und kämpfen in kleinen Zellen, die basisdemokratisch organisiert sind, es gibt keine klare Befehlsstruktur von oben. Daher wissen nur wenige, wie viele Mitglieder wir wirklich sind und welche globale Taktik wir verfolgen. Klar ist: Es geht um die Eskalation der Gewalt. Die Guerillapartei versucht, ganz Italien zu verunsichern und das Machtgefüge ins Wanken zu bringen. In Zeiten des Populismus erscheint uns das wichtiger denn je. Die Guerillapartei agiert von den Metropolen aus, mit der Option, ihre Fühler bis in die Provinz auszustrecken.

Alessandro und ich sind 2015 dazugestoßen. Wir waren damals ein Paar, haben uns dann aber getrennt. Trotzdem sind wir im Kampf als Gefährten zusammengeblieben. Gemeinsam haben wir viele Organisationen unterwandert und versucht, ihre Mitglieder für bewaffnete Aktionen zu gewinnen. An welchen Aktionen und Anschlägen wir beteiligt waren und gegen welche Leute und Gruppen sich das gerichtet hat, tut hier nichts zur Sache. Dies ist kein Bekennerschreiben, sondern es soll Dir nur ein paar Erklärungen geben, die Dir Dein Leben erleichtern und es Dir gegebenenfalls ermöglichen, Erkundigungen einzuziehen oder selber Nachforschungen anzustellen. Da Du nicht zu der Schweinebande gehörst, haben wir uns dazu entschlossen. Eine wichtige Information für Dich könnte sein: Wir wurden auch im Umfeld der katholischen Kirche aktiv. Da befanden sich allerdings militante Strömungen darunter, und das ist Carlo und Roberto schließlich zum Verhängnis geworden. Zumindest vermuten wir das.

Vielleicht gäbe es auch noch eine andere Erklärung: Einige unserer einstigen Genossen profitierten inzwischen von der

Kronzeugenregelung. Nachdem sie sich vom bewaffneten Kampf losgesagt hatten, kooperierten sie als »Pentiti«, als Reumütige, mit den Strafbehörden. Dadurch konnten sie Strafmilderung erwarten. Wir halten es deshalb auch für möglich, dass Carlo und Roberto denunziert wurden oder dass sie untergetaucht sind, um der Denunziation zu entkommen. Von Carlo haben wir seit zweieinhalb Jahren keinerlei Lebenszeichen, aber es gibt immer wieder Hinweise darauf, dass Roberto noch lebt. Das können natürlich auch Manöver zur Täuschung sein. Nichtsdestotrotz. Nicht auszuschließen wäre sogar, dass Roberto und Carlo gemeinsam vom Untergrund ins Nichts geflohen sind. Wir haben keinerlei Anhaltspunkte, wo sie sich aufhalten. Wir halten für wahrscheinlich, dass sich Carlo und Roberto, sollten sie noch am Leben sein, am ehesten bei Dir melden werden. Dass sie weder das Maklerbüro noch das Ristorante ansteuern würden, finden wir logisch und ratsam, da diese Orte immer noch observiert werden könnten. Falls wenigstens einer von beiden die Chance dazu hat, wird er private Wege nutzen. Über geheime Kontakte ist es uns gelungen, Einfluss auf die Mietverhältnisse zu nehmen und Dir die Wohnung gegenüber zu verschaffen. Da wir höchstes Interesse daran haben, wieder mit unseren verschollenen Genossen in Kontakt zu treten, haben wir dieses nachbarschaftliche Verhältnis hergestellt.

Wir haben sicheren Grund anzunehmen, dass Du von alledem nichts weißt. Vermutlich ist Dir nicht einmal bekannt, wie eng Carlo und Roberto miteinander zu tun hatten. Vielleicht hast Du nicht einmal mitbekommen, dass Du Roberto über Carlo kennengelernt hast. Bis heute war Dir sicherlich nicht klar, dass Dein Lebensgefährte und Dein Büropartner der gleichen terroristischen Vereinigung angehörten und dort eng zusammengearbeitet haben. Wie gesagt: Wir klären Dich darüber auf, weil wir annehmen, dass Du unter Deiner Unwissenheit, was das plötzliche Verschwinden der beiden angeht, leidest. Mehr wissen wir leider auch nicht, aber vielleicht ist so ein Anfang gemacht. Da wir Dir nicht mehr helfen können, wünschen Alessandro und ich Dir auf diesem Weg viel Glück. Leider verfügen wir nicht über die Möglichkeit zu beweisen, dass diese Ausführungen wahr sind.

Wir raten Dir, diese Mail auszudrucken und dann zu löschen. Bewahre den Ausdruck an einem absolut sicheren Ort auf.

Wir hadern nicht damit, dass wir im Kampf um eine gerechtere Welt unser Leben gelassen haben. Die Kräfte, die das Elend stabilisieren, sind in diesem Fall leider stärker gewesen, aber wir werden siegen.

Tutto bene. Alles gut.

¡Hasta la victoria siempre!

Una dolce notte, tua Viola

16

Seit er denken konnte, hatte August seine Familie gehasst. Die nie habhaften, innerlich abwesenden, ewig unzuständigen Eltern, die urteilsstarken, bildungsbeflissenen Großeltern, die strebsamen und verlogenen Geschwister. Seine drei scheinheiligen Schwestern, Sarah eingeschlossen, den bigotten Bruder … Solange er am Bodensee gelebt hatte, war er sogar noch zu ihm in die Kirche gerannt, bis zu einem gewissen Grad hatte er mitgetan, das konnte er sich heutzutage wirklich nicht mehr vorstellen. So viel Ehrenkäsigkeit war ihm verhasst.

Von Kind auf hatte August nicht dazugezählt. Wieso das so war, darauf konnte er sich bis zum heutigen Tag keinen Reim machen. Er kam auf die Welt und passte nicht zu denen, die schon da waren. Bis auf Sarah waren alle schon da. Er konnte sich an den sarahlosen Zustand allerdings nicht erinnern, weil die schon ziemlich bald nach ihm kam und er für die nicht einmal zwei Jahre, die sie trennten und in denen er der Kleinste gewesen war, keinerlei Bewusstsein hatte. Justus war der Älteste und bald neun Jahre über ihm. Dass sie einander gleichsahen, war nicht gerade von Vorteil, weil die Eltern Justus nicht mochten. Zumindest kam es August so vor, und er fühlte sich mindestens ebenso abgelehnt. Wenn die Mutter beim Einkaufen erzählte, mit dem August stehe ihr der kleine Justus vor Augen, ärgerte er sich zu Dreck. Er stampfte mit dem Fuß auf und spuckte auf den Boden. Es hat aber nichts genutzt. Erst viel später hat August begriffen, dass die Welt nicht so einfach war. Die Eltern kamen mit Justus nicht klar, weil er sich in sein Schneckenhaus verkroch. Er stotterte und tagelang redete er mit keinem ein Wort. Justus hatte ein Problem. Er war irgendwie dafür verantwortlich, dass eine der Schwestern, Rahel, verschwunden war. Wie genau, darüber wurde nicht geredet. Auf jeden Fall war er schuld. August war immer klar gewesen, dass Justus schuld war, auch wenn jeder ihm einbläute, der sei noch klein gewesen und könne nichts dafür.

Schlimmer, als der Klon eines komischen Kerls zu sein, war die besondere kleine Schwester. Sarah war behindert zur Welt gekommen, nicht sehr behindert, aber doch so, dass man sich immer um sie kümmern musste. Das wurde auch gemacht. Für Sarah wurden besondere Kleidchen genäht, die kaschieren sollten, wie dicklich sie aussah, Sarah wurde in ihre besondere Schule gefahren, sie bekam ihr besonderes Essen, ihre besondere Förderung und Bespaßung. Damit sie eine Ruhe gab und sprachlich fitter wurde, durfte sie stundenlang fernsehen. Eine Irrsinnsenergie wurde aufgewendet, damit sie alles lernte, was ihr schwerfiel: lesen, schreiben, rechnen, schwimmen, Rad fahren, Klavier spielen … Ihr fielen schon ganz andere Dinge nicht leicht. Beim Kauen den Mund zu schließen. Das Essen nicht auf den Teller zu spucken. Nicht zu rülpsen und zu furzen. Nicht zu schreien und um sich zu schlagen, wenn sie nicht gleich das bekam, was sie wollte. Sobald ihr etwas versagt wurde, fing sie an zu krampfen. Das mündete in einen Anfall, und davor hatten alle Angst. Sie war halsstarrig und wurde schnell zornig. Und sie hatte jede Menge »Mödele«. Seltsame Angewohnheiten, peinliche Rituale, die von ihr zwanghaft wiederholt wurden. Wenn sie sich freute, klatschte sie in die Hände und legte sie dann ganz eng um den Körper, als sei ihr kalt. So wiegte sie sich und spannte die Muskeln an, bis sie anfing zu zittern. Sobald ihr etwas gelang, hüpfte sie auf einem Fuß im Kreis. War sie hingegen traurig, fing sie an zu schreien wie ein wundes Tier. August reagierte darauf mit Wut, Stress und Überforderung.

Obwohl er fast nie nett war zu seiner Schwester, war sie stets nett zu ihm. Sie strahlte ihn an, streckte ihm die Arme entgegen, streichelte sein Gesicht, schmiegte sich an seine Brust. Das tat sie auch noch, als sie schon größer wurden und August immer weiterwuchs. Sarah hingegen blieb klein, aber sie nahm in seiner Wahrnehmung immens viel Raum ein. Dass sie ihn vorbehaltlos annahm und mochte, egal, wie gemein er zu ihr war, brachte ihn immer mehr gegen sie auf. Und niemand schützte ihn vor Sarahs bedingungsloser Liebe. Kein Mensch war da. Esther und Hannah, die zwischen Justus und ihm kamen, hatten einander und sorgten für sich selbst. Justus brauchte offenbar keinen. August war auf die zwei Jahre jüngere Sarah verwiesen. Auch wenn sie stets bedürftig war, dichtete er ihr etwas Monströses an. Dabei war sie unendlich zugewandt und großzügig, witzig und originell. Eigentlich sogar ganz reizend. Man konnte mit Sarah viel Schönes erleben, wenn man nicht krankhaft missgünstig und von Eifersucht zerfressen war. Diese Erkenntnis hatte eine Therapie zutage gefördert, die August im zweiten Semester angefangen hatte, nachdem er mit dem Motorrad besoffen gegen einen Baum gebrettert war. Er hatte sie daraufhin wieder abgebrochen.

Bei Sarah wurde alles geduldet. Mit diesem Satz erwachte August. Er lag auf Giulias Sofa, und auf seinen Füßen schlief eine schwarze Katze. Das musste Kater Carlo sein. Obwohl Fenster und Türen geschlossen waren, hatte er irgendwie hereinkommen können. Ohne das Tier zu wecken, stand August auf und entriegelte die Fensterläden. Er blickte hinaus in den Kreuzgang. Nirgendwo ein Mond. Eine Funzel brannte. Es wurde schon hell. Im Zwielicht kauerten die Oliven- und Zitronenbäume.

Nebenan schlief Giulia in ihrem winzigen Schlafzimmer; gegen Morgen war Klara in ihr Bed and Breakfast gegangen und Justus zurück zu seinem Hotel, wohl in der Hoffnung, dass sich Reinhild meldete und Sarah sich mit Noah wieder einfand. August verspürte den Drang, etwas zu unternehmen.

Im Küchenbereich ging er zur Spüle, drehte den Hahn auf und trank vom fließenden kalten Wasser, das ihm über Nase und Kinn rann. Plötzlich war er wie vom Donner gerührt. Schlagartig sah er alles in einem völlig anderen Licht. In ihm keimte der Verdacht, dass Sarahs und Noahs Verschwinden etwas mit dem Geheimnis zu tun hatte, das die Familie um den Vater von Noah machte. Niemand sprach je davon, wer dieser Vater war. Seine Existenz war tabu. Es war fast so, als gäbe es ihn nicht. Jedenfalls hatten die Eltern an Weihnachten hartnäckig dazu geschwiegen, Justus schwieg, und Sarah selber schwieg auch.

Was, wenn Justus der Vater von Sarahs Sohn war? Womöglich hatte er sie missbraucht. August war nicht einmal wirklich geschockt. Er hatte es immer schon geahnt. Tausende von Missbrauchsfällen hatte die katholische Kirche zu beklagen, und einer davon spielte sich in der eigenen Familie ab. Das Theater, das Justus um Sarah machte, war nicht normal. Es hatte von jeher etwas Ungesundes gehabt. Sarah war ein willfähriges Opfer gewesen. Sie hatte ihm nicht nur im Haushalt geholfen, sie legte auch an anderen Stellen Hand an. Justus hatte ihre Abhängigkeit ausgenutzt, er hatte sie zu sexuellen Diensten verleitet. Vermutlich war er davon ausgegangen, dass sie nicht schwanger werden konnte. Dann war es aber doch dazu gekommen, und sie hatte ein gesundes Kind geboren. Sarah wusste bestimmt, wodurch man schwanger wurde und wie das passiert war. Und sie wusste, dass das alles nicht richtig sein konnte. Aber sie wurde zum Schweigen angeleitet.

Was, wenn sie beschlossen hatte, Justus hier vor Ort zur Rechenschaft zu ziehen? Hier, am Silvesterabend, vor Zeugen, die ihr glauben würden? Sie hatte mit einem größeren Familienfest gerechnet. Justus hatte ihr davon erzählt. Dass sich das zerschlagen würde, hatte sie nicht ahnen können. Justus freilich auch nicht. Aber er hatte sie und Noah vorsorglich aus dem Weg geräumt. Räumen lassen. Vermutlich hatte er Reinhild auf die beiden angesetzt, sie sollte auf die zwei aufpassen, und sie hatten die Silvesternacht zu dritt in einem Hotelzimmer verbracht. Dann war der Streit zwischen Justus und Reinhild vermutlich nur fingiert. Reinhild half Justus, Sarah von ihrem Auftritt abzuhalten und die Sache weiter zu vertuschen.

Ob Sarah jemals versucht hatte, die Behörden einzuschalten? Hatte sie sich je ihren Betreuern anvertraut oder mit dem Träger des betreuten Wohnens gesprochen? Vielleicht glaubte man ihr nicht. Oder die Familie hatte ihr vorher eingebläut, dass man ihr sowieso nicht glauben würde.

Am Neujahrsmorgen hatte Klara genug von dem Fickfack. Sie trank ihren Caffè im Wintergarten des »Leonardo«, bestellte noch einen Cappuccino dazu und tunkte ihr Cornetto alla Marmellata hinein wie einen Hefezopf. Sie brauchte Kalorien und Koffein. Es war ihr letzter Tag in Florenz, und sie konnte die notwendigen Untersuchungen nicht länger vor sich herschieben. Es musste geklärt werden, wie sich verschiedene politische Vorkommnisse und Verbrechen ineinander zahnten, welcher Stellenwert diversen Episoden und Begegnungen beizumessen war und was für eine Rolle sie, Klara Kerner, bei diesen Abläufen spielte. Für Fischers Beziehungsclinch interessierte sich Klara nicht die Bohne, Reinhilds Aktivismus in der Anti-Femizid-Bewegung hielt sie für einen klassischen Nebenwiderspruch, das gendermäßige Durcheinander nahm sie nur am Rande wahr, Homosexualität (auch ihre eigene) war ihr so gleichgültig wie Andersbegabung. Dass Sarah mit ihrem Säugling abgetaucht war, wirkte zwar befremdlich, aber nach der letzten SMS zu urteilen, war die Lage nicht hoffnungslos. Und obwohl Klara mit Fischer bewusst und gezielt mitfühlte, beteiligte sie sich nicht an der Suche, sondern setzte ihre Prioritäten an diesem Mittwoch anders.

Das Smartphone schrubbte. Klara hatte den Klingelton abgestellt. »Julia? Ja sag auch, bist du's?«

»Die Polizei hat versucht, Sarahs Handy zu orten, es ist ihr aber bisher nicht gelungen. Justus ist schon wieder wegen ihr unterwegs, und was August vorhat … Hier macht jeder sein eigenes Sach, alles ist zerfahren …« Giulia klang sprudelnd und wirr, durch den schwäbischen Slang der Mutter und das altvertraute *Julia* kam sie ins Schlingern und Schwimmen, doch dann gewann ihre Stimme auf einmal an Festigkeit. »Ich habe eine Mail erhalten, die ich dir gerne zeigen würde. Sie stammt von Viola und ist durch irgendeinen Mechanismus zugestellt worden. Oder durch einen fremden Menschen. Keine Ahnung. Jedenfalls handelt es sich um eine Art Testament.«

Es war wieder kälter geworden. Feine Flocken taumelten gegen die Scheiben des Wintergartens. Klara klappte den Mantelkragen hoch und zog ihren Gürtel fester.

»*Mama*? Wieso sagst du nichts?«

Klara seufzte. »Was soll ich auch sagen, Kind. Ich bin eine alte Frau, ich verstehe die Welt nicht mehr. Wir befinden uns hier in einem mafiösen Staat mit einer rechtspopulistischen Regierung und einem faschistischen Innenminister, der Flüchtlinge ›Menschenfleisch‹ heißt.«

»›Carne umana‹. Bene. Wir sollten das jetzt vielleicht nicht am Telefon verhandeln. Es wäre gut, wenn du vorbeikommst.«

»Geht es um deinen Freund der italienischen Oper, der immer so schreit beim Singen?« Klara stand auf. »Von mir aus, Amore. Offenbar muss das sein. Dann lösen wir dieses Rätsel zuerst. Ich schlage vor, wir machen einen kleinen Ausflug zum Meer. Es würde mich nicht wundern, wenn wir dort alte Bekanntschaften auffrischen.«

20 Minuten später waren sie auf der Autobahn; Giulia raste in ihrem Alfa die SS223 hinunter, und nach weiteren zweieinhalb Stunden waren sie in Marina di Santo Stefano. Bald war es Zeit für ein Mittagessen. Das Tyrrhenische Meer lag da wie ein

Tischtuch und roch nach eisgekühltem Fisch. Giulia bretterte die schmalen Serpentinen hinauf, an deren Ende ein Steinhäuschen stand. Mit seinen kaffeebraunen Fensterläden hob es sich einladend ab vom azurblauen Himmel. Darin wohnte Maria, die verwitwet war und allein lebte. Giulia parkte in gebührendem Abstand in einer Senke.

»Vieni avanti.« Sie stieg aus. »Los, komm. Auf geht's! Aber leise. Wir gehen da jetzt einfach rein. Die Tür ist nie abgeschlossen.«

»Pranzo.« Maria strahlte und zeigte ihre Zahnlücke. Sie deutete auf die Pappardelle con Coniglio, die sie in einer großen weißen Schüssel auf den Tisch stellte.

»Kann ich Cola?« Sarah deutete auf die Flasche. Noah hatte eben Tee und Brei bekommen und schlief ein auf ihrem Schoß. Sie legte ihn auf sein Kissen.

Reinhild nickte und goss ihr ein.

Maria war Polin, konnte kein Wort Deutsch, sprach aber ganz passabel Italienisch. Von ihren blitzschnellen Wortschwällen verstand Reinhild höchstens die Hälfte. Sie verfluchte es, dass sie sich hatte instrumentalisieren lassen. Sie hatte überhaupt keine Lust, sich zum Spielball fremder Machtinteressen zu machen, die sie nicht durchschaute. Dennoch hatte sie sich nicht getraut, sich dem Befehl zu widersetzen.

Am Vorabend hatte sie einen merkwürdigen Auftrag erhalten. Ein anonymer Anrufer wies sie an, unverzüglich eine bestimmte Pizzeria aufzusuchen, Sarah Fischer mitsamt ihrem Baby dort aufzugreifen und durch die Hintertür zu verschwinden. Wenn sie mitspielte, würde das helfen, Schlimmeres zu verhindern.

Die Drohung war deutlich. Reinhild tat, wie ihr geheißen. Sie holte Sarah da raus, rettete den Rucksack und sogar den Kinderwagen. Sarah wehrte sich zunächst nicht. Auf dem Rücksitz eines Taxis wurden sie nach Marina gebracht. Dort empfing sie Maria, die gute Seele des »Da Roberto«, die im Ristorante nach dem Rechten sah und putzte. Im vorletzten Herbst hatte Reinhild sie flüchtig kennengelernt. Sarah meckerte und weinte nun, weil Silvester war und sie zu Justus wollte, aber Reinhild versuchte, ihr das Ganze so angenehm wie möglich zu machen. Sie sprach von einem Abenteuer und unterstützte sie mit Noah, der nach der Ankunft unvermittelt und wie angesengt brüllte. Sarah war überfordert und hielt sich die Ohren zu. Es gelang Reinhild, ihn zu besänftigen. An Neujahr sollte es zeitig zurück nach Firenze gehen.

Die Nacht war weitgehend ruhig gewesen, sie verschliefen Mitternacht und das neue Jahr, am Morgen machten sie einen Strandspaziergang. Es war zunächst diesig gewesen, nicht zu kalt, und hatte langsam aufgeklart. Nun saßen sie immer noch hier, und es fing an, Sarah in Marina zu gefallen.

Maria versuchte zu erklären, warum sie zu ihr gebracht worden waren. Reinhild begriff, dass sie auf eine Person warteten, die Fragen an Sarah stellen wollte. Sarah sollte auch mit runter zum Meer gehen und dort etwas zeigen. Es hatte mit einem Sommerurlaub vor zweieinhalb Jahren zu tun, von dem Reinhild schon gehört hatte.

Sie saßen an der gedeckten Tafel in der Stube. Maria tischte auf. Toskanische Spezialitäten: Auf Pappardelle mit Kaninchenragout folgten Trippa alla Fiorentina, Kutteln in pikanter Tomatensoße mit Sellerie. Als sie beim Nachtisch angelangt waren, Kastanienkuchen, ging die Tür auf, und herein kam ein gut aussehender Südeuropäer. Er war in den frühen Vierzigern, hatte volles dunkles Haar mit ergrauten Schläfen, und über einem maßgeschneiderten Anzug trug er einen Kamelhaarmantel. Dazu handgenähte Halbschuhe mit Ledersohlen. Ihn umgab ein Hauch von Chanel.

»Das ist Signor Zampone«, erklärte Maria.

Sie stand auf, Zampone umarmte sie, und sie küssten einander brav auf die Backen zur Begrüßung, erst rechts, dann links. Der Mund berührte dabei nicht die Haut.

Zampone reichte Reinhild und Sarah die Hand. »Ist es in Ordnung, wenn wir uns duzen?« Ohne seinen Vornamen zu nennen, gab er Maria seinen Mantel, setzte sich unaufgefordert an den Tisch, und Maria kochte Caffè.

»Was soll der Scheiß?«, fuhr Reinhild ihn an. »Warum müssen Sie unser Silvester versauen? Und weshalb darf keiner erfahren, dass wir hier sind? Wieso ruinieren Sie die Nerven von Sarahs Brüdern, und ich muss das mitmachen? Wieso drohen Sie uns? Sagen Sie uns wenigstens, wer Sie schickt. Wer sind Sie?«

Zampone hatte die scheuen braunen Augen eines edlen Wilds. Ein Hase war er nicht. Eher ein Hirsch. »Es tut mir leid. Aber es musste schnell gehen. Jeder Tag, den wir verlieren, bringt uns weiter vom Ziel weg.«

»Was wollen Sie?«

»Ich möchte Sarah ein paar Fragen stellen«, antwortete Signor Zampone artig und wandte sich dann Sarah zu. »Das ist doch in Ordnung, Sarah?« Er sprach ein einwandfreies Deutsch.

»Kann ich dann Justus?«

Zampone nickte. Sarah klatschte in die Hände. Reinhild fiel auf, dass sie viel weniger Faxen machte als früher. Und bisher hatte sie kein einziges Mal gekrampft.

»Es geht um deinen ersten Urlaub hier in Marina.« Zampone sah Sarah eindringlich an. »Kannst du dich an den Abend im Ristorante erinnern? Es war ein Samstag im vorletzten August. Ihr habt auf der Terrasse gesessen, du, dein Bruder Justus und deine Großeltern. Wie heute gab es Pappardelle con Coniglio und Kastanienkuchen.«

Er hat Maria extra gebeten, das zuzubereiten, dachte Reinhild. Damit es Sarah auf die Sprünge hilft.

Sarah schüttelte den Kopf, dass ihr schwarzer Pferdeschwanz wippte. »Ich nicht. Ich hab Pizza. Die hat man extra geholt, weil die Giulia, die hat keinen Steinofen.«

»Ah.« Zampone, der mit diesen Details nicht gerechnet hatte, wirkte einen Moment lang verwirrt. Er hatte sich wohl auf Drei- bis Fünfwortsätze eingestellt und auf ein mangelhaftes Gedächtnis. Er hatte geglaubt, Sarahs Behinderung fördere einen Mangel an Wahrnehmungsfähigkeit und Erinnerungsvermögen zutage, der die Kommunikation störte und hinderlich war. Das war nicht unbedingt der Fall. Sarah konnte sich manche Dinge ausgezeichnet merken – allerdings nur das, was sie wirklich interessierte.

»Mit der Oma hab ich den Sonnenuntergang. Wir hatten supergeile Sonnenbrillen, die Oma und ich, war so Strandverkäufer … Omas war grün, meine pink.«

Reinhild wartete darauf, dass Zampone die Nerven verlor, doch er lächelte. »Und dann hat dein Bruder die Bedienung nach Roberto gefragt, nicht wahr?«

Sarah starrte Zampone an, von unten, mit schief gelegtem Kopf und offenem Mund. Mit der Zunge fuhr sie sich über die Oberlippe.

»Woher wissen Sie das?«, fragte Reinhild scharf. »Haben Sie das Gespräch abgehört? Haben Sie es aufgezeichnet? Und wieso kommen Sie nach so langer Zeit darauf zurück? Und wieso muss es auf einmal holterdiepolter gehen? Sie hätten jetzt zweieinhalb Jahre lang Zeit gehabt …«

»Ach was, papperlapapp, wir dachten doch, die Sache sei aufgeklärt. Jetzt haben wir plötzlich neue Erkenntnisse und rollen den ganzen Fall nochmals auf.«

»Wer ist *wir*?«, fragte Reinhild. »Und woher wussten Sie, dass Sarah in Florenz in dieser Pizzeria ist?«

Zampone lächelte. »Wir haben ihre Handynummer. Lass uns zurückgehen zu jenem Sommerabend, Sarah.« Zampone lächelte breiter. »Ich saß zufällig am Nebentisch. Fischer bestellte. Weißwein und Wasser. Fischterrine für den Opa, Rinderbraten für die Oma, er selber die Nudeln mit Kaninchenragout. Für alle Salat. ›Wieso ist Roberto nicht da? Wo ist er denn?‹, hat er die Bedienung gefragt, ein blondes Mädchen war das, und die hat sich bei Maria erkundigt.«

Sarah jauchzte und klatschte in die Hände. »Aber die hat gelogen! Die hat gesagt, Roberto sei in Neapel zu ein Beerdigung. Cousin ist gestorben oder Onkel.«

»Woher weißt du, dass sie gelogen hat?« Zampones Kiefergelenk zuckte.

»Weil ich Roberto gesehen hab. Er lag in sein Boot.« Sarah rang mit sich. Sie verkrampfte die Finger, rollte mit den Augen, grimassierte, erschauerte. Es waren stets die gleichen zwanghaften Gesten, die sie abspulte, sobald sie in Stress geriet. »Also, ich bin da hin und auf den Felsen, also nur so, bin spazieren und hab nur geschaut, ich bin dann da rauf und da hab ich gesehen den. Der sah aus wie wenn schläft, aber da war auch Blut, den hat einer totgemacht.«

»Bist du sicher, mit dem Blut? Wo war Blut?«

Reinhild verfolgte, wie an Zampones Schläfe eine Ader anschwoll.

Sarah streckte die Zunge heraus, fasste sie an und biss sich dann auf die Unterlippe. Ihre Sprache wurde schlechter, wie immer, wenn sie angespannt war. Ihre Denkfähigkeit litt, und sie verlor die Kontrolle über ihre Mimik. Ein Kichern lief ihr übers Gesicht. Sie verdrehte die Augen und fing an, nervös zu blinzeln. Es war deutlich, dass sie die traumatische Situation erneut durchlebte, wobei sie ihr gleichzeitig langsam entglitt. »Weiß nicht. Kann sein, Blut. Kann sein, kein Blut. Nein, nicht … doch. Ja. Der Roberto …« Sarah weinte.

»Da sehen Sie, was Sie anrichten.« Reinhild sah Zampone an und schüttelte den Kopf. »Wenn sie jetzt einen Krampfanfall kriegt …«

Sarah hielt sich die Ohren zu, und Reinhild wurde bewusst, dass sie über Sarah geredet hatte, als säße sie gar nicht mit am Tisch.

»Du darfst dir jetzt was anhören, Sarah, wo du selber mit drauf bist. Möchtest du das?«, fragte Zampone.

Sarah nahm die Hände von den Ohren und nickte. Reinhild gab ihr ein Taschentuch, beugte sich zu Noah hinunter, der im Schlaf wimmerte, und reichte ihm seinen Schnuller. Zampone holte ein klitzekleines Gerät aus der Tasche, das aussah wie ein Kompass. Er drückte darauf.

»Also heute Morgen, wo wir an den Strand sind und wo die Wassergimastik aus war. Ich hab den gesehen. Den Roberto halt. Der war in dem Boot. Ziemlich nah am Ufer.« Das war unverkennbar Sarahs Stimme.

»Wo denn genau?« Fischer. Pause.

»Da, hinter so ein Felsen. Ganz hoch war der. Ich bin da raufgeklettert und hab da runtergeguckt und da waren überall Steine. Das waren so Steine im Meer, da, wo das Boot reingefahren ist. Wie in so eine Wanne. Und da war dann das Boot. Das dem Roberto gehört. Die ›Rita‹ heißt das. Das stand auch da drauf: ›Rita‹ stand da. Da lag der drin. Er war da drin und hat Mittagsschlaf gemacht. Das war der Roberto.«

»Woher weißt du denn, dass er das war?« Fischer, mühsam beherrscht.

»Ganz einfach. Der hatte ein Pferdeschwanz. Und um den Kopf das weiße Band. Weil er doch der Koch ist.« Pause. »Der hatte bestimmt ein Sonnenstich. So ganz braun war der. Ich wollte ihm mein Mütze geben, aber da runter war gefährlich zu dem Meer. War ganz steil. Also bin ich wieder zurück zu der Oma.«

Zampone machte das winzige Gerät aus. »Du hast also gesehen, dass Roberto tot war. Du hast zwar nicht gelogen, aber du hast es nicht direkt gesagt. Und nichts von dem Blut. Wieso nicht?«

»Dann wäre der Justus böse gewesen. Und Opa und Oma hätten geschimpft.«

Zampone machte das Gerät wieder an.

»Du machst nichts wie solche Sachen.« Die Großmutter, in einem ausgeprägten Bodenseealemannisch.

Der Großvater: »Das hast du gut gemacht. Du hättest dich sonst schlimm verletzen können.«

Sarah, jauchzend: »Ich geh nicht allein ins Wasser. Hab ich Justus versprochen. Mach ich nie nie nie. Und ich kletter auch nicht runter, wenn da das Meer ist.«

Fischer: »Würdest du denn die Stelle noch finden?«

Sarah: »Weiß nicht. Da hinten kommt der liebe Herr Jesus.«

Zampone drehte den Saft ab. »Es sah irre aus. Ein Farbenspiel wie gemalt. Grau und rot die Wolken, türkis-, pink- und orangefarben das Meer. Darauf in Schwarz ein Stehpaddler. Der Himmel leuchtete auf und erstrahlte in einem kanariengelben Licht.«

Sarah lachte auf. »Dann war Sonne weg. Kam einer mit ein Gitarre, der hat ›O sole mio‹ gesungen. Hat die Oma, die weiß es sonst nicht mehr so, gefragt: ›Was treibt der Grasdackel denn?‹« Sie johlte vor Lachen.

»Bist du dann mit deinem Bruder nochmals zu dem Felsen gegangen?«

Sarah wurde wieder ernst, fast streng, und nickte. »Ja. Bin ich. Aber da war nix. Der Roberto mit sein Boot war wieder weg.«

»Ich glaube, es reicht«, meinte Reinhild. »Es wird auch nichts bringen, mit Sarah über die Steine zu kraxeln.«

»Wir haben lange gedacht, Sarahs Version, die sie offen und in allen Einzelheiten erzählt hat, stimmt.« Zampone stand auf. »Aber jetzt glauben wir das nicht mehr. Roberto Colleoni lebt. Umso interessanter ist das, was Sarah gesehen hat. Ich bin mir sicher, dass sie nicht lügt. Durch ihre … Besonderheit kann Sarah nämlich gar nicht lügen. Sie kann Dinge verdrängen und freilich verschweigen, doch wenn sie etwas ausspricht, sagt sie letztlich immer die Wahrheit. Dadurch wird sie für uns zu einer unverzichtbaren Zeugin.«

»Du sollst nicht über mich reden, wenn ich dabei bin«, sagte Sarah.

Reinhild runzelte die Stirn. »Also noch mal, wer ist *wir*? Und wie kann Roberto gleichzeitig tot und lebendig sein?«

Zampone setzte sich wieder und lächelte sibyllinisch. »Den Toten gab es wirklich. Er wurde auch beerdigt. Aber es war nicht Roberto Colleoni, sondern sein Genosse Carlo Scarivari, der Immobilienmakler aus Florenz, verkleidet und zurechtgemacht als Roberto. Wir sollten glauben, dass Roberto tot ist … Die Leiche wurde bereits exhumiert. Es wird DNA-Tests geben.«

Maria, die kein Wort verstanden, aber offenbar ein Gespür für gezielte Auftritte hatte, brachte endlich den Caffè.

»Dann hast du doch recht gehabt.« Sarah fasste nach Marias Arm und streichelte ihn. »Roberto ist gar nicht totgemacht, er war bestimmt in Neapel.«

»Und was hat das jetzt gebracht«, fragte Reinhild, »dieses Verhör?«

»Zeugenbefragung«, korrigierte Zampone. »Interessant ist in der Tat das Detail mit Neapel. Das hatten wir bisher nicht auf dem Schirm. Wir müssen herausfinden, wer der Verwandte war, der dort angeblich beerdigt wurde. Denn dort verliert sich Robertos Spur.«

Giulia und Klara, die im engen Hausgang standen und sich an der Stubentür die Ohren platt drückten, hatten genug gehört. Klara linste durchs Schlüsselloch. Die Küche lag auf der anderen Seite; Maria hatte sie nicht bemerkt.

»Komm, Kind«, flüsterte Klara. »Wir hauen ab.«

Hinter der Mutter her tappte Giulia nach draußen. »Aber Carlo sah doch gar nicht aus wie Roberto. Carlo war kleiner und schlanker, Schädel rasiert, Roberto hatte lange weiß-graue Haare …«

»Pst. Nicht so laut.« Klara schloss geräuschlos die Haustür hinter sich. »Ich nehme an, es war eine Wasserleiche. Sie war entstellt und aufgedunsen genug, um eine Identifizierung zu erschweren. Vermutlich haben sich die Leute, die Carlo obduziert haben, um seine Identität auch gar nicht wirklich gekümmert. Es wurde ja, wenn ich es recht weiß, ein mehr oder minder natürlicher Tod festgestellt. Sie haben ihn schließlich auch nicht im Fischerboot gefunden, sondern er wurde ans Ufer geschwemmt.«

»Der Tote, der im Boot lag, muss eine Perücke getragen haben. Zumindest, wenn es wirklich Carlo war.« Hintereinander gingen sie den gepflasterten Pfad hinunter zum Alfa. Giulia lief voraus. Links und rechts wucherte die Macchia. Hinter Wilden Pistazien wuchs ein Johannisbrotbaum.

»Oder er hatte Algen um den Kopf.« Klara blieb stehen, hob die Hände und zuckte die Schultern. »So sehr ich Sarahs Beschreibungen traue, der Anblick der Leiche hat sie so schockiert, dass nicht alles, was sie aussagt, zuverlässig ist.«

Giulia blieb stehen, drehte sich um und deutete auf das kleine Natursteinhaus. »Wir können die drei doch nicht einfach da drin zurücklassen. Sollen wir sie nicht mitnehmen?«

Klara schüttelte im Weitergehen den Kopf. »Reinhild bringt Sarah und den Kleinen schon sicher zurück. Die Mission ist ja nun erfüllt.«

»Schwebt Sarah nicht in Gefahr?« Giulia ging zögerlich weiter. »Ich meine, weil sie was weiß.«

Klara ging dicht hinter ihr und nahm sie am Arm. »I wo. Ihr glaubt doch sowieso keiner.«

»Zampone glaubt ihr.«

Klara grinste. »Ja, der Junge hat Verstand.«

»Du kennst ihn, scheint's?« Über die Schulter warf Giulia ihrer Mutter einen kurzen Blick zu. »Was ist das für einer? Ein Ermittler, denk ich, klar. Aber von welcher Seite? Was für eine Baustelle hat den geschickt?«

Klara schwieg. Sie stapften zurück zur Senke. Weit vor ihnen lag das Meer. Es war in einen Schleier gehüllt und entzog sich.

»Und jetzt?«

»Wir setzen uns ins Auto und warten.«

»Bis Zampone herauskommt?«

»Es wird nicht mehr lange dauern.«

»Wo hat er überhaupt seine Karre?« Giulia entriegelte die Türen und stieg ein.

»Er ist zu Fuß gekommen. Wir passen ihn ein Stück weiter unten ab.«

»So einer läuft doch keinen Schritt.« Giulia sah in den Rückspiegel, entfernte eine Wimper vom rechten Unterlid und strich durch ihre struppige grau-blonde Mähne. »Das ist doch eher ein Beamtenarsch, ein richtiger Schnösel. Aber wenn du meinst. Jedenfalls muss er hier runter und an uns vorbei. Einen anderen Weg gibt es nicht.«

Als sie auf dem Beifahrersitz saß, warf Klara ihr einen langen Blick zu. »Weißt du, dass du an Silvester eine Amnesie hattest? Eine dissoziative Störung, du bist mit einem Küchenmesser ohne Mantel durch das San-Lorenzo-Viertel geirrt und hast dich für Carlo gehalten.«

Giulia lachte. »Sehr witzig. Kann mich nicht daran entsinnen. Allerdings weiß ich noch, dass du zwischen den Jahren ziemlich durch den Wind warst.«

»Gestern Nachmittag warst du wirklich fertig mit den Nerven. Und jetzt wirkst du so gefasst. Es muss dich doch erschüttern. Was du eben erfahren hast …«

»Ich ahnte immer, dass Roberto lebt. Es gab dafür auch eindeutige Zeichen. *Er* gab mir Zeichen. Sein Schlüsselbund auf dem Küchentisch des Ristorante.« Giulia sah ihn vor sich. Mitsamt dem Fischanhänger. Der Fisch war der Geheimcode der Christenheit, »Ichthýs« hieß auf Griechisch »Fisch«: »I« stand für Jesus, »Ch« für Christus, »T«, »Ý« und »S« bedeuteten »Gottes Sohn, der Retter«. »Ichthýs« hieß aber auch der katholische Geheimbund, der Teil der toskanischen Mafia war. Die Fraternità, die sogenannte Bruderschaft, beherbergte die verbrecherische Loge oder Sekte und gab ihr Schutz. Giulia hatte angenommen, dass Roberto diesen Männern zu nahe gekommen, dass er womöglich selber einer von ihnen war. Dass er zu den Brigate Rosse gehört und die Partito della Guerriglia, die Guerillapartei, mitbegründet und aufgebaut hatte, wusste sie erst seit wenigen Stunden. Viola hatte nicht viel darüber preisgegeben. Vermutlich hatten Roberto und Carlo versucht, »Ichthýs« zu unterwandern.

»Was überlegst du?«, fragte die Mutter.

Nebeneinander saßen sie aufrecht auf ihren Sitzen und stierten geradeaus. Tropfen liefen in Schlieren über die Scheibe.

Giulia startete den Motor, kurvte ein paar Serpentinen hinunter und stellte das Auto an den Wegrand. »Ich habe dir immer noch nicht von der Mail erzählt. Sie stammt, wie gesagt, von Viola, und ich sollte sie zugestellt bekommen, nachdem sie ihr Leben lassen musste. Sie hat mir reinen Wein eingeschenkt. Ich habe es in über zwei Jahren nicht gemerkt, obwohl ich Roberto über Carlo kennengelernt habe. Carlo und Roberto waren Genossen, sie gehörten zu einer linksradikalen terroristischen Vereinigung. Sagt dir die Partito della Guerriglia, die Guerillapartei, was? Roberto war früher bei den Brigate Rosse dabei …«

»Ja so! Freilich!« Klara lachte. »Das kannst du deiner Großmutter erzählen.«

Mit dieser Reaktion hatte Giulia zuletzt gerechnet. »Ja, findest du das denn nicht interessant?«

»Interessant? Interessieren würde mich, wer ein Interesse daran hatte, den toten Carlo für Roberto auszugeben. Da kommt meiner Ansicht nach nur einer in Frage.«

»Und das wäre?«

»Roberto selbst.«

Giulia wollte nicht darüber nachdenken, was das konkret bedeutete. Dabei lag es auf der Hand. »Du meinst …«

»Ja, Julia. Die Wahrheit ist nicht immer angenehm. Aber ich fürchte, es wird darauf hinauslaufen, dass wir eines schönen Tages erfahren, auf welche Weise Roberto Colleoni seinen Kumpel Carlo Scarivari um die Ecke gebracht hat.«

»Das kann nicht sein.« Giulia schluckte. »Roberto ist kein Mörder.«

»Niemand sagt das, Kind.«

Am Himmel tanzten ein paar Wolken.

»Seit wann fährst du eigentlich wieder deine alberne Kind-Nummer? Sind wir nicht langsam aus dem Alter raus?«

»Sorry.«

»Schon recht.«

Sie schwiegen.

»Und dich juckt nicht einmal, dass es Terroristen waren?« Die Frage kam nur scheinbar unvermittelt. Giulia platzte fast. Sie schrie. Sie konnte es nicht fassen. »Ausgerechnet dich, wo du dein Lebtag lang gegen die RAF … Als Verfassungsschützerin muss dich das doch brennend …«

Die Mutter seufzte. »Ja, das täte es auch, wenn ich es glauben könnte. Die Brigate Rosse haben für die RAF eine wichtige Rolle gespielt. Eine noch kaum beleuchtete Rolle. Ich könnte mich heute noch mit Ruhm bekleckern, wenn ich hinter das eine oder andere unaufgeklärte Geheimnis käme. Da wär ich dabei.« Sie straffte sich. »Nun! Du hast eine Mail bekommen von irgendwem, unterzeichnet mit dem Namen Viola. Das ist der Name oder Deckname der Frau, die gemeinsam mit ihrem wie auch immer gearteten Partner an den Starkstrom angeschlossen wurde. Das sieht mir eher nach einem Racheakt von ein paar unterbelichteten Mafiosi aus.«

»Worauf willst du hinaus?«

»Das Milieu passt nicht. Was auch immer sie umtrieb, Viola und Alessandro waren keine Stadtguerilleros. Dann hätte ihre Biografie in einem Hungerstreik geendet. Oder im Kugelhagel eines tollpatschigen Bullen.«

»Warum hat Viola das dann postum behauptet?«

»Na, um vom eigenen Arbeitgeber abzulenken. Und um die Roberto-und-Carlo-Schmonzette unters Volk zu bringen. Wie kannst du denn einfach annehmen, dass dieser Mist stimmt? Und woher willst du überhaupt wissen, dass es sich wirklich um *dieselbe* Person, um diese Viola handelt, die das geschrieben hat? Und dass das, was da an Mumpitz zusammengerührt wurde, auch noch wahr ist?«

»Du hast dich ja nie für mein Leben interessiert. Du warst nie hier, du hast uns nie besucht, du hast Roberto überhaupt nicht gekannt. Er war schon seltsam. Wir haben ja nicht zusammengewohnt. Er ist oft tagelang verschwunden. Ich habe gedacht, es stecken andere Frauen dahinter. Es passt zu ihm, dass er als linker Terrorist im Untergrund lebte. Ich glaube es sofort. Es erklärt alles, und es entsetzt mich auch nicht.« Giulia holte tief Luft. »Ehrlich gesagt, ich bin total erleichtert. Wenn er tatsächlich in der Nähe der Mafia gewesen wäre, was ich irgendwann annehmen musste, wäre das doch viel schlimmer.«

»Das kann man so oder so sehen.« Klara sprach ihr jovialstes Honoratiorenschwäbisch. »Ich würde nicht behaupten, dass ein linker Terroranschlag moralisch sauberer ist als ein mafiöser Mord. Man kann den Teufel nicht mit dem Beelzebub austreiben. Aber solange ich keine Beweise dafür habe, dass Roberto Mitglied einer Terrororganisation war, tät ich sagen, noi, des glaub i ned.«

»Und wo willst du die Beweise herkriegen?«

»Wenn es welche gibt – von Roberto persönlich.«

»Und wer soll dich zu ihm führen?«

»Er.« Klara zeigte aus dem Fenster. »Was sag ich? Da marschiert er. Luigi Zampone, der Sekretär von Kardinal Stendal, dem Chef des Vatikanischen Geheimdiensts Pro Deo Due.«

17

Am Neujahrsnachmittag wurde es plötzlich warm in Florenz. Die Sonne schien mild und hüllte alles in ein goldenes Licht. Ihre Strahlen senkten sich wahllos auf all das nieder, was an Schönheit kaum zu überbieten war. Die Stadt wurde hell erleuchtet, Kirchen und Paläste erglühten und den Arno durchzog ein feuriger Kometenschweif. Die rote Kuppel des Duomo, der Kathedrale Santa Maria del Fiore, stand in Flammen. Irgendwie war es Brunelleschi gelungen, mit ihrer Laterne den Himmel zu berühren. Als er am 15. April 1446 starb, wurde sein Leichnam im Duomo aufgebahrt. In weißes Leinen gehüllt, ruhte er inmitten eines Kerzenmeers, mit leerem Blick starrte er hinauf in die Kuppel, die er gebaut hatte. Noch im Tod habe Brunelleschi die Steine gezählt, hieß es, als er beigesetzt wurde. Und jeder einzelne Stein sei leicht gewesen wie eine Feder. Seine letzte Ruhe fand er tief unten in der Krypta, sozusagen am Gegenpol der Kuppel, in der Gesellschaft eines Heiligen.

»Mit seinem Hauptwerk war Filippo Brunelleschi etwas gelungen, das die Materie transzendierte: Er hauchte der Kuppel der Kathedrale von Florenz menschliches Leben ein. Damit war er mehr als einer der führenden Architekten und Bildhauer der italienischen Frührenaissance, er war ein genialer Schöpfer und damit ein der Vollkommenheit dienendes Ebenbild Gottes.« Signora Martelli, die, mit einem Namensschild bewehrt, auf der Piazza del Duomo stand, umringt von einem Pulk staunender Asiaten, schaute streng in die Runde. Die Spitze ihres zusammengeklappten schwarzen Schirms dirigierte die sieben Kirchenglocken, die nun auf ihr Geheiß simultan zu läuten begannen.

»Diese Stadt ist zum Fremdschämen«, sagte Diego, der sich neben Luna her durch das Gewühl kämpfte. »Was bin ich froh, dass ich hier nicht mehr leben muss, Amore.«

»Wem sagst du das.« Luna stöhnte. Sie versuchte mehrmals, sich bei ihm unterzuhaken, doch sie wurden immer wieder von entgegenkommenden Passanten angerempelt und auseinandergerissen. »Der Besuch bei deiner Mutter war auch nicht gerade der Hit.«

»Sie ist wie immer. Maßlos mit sich selber beschäftigt.«

Luna seufzte. »Das sind meine Eltern leider auch.«

»Eigentlich mögen wir einander alle nicht.« Diego grinste. »Aber das kommt ja bekanntlich in den besten Familien vor.«

»Ich bin jedenfalls froh, dass Weihnachten und Silvester vorbei sind.« Luna lächelte ihn an. Sie küssten einander.

Am Bahnhof Firenze SMN stiegen sie um 15 Uhr in den Frecciarossa Richtung Milano Centrale, und ihnen gegenüber setzte sich ein Mann in einer ziemlich verbeulten und zerkratzten Lederjacke, dem es offenbar in letzter Sekunde gelungen war, für sich noch einen Platz zu reservieren.

August war von seinem Plan abgekommen, runter nach Rom zu reisen, obwohl er dort ein Zimmer und Dringendes zu tun hatte. Er fuhr in die alte Heimat, nach Konstanz, zurück. Eigentlich war ihm nicht recht wohl dabei, aber je länger er darüber sinniert hatte, desto klarer war ihm geworden, dass er den Schlüssel zur Wahrheit in den Händen hielt. Er durfte nicht zulassen, dass das Spiel ewig weitergetrieben und Justus von der ganzen Familie gedeckt wurde. Denn das war doch, bei Licht besehen, der Fall: Die Eltern gaben vor, mit ihm nichts mehr zu tun zu haben, und die Schwestern pflegten angeblich kaum noch Kontakt. August war plötzlich überzeugt, dass die Eltern mauerten und Esther und Hannah logen. Justus wurde geschützt. Heimlich hielten alle zu ihm und sorgten dafür, dass nichts von dem, was er getan hatte, ans Licht kam. Offenbar hatte Sarah keine Chance, bei irgendwem aus der Familie Gehör zu finden. Aber wieso bloß hatte Hannah ihr dann verraten, dass August nach Rom fuhr? Bestimmt, weil sie es nicht für möglich hielt, dass Sarah sich in den Zug schmuggeln würde.

Wenn er schneller war und vor Justus zurückkam, hatte August vielleicht die Möglichkeit, ein paar Dinge zu regeln. Er hatte sich mit seiner Familie nie verstanden, niemand war ihm je nahe gewesen, aber genau deshalb würde er sie jetzt alle einzeln zur Rechenschaft ziehen. Er würde mit allen abrechnen, nach Strich und Faden, mit einem Familienmitglied nach dem andern.

Das junge Paar, das ihm gegenübersaß, unterhielt sich leise auf Italienisch. Der dunkelblonde Mann erinnerte August vage an Giulia; aber eigentlich waren es nur die feingliedrige Nase und das weiche Kinn. Die üppige Frau war ebenfalls blond; sie war teuer und sehr modisch gekleidet und wirkte ein wenig mondän. Vermutlich waren es Norditaliener. In Mailand war Endstation. Die beiden stiegen vor ihm aus.

August musste nochmals in Zürich umsteigen, um drei viertel zwölf erreichte er mit dem Interregio endlich Konstanz. Der Zug hatte, obwohl er aus der pünktlichen Schweiz kam, eine halbe Stunde Verspätung. August hatte es eilig. Mit raschen Schritten ließ er das Bahnhofsgebäude hinter sich, dessen schmaler Turm, wie er nun erstmals erkannte, dem Palazzo Vecchio in Florenz nachempfunden war. Und machte sich schnell auf den Weg zum Hotel »Seeblick«, das Auf der Insel lag. Bis dorthin war es nur gut ein halber Kilometer. Doch die Strecke war unheimlich. Es war neblig und klamm. Die Konzilstraße wirkte düster. Darauf lag eine vereiste Schneeschicht. Kein Mensch war unterwegs. August passte auf, dass er nicht ausrutschte. Als er abbog in Richtung Stadtgarten, hörte er ein Keuchen hinter sich und blickte sich um, ob ihm jemand folgte. Doch da war keiner. Vielleicht ist es ein Tier, dachte August, ein Fuchs oder ein Igel, der sich im Dunkeln versteckt. Er ging noch schneller. Da tauchte schon die Leuchtschrift des Hotels vor ihm auf. Er hatte sich dagegen entschieden, wieder bei Hannah zu übernachten, und ein Zimmer gebucht. Es würde ihm ermöglichen, sich jederzeit zurückzuziehen, wenn er genug hatte.

»Sie haben Glück«, sagte das Mädchen an der Rezeption, »um Mitternacht machen wir dicht. Die Reservierung ist um achtzehn Uhr verfallen, aber das Zimmer wurde nicht neu vergeben. Bei Spätanreise brauchen wir die Kreditkartennummer …«

»Die haben Sie. Ich dachte, Sie seien rundum besetzt, deshalb habe ich nicht extra angerufen.« August checkte ein. Er bekam einen Code, mit dem er die Eingangstür öffnen konnte, obwohl er meinte, er wolle sowieso bald in sein Bett.

Er hatte die Zimmernummer 133, was er als gutes Zeichen nahm. Die Drei war schon immer seine Glückszahl gewesen. Das Zimmer war groß und freundlich. Er stellte seine Tasche ab, ließ sich auf das Bett fallen, griff nach seinem Handy und rief Hannah an. Er rechnete damit, dass sie ihn fragte, ob er wisse, wie spät es sei, doch sie rief nur: »Wo bist du?«

»Wieder in Konstanz.«

»Also hast du dich besonnen.« Das war keine Frage, das war eine Feststellung. Hannahs Stimme klang spröde.

August kapierte nicht, was sie ihm damit sagen wollte; offenbar hatte er etwas nicht mitgekriegt. »Was soll ich jetzt machen?«

»Sofort herkommen. Wir sind alle abwechselnd an ihrem Bett. Die Mutter ist gerade heimgegangen. Ich bin mit ihr allein, und um zwei Uhr kommt dann Esther.«

Es konnte sich nur um die Großmutter handeln. »Seit wann geht es?«

»Heute Morgen. Es hat wohl schon in der Nacht angefangen. Seitdem läuft es rasant bergab.«

»Weiß Justus Bescheid?«

»Ja freilich. Reinhild hat das Auto. Er hat sich in Florenz in den nächsten Flieger gesetzt und mit Sarah und ihrem Baby ab Zürich ein Taxi genommen. Jetzt ist er bei Sarah in der Wohnung. Sie hat einen Krampfanfall bekommen.«

Das hat gerade noch gefehlt, dachte August. Er schwieg.

»Die Oma hat die Sterbesakramente von ihm empfangen, und er wird am Morgen kommen, um mit uns den Rosenkranz zu beten.«

August seufzte.

»Du weißt doch, wo im Paradies das Pflegeheim ist.«

»Ich glaub schon.« Paradies. Schöner Name für einen Stadtteil. Und für ein Pflegeheim sowieso.

»Ganz hinten in der Rheingutstraße. Du musst klingeln. Die Nachtschwester macht dir auf. Dann kommst du einfach rauf. Erster Stock, Zimmer 133.«

133? Die gleiche Nummer wie sein Hotelzimmer? Was für ein gespenstischer Zufall, dachte August. Es konnte nichts Gutes bedeuten.

Hannah sprach mit gepresster Stimme. »Niemand weiß, wie lang sie noch kämpfen muss. Erschrick nicht, wenn du sie siehst. Man erkennt sie nicht mehr.«

August trank Wasser aus der Leitung. Dann ging er los. Wieder lief er zu Fuß und geschwind bog er ein in die Gartenstraße. Er hatte höchstens eine halbe Stunde Weg vor sich. Aber Dunkelheit und Nebel bildeten eine undurchdringliche Mischung. Man konnte schlecht sehen. Matte Laternen hüllten die Häuser in ein unwirtliches Licht. Sie standen da wie Pappwände, selbst die Bäume gehörten zu einer Filmkulisse. Um ihre Stämme häuften sich schwärzliche Schneeruder. Der Boden war gefroren. Der Asphalt glatt. Alles wirkte falsch und bedrohlich. Und es war noch frischer geworden. August zog die Schultern hoch. Die Kälte kroch ihm unter die Jacke. Es herrschte vollkommene Stille. Dennoch spürte er, dass jemand ihm folgte. Er fuhr herum. Doch da war keiner. Da war niemand, den man sah.

»Zeig dich!«, rief August. »Glaub bloß nicht, dass ich Angst vor dir habe.«

Justus war noch nicht zurück aus Florenz. Hannah hatte August angelogen. Ohne Not erfand sie eine Lügengeschichte. Sie wusste selbst nicht, warum sie das tat. Aber sie hatte Fischer einfach nicht erreichen können und Reinhild und Sarah auch nicht. Und sie wollte nicht auf die Mailbox sprechen und keine SMS schicken. Ernste Dinge durfte man nur direkt verhandeln, sonst machte es die Sache noch schlimmer. Hannah fühlte sich restlos im Stich gelassen. Dass sie mit allem allein war, ging August nichts an.

Wo man hinsah, war die Familie dysfunktional. Fast alle quälten sich mit psychischen Problemen und erzeugten wechselseitig seelischen Druck. Keiner tat dem anderen gut. Bei den Eltern führte es dazu, dass sie sich seit Jahren abschotteten und für überhaupt nichts mehr die Verantwortung übernahmen. Sie waren schlicht nicht greifbar. Dass sie scheint's miteinander auskamen, wunderte Hannah. Sonst vertrugen sie sich mit niemandem mehr. Hinter den Kulissen führten sie jahrelang einen erbitterten Krieg mit den Großeltern, den Eltern des Vaters, weil die nicht tatenlos zusehen wollten, wie der gute Name der Familie verkam. Die Fischers waren schließlich »ebber« in Konstanz, alteingesessene Schulmeister und Pfarrer, die von jeher zur Bildungselite und zu den Honoratioren der Stadt gehörten, gesegnet mit guten Partien und reichlich Nachwuchs. Sie waren im Kirchengemeinderat und im Kirchenchor, sie sammelten Spenden und feierten Feste für einen guten Zweck, sie organisierten Wallfahrten, unterstützten Andersbegabte, Bedürftige und Geflüchtete. Die gute Tat verhalf zu einem gewissen Nimbus. Opa und Oma Fischer waren ehrenkäsig, was Justus nicht wahrhaben wollte. Er verteidigte sie tapfer, und sonst interessierte es eh keinen. Nur Hannah regte sich darüber auf, und sie registrierte immer wieder verwundert, welcher ungebrochenen Beliebtheit sich ihre Familie in der Konstanzer Altstadt erfreute. Und wie die katholische St. Katharinen-Gemeinde vertrauensvoll darauf baute, dass bei den Fischers nach wie vor alles im Lot war. Der Glaube starb immer zuletzt, das galt auch für intakte Familienstrukturen. Selbst dann, wenn es bröckelte, wenn der Zusammenhalt Stück für Stück auseinanderbrach. Man durfte das Umfeld nicht enttäuschen. Man musste mittun und das Bild von der heilen Welt aufrechterhalten. Auch wenn es nirgendwo mehr funktionsfähige Strukturen gab, musste man doch so tun als ob. Im Kern drehte es sich weniger um die Fremdwahrnehmung als unmittelbar um einen selber. Es war nicht die Scham, die Lug und Trug überlebensnotwendig machte, auch nicht der Geifer nach Bedeutung. Auf dem Spiel stand die eigene Existenz. Da ging es nun tatsächlich am Ende darum, den Schein nach außen zu wahren, um nach innen nicht noch mehr Schaden anzurichten. Das war nicht nur Scheinheiligkeit, sondern es entsprang einem gewissen Selbsterhaltungstrieb. Beim Eingeständnis des eigenen Scheiterns wären die letzten Gewissheiten in sich zusammengekracht.

Hannah hatte immer alles zusammengehalten. Und keiner hatte es ihr gedankt. In den letzten zwei, drei Jahren war es immer mehr geworden, immer noch mehr Geschäft, und der Lohn wurde immer weniger. Sie hatte zwischen vier Generationen vermittelt. Zwischen den Streitereien von Großeltern und Eltern und dem dauernden Zwist der Geschwister. Und dann war, bei allem Übel, auch noch das Butzele gekommen. Hannah konnte Sarah damit nicht auch noch helfen. Sie hatte selber zwei Kinder, die sie großziehen musste, und Hannahs Mann Benedikt war im Haushalt eher im Weg. Er warf ihr seit Jahren vor, dass sie nie daheim war, sich um nichts kümmerte.

Das stimmte nicht, aber was wäre aus Justus ohne sie geworden? Sie hatte von jeher das Pfarrhaus gemacht, das Büro. Die Buchhaltung, den ganzen Papierkram, die Termine vom Herrn Stadtpfarrer. Er musste Sakramente spenden, Religionsunterricht halten, Kollegen vertreten, zuhören und Trost schenken, bis ihn ein Burn-out umwarf. Schließlich war er in der Psychiatrie gelandet. Hannah hatte dafür gesorgt, dass Justus auf der Reichenau seine Ruhe hatte. Und dass er nach seiner Auszeit wieder auf die Füße kam. Sie hatte Sarah versorgt. Sie hatte Esther in ihre Schranken gewiesen. Sie hatte bei den Großeltern den Haushalt gerichtet und den ganzen Fischer-Haufen gelenkt. Sie hatte sogar noch das Gemeindehaus geputzt. Und nebenher weiter die eigene Familie hochgezogen. Mimi und Noah waren noch arg klein gewesen, sie waren immer noch klein. Zu klein jedenfalls, um auf sich selber aufzupassen. Und Benedikt zog sich mehr und mehr aus dem gemeinsamen Alltag zurück und verschwand nach dem Schichtdienst wortlos in seinem Bastelkeller. Obwohl er im gleichen Pflegeheim arbeitete, in dem die Oma die letzten Monate ihres Lebens verbrachte, kümmerte er sich kein Stück um sie. Er ließ sie ebenso links liegen wie vorher den Opa. Um Sarah scherte er sich schon aus Prinzip nicht. Benedikt war der Meinung, dass die Schwestern das untereinander aushandeln sollten. Weil er ja schließlich nicht blutsverwandt war, sondern bloß eingeheiratet.

Dass Sarah mit über 30 ein uneheliches Kind bekam, war plötzlich nicht mehr aus der Welt zu schaffen. Und dass ihr Sohn dann ebenfalls Noah getauft wurde, hatte Hannah genauso wenig verhindern können. Auch das noch! Noah. Wie konnte Sarah ihren Sohn nur Noah taufen, wo Hannah bereits einen Noah hatte? Das war typisch: Sarah ahmte nach, was ihr gefiel. Die Namensgleichheit war ein Unding und hätte unter Cousins nicht passieren dürfen. Hannah hatte sich mit Händen und Füßen dagegen gewehrt. Umsonst. Denn Esther, die nach Justus kam, schon stramm auf die 40 zuging und als ältere Schwester mehr zu sagen hatte, wollte ihr nicht beistehen. Im Gegenteil, sie sah darin überhaupt keine Schwierigkeit. Dabei verstieß es eklatant gegen die Sitten und den guten Geschmack. Aber eigentlich war es nicht weiter verwunderlich, dass Esther ihr in den Rücken fiel und nicht am selben Strang zog. Schon länger waren sie sich in nichts mehr einig gewesen, und dieser permanente Zustand des Zerwürfnisses mündete allmählich in Feindseligkeit. Langwierige Konflikte und verbissene Streitereien führten bei Hannah zu einem Verbitterungssyndrom, aus dem sie nicht mehr herausfand. Sie war das Opfer.

Hannah gestand sich ein, dass sie sich mehr pflegen musste. Sie musste ihre strähnigen, schmutzig blonden Haare waschen, sie musste ihre Hände eincremen und die Fingernägel schneiden. Sie musste sich neue Jeans kaufen, die besser saßen, weil ihr die alten zu weit waren. Sie hatte aber keine Muße zum Einkaufen. Sie nahm sich zu wenig Zeit für sich, sie vernachlässigte ihr Aussehen, und so verlor sie nicht nur beizeiten ihre Attraktivität, sondern auch ihre Selbstachtung. Sie musste wieder mehr Sport treiben und regelmäßig essen. Aber erst einmal musste sie der Großmutter dabei zusehen, wie sie ihren Weg aus dem Leben fand.

Falls es Sterbende gab, die tatsächlich sanft entschliefen, gehörte die Oma jedenfalls nicht dazu. Sie lag auf dem Rücken in ihrem Pflegebett und zitterte, bebte, zuckte. Immer wieder bäumte sie sich auf. Obwohl sie schon seit Wochen nicht mehr sprach, stieß sie unartikulierte Laute aus, die etwas Tierhaftes hatten. Ihre spitzen Schreie gingen durch Mark und Bein. War sie ihr Lebtag lang höflich, still und sanft gewesen, im Sterben war sie das jedenfalls nicht mehr. Sie ging auf eine unheimliche Weise aus sich heraus und entäußerte sich maßlos. Hannah fand, dass man eine Sterbende nicht bremsen durfte, doch sie hätte ihrer Oma gern die überaus ersichtlichen Qualen erspart.

In Großmutters Antlitz fand eine unheimliche Verwandlung statt. Am Nachmittag war sie etwas ruhiger geworden, allerdings hatte sich dann aber mit einem Schlag ihr Gesicht verändert, war quasi aus der Form gesprungen; mit jedem rasselnden Atemzug dehnte es sich und zog sich wieder zusammen. Hannah hätte nie für möglich gehalten, dass die Mimik sich dermaßen ausweiten konnte, die Gesichtsoberfläche expandierte nach oben und unten, nach vorn und hinten. Die Muskulatur arbeitete wie wild, bis die Oma nicht mehr erkennbar war. Sie war restlos entstellt und bekam immer mehr violette Flecken. Nichts erinnerte daran, dass sie bis vor Kurzem eine schöne Greisin gewesen war.

Die Großmutter war zwar streng, aber dabei immer eine sinnliche Frau gewesen, zumindest den Enkeln gegenüber. Sie hatte Hannah oft auf ihren Knien geschaukelt und mit ihr Lieder gesungen. Hannah durfte sie streicheln. Nun, im nahenden Tod, wollte sie sich nicht mehr anfassen lassen. Ihr Körper versteifte sich, sobald Hannah ihn berührte.

Kurz nachdem August angerufen hatte, es ging noch nicht gegen Mitternacht, sprach die Großmutter drei Worte, sie sagte laut und vernehmlich: »Quälgeist! Griffel weg.«

»Warum?«, fragte Hannah vollends perplex.

»Wegen dem.« Die Oma schnalzte. Dann konnte sie endlich loslassen. Ohne noch einmal die Augen zu öffnen, hauchte sie aus. Ihr Gesicht erschlaffte, und weiß und spitz ragte die Nase hervor.

Hannah wartete, aber es kam kein weiterer Atemzug mehr. Die Oma war aus dem Leben gegangen. Hannah spürte keinerlei Erleichterung. Sie bekam einen roten Kopf, sie fing an zu schwitzen, ihr Herz raste. Erst jetzt, wo es vorbei war, zeigte sie Symptome der Angst. Das war vollkommen unnötig. Doch da sie damit gerechnet hatte, dass sich der Todeskampf noch Stunden hinzog, war sie irritiert und gleichsam überfordert. Sie fragte sich, ob sie jemanden holen musste. Sollte man die Oma jetzt waschen, ehe die Leichenstarre einsetzte? Waschen und umkleiden? Aber so schnell ging es ja dann auch wieder nicht. Hannah nahm ihr seidenes Halstuch ab und band es der Großmutter um den Kopf, damit der Kiefer nicht herunterfiel. Dann entfernte sie die beiden Zopfgummis und breitete die langen weißen Haare auf dem Kissen aus. Mit den Fingern fuhr sie hindurch. Die Haare fühlten sich seidig an. Die Oma sah aus wie ein Christkind. Das musste erst einmal langen.

Im Sterbezimmer roch es stechend nach etwas Süßlichem. Hannah sehnte sich nach frischer Luft. Sie würde die Familie von draußen anrufen. Also nahm sie ihren Mantel und ging hinaus. Vor dem Eingang des Pflegeheims stand August. Er rauchte eine Zigarette. Hannah hatte nicht gewusst, dass er rauchte. In der Familie wurde nicht geraucht.

Sie umarmten einander vage und körperlos. »Die Oma ist von uns«, sagte sie.

»Das tut mir leid«, erwiderte er, als gehörte er nicht dazu, als sei er keiner von den Angehörigen, keiner von den Enkeln.

»Sie hat es am Schluss etwas leichter gehabt.«

»Gut.« August nahm noch einen tiefen Zug und trat dann die Kippe aus. »Soll ich sie mir ansehen?«

»Gleich. Sag mir erst, warum du hier bist. Warum bist du zurück nach Konstanz gekommen?«

»Du hast mitgekriegt, dass Sarah in Florenz gelandet ist?«

Hannah nickte. »Verrückte Geschichte. Und dass sie sich ausgerechnet dich als Schutzengel ausguckt.«

»Das hab ich ja wohl dir zu verdanken. Du hast ihr erzählt, dass ich weiter nach Rom will …«

»Kann ich ahnen, dass sie hinter dir her in den Zug springt?« Hannah fror. Sie klapperte mit den Zähnen und schlang ihre Arme um die Schultern.

Es war nasskalt und düster. Der Himmel war bedeckt, das Pflaster grau. Zwischen Gehweg und Straße standen kahle schwarze Bäume.

August schluckte. »Wenn ich dich jetzt mal was frage, gibst du mir eine ehrliche Antwort?«

»Kommt darauf an.«

»Wer ist der Vater von Noah?«

»Na, Benedikt.«

»Mach keine Witze. Ich meine nicht *deinen* Noah. Ich rede von …«

»Keine Ahnung. Es geht mich nichts an.«

August atmete tief durch. »Eigentlich wisst ihr doch alle Bescheid, nicht wahr? Ihr wisst es, aber ihr haltet zusammen.«

»Wovon redest du? Mensch, die Oma ist noch lange nicht unterm Boden, und schon fängst du wieder Streit an. Kannst du eigentlich auch mal friedlich sein, kannst du mal nicht streiten?« Hannah zischte. Ihr Lid zuckte. Sie verlor bald die Beherrschung.

»In Florenz ist es mir wie Schuppen von den Augen gefallen. Ich hätte es schon vorher sehen sollen …«

»Was denn, sehen?«

»Ich möchte von jedem von euch eine Aussage.« August klang herrisch. Er klang wie früher der Vater.

»Hä?« Hannah stocherte mit der Stiefelspitze auf dem Boden, wo ein wenig nasses Laub lag. »Sag mal, spinnst du, dich hier als Richter aufzuspielen? Zumal ich nicht begreife, wegen was?«

»Du verstehst mich ganz genau.«

»Mach mal halblang, August. Willst du Justus vorwerfen, er habe nicht anständig auf Sarah aufgepasst? Sie ist eine erwachsene Frau. Sie hat genauso sexuelle Bedürfnisse wie du und ich, auch wenn unsere Eltern ihr das nicht zugestehen.«

»Gestehst du es ihr denn zu?«

»Wohl oder übel, ja.«

August grinste bitter. »Das wäre mir neu.«

»Was ist daran neu? Kommst du jetzt auch noch und machst ein Theater? Sie kriegt das mit dem Kind doch einigermaßen gebacken. Die Entscheidung, ins betreute Wohnen zu gehen …«

»Sie ist in der Wohngruppe, weil sie von Justus wegmusste.«

»Sie ist dort, um ein halbwegs selbstständiges Leben zu führen.« Hannah fiel ihm ins Wort und schnaubte. »Also gut, hast du auch dieses Gerücht gehört, Noah sei das Kind von einem Samenspender, und der Großvater habe das Ganze über Internet vermittelt … Der Opa hat selber behauptet, das sei die reine Wahrheit. Ich halte es für Quatsch. Aber gut, wenn's der Mutter hilft, mit der Existenz des Enkels fertigzuwerden … Von mir aus.«

»Hatte Sarah einen Freund?«

»Ja, sie hatte wohl auch einen Freund. Sie hatte immer mal was mit Männern, glaube ich. Auch mit solchen, die keine Trisomie mitbrachten. Und einer hat sie wohl geschwängert. Wer hätte schon gedacht, dass sie noch schwanger wird? Aber dann wurde sie's halt doch. Und über den Vater wird eben nicht geredet. Der ist in der Tat tabu. Vielleicht liegt es daran, dass er die Vaterschaft nicht anerkennt.« Hannah fing an zu heulen. »Hör mal, gerade eben ist die Oma gestorben, sie ist noch nicht mal richtig kalt …«

»Aber Sarah weiß doch, wer der Vater ist?«

»Das nehme ich stark an.«

»Justus ist der Vater.«

Hannah starrte August in Gesicht. Schweigend. Dann wich sie einen Schritt zurück und hob die Hände. »Du spinnst ja wohl. Du hast sie nicht mehr alle. Was bildest du dir ein? Was nimmst du dir heraus, so was zu behaupten? Das ist eine grausame Unterstellung, eine solche Gemeinheit …«

August legte den Kopf schief. »Komm runter, Schwester, und schrei hier nicht rum. Du wirst doch wohl zugeben, dass du auch schon auf diesen Gedanken gekommen bist. Das ist das Naheliegendste überhaupt.«

»Inzest? Inzest und Missbrauch? Missbrauch bei uns in der Familie?« Hannah schluchzte. »Justus würde so was nie tun. Er liebt Sarah. Nur weil er Pfarrer geworden ist und du die katholische Kirche hasst ... Du bist ja krank. Krank bist du. So was von krank, krank, krank.«

»He! Lass das! Bist du verrückt geworden?«

Ohne ein weiteres Wort sprang Hannah auf August zu, riss ihm die Brille herunter, rammte ihm das Knie zwischen die Beine, hieb mit den Fäusten auf seine Nieren und Ohren ein, zerschlug ihm die Nase, zertrümmerte einen Schneidezahn und zerkratzte ihm das Gesicht.

18

Am 2. Januar fuhren Fischer und Reinhild mit Sarah und Noah von Florenz nach Konstanz zurück. Sie brachen zeitig auf, weil sie noch in der Nacht die Nachricht ereilt hatte, die Großmutter sei von ihnen gegangen. Fischer, der gehofft und fest damit gerechnet hatte, sie bei seiner Rückkehr am Leben zu finden, war traurig und seltsam in sich gekehrt. Der Streit mit Reinhild war fürs Erste begraben. Er tröstete sie, weil sie den Laptop umsonst mitgenommen hatte. Sie hatte keine Zeile an ihrer Hausarbeit geschrieben.

Noah brüllte und schlief ein. Sarah weinte auf der Rückbank. Seitdem der Großvater gestorben war, hatte sie klare Vorstellungen vom Tod, und sie nahm das alles sehr persönlich. Obwohl sie felsenfest daran glaubte, dass die Oma jetzt zum Opa in den Himmel kam, haderte sie damit, dass sie beide nicht mehr besuchen konnte. »Ich seh die nie mehr. Oder nur erst wieder, wenn ich in echt im Paradies bin. Also so richtig im Paradies und nicht bloß in Konstanz.«

Reinhild drehte sich zu ihr um und lächelte. »Dafür sehen sie dich. Sie sitzen zusammen auf einer Wolke und schauen zu dir runter.«

»Du schwätzt Blech. Du Blöde.« Sarah schimpfte und fing leicht an zu krampfen. Sie fing sich aber schnell wieder.

»Sei nicht gleich sauer, Sarah. Es gibt Leute, die glauben das wirklich. Warum denn auch nicht?«

Fischer fuhr. Der Daimler schnurrte. Die Berge versenkten sich hinter einer Wand aus Nebel. Reinhild döste und Sarah sang. Sie nahmen die schnellste Strecke über die E 35, die A 1 und die A 13 und machten nur eine Pause, um auf die Toilette zu gehen und Noah zu wickeln und zu füttern. In unter sieben Stunden hatten sie 660 Kilometer geschafft. Als sie ankamen, war es noch fast hell. Fischer parkte auf seinem Garagenplatz, und durch die Fußgängerzone ging es heim ins Haus der Großeltern, wo Fischer mit Reinhild wohnte. In der Zollernstraße erglommen sirrend die Straßenlampen.

Die Oma lag friedlich im Keller. In einem Regal standen Eimer und Putzmittel, daneben lehnten Schrubber und Besen. Außerdem gab es eine Reihe von Einbauschränken. Es war eine Art Abstellkammer, in der die Toten zwischengelagert wurden, wenn anderswo kein Platz mehr war, ehe man sie vom Pflegeheim ins Bestattungsinstitut fuhr und von dort aus in die Friedhofskapelle. Die letzte Reise umfasste also mehrere Etappen, die mit dem Aufzug, dem Auto und auf einem Sargwagen zurückgelegt wurden. Das Abseilen kam erst ganz zuletzt.

Reinhild nahm an, dass Hannah übertrieben hatte. So schlimm konnte der Todeskampf nicht gewesen sein. Die Großmutter hatte glatte, wächserne Haut, die sich kühl und klar anfühlte wie Porzellan. Ihr Gesicht war gelb und eingefallen, es war übersät mit blauvioletten Flecken, doch ihren Mund umspielte ein gütiges Lächeln.

»Die Stellen hat sie schon vorher gehabt.« Hannah zeigte auf Omas Wange. »Ich nehme an, es kommt vom Herz.«

Das spielt jetzt auch keine Rolle mehr, dachte Reinhild. Es ist so was von egal. Mit Hannah, Justus, Sarah und dem quengelnden Noah stand sie um das Pflegebett herum. Sie plagte eine Ungeduld, die sie niederkämpfte.

»Sie hat alles allein geschafft. Ich musste ihr nicht einmal die Augen zumachen.« Hannah heulte.

Sarah drückte ihr das Baby in den Arm. »Nimm den mal.«

Dann lupfte sie die Decke und schlüpfte neben die Großmutter.

»Was treibst du?« Justus fasste sie am Arm. »Komm da geschwind wieder raus. Es kann nämlich nass sein.«

»Ist aber nicht nass.« Sarah schloss die Augen. »Ich flieg jetzt mit der Oma in den Himmel. Gell, Oma? Pfft!«

Sie drehte sich um, fasste nach ihrer Hand und gab der Großmutter einen Kuss. Dann stand sie wieder auf, nahm Noah, der weinte, und wiegte ihn.

»Die Eltern sind schon da gewesen. Esther auch. Und mehr kommen wohl nicht«, eröffnete Hannah. »Morgen früh wird die Oma hier abgeholt. Die bringen den Sarg, und ich bette sie mit dem Bestatter zusammen hinein. Ihr braucht euch nicht zu kümmern, ich regele das. Ich schlage vor, dass wir den Sarg dann gleich verschließen.«

Reinhild wunderte sich, wie Hannah frei zwischen frischer Trauer und krudem Pragmatismus flottierte. Noah beruhigte sich. Gemeinsam beteten sie ein Vaterunser. Und ein Ave Maria. Dann nahmen sie den Notausgang und liefen durchs Treppenhaus wieder nach oben. Sie waren zu Fuß gekommen. Im Flur stand der Kinderwagen. Dort wartete auch Sarahs Gepäck.

Fischer bot an, Sarah und Noah zurück in die Wohngruppe zu bringen. Er hatte dort bereits angerufen, und sie wurden erwartet. Hannah fragte Reinhild, ob sie Lust habe, mit ihr was trinken zu gehen. Reinhild war verwundert. Hannah hatte sie noch kein einziges Mal zu etwas eingeladen, und sie war keine Frau, die in Bars und Kneipen herumhing.

»Klar«, sagte Reinhild. »Ich hab auch schon eine Idee, wo wir hingehen.«

Fischer küsste sie zum Abschied auf den Mund. Sie verabredeten, dass Reinhild mit Hannah einen Apéro nahm. Hannah meinte, dass sie dann nach Hause müsse, Benedikt sei mit den beiden Kindern schon den halben Tag allein.

Plötzlich fing Sarah an, umherzutappen und wie wild zu schluchzen, und Reinhild fürchtete, dass es in einen Krampfanfall überging. Doch genauso unvermittelt, wie es angefangen hatte, hörte das Herumtanzen und Weinen wieder auf. Sie sagte keinem Ade, sondern drehte ihnen den Rücken zu, ließ alles stehen und liegen und rannte mit Noah im Wagen davon.

»Es ist alles zu viel für sie.« Fischer sah ihr lächelnd hinterher und griff nach ihrem Rucksack. »Sie ist überdreht und bald total erschöpft. Kein Wunder. Na dann – nichts wie hinterher.«

Reinhild nahm Hannah mit in die »Heimat Bar« in der Schreibergasse, was nicht direkt ums Eck lag, aber dafür auf dem Weg in die Zollernstraße. Unter der Woche machte sie um sechs schon auf. Die Kellerkneipe hatte Steinwände, und Reinhild fand das Ambiente ganz passend.

Sie bestellten beide sauren Sprudel und ein Glas Grauburgunder. Reinhild hatte noch nie gesehen, dass Hannah Alkohol trank.

»Du musst mir helfen. Morgen früh.« Hannah seufzte.

Offenbar, dachte Reinhild, tritt sie aus ihrem Opferstatus endlich heraus, indem sie sich wenigstens Hilfe holt. »Jederzeit. Wobei denn? Soll ich auf deine Kinder aufpassen?«

Hannah sah sie an und schüttelte leise den Kopf. »Um halb acht kommt der Schreiner und bringt den Sarg. Die Polster, Kissen und Decken habe ich heute selber genäht. Wir müssen den Sarg damit nur noch auskleiden. Um neun kommt der Bestatter, der die Oma mitnimmt. Wir haben geschlagene eineinhalb Stunden Zeit.«

»Für was?«

»Na, das wirst du dann schon sehen.«

Als Reinhild eine halbe Stunde später heimging, war sie wie vor den Kopf geschlagen. In nüchternen Worten hatte Hannah ihr erklärt, was passiert war. August war noch einmal zurückgekommen. Er war von Florenz zurück nach Konstanz gefahren, um der ganzen Familie den Skandal aufzutischen. Er wollte sich jeden einzeln zur Brust nehmen, um sie am Ende allesamt in

Grund und Boden zu verdammen. Er behauptete, Justus Fischer sei der Vater von Noah.

In der vergangenen Nacht hatte es Streit gegeben, der Streit war eskaliert. Nun kauerte August in der Besenkammer, und Hannah hatte einen teuflischen Plan, wie sie ihn entsorgen konnte. Dafür brauchte sie Reinhilds Unterstützung, weil sie allein nicht kräftig genug war. Sie hatte es zwar geschafft, Augusts Leiche ins Haus und mit dem Aufzug ins Untergeschoss zu schaffen, aber in dem Zustand, in dem er sich jetzt befand, würde sie ihn nicht in den Sarg hineinbekommen. Das war eine tüchtige Portion Arbeit.

Reinhild fürchtete, dass Hannah völlig umsonst derartig überreagiert hatte. Es war klar, dass August sich irrte. Fischer war nicht der Vater. Es ging nicht um Missbrauch. Die Umstände waren viel komplizierter gewesen. Doch es war vielleicht nicht der richtige Zeitpunkt, um das Hannah zu erklären. Zwar hätte es einen gehörigen Wirbel verursacht, wenn August seine Weisheit ausgepackt hätte, aber die Wogen hätten sich wieder geglättet. Nun war er tot, und wie er umgekommen war, daran konnte sich Hannah angeblich nicht erinnern. Dass er sterben musste, war unnötig. Verwundert merkte Reinhild, dass sie trotzdem kein Mitleid mit ihm hatte. Sie kannte Fischers jüngeren Bruder kaum, und er war ihr nie sympathisch gewesen. Sein Tod machte ihr nichts aus. Vielleicht spielten dabei auch gewisse Episoden ihres Vorlebens eine Rolle. Eine Weile hatte sie für den Dschihad gekämpft. Sie war dafür bis nach Syrien gegangen, in ein Trainingslager von radikalfeministischen Muslima. Mit der kleinen Kalaschnikow hatten sie in der Wildnis auf Hasen geschossen, ihnen das Fell abgezogen, sie ausgenommen und über dem Feuer wie Spanferkel gebraten. Die Löffel waren schön knusprig gewesen. Darüber war Reinhild zur Pazifistin geworden. Wenn es sich machen ließ, lebte sie vegan. Am liebsten aß sie sowieso Rohkost. Das war die gute Seite des Unheiligen Krieges. Die schlechte war, dass sie vieles miterlebt hatte, was sie in den

Nächten verfolgte. Sie sah immer noch die aufgespießten Köpfe vor sich, die damals die Straßen der Vororte von Raqqa säumten. Die Idee, sich den Islamisten anzuschließen, war komplett idiotisch gewesen. Allerdings qualifizierte sie Reinhild dafür, diese Sache mit Hannah vollends durchzuziehen. August war tot, nichts konnte ihn wieder zum Leben erwecken, somit war es egal, was im Nachhinein noch mit ihm passierte. Hauptsache, er konnte keinen weiteren Schaden anrichten.

Als Reinhild nach Hause kam, war Fischer eben dabei, Zwiebeln zu schneiden. Er stand in der Küche und schniefte. Aus den Boxen drang verhaltene Musik. Gerade eben hatte er die »Deutsche Messe« eingelegt, Schubert hob an: »Wohin soll ich mich wenden, wenn Gram und Schmerz mich drücken?«

Hannah konnte sich an die Tat nicht im Geringsten erinnern. Sie hatte einige Taekwondogriffe angewandt, die sie im Selbstverteidigungskurs für Frauen gelernt hatte, und obwohl sie die Reihenfolge durcheinandergebracht und ein paar Fehler gemacht hatte, wirkte es wohl Wunder. Wunder insofern, dass ihre Technik voll funktionierte. August kam nicht einmal mehr dazu, sich anständig zu wehren. Das war eindeutig Körperverletzung. Mord und Totschlag war es sicherlich nicht. Davon kam niemand zu Tode. Das brachte keinen um. Doch das nächste Bild, an das Hannah sich entsinnen konnte, war August, der zusammengekrümmt auf dem Boden lag. Sie beugte sich zu ihm hinunter, legte ihn auf den Rücken, kontrollierte seinen Atem. Er schnaufte nicht mehr, er war tot. Sie versuchte noch, Erste Hilfe zu leisten. Sie riss sein Hemd auf und probierte es mit Herzmassage. Sie beatmete ihn, obwohl er aus dem Mund blutete.

Keiner kam. Die Nachtschwester war drinnen beschäftigt, und draußen war kein Mensch mehr unterwegs. Der Wiederbelebungsversuch war extrem anstrengend, Hannah bebte und keuchte. Als alles nichts half, ließ sie von ihrem Vorhaben ab und zerrte ihren Bruder durch den Eingang bis zum Aufzug. Im Keller fand sie die Abstellkammer und verstaute die Leiche im Einbauschrank. Dass die Großmutter sich dazugesellen würde, war zu dem Zeitpunkt noch völlig unklar, und Hannah hatte keinerlei Plan.

Nachdem sie in Florenz allerlei Kurioses erlebt hatte, kam Reinhild die Entwicklung dieses Konflikts erschreckend banal vor. Ein Rätsel blieb aber doch: Woran war August gestorben? Gab es eine tödliche Waffe? Oder war er einfach nur ausgeglitten und mit dem Hinterkopf auf die Bordsteinkante geknallt? War es am Ende nur ein unglücklicher Unfall? Und war es womöglich so schnell gegangen, dass Hannah gar nicht genau gesehen hatte, was passiert war? Dann hatte sie womöglich gar keine Erinnerungslücke. Und keinen Schockzustand, von dem sie ausgelöst wurde.

Reinhild glaubte, dass Hannah ihr die Wahrheit sagte.

Hätte sie gelogen, wäre ihr die Geschichte glatter über die Lippen gekommen. Auch traute Reinhild ihr nicht zu, dass sie sich so ein Unglück ausdenken konnte. Hannah fand schon wesentlich zahmere Geschehnisse geschmacklos, und sie lebte in ständiger Furcht davor, sich zu versündigen.

»Was ist mit dir?«, fragte Fischer. »Du bist so still.«

Reinhild hockte am Küchentisch und stierte vor sich hin.

Er ging zu ihr und nahm ihren Kopf in beide Hände. »Ich verstehe ja, dass dir unser Krach noch nachgeht. Das ist bei mir nicht anders. Aber lassen wir diesen Mist doch in Florenz.« Er lächelte. »Es bringt manchmal nichts, etwas aufzuarbeiten. Das habe ich während der Therapie gelernt. Vielleicht ist das überhaupt der tiefere Sinn jeder Therapie, dass man die Dinge einfach akzeptiert. Verstehst du? Ich möchte über Giulia und Klara und diesen ganzen Familienquatsch in der Toskana im Augenblick nicht mehr sinnieren. Es bringt uns nichts, und es tut uns auch nicht gut. Die machen dort ihr Sach, und wir machen hier unseres. All das komische Zeugs, das dort passiert ist, kommt mir sowieso nicht koscher vor. Da stinkt einiges zum Himmel. Und ob dieser Roberto wieder auftaucht und unter welchen Umständen das passiert, haben wir eh nicht in der Hand.«

»Machst du es dir da nicht ein wenig einfach?«

»Es gibt Spaghetti mit Meeresfrüchten.« Fischer strich Reinhild übers Haar. »Ich habe noch welche in der Gefriere gefunden. Dazu ein Salat. Ich hoffe, das schmeckt dir.«

»Also gut. Ich decke drüben den Tisch.« Reinhild nahm seine Hand und erhob sich. »Und übrigens, ich muss morgen früh weg. Hannah hat mich gebeten, mit ihr das Zimmer im Pflegeheim auszuräumen.«

»So schnell? Hat das nicht Zeit, bis die Oma unter der Erde liegt?«

Reinhild seufzte. »Du weißt doch, wie das ist. Kaum ist ein Bewohner tot, wird das Zimmer schon an den nächsten vermietet. Die Wartelisten sind lang.«

Als am Freitagmorgen um viertel zehn der Leichenwagen kam, war alles erledigt. Die Oma lag im Sarg, und ihren Mund umspielte ein grashalmfeines Lächeln. Das Bestattungsunternehmen hatte zwei Mitarbeiter geschickt, die speckige schwarze Straßenanzüge trugen und nur wenig Deutsch konnten. Der eine war rothaarig, dünn und voller Sommersprossen, der andere war untersetzt und hatte ein Glasauge. Sie gaben Hannah und Reinhild die Hand und kondolierten. Ihre Namen waren unaussprechlich.

Hannah führte sie in die Abstellkammer. »Wir haben die Großmutter schon in den Sarg gebettet. Bei uns ist es üblich, dass die Familie das macht.«

»Wir haben an alles gedacht«, erklärte Reinhild. »Wasserdichte Decken, saugfähige Polster.«

Hannah nickte. »Und der Oma auch Windeln angezogen.«

Sie warfen einen letzten langen Blick auf das friedlich entschlafene Antlitz der Großmutter. Es war nicht das einer Schlafenden, sondern sie hatte sich vollends aus der Welt zurückgezogen. Ihre bis zur Unkenntlichkeit entstellten Züge hatten sich tatsächlich entspannt. Doch der Kopf war geschrumpft, das Gesicht eingefallen. Der Ausdruck war zur Gänze erloschen, und nichts deutete auf ein Leben im Jenseits hin. Gemeinsam mit den beiden Bestattern schlossen Hannah und Reinhild den Sargdeckel und befestigten an den Seiten die Nägel. Zu viert hoben sie den Sarg auf den Sargwagen.

»Ist schwer. Schwer!« Der Rothaarige stöhnte.

»Die Oma ist sehr dick gewesen«, sagte Reinhild. »Entsetzlich dick. Und sie hat Wasser eingelagert.«

»Sieht aber nicht aus wie das«, erwiderte Glasauge.

»Ja«, meinte Hannah, »im Tod wirkt ihr Gesicht sehr schmal. Aber das täuscht.«

»Zuletzt hat sie über 100 Kilo gewogen«, pflichtete Reinhild ihr bei, weil sie begriff, dass Hannah nicht lügen wollte. Die Oma war leicht gewesen wie eine Feder.

»Gewicht ist Gewicht.« Der Rothaarige nickte.

Hannah gab beiden jeweils 20 Euro Trinkgeld. Das war angemessen. Man sollte es nicht übertreiben. Sie fuhren mit dem Aufzug hinauf ins Erdgeschoss und schoben den Sarg vom Sargwagen auf die Ladefläche des Leichenwagens, der direkt am Eingang parkte. Die beiden Bestatter fuhren mit der Großmutter davon. Hannah und Reinhild winkten.

»Und was machen wir jetzt?«, fragte Reinhild.

»Ist doch klar. Wir gehen frühstücken«, antwortete Hannah. »Ich habe einen Riesenhunger.«

Am Montag war das Fest der Heiligen Drei Könige, ein Feiertag, an dem im Bestattungsunternehmen nicht gearbeitet wurde. Der Sarg stand auf einem niedrigen Wagen im Kühlraum. Am

Dienstagnachmittag wurde die Großmutter endlich beerdigt. Um drei viertel zwei scharten sich Trauben von Menschen auf dem Kirchplatz. Längst nicht alle waren dunkel gekleidet – es war ein ziemlich buntes Volk, das ins Kirchenschiff strömte. Bereits nach dem Zusammenläuten war die St. Katharinenkirche fast voll. Es wurden an die 300 Leute, vielleicht auch ein paar mehr. Das war fast so viel wie in der Heiligen Nacht. Der ungewöhnlich große Zulauf hatte unmittelbar mit der Beliebtheit der Großmutter zu tun. Und mit ihren vielfältigen Aktivitäten. Trotz ihres hohen Alters hatte die Oma bis zum Ausbruch ihrer Demenz mitten im Leben gestanden. Der Turnverein war gekommen, der Jahrgang, der Kirchengemeinderat, die Kolpingsfamilie. Die südbadischen Landfrauen waren da, die Narrengesellschaft, der wanderbegeisterte Handarbeitsclub »Die Laufmasche« und die Selbsthilfegruppe »Andersbegabt«. Vereine und Verbände füllten die mittleren Ränge. Dahinter reihten sich die bigotten Witwen auf, die zu jedem Begräbnis gingen. Ganz hinten scharten sich die ordentlichen Gemeindemitglieder, darunter die zahlreichen Christen, die vor einigen Jahren aus Syrien geflüchtet waren. Sie standen bis zum Portal. Der Kirchenchor sang. In den ersten drei Reihen waren die Angehörigen vereint: Vorn links saßen Justus Fischers Eltern, daneben in der Abfolge des Geburtsjahrs seine Schwestern, Esther mit Familie, Hannah mit Familie, Sarah mit Noah. Die zweite und dritte Bank füllten Tanten und Onkel, Cousins und Cousinen, Geschwisterkinder. Die Verwandtschaft war groß, auch von Mutters Seite fehlte keiner. Alle waren da bis auf einen. Doch dass August, ein Einzelgänger und Sonderling, der nie jemanden hatte und stets allein war, sich auf die Trauernachricht nicht meldete und unerreichbar blieb, verwunderte niemanden.

Obwohl er seine Soutane an den Nagel gehängt hatte, hielt Fischer die Totenmesse, die das mehrstündige Ritual eröffnete und der Trauerfeier und dem Leichenschmaus voranging. Neben ihm stand, auf dem mit Seidentüchern verkleideten Wagen, der geschlossene Sarg. Er war mit einem Herz aus roten Rosen geschmückt. Fischer besprenkelte ihn mit Weihwasser und zitierte den Psalm 23, »Der HERR ist mein Hirte« und so weiter. »… und ich werde bleiben im Hause des HERRN immerdar«, schloss er, ehe er sich hinters Pult stellte, zum Sarg hinüberblickte und zur Großmutter sprach. Er ließ ihr gesamtes Leben Revue passieren.

Die Kirche war aus Beton und besaß die Form eines Schiffs. Sie stammte aus den 1960er-Jahren und stellte eine Arche dar. Bunt verglaste Bullaugenfenster, ein grober Holzplankenboden, ein Tabernakel aus Pflastersteinen. Bänke, Altar und Lesepult waren windschief, denn sie waren von einer Beschützenden Werkstätte nach eigenen Vorstellungen gefertigt. Nirgendwo hing ein Kreuz. Ein riesiges Wandgemälde zeigte einen expressiven Jesus, der die Hände seitlich gen Himmel streckte. Obwohl es das Kreuz erahnen ließ, war das Kreuz selber nicht sichtbar. Diese Darstellung eines damals in der Region namhaften, inzwischen vergessenen Künstlers hatte seinerzeit den Kirchengemeinderat gespalten, unter den Gläubigen zu Tumulten geführt (in einigen Fällen ging das bis zum Kirchenaustritt) und in der Lokalzeitung für Streit gesorgt. Sie verstörte noch immer. Ganz im Gegensatz zum barocken Beichtstuhl, der als einladender Fremdkörper an der Seite stand, neben ihm eine kindshohe, schweißglänzende Madonnenfigur.

Nach kurzem Zögern hatte sich Reinhild nicht zur Familie gesetzt, obwohl Sarah ihr stürmisch gewunken hatte. Sie hatte dort nichts verloren. Solange sie nicht mit Fischer verheiratet oder wenigstens verlobt war, galt sie als illegitim und unzugehörig. Und es war nicht einmal sicher, dass eine Ehe daran etwas ändern würde. Als katholischer Pfarrer hatte Fischer sich an den Zölibat zu halten und im Amt zu bleiben, zumal bei dem eklatanten Fachkräftemangel, der in seinem Bereich vorherrschte. Reinhild hockte für sich allein in der vollen Kirchenbank, ganz links außen, am Rand der linken achten Reihe, die traditionell den Frauen zugedacht war, neben den Witwen. Viele von ihnen trugen einen Hut. Es waren die gleichen Modelle, die es schon in Reinhilds Kindheit gegeben hatte. Und vermutlich schon lange davor. Reinhild dachte, dass huttragende Witwen vermutlich nachwuchsen wie Äpfel an den Bäumen. Als sie sich nach der Eröffnung und während des Schuldbekenntnisses nach hinten drehte, sah sie, wie die Syrer über ihre Köpfe hinweg ein Transparent hissten. Darauf stand: »Pfarrer Fischer, wir brauchen Dich, komm zurück in Deine Gemeinde!«

»Kyrie eleison«, sang Fischer. Er blickte auf das Spruchband, und ein Grinsen lief über sein Gesicht. Er nickte aufmunternd.

»Christe eleison«, kam das Echo der Gemeinde.

Fischer sprach das Tagesgebet, dann trat Sarah nach vorn. Als Lektorin las sie aus dem Buch Kohelet vor, in dem der Prediger Salomo sprach: »Ein jegliches hat seine Zeit, und alles Vorhaben unter dem Himmel hat seine Stunde: Geboren werden hat seine Zeit, sterben hat seine Zeit; pflanzen hat seine Zeit, ausreißen, was gepflanzt ist, hat seine Zeit; töten hat seine Zeit, heilen hat seine Zeit; abbrechen hat seine Zeit, bauen hat seine Zeit; weinen hat seine Zeit, lachen hat seine Zeit; klagen hat seine Zeit, tanzen hat seine Zeit; Steine wegwerfen hat seine Zeit, Steine sammeln hat seine Zeit; herzen hat seine Zeit, aufhören zu herzen hat seine Zeit; suchen hat seine Zeit, verlieren hat seine Zeit; behalten hat seine Zeit, wegwerfen hat seine Zeit; zerreißen hat seine Zeit, zunähen hat seine Zeit; schweigen hat seine Zeit, reden hat seine Zeit; lieben hat seine Zeit, hassen hat seine Zeit; Streit hat seine Zeit, Friede hat seine Zeit.«

Reinhild liebte dieses Bibelzitat, und sie rührte Sarahs Mut, es stockend und mit Inbrunst vorzutragen. Zum Schluss faltete Sarah die Hände und rüttelte sie. Reinhild blieb aufmerksam dabei bis zum Glaubensbekenntnis. Im Stehen schweifte sie dann plötzlich ab und blickte sich im Raum um, als suchte sie etwas. Sie starrte nach oben auf die dicken dunkelbraunen Balken. Die Kirche war nicht übertrieben hoch, aber auch nicht so niedrig, dass einem die Decke auf den Kopf fiel. Die Proportionen stimmten irgendwie, der Raum wirkte harmonisch. Komisch, überlegte Reinhild, ein großer Wurf ist diese vergleichsweise kleine Kirche nun wirklich nicht, was ist hier nur so anders als in Florenz? Und um so vieles angenehmer? Die Kirchen dort sind errichtet, um die Gläubigen einzuschüchtern. Diese Kirche ist gebaut, um ihnen Geborgenheit zu geben. Aber ist es dann überhaupt eine richtige Kirche? Zeichnen sich Gotteshäuser nicht gerade dadurch aus, dass sie den Besuchern die irdische Heimat verweigern? Reinhild dachte an das Unbehagen, das sie in den florentinischen Kirchen und Kathedralen empfunden hatte. Es wurde ihr erst jetzt im Nachgang völlig bewusst. Um sich nicht verrückt zu machen, hatte sie den Zustand verdrängen müssen. Nun stand es ihr glasklar vor Augen: Sie war von einem Grauen heimgesucht worden, das mit dem Mysterium der Unendlichkeit zu tun hatte, mit der Unfasslichkeit überbordender Schönheit, die direkt in die Ewigkeit mündete. Nirgendwo kam man sich ärmlicher und sterblicher vor als im Angesicht der ästhetischen Perfektion. Im Vergleich dazu war die St. Katharinenkirche bodenständig und bieder, ihr fehlte jeglicher Zauber, selbst die städtische Eleganz ging ihr ab – allenfalls hatten hier ein paar Lokalgrößen vom Bodensee provoziert, indem sie das Skandalöse einbrachten und durchsetzten, was sie für Kunst hielten. Nicht nur der Architekt und der Künstler hatten ihre aufrührerischen Ideen verwirklicht, sondern auch die Handwerker selbst und der zusprechende Teil der Gemeindemitglieder. Fischers

Großvater hatte erzählt, der Bau der St. Katharinenkirche sei ein basisdemokratisches Unterfangen gewesen mit subversivem Potenzial und einem Hang zur Revolte. Das hatte mit der Protestbewegung der 1960er-Jahre zu tun, die eben auch vor der Kirchentür nicht haltmachte.

Einen größeren Gegensatz zur traditionellen Kleruskultur konnte sich Reinhild nicht vorstellen. Statt Protz und Prunk ging von hier Demut aus, Demut und Erbarmen, dachte sie, das ist es, was ich in dieser Kirche fühle. Und einen tiefen Sinn für die christliche Gemeinschaft, auch wenn das nicht von allen und jeden Tag gelebt wird. Doch das Bestreben ist da. Reinhild fühlte sich in diesem Gebäude geerdet, während sie in der überirdischen Weite der das Abendland anführenden Kirchenikonen heillos untergegangen war. Italiens Fülle an Perfektion hatte ihre Psyche bis an den Rand der Erschöpfung getrieben, ihr Geist war geschrumpft, der Verstand abgeschaltet. Diese Hilflosigkeit war von den Baumeistern natürlich allzu gewollt, sollte es den Gottesdienstbesuchern doch Ehrfurcht einimpfen. Die Degradierung des Intellekts und die vorübergehende Ausschaltung intelligenter Kräfte erreichten in Florenz ein pathologisches Ausmaß. Man verlor in diesem überreichen Ambiente vorübergehend die Besinnung, weil man die Qualität dessen, was einen umgab, nicht mehr ermessen konnte. Die Wahrnehmungen uferten aus, sie verloren an Schärfe und Halt und schwirrten schutzlos umher. Das ging so weit, bis sich das Selbst auflöste, der Kern des Selbst schmolz. Seltsamerweise verfestigte sich der Kern wieder und das Selbst kam zurück, sobald man diese strapaziöse und überfordernde Umgebung verließ. Die Zumutung richtete keinen bleibenden Schaden an, solange man sich ihr nicht unbefristet aussetzte.

Was aber passierte mit denen, die sich aus beruflichen oder ideologischen Gründen dauernd in Domen, Münstern und

Kathedralen aufhielten? Welche seelischen Panzerungen waren notwendig, um die Last dieser Eindrücke auszuhalten und das Unmenschliche dieser Architektur zu ertragen? Was für Verformungen war die Seele durch eine übermächtige Umwelt ausgesetzt, die zwar ursprünglich selber menschengemacht, aber durch ihre schier himmlische Strahlkraft ständig auf Erniedrigung, Entrechtung und Versklavung aus war? Das bloß Irdische konnte einem Bauwerk von Brunelleschi nichts entgegensetzen, man krepierte an der eigenen Vergänglichkeit. Das Diesseitige besaß überhaupt keinen Wert mehr. Und man fragte sich, wie das alles zustande gekommen war und wer da noch seine Finger im Spiel hatte. Der Schöpfer selbst konnte sich doch nicht wünschen, dass seine Geschöpfe sich dermaßen erbärmlich und elend vorkamen! Es ging um die Transzendenz, um das Überschreiten der Grenzen von Erfahrung und Bewusstsein, aber mit dem scheußlichen Ergebnis, dass man unversehens in den Kerker der Unmündigkeit und Verwirrung gesperrt wurde.

Dann war der Gottesdienst plötzlich vorbei. Reinhild hatte ihn fast vollends verträumt, was ihr auch als Kind oft passiert war. Sie ging in die Kirche und kam wieder heraus, ohne dass sie hätte wiedergeben können, was dort passiert war. So war es auch jetzt. Sie hatte die Fürbitten verpasst, das Vaterunser, die Wandlung und den Segen. Erst danach kam sie wieder zu sich. Reinhild blickte hinüber zu dem beseelt barocken Beichtstuhl, der keinesfalls von der alten St. Katharinenkirche übrig geblieben war, wie viele Kirchgänger irrtümlicherweise glaubten, sondern ein Geschenk einer befreundeten Gemeinde aus Bayern. Ihr wurde plötzlich bewusst, dass sie keinen Augenblick lang überlegt hatte, ob an Augusts Vorwürfen Justus gegenüber vielleicht doch etwas dran war. Irritiert bemerkte sie, dass sie die ganze Zeit über keinen Gedanken mehr an August verschwendet hatte. Keinen einzigen.

Sie spürte keine Schuld. Und bedauerte nichts von dem, was passiert war.

Reinhild bekreuzigte sich und verließ die Bank. Die Orgel spielte Bach. Der Sarg wurde hinaus auf den kleinen Friedhof gezogen, der hinter der Kirche lag. Dort wurden nur Geistliche und deren Angehörige bestattet. Diese Verordnung stammte noch aus der Zeit, als an der gleichen Stelle eine Barockkirche stand. Obwohl Konstanz im Zweiten Weltkrieg nicht bombardiert wurde, musste man die alte St. Katharinenkirche Ende der 1940er-Jahre abreißen. Das Dach war eingestürzt und sie war so baufällig geworden, dass eine Renovierung nicht mehr finanzierbar erschien. Reinhild hatte Bilder gesehen und beschlossen, dass es darum nicht schade war.

Hinaus ging es durch die Seitentür. Den Sargwagen begleiteten vier Bestatter. Hinter dem Sarg her lief Fischer mit den Ministranten, die Weihrauch schwenkten. Dann kam die Familie, gefolgt vom großen Rest. Am offenen Grab wurde bei Minusgraden eine kurze Trauerfeier gehalten, die an die Messe anschloss. Da Fischer das Leben der Großmutter schon in der Predigt gewürdigt hatte, bezog er sich nun darauf und beließ es dabei. Reinhild dachte an Giulia und dass sie ihr alles, worüber sie eben sinniert hatte, dringend erzählen musste. Giulia hatte Kunstgeschichte studiert und besaß auf das, was Reinhild plagte, vielleicht Antworten. Gleichzeitig wusste sie, dass sie es garantiert wieder vergaß.

Fischer sang ein Vaterunser, und die Trauergemeinde stimmte ein. Sarah sang am lautesten. Niemand störte sich am Gewicht des Sargs. Er wurde vom Wagen direkt auf den Versenkapparat geschoben. Es war ein vollautomatisches Gerät aus rostfreiem Metall, mit einem stabilen Stahlrahmen und einem zuverlässigen Bremssystem, absolut erschütterungsfrei und unempfindlich. Mit einer konstanten Senkgeschwindigkeit von sechs Zentimeter pro Sekunde konnte der Versenkapparat eine Last von 500 Kilo 3,2 Meter tief versenken. Das übertraf die Anforderungen bei Weitem. Geräuschlos verschwand der Sarg in der Tiefe.

Roberto hatte gelernt, sich unsichtbar zu machen. Er lebte als eine Art Schatten. Seit zweieinhalb Jahren besaß er kein Handy mehr und auch keinen Internetanschluss. Er wohnte in der notdürftig renovierten Ruine eines Sarazenenturms aus dem 14. Jahrhundert, mitten in der Serengeti der Toskana, im Parco Regionale della Maremma. Der Wehrturm stand auf einem Felsen am Naturstrand, dahinter begann die Macchia mit ihren Schirmpinien und Steineichen. Er war umgeben von Sümpfen, steinigen Küsten und Wanderdünen. Roberto ernährte sich von Meerestieren, Wild und Maremma-Rindern, er teilte sich die Fische, Schweine, Kühe, Pferde und Hirsche mit Reihern, Bussarden und einem exotischen Fischadler-Pärchen. Er aß Feigen und wilden Fenchel, und für den Winter trocknete er Beeren und Pilze.

Es war ziemlich genau die Gegend, in der Giulia die abgehackte Hand gefunden hatte. Das war das einzige Risiko bei der Sache. Der Link zu seinem vorigen Leben; doch Roberto sagte sich, die Wahrscheinlichkeit, dass einer vorbeikam und nachsah, ob er sich hier versteckte, war gering.

Roberto hatte ein astreines Begräbnis gefeiert und war dann untergetaucht, um nicht vor Gericht gestellt zu werden. Jeder, der Augen im Kopf hatte, musste doch glauben, er habe Carlo Scarivari umgebracht. Alles sprach gegen ihn. Und er wusste, dass die Polizei ihn als Täter verdächtigte. Er hatte ein handfestes Motiv: Eifersucht. Schließlich arbeitete seine Lebensgefährtin mit dem Immobilienmakler zusammen. Da lag es auf der Hand, dass sie sich mit ihm nicht nur das Büro teilte. Die Polizei suchte bei Roberto sogar nach der Mordwaffe. Dabei war Carlos Leiche nirgendwo aufgetaucht. Zumindest damals nicht.

Um ein leidlich angenehmes Leben zu führen, sah sich Roberto gezwungen, regelmäßig Touristen auszurauben. In seinem Alter – er hatte die 60 bereits überschritten – war das eine deutliche Herausforderung. Doch Roberto war immer noch gelenkig und flink. Er stahl Rucksäcke und knackte Autos auf dem Parkplatz des Besucherzentrums. Neben Feuerzeugen, Batterien, Gasflaschen, Kopflampen, Kerzen, Haushaltswaren und Toilettenartikeln interessierte er sich für Kleidung, Schuhe, Schlafsäcke, Kissen und warme Decken. Noch bedeutsamer war für ihn die Begegnung mit Büchern. Am wichtigsten waren ihm allerdings Zeitungen und Magazine. Er hätte nie für möglich gehalten, welchen Hunger er auf das aktuelle Tagesgeschehen verspürte.

Das machte ihn natürlich verwundbar. Aber noch war es stets gut gegangen. Und es brachte genügend Abwechslung in den einsamen Alltag. Die Präsenz der Gegenstände belohnte einen für die Anstrengung. Oft waren es einfach nur die erwartbaren Dinge, die man zum Existieren benötigte. Ein Schweizermesser mit Korkenzieher, dazu eine Kiste Brunello di Montalcino. Aber manchmal war eine echte Überraschung darunter. Dazu gehörte ein Sprachkurs in einer entlegenen chinesischen Dialektgruppe, den Roberto unter Aufbringung seiner gesamten Muskelkraft aus einem roten BMW mit dem Kfz-Kennzeichen SCV 00666 entwendete. Der Kurs war auf 120 CDs gebrannt, die er auf seinem nagelneuen Player abspielen konnte. Neben qualitätvollen Kopfhörern besaß er hervorragende Boxen, die er aus einem teuren Auto entfernt hatte. Täglich saß Roberto unangeschnallt in seinem Autositz und hörte neben Opern auch Weltmusik, Jazz, Pop, Chillout und vorzugsweise Hörbücher. Er hatte sich unter anderem Thomas Mann und den ganzen »Ulysses« reingezogen. Mit Hilfe dieser Lesungen und Hörspiele hatte er nicht nur sein Deutsch und sein Englisch verbessert, sondern auch ein wenig Niederländisch (Arnon Grünberg), Dänisch und Schweizerdeutsch gelernt. Er hörte gerne den Stimmen zu, die ihn über die Literatur mit der menschlichen Gesellschaft verbanden. So entkam er dem Inselkoller. Schließlich war Roberto nicht Robinson.

Das Hörbuchhören war freilich nichts gegen die Herausforderung durch die chinesische Mundart. Es handelte sich um den Changsha-Dialekt, der zur Chang Yi-Gruppe zählte. Er wurde überwiegend in Changsha, der Hauptstadt der Provinz Hunan, gesprochen, und unterschied sich grundlegend von der Amtssprache Chinas. Für Leute, die Standard-Mandarin oder Pekinger Mundart sprachen, war dieser Dialekt nicht zu entschlüsseln. Und Roberto kapierte sofort, was es damit auf sich hatte. Denn das war der Grund, weshalb er zur verdeckten Verständigung untereinander ausgesucht worden war. Die läppischen acht bis neun Millionen Menschen, die in und um Changsa lebten, waren weit genug weg, dass sie nichts davon mitbekamen. Und fremde Geheimdienste mit einem Chinesischdiplom, von denen es eine stattliche Anzahl gab, mussten leider draußen bleiben.

Dass eine derart abgelegene Sprache migrieren musste und so einem breiteren, obgleich gezielt ausgewählten Publikum zugeführt werden sollte, war an sich schon skurril und subversiv. Zumal die Provinz Hunan nicht nur kulturell, sondern auch geografisch extrem weit entfernt lag. Offenbar sollte in einem abgezirkelten Kreis ein Geheimcode etabliert werden, der irgendwo daheim war. Doch noch interessanter war, dass der Sprachkurs auf Italienisch eingeführt und abgehalten wurde. Roberto fiel kein einziger Grund ein, weshalb ein Italiener einen jenseitigen chinesischen Slang beherrschen sollte. Die meisten Italiener waren nicht in der Lage, ihre Muttersprache zu erlernen, obwohl sie ausgesprochen einfach war, und kamen über einen Wortschatz von 300 Vokabeln ihr Lebtag lang nicht hinaus. Es waren schlichte Wörter. Die meisten bezogen sich auf das Essen und auf die Verdauung. Nur wenige Italiener lernten ein halbwegs anständiges Englisch, manche versuchten es mit Französisch oder Spanisch, kaum einer sprach Deutsch. Andere Sprachen waren in Italien eigentlich nicht bekannt, wobei auch die Länder, in denen sie gesprochen wurden, von der Karte gestri-

chen waren. Nun ja, man wusste wohl, dass es sie gab, irgendwo, aber man hätte sie niemals bereist.

Das Hörbuch war eine Privatproduktion, hergestellt von einem dubiosen Label in einem obskuren Studio, die es in keinem Plattenladen und in keiner Buchhandlung zu kaufen gab. Davon war Roberto felsenfest überzeugt. Noch interessanter erschien ihm, dass der Kurs offenbar dazu diente, den Sprachschülern ein ganz bestimmtes Vokabular einzuimpfen. Der Lehrplan ging da sehr systematisch vor. Zunächst ging es darum, die Grundregeln des Alltags zu lernen. Es waren seltsame Sitten, die kein Italiener jemals begreifen, und komische Gesetze, die kein Italiener jemals befolgen würde. Alles hatte sehr viel mit galoppierender Höflichkeit zu tun, eine Tugend, die den Italienern nicht unbedingt in die Wiege gelegt worden war. Die ersten drei Kapitel, die jeweils mehrere CDs umfassten, beschäftigten sich damit, wie man jemanden grüßen musste. Man grüßte nämlich nicht jeden gleich. Es kam auf den Rang an und auf eine gewisse Hackordnung, die man zu durchschauen hatte, ehe man grüßen konnte. Das war jedenfalls das, was Roberto aus der Anleitung entnahm, und er versuchte, den Anweisungen seines Sprachlehrers zu folgen. Die nächsten beiden Kapitel kümmerten sich um die Verabschiedung, die ähnlich komplex war, aber eben weniger kompliziert, weil man ja jetzt sein Gegenüber schon kannte. Und sich ungefähr ein Bild von dem machen konnte, was von einem erwartet wurde. Erschwert wurde das Ganze jedoch erneut von der Unaussprechlichkeit der Grußformeln, die wiederum lautlich nah nebeneinander lagen. Man konnte sich leicht im Ton vergreifen, wenn man eine Silbe nicht ganz genau richtig aussprach. Das zog dann womöglich satten Ärger und jahrzehntelange Feindschaft nach sich, die weitergereicht und noch bis zur Enkelgeneration vererbt wurde.

Dann ging es acht Kapitel lang um Freundschaft. Der Sprachkurs brachte seinen Lernenden bei, um welches Gut es sich dabei handelte und welche verschiedenen Formen von Freundschaft man unterscheiden lernen musste. Das Wort Freund kam insgesamt 77 Mal vor und bedeutete jedes Mal etwas anderes.

Roberto war erst bei der 44. CD angekommen und hatte noch stramme 76 79-Minüter vor sich, aber seit geraumer Zeit drehte sich alles um den Handelskrieg. Es war der protektionistische Blitzkrieg der USA gegen China. Den Anfang machte die Wendung »uns bestehlen«. Darauf folgte die Gegendrohung. Roberto lernte alles über Handelsvolumen, Einfuhrzölle, Reimport, Boykott und Bankrott. Auf die Eskalation gegenseitig sich hochschaukelnder Weltuntergänge folgte die akribische Auflistung und Aufrechnung von deren Gegenständen: Bei den USA ging es um 5.745 chinesische Produkte, die eine Kettenreaktion wechselseitiger Sanktionen einläuteten, zuvorderst um Stahl, Aluminium, Chemieerzeugnisse, Textilien, Elektronikwaren. Allerdings war auch ein Digestif verzeichnet, ein Verdauungsschnaps mit aphrodisierender Wirkung, der unter das Drogengesetz fiel. China konterte mit 5.200 US-Produkten, darunter wiederum Metall, aber auch Putzmittel, Salatschleudern, Mottenpulver, Autos, Computer, Kartoffelchips, Gartenscheren und Turnschuhe. Roberto wunderte sich, dass bei den Chinesen amerikanische Turnschuhe eingeführt wurden, wo doch kein Land mehr davon herstellte als China – doch offenbar herrschte beim Exportweltmeister zu Hause ein Mangel.

Auffällig war, dass in das fließende Italienisch immer wieder kirchenlateinische Floskeln eingestreut wurden. »Benefac lentibus nobis« – »erweise unseren Linsen eine Wohltat«? Noch auffälliger war, dass China eine beachtliche Sympathie entgegengebracht wurde. Die ideologische Nähe zum Erbe der Kulturrevolution ließ sich schon damit belegen, dass im gesamten Kurs kein einziger englischsprachiger Begriff vorkam. Am allerauffälligsten war jedoch, dass die Währung, in der die Waren gegengerechnet wurden, nicht aus Dollar bestand, sondern es ging um ein Volumen von 60 Milliarden italienischer Kräuterbonbons der Marke S. Maria Immaculata (SMI), die im Vatikan hergestellt wurden. Diese Süßigkeit aus ätherischen Ölen, Kräuterextrakten und aromatischen Pflanzen wurde nicht nur vom Klerus gelutscht, sondern in einer ehemaligen Sauerkrautfabrik gelagert und weltweit exportiert.

All dieser Signale hätte es nicht bedurft, denn das Kfz-Kennzeichen hatte den roten BMW als Dienstfahrzeug des Vatikans ausgewiesen. Die Zahl 666 stand für das wilde Tier, den Teufel, den Antichrist. In der Apokalypse des Neuen Testaments, der Offenbarung des Johannes, trat die 666 als das personifizierte Böse und als Widersacher von Jesus Christus auf. Der Heilige Stuhl, schloss Roberto daraus, stand im Zentrum des amerikanisch-chinesischen Wirtschaftskriegs, und damit hatte er sich mit der Zeitmaschine in den Zustand zurückgebeamt, in dem er die Welt verlassen hatte. Er sah wieder die hasenhirnigen Speckschädel der toskanischen Mafia vor sich, der Fraternità. Diese unheilige Bruderschaft hatte nicht nur die Muttergottes als Patronin, sondern sie machte gemeinsame Sache mit dem Vatikanischen Geheimdienst Pro Deo Due.

»Benefac lentibus nobis«? Was bedeutete das? Vielleicht konnte ihm der Vatikanische Geheimdienst weiterhelfen. Roberto klaute ein Telefonino, um das Vorzimmer des Chefs anzurufen (Kardinal Stendal selber war ja semidement), aber er erreichte nur Platz sieben auf der Warteschleife. Luigis Leitung war belegt. Roberto fluchte. So konnte er nicht arbeiten. Alfonso Cazzotto war zwar tot, ein Kugelhagel hatte sich in sein krankes Hirn und Herz und in seine ungesunden Eingeweide verirrt, abgefeuert aus einer kleinen Kalaschnikow, die eine reumütige Aktivistin zur Entsorgung in ihrem Nuttenkoffer gebunkert hatte. Alfonso musste sterben, weil er Carlo hingerichtet hatte. Das vermutete Roberto zumindest. Damit war der faulige Kopf der Fraternità gefallen – doch wo ein Kopf fiel,

wuchsen neun neue nach. Damit war die Sache noch lange nicht erledigt und der Wahnsinn nicht aus der Welt.

Für Roberto stand außer Frage, dass der Vatikan den Handelskrieg gewinnen würde. Die chinesische Regierung kaufte ausländische Unternehmen auf, um in rasendem Tempo Zugang zu den entscheidenden Zukunftstechnologien zu gewinnen. Sie würden sich durch das großmäulige Veto Washingtons nicht aufhalten lassen. Das US-Embargo auf Elektronikprodukte verlor seine Wirkung, wenn China im Iran und im Vatikan neue Freunde gewann, die weltweit ihren Einfluss geltend machten und ihm den Rücken stärkten. Doch den Endsieg errang letztlich nicht China, sondern Rom. Die Schergen des Papsts planten, die gesamte Volksrepublik zu christianisieren. 1,4 Milliarden Einwohner sollten zum katholischen Glauben überführt werden, ehe der Islam zuschlagen konnte. Chapeau! Das war der größte Coup des Katholizismus ever. Nirgendwo sonst auf der Welt existierte eine vergleichbare Menge bekehrenswerter Atheisten. Und noch gab es in China keine Kirchensteuer.

Der rote BMW war von Leuten gekapert worden, die wussten, wo Roberto sich aufhielt. Der Dienstwagen hatte auf dem Touristenparkplatz gestanden, damit er an die CDs rankam. Er musste die Verkehrssprache des Vatikanischen Geheimdiensts Pro Deo Due erlernen, um dessen Machenschaften zu durchkreuzen. Die Organisation, die ihn dazu ausersehen hatte, war ungleich mächtiger als die toskanische Mafia. Das war apodiktisch bewiesen. Robertos Auftrag bestand darin, den Vatikan auszuschalten und den unseligen Wirtschaftskrieg zu beenden, um das gigantischste Missionierungsprojekt aller Zeiten zu stoppen. 1,4 Milliarden brandneuer Katholiken, die Gelder nach Rom schickten! Mit der Schlagkraft seiner Truppe würde Roberto das verhindern. Dass er sich sozusagen selber als Eremit in die Savanne gebeamt hatte, hieß nicht, dass er da bleiben konnte. Er musste in die Zivilisation zurück.

Roberto sang »O mio babbino caro«, eine Arie aus der Puccini-Oper »Gianni Schicchi«. Lauretta hatte Liebeskummer, weil ihre Familie die ihres Geliebten hasste und umgekehrt, und drohte, sich vom Ponte Vecchio zu stürzen.

19

Am 2. Januar fuhr Klara Kerner nicht wie vorgesehen heim nach Stuttgart. Nachdem die anderen abgereist waren oder wieder zu ihrer Routine zurückkehrten, ihre alltäglichen Verrichtungen erledigten und ihren Verpflichtungen nachgingen, verlängerte sie ihr Bed and Breakfast noch um eine geschlagene Woche. Sie wollte endlich Klarheit.

Klara merkte, dass ihre Tochter sie einerseits gerne losgeworden wäre, dass sie andererseits aber dankbar war für ihre Unterstützung. Wer konnte Licht in Carlos und Robertos Vorleben bringen, wenn nicht sie? Dennoch wusste Klara nicht, wo sie ansetzen sollte. Nachdem die Fischers samt Reinhild sich verabschiedet hatten, frühstückte sie mit Giulia im »Leonardo«. Ohne Mantel saßen sie im Wintergarten. In der Nacht hatte es kaum abgekühlt. Schon am Morgen war es frühlingshaft warm. Und auf eine schier gespenstische Weise windstill.

»Das ist wohl inzwischen so etwas wie dein Wohnzimmer.« Giulia lächelte.

Grinsend fuhr sich Klara durch ihre weißen Stoppeln. »Ich muss dringend zum Friseur. Wenn mir die Haare ins Gesicht hängen, kann ich gar nicht mehr gescheit denken.«

»Und deine weinrote Cordhose könnte auch mal eine Wäsche vertragen.« Giulia schielte verlegen. »Das sollte jetzt keine Kritik sein.«

»Ich habe zwei davon dabei«, entgegnete die Mutter entrüstet. »In meinem Alter macht man keine Experimente mehr, wenn einem ein Kleidungsstück vortrefflich passt.«

Jahrzehntelang kleidete sich Klara nur in Kostüme und Businessblusen. Erst im Ruhestand hatte sie sich zu dem burschikosen Outfit bekannt, das ihrer Natur wohl gemäßer war. Giulia trug ein schwarz-weißes Winterkleid mit Pepitamuster, das Sarahs Mutter genäht hatte. Es war das einzige Kleid gewesen, das Sarah dabeigehabt hatte. Sie hatte es ihr zum Abschied geschenkt. Da es ihr zu kurz war, hatte Giulia schwarze Leggins dazu angezogen. Wie meistens trug sie robustes Schuhwerk.

Klara deutete darauf. »Bist du vernünftig ausgerüstet? Wir sollten ein Stück weit wandern, einfach quer durch die Stadt.«

»Was hast du vor?«

Klara gab keine Antwort. Sie stand auf. »Komm, Kind.«

Giulia seufzte. Sie nahm das Tablett mit den Tassen und brachte sie zum Tresen zurück. »Wo willst du hin?«

»Erst mal zum Arno. Ich habe einen Verdacht. Pass gut auf, ob es dir schwindlig wird. Ob deine Wahrnehmung gestört ist. Oder ob sich dein Bewusstsein verändert. Vielleicht wird dir auch einfach nur schlecht.«

»Wieso das denn?«

»Nun, es könnte sein, es liegt an der Umgebung.«

»Hä?« Giulia schüttelte den Kopf und fuchtelte abschätzig mit der Hand. »Das ist doch Blödsinn. Gut, mir geht Florenz schon lange auf den Wecker. Diese überlaufene Stadt mitsamt ihren verfluchten Baustellen gibt mir einfach gar nichts. Provinzielles Theater, wenig moderne Kunst, kaum mal richtig gutes Kino. Ab und zu ein klassisches Konzert. Aber kein Jazz, kein anspruchsvoller Pop, keinerlei Literatur. Große Ereignisse finden eh nie statt. Kulturell läuft überall viel zu wenig, abgesehen von dem ganzen alten Scheiß. Ich kann den ganzen Plunder nicht mehr sehen, und es ist alles so eng und klein und spießig hier und immer die gleichen Leute.«

»Wenn das so ist«, meinte Klara freundlich, »dann klingt das gesund. In dem Fall musst du dir wahrscheinlich sowieso keine übertriebenen Sorgen machen. Allerdings bleibt dann die Frage mit der Amnesie.«

»Welche Amnesie?«

Sie gingen die Via Ventisette Aprile hinunter, bogen ab in die Via S. Zanobi und liefen weiter Richtung Fluss. Emsig schien die Sonne. Am blauen Himmel zogen vereinzelt Wolken auf. Verdichteten sich. Plötzlich begann es zu stürmen. Als sie die Via de' Tornabuoni erreicht hatten, blitzte es.

»Wir kehren um«, befahl Klara. »Es gibt ein Gewitter.«

»I wo«, erwiderte Giulia. »Das passiert hier öfter. Ich habe einen Schirm in der Tasche. Und es ist noch lange nicht sicher, dass es wirklich zu regnen beginnt.«

Als sie unten am Arno anlangten, fielen die ersten zweieurogroßen Tropfen. Dann fing es an, sintflutartig zu gießen. Sie rannten los und flohen auf den Ponte Vecchio, was keine wirklich gute Idee war, denn als sie die überdachte Brücke erreichten, waren sie schon klatschnass. Viele Einheimische, Städtereisende und internationale Touristen versuchten ebenfalls, sich hier unterzustellen, die meisten führten Schirme, Rucksäcke und Taschen mit sich, dazwischen kleine und große Hunde, es gab ein Gemenge und Gedrängel, und die Brücke war binnen weniger Minuten gestopft voll. Schmuckhändler fluchten und schimpften. Sie wollten ihre Juwelen in Sicherheit bringen, ehe die Passanten plünderten und der Sturm mit Windstärke zwölf hineinfuhr. Eine Gruppe von Asiaten erkannte den Ernst der Lage nicht und lachte sich kringelig.

»Da kommt herab, was herunter mag.« Klara schüttelte den Kopf. »Und quasi aus heiterem Himmel. Es ist vermutlich nicht klug, Schutz auf einer Brücke zu suchen.«

»Es ist aber auch nicht einfach, von hier wieder fortzukommen«, entgegnete Giulia.

Blitz und Donner folgten fast zeitgleich aufeinander. Es krachte. Es schüttete. Der Himmel brach nieder. Die Palazzi verschwanden hinter einer Starkregenwand. Der Arno verfärbte sich grau. Das Wasser fing an zu steigen. Die Lage war apokalyptisch.

In Konstanz waren die Fischers so mit sich selbst beschäftigt, dass sie nichts von dem grauenvollen Unwetter in Florenz mitbekamen. Reinhild erfuhr als Erste, dass der Ponte Vecchio in sich zusammengekracht war. Am 7. Januar, dem Dienstagabend nach der Beerdigung, surfte sie im Netz und stieß auf eine Flut von Meldungen. Beim Einsturz der ältesten florentinischen Brücke über den Arno war niemand verletzt oder getötet worden, weil vorher alles weiträumig evakuiert worden war, doch der Schaden durch den Untergang der Schmuckstände war immens. Diamanten, Brillanten, antikes Gold. In mehrstelliger Millionenhöhe waren wertvolle Waren vernichtet worden – das berichteten wenigstens die Versicherungen. Sie beteuerten, dass wegen der anhaltend stürmischen Witterung und extremen Flutung keine Taucher eingesetzt werden konnten, um wenigstens ein paar Perlen zu retten. Die Schätze zogen arnoabwärts und gelangten über Vicopisano, Cascina und San Giuliano Terme nach Pisa. Bei Marina di Pisa landeten sie im Ligurischen Meer und wurden von den Fischen gefressen. Ein Juwel badete im Bauch einer Dorade und entblößte sich auf einem Bett von Rosmarinkartoffeln.

Die antike Brücke war hin. Und das Stadtbild komplett ruiniert. Nicht nur das Panorama war versaut, auch die Perspektive. Und das dauerhaft. Denn niemand traute sich so schnell zu, die Segmentbogenbrücke wieder aufzubauen. Die populistische Regierung Italiens machte für alles den Klimawandel verantwortlich, den sie bis gerade eben noch tapfer geleugnet hatte. Dabei war der Klimawandel dummerweise noch nicht alles. Doch kein Mensch erinnerte sich daran, dass selbst die alten Römer schon über die Überschwemmungsgefahr in Florenz gejammert hatten. Und etwas später, im November 1966, spielte sich dort wie in ganz Italien eine schwere Naturkatastrophe ab. Wirbelstürme rissen alles nieder. Halb Florenz war überflutet. Kein Strom, kein Gas, kein Telefon. Kein Trinkwasser. Viele Menschen ertranken oder kamen um. Die Stadt regierten Rattenkadaver.

»Die Natur ist doch der größte Künstler.« Befriedigt blickte Signora Martelli auf das Desaster. Zusammen mit dem Oberbürgermeister von Firenze stand sie auf dem Ponte Santa Trinita, der benachbarten Straßenbrücke, einer der schönsten Renaissancebrücken Italiens. Sie zählte zu den elegantesten Konstruktionen Europas und hatte dem Aufruhr der Elemente ohne mit der Wimper zu zucken getrotzt. War das nicht ein klein wenig verdächtig? Wolken zogen vorüber. Mit einer opernhaften Geste deutete die Angestellte der Stadtverwaltung auf den Hort der Zerstörung. Von der jahrhundertealten Pracht war nichts übrig als ein Haufen Gerümpel. »Um den Ponte Vecchio ist es nicht schade. So marode, wie der war. Der war doch schon lange einsturzgefährdet. Das durfte nur keiner wissen. Wer hätte die Sanierung der Brücke denn bezahlen sollen? Pleite, wie wir sind? So gesehen, ist das hier ein Glücksfall. Und immerhin ein Wunder, dass nicht mehr passiert ist. Im Ergebnis schaut das doch ganz gut aus. Jetzt muss man den Schutt nur noch wegräumen. Der Schaden ist somit überschaubar. Aber ist das wirklich Zufall?«

»Was wollen Sie damit sagen?« Dem Sindaco schwante, dass das Gespräch in die verkehrte Richtung lief.

»Da hat jemand ganze Arbeit geleistet.« Signora Martelli schüttelte unwirsch den Kopf. »Was starren Sie mich so an? Na ja, würde mich nicht wundern, wenn da einer nachgeholfen hat. Also, nicht *ein Einzelner* natürlich – sagen wir mal, eine Interessengemeinschaft. Das florentinische Bürgertum, die Steuerzahler. Das wurde klasse eingefädelt von denen, finden Sie nicht auch? Da steckt ein Konzept dahinter, und die hatten Superprofis für die Realisierung dieses städteplanerischen Projekts.«

»Finden Sie?« Der Oberbürgermeister wurde etwas bleich um die Nase.

»Na ja, Sprengmeister und so ... Dio mio! Der Einsturz der Brücke ist menschengemacht, und die Naturkatastrophe ist daran so unschuldig wie ein Kinderpopo. Saubere Arbeit, keinerlei Opfer sind zu beklagen. Maximale Zerstörung von Sachwerten. Plus ein Sakrileg wider die Baukunst. Nix dagegen, Chef. Das musste in dem Fall mal sein. Und von dem Plunder ist noch mehr als genügend übrig. Allein der Duomo ...«

Der Sindaco hob begütigend die Hand. »Der Duomo ist unantastbar. Was wären wir ohne unsere heiß geliebte Kathedrale Santa Maria del Fiore, unsere Basilica minor, die Bischofskirche unseres Erzbistums, die Metropolitankirche der Kirchenprovinz? Papst Eugen IV. hat sie am 24. März 1436 eingeweiht. Schon vergessen? In das Kirchenschiff gehen 30.000 Leute rein. Das ist fantastisch. Stellen wir uns einen lebensbedrohlichen Angriff vor. 30.000 Plätze, das reicht dreimal. Aber wir brauchen nicht nur Schutzraum für die oberen Zehntausend, wir brauchen auch Fluchtwege. Und als Oberbürgermeister gebe ich Ihnen mein Wort darauf, Signora, dass wir die älteste florentinische Brücke über den Arno, die noch in die etruskische Zeit zurückragt, mit allen uns zur Verfügung stehenden Mitteln wiederaufbauen werden. Sie können Gift darauf nehmen, dass wir mit allen legalen und illegalen Tricks sämtliche staatlichen Stellen anbaggern werden. Zum Teufel mit dem Staatsbankrott! Wofür gibt es schließlich Lobbyisten? Wozu haben wir hier eine eigene Mafia gezüchtet, unter dem Schutzmantel der Regierung und der katholischen Kirche?«

Als Noah bei der Beerdigung aufgewacht war, hatte er sein bis dahin dumpfes Gesicht erstmals mit einem konzentrierten Ausdruck nach vorne gereckt. Ein vernehmlicher Ruck war durch seine Miene gewandert, hatte seine ganze zarte Gestalt erbeben und erzittern lassen, war ihm in die Glieder gefahren und in den Fingerspitzen verebbt. Noah blinzelte, von sich selber überrascht. Die Aufmerksamkeit, die er auf einen Schlag der Welt entgegenbrachte, entsprach nicht der Entwicklungsstufe eines sechs Monate alten Säuglings. Seine Seele funktionierte ganzheitlich. Während seine Urgroßmutter von diesem Planeten verabschiedet wurde, war Noah sozusagen vollends Mensch geworden. Er war hienieden ankommen, und wie! Seine Züge, die bis dahin etwas Verschlafenes und Vernachlässigbares gehabt hatten, waren auf einen Schlag geschärft, und aus dem heiligen Ernst, mit dem er auf den Sarg blickte, sprach eine zutiefst gelassene Weisheit. Niemand merkte, welch großer Geist hier erwachte und erblühte, eingesperrt in einem Babykörper und darin auch geborgen und beschützt. Was konnte dem Reifen eines Genies Besseres passieren als Rundumversorgung 24/7? Die Andersbegabung seiner selbstlos liebenden Mutter bot die besten Voraussetzungen dafür, dass stets jemand da war, der sich um ihn kümmerte. Es durfte nichts schiefgehen. Die Bedingungen waren optimal, und alles, was die Umwelt, seinen Zustand betreffend, festzustellen vermochte, erschöpfte sich darin, dass Noah fortan ein übertrieben ausgeglichenes und glückliches Naturell besaß.

Übertrieben deshalb, weil Noahs Seele nicht leicht zufriedenzustellen gewesen war. 573 Jahre, drei Monate und vier Tage war sie am Himmel gekreist, ehe sie zu ihrer neuen irdischen Bestimmung gefunden hatte. Das lag circa 550 Jahre über dem Durchschnitt. Noah hatte es nicht eilig, denn er hatte Großes vor. Mit einer Irrsinnsgeduld wartete er auf seine Wiedergeburt, bis er wirklich die passende Mutter gefunden hatte: Sarah Fischer aus Konstanz am Bodensee. Einen Vater dazu gab es nicht, zumindest nicht offiziell, aber zu was brauchte Noah einen Vater? Er hatte auf Sarah gewartet. Unzählige Sternbilder hatten ihn begleitet, Kometen waren an ihm vorbeigezogen und eine Masse Meteoriten war verpufft. Ihn hatte das Schauspiel komplett kaltgelassen. Das Universum war nicht das, was für ihn zählte. Stattdessen hatte sich Noah zur Gänze auf seine Bestimmung konzentriert: Seine Aufgabe war noch nicht abgeschlossen und sein irdischer Auftrag noch lange nicht erledigt.

Seltsamerweise hatte Florenz es nicht spontan geschafft, Noahs Karma in Wallung zu versetzen, seine Psyche in Schwung zu bringen, seine Wahrnehmung zu schärfen, seine Fantasie anzuregen und sein Bewusstsein zu erwecken. Erst mit einem Zeitverzug von mehreren Tagen kam er wieder auf der Welt an – in seinem unzerstörbaren Kern als der, der er bei seinem letzten Erdenbesuch gewesen war.

Noah folgte seiner Bestimmung. Spürbar wurde das erstmals, als er beim Leichenschmaus in der Wirtschaft mit der linken Hand nach einem Stift griff. Es war ein blauer Filzstift mit einer abnehmbaren Kappe. Sarah, bei der Noah auf dem Schoß saß, nahm ihm den Stift wieder weg, weil sie Angst hatte, er würde sich die Kappe in den Mund stecken und sie verschlucken. Noah weinte nicht, sondern langte mit einer Engelsgeduld wieder nach dem Stift. In seiner nachsichtigen Geste lag eine derartig stoische Beharrlichkeit, dass der ganze Tisch auf ihn aufmerksam wurde. Diesmal ließ Sarah ihn gewähren.

Das nächste Zeichen bestand darin, dass Noah plötzlich frei sitzen konnte. Nur ein paar Sekunden zunächst und mit wackelndem Schädel, aber immerhin. Er lernte das selbstständige Sitzen aus eigener Kraft und ohne dazu ermutigt zu werden. Mit einem halben Jahr war das der frühestmögliche Zeitpunkt, denn erst jetzt streckte sich seine Wirbelsäule, und die Bauch- und Rückenmuskulatur wurde gekräftigt.

Das dritte und entscheidendste Signal trat auf, als Sarah mit Noah zurück in ihre betreute Wohngruppe kam: Im Treppenhaus drückte er den Knopf für den Aufzug. Freilich erkannte keiner, was das bedeutete. Aber Brunelleschi war nicht nur einer der führenden italienischen Architekten und Bildhauer der Frührenaissance gewesen, sondern auch ein begnadeter Ingenieur. Als er am Florentiner Dom die Kuppel baute, erfand er für den Transport der Baustoffe den Lastenaufzug. Dadurch wurde die Bauzeit der Kuppel deutlich verkürzt.

Sarah hatte keine Ahnung, was mit ihrem Sohn los war, und sie hatte die Sache mit dem Vater auch schon ziemlich vergessen. Was spielte es noch für eine Rolle, auf welch abgründigen Wegen dieses zauberhafte Geschöpf auf die Welt gekommen war? Sarah hatte sich immer nach einem Mann gesehnt, aber nun, mit Anfang, Mitte 30, fand sie sich damit ab, dass keiner sie heiraten wollte. Auch Noahs Vater hatte sie nicht haben wollen, nicht auf Dauer jedenfalls. Nicht für ein ganzes Leben. Immerhin hatte sie Liebe erfahren und war schwanger geworden. Damit hatten ihre epileptischen Anfälle fast ganz aufgehört. Und sie hatte ein Kind bekommen, ein besonderes Kind, Noah. Sarah begriff, dass Noah hatte geboren werden müssen. Sie verstand das auf eine Weise, die sie mit niemandem teilen konnte außer mit Noah selbst. Dass es so war, fand sie ganz selbstverständlich.

Am 8. Januar, dem Mittwoch, zog Reinhild aus der gemeinsamen Altstadtwohnung in der Zollernstraße wieder aus. Sie tat es ohne Aufhebens und nahm nur mit, was ihr gehörte. Es passte in zwei Koffer und drei Ikea-Taschen. Fischer fragte sie nicht, wo sie hinging. Er vermutete, dass ihre Freundin Annika sie abholte. Vielleicht zog Reinhild wieder auf die Schwäbische Alb.

Sie verließ die Wohnung wortlos und ohne Abschied. Es ging gegen Mittag. Fischer kochte Spaghetti. Das ganze Haus gehörte den Großeltern und war ein Vermögen wert. Jetzt, wo die Oma gestorben war, würde es womöglich verkauft werden und das Erbe aufgeteilt. Er überlegte, wieder ins Pfarrhaus zurückzukehren. Wenn er das tat, dann konnte er auch gleich seine Pfarrei wieder übernehmen. Fischer war sich sicher, dass das klarging, wenn er nur wollte. Die Kirchenoberen würden ihm verzeihen. Bei dem Priestermangel kam ein gefallener Pfaffe gerade recht – vor allem, wenn er der Ehe abschwor, rechtzeitig umkehrte und Reue zeigte. Reue empfand Fischer nicht. Eher eine gewisse Wehmut, gepaart mit einem unguten Realitätssinn. Er hatte begriffen, dass er seine Sexualität nicht leben konnte. Weil er womöglich gar keine hatte. Was seiner Liebe zu den Menschen keinen Abbruch tat.

Das Telefon klingelte. Es war Giulia. »Was machst du gerade?«

Ich fange mein neues Leben an, dachte Fischer. Es ist wieder das alte. »Ich esse einen Teller Spaghetti.«

»Carbonara?«

»Bottarga.«

»Sardiniensehnsucht? Dann will ich nicht stören.«

»Du störst nicht. Scheint bei euch die Sonne? Hat sich das Unwetter wieder gelegt? Man hört ja grauenhafte Dinge …«

»Ja, es ist ziemlich viel zerstört worden. Aber es ist schließlich nicht das erste Mal, dass ein Unwetter die Stadt in Schutt und Asche legt. Die Florentiner lernen nichts daraus. Es ist nicht so, dass mich das nicht aufregt. Es regt mich auf. Und zwar so, dass ich nur noch weg will. Diese Ohnmacht wird langsam total. Könnte ich kurz Reinhild sprechen?«

Giulia redete hastig, ohne Punkt und Komma, sie wirkte zerfahren, doch die abrupte Frage überraschte Fischer dann doch. »Du erreichst sie auf ihrem Handy.«

»Sie hat mir das Buch geschenkt, nicht wahr?«

»Welches Buch?«

»Diesen Krimi, den ich gerade gelesen habe. Dominique Manotti, ›Ausbruch‹.«

»Den haben wir beide dir geschenkt. Aber sie hat ihn ausgesucht. Das heißt, er wurde ihr von der Buchhändlerin empfohlen.«

»Kannst du mir sagen, wo ihr ihn gekauft habt?«

»Lass mich überlegen.« Fischer kaute seine bissfesten Spaghetti, die fein und leicht säuerlich nach Fisch schmeckten, und spülte sie mit Sprudel hinunter. »Ja, klar. Jetzt hab ich's wieder. In der Libreria ›Todo Modo‹ in der Via dei Fossi, auf der Nordseite des Arno, nicht weit von der Basilica di Santa Maria Novella. Die führen dort auch deutschsprachige Titel, und gar nicht mal so wenige; es handelt sich vor allem um Literatur, die in Italien spielt.«

»Danke. Das war es schon. Du hast mir sehr geholfen.«

»Hör mal, wenn du Reinhild …«

»Nein. Nicht nötig.« Giulia machte eine Pause. »Es sei denn, sie kann sich an die Buchhändlerin erinnern. Weißt du noch, wie sie aussah?«

»Hmm …« Fischer zögerte. »Nein, ich entsinne mich nur daran, dass sie fragte, ob sie das Buch für dich als Geschenk einpacken soll. Dabei fiel sogar dein Name.«

»Wie das?«

»Reinhild hatte ihr von dir erzählt, von deinen literarischen Vorlieben.«

»Und?«, fragte Klara, die im Wohnzimmer auf dem Sofa lag.

Giulia setzte sich wieder in ihren Sessel und seufzte. »Ich fürchte, du hast recht. Die Buchhändlerin hat den Krimi extra für mich ausgesucht.«

Mit beiden Händen fuhr sich Klara durch die raspelkurzen Haare. Am Vormittag war sie bei einem Herrenfriseur gewesen, einem echten toskanischen Figaro, und der hatte ihre Frisur wieder auf Vordermann gebracht. »Es kann kein Zufall sein, dass in diesem Manotti-Thriller sowohl ein Carlo als auch ein

Roberto vorkommt, und beide haben mit den Brigate Rosse zu tun. Das kannst du mir nicht verzählen.« Wie immer, wenn sie sich aufregte, verfiel die Mutter in ihr breitestes Honoratiorenschwäbisch. »Und hat dir die Wohnung nicht ein Filippo besorgt? Das ist auch eine Figur aus dem Buch.«

»Der Roman ist 2013 in Frankreich erschienen. Früher können Carlo und Roberto ihn gar nicht gekannt haben. Robertos Zeit als aktiver Terrorist reicht aber bis in die 1970er-Jahre zurück, angeblich, der Krimi spielt in den späten 80ern … Meinst du, Manotti hat die zwei irgendwo aufgegabelt?«

»I wo, papperlapapp. Wenn die Autorin die tatsächlich getroffen hätte, dann hätte sie wenigstens die Namen verändert.« Die Mutter machte eine wegwerfende Handbewegung. »Und Carlo und Roberto haben das Buch nie gelesen, es wurde ja bis heute nicht mal ins Italienische übersetzt, wenn ich es recht weiß, und Terroristen waren sie auch nicht. Nein, es ist alles viel simpler, gelesen haben das Buch Alessandro und Viola, und da sind sie auf die Idee gekommen, Carlo und Roberto diese Legende zu verpassen. Also die Story, die sie dir postum aufgetischt haben. Vielleicht wollten sie dich sogar auf irgendwas draufnauflupfen. Horch, Carlo ist doch tot in dem Thriller, er stirbt bei einem Banküberfall, er gerät in einen Hinterhalt und wird hingerichtet …«

»Erschossen. Aber der Mord wird letztendlich nicht aufgeklärt. Alles bleibt in der Schwebe.« Giulia saß in ihrem Sessel, den Kater auf dem Schoß, der schnurrte oder knurrte, sie streichelte ihn, und unversehens biss er zu. Seine Eckzähne piksten wie Nadeln. »Scheißviech!«

Giulia schubste ihn hinunter, er sprang zu Klara aufs Sofa, schmiegte sich an sie und ließ sich dort weiterkraulen.

»Du glaubst, Roberto hat Carlo umgebracht und ist dann untergetaucht, nicht wahr?« Klara lächelte. »Alle glauben das, die Polizei vor allem, und deshalb ist Roberto ja auf und davon.

Seit zweieinhalb Jahren spurlos verschwunden, und das nach einer astreinen Beerdigung. An die allerdings, wer Augen im Kopf hatte, keiner geglaubt hat. Aber kein Normaldenkender hält es auch nur für im Mindesten wahrscheinlich, dass Carlo statt seiner bestattet wurde. Die haben da Marmor hineingetan, Marmor und Kiesel, das machen sie immer, ein Wunder, dass es in der Toskana überhaupt noch Steinbrüche gibt …«

»Roberto ist also völlig umsonst auf der Flucht?« Giulia schnappte nach Luft.

»Dass er Carlos Mörder war, liegt scheinbar auf der Hand. Das klingt absolut plausibel, es würde alles erklären. Möglicherweise gibt es sogar Indizien, Beweise, fingiert oder zumindest halbwegs echt. Doch die Dinge sind selten so einfach, wie es scheint.«

Giulia trank einen Schluck Schwarztee und goss nach.

»Für mich nicht, danke.« Klara hob ihre Hand über die Tasse. »Es weist ja wirklich sehr viel darauf hin, dass Carlo tot ist und Roberto noch lebt … Mehr bringen wir aber beim besten Willen nicht zusammen.«

»Roberto lebt. Warum zeigt er sich dann nicht endlich, wenn er kein Verbrechen begangen hat? Hat er so viel Schiss vor der Polizei?« Giulia sprang auf, raufte sich die Haare, ihre Stimme überschlug sich. »Verzichtet er lieber ewig auf seine Freiheit, und auf mich übrigens, als einen Prozess durchzustehen, der vermutlich für ihn mit einem Freispruch endet? Es gibt Anwälte, es gibt faire Gerichte, nicht alle sind kriminell und korrupt, selbst in Italien muss es für ihn die Chance geben, dass er Recht bekommt. Weshalb bleibt er in seiner Deckung? Wieso kommt er nicht endlich zurück? Wir könnten es so schön haben in Marina …«

Die Mutter lächelte mager. »Weil sie immer noch hinter ihm her sind, kleine Julia.«

»Wer sind *sie*?«

»Vermutlich die Leute, die mit Stromkabeln zündeln.« Klaras Blick wurde ernst. »Nochmal, zum Mitschreiben, das, was wohl Fakt ist: Zwei Seiten bekämpfen einander, die einen und die anderen. Wegen Carlo und Roberto droht dir von den einen Gefahr. Die anderen sind dahintergekommen und haben interveniert. Man hat dir Schutz gewährt. Alessandro und Viola waren dazu abgestellt, für deine Sicherheit zu sorgen. Du hast die Wohnung bekommen, damit du in ihrer Nähe bist. Daraufhin wurden sie liquidiert.«

»Du meinst, das hat mit mir zu tun? Dann bin ich daran schuld?«

»Ich würde es nicht ausschließen.«

»Dann steht es wohl nicht allzu gut um mein ›leibliches Wohl‹.«

Klara nickte. »Was glaubst du, warum ich immer noch hier bin?«

Giulia überlegte. »Roberto hat mir Zeichen gegeben. Der Schlüsselbund auf dem Küchentisch in Marina … Vielleicht ist es gar nicht so wichtig, wer *sie* sind. Es ist derartig ermüdend, immer wieder neue Spekulationen anzustellen. Letztlich ist es egal, wer das Sagen hat. Dahinter steckt doch sowieso nur wieder dieser Filz aus Kirche, Regierung und Mafia, der ganz Italien unterwandert. Muss man wirklich so sehr viel mehr wissen, um die Strukturen zu durchschauen? Wichtiger wäre doch wohl, einfach herauszufinden, was passiert ist. Ganz konkret. Wer hat Viola und Alessandro hingerichtet?«

»Ich gehe davon aus, dass der Anschlag auf die beiden im Auftrag des Vatikanischen Geheimdiensts verübt wurde.«

»Dann frag Zampone. Bei ihm laufen die Fäden zusammen.«

»Das ist doch nur der Sekretär. Verantwortlich ist Kardinal Stendal, aber an den kommt keiner ran.« Klara verdrehte die Augen. »Und weißt du, was? Den Chef des Vatikanischen Geheimdiensts gibt es gar nicht. Pro Deo Due hat nie existiert. Das Ganze ist eine Luftnummer.«

Giulias Unterkiefer klappte herunter. »Das glaubst du doch wohl selbst nicht.«

»Ha noi.« Die Mutter lachte wiehernd. »Aber genau so, mein Schatz, genau so wird es kommen. Das ist am Ende die letztgültige Wahrheit.«

Schweigend verfolgte Giulia, wie Carlo aufstand, vom Sofa sprang und einen Buckel machte. Ihr kam ein Gedanke. »Die Buchhändlerin, die Reinhild diesen Manotti gegeben hat, muss irgendwas mit Zampone zu tun haben.«

»Quatsch mit Soße«, sagte Klara.

»Dann hab ich jetzt wohl etwas falsch verstanden.« Giulia wurde rot, wie früher bei den Hausaufgaben. »Aber dafür mit Alessandro und Viola. Die Buchhändlerin war eingeweiht in deren Geschäfte.«

»Ziemlich sicher.«

»Wir müssen die Frau befragen.«

Klara lächelte milde. Ihr glasiger Blick schweifte in die Ferne. »Das wird uns vermutlich nicht gelingen. Sie arbeitet nämlich nicht mehr bei ›Todo Modo‹, hat gekündigt von einem Tag auf den andern, und dort weiß auch schon keiner mehr, wie sie heißt.«

»Als Reinhild in die Libreria kam und das Buch kaufte, haben Viola und Alessandro noch gelebt.« Giulia nickte nachdenklich. »Wenn die Buchhändlerin mit den beiden in Verbindung stand, wollte sie mir mit ›Ausbruch‹ vielleicht einen Wink geben?«

Klara blickte Carlo hinterher, der zur Tür schritt und maunzte.

Giulia zuckte zusammen. So stark war die Gewissheit. »Die Buchhändlerin kennt Roberto.«

»Und Roberto, Manottis Roberto, überlebt.«

»Ja, er kommt in der Schlussszene vor. Nachdem klar ist, dass sich Carlos Tod nicht mehr aufklären lässt.«

»Wie lautet der letzte Satz, den Roberto spricht?«

Giulia langte nach dem Krimi, der auf dem Couchtisch lag. »Er fragt: ›Du gibst auf?‹ Sie schweigt einen Moment, immer noch mit diesem Blick, der sich am Horizont verliert. ›Ja, ich gebe auf. Dieser Kampf ist verloren. Wenn ich versuchen will, unsere Vergangenheit zu retten, bleibt mir nur eins. Romane schreiben‹.«

»Aha.« Klara erhob sich und schritt steifbeinig zum Küchentisch. »Wir kommen da gerade nicht weiter. Aber ich bin an etwas anderem dran. Da geht es auch ums Aufgeben. Jetzt fällt mir doch glatt der Griffel runter. Wo habe ich denn mein Buch?«

Stendal, dachte Klara. Stendal, Stendal, Stendal. Sie spürte, dass sie der Lösung des Rätsels ganz nahe war. Nicht, was den Verbleib Robertos anging. Aber was den jungen Toten in der Basilica di Santa Maria Novella betraf und all die seltsamen Begegnungen und Ohnmachten und Aussetzer und Zufälle. Von Anfang an stank es zum Himmel. Und spätestens, als Annika aufploppte und Julia ihre Amnesie durchlebte, war die Sache vollkommen aus dem Ruder gelaufen. Die ganzen Verschwörungstheorien haben uns nicht weitergebracht, überlegte Klara. Nicht einmal die Sauerei mit den Chinesen. Von wegen das Plutonium. So gemütlich und anheimelnd sie gemeinhin sind, diese lawinenartigen Totschlagargumente von vergreisten Weltverbesserern, jetzt hilft nur eine beinharte Analyse der Fakten. Stendal, Stendal …

Klara kehrte zum Sofa zurück, nahm ihr Buch, blätterte. Laut las sie vor: »Das Wort Schönheit nimmt Ågren ein einziges Mal in den Mund, als er erklärt, ›Schönheit‹ gehöre nicht zu seinem Wortschatz. Natürlich war die Landschaft dennoch schön und ich glaube, er fühlte sich wohl. Die Bilder deuten darauf hin, die aus Siena, San Gimignano und anderen Orten in der Toskana. Seinen Briefen in die Heimat, an Oskar Bergman, lässt sich entnehmen, dass er in Assisi, Venedig, Padua, Bologna, Pompeji ebenso Station machte wie natürlich in Florenz.«

»Was liest du denn da?«

»Einen Aufsatz von Fredrik Sjöberg, ›Vom Aufhören. Über die Flüchtigkeit des Ruhms und den Umgang mit dem Scheitern‹.«

»Ah so?«

»Er handelt von zwei Malern, die im vorigen Jahrhundert in Schweden lebten: Lotte Laserstein und Olof Ågren. Beide sind, so Sjöberg, auf unterschiedliche Weise gescheitert. Aber darum geht es jetzt nicht.«

»Worum denn?« Giulia richtete sich in ihrem Sessel auf und schaute nach Carlo. Er hockte mit gekrümmtem Rücken an der Tür. Seine Schwanzspitze zuckte.

»Um Schönheit. Um die unvorstellbare Schönheit von Florenz.« Klara stockte. »Und noch um etwas anderes. Manchmal braucht man eine Eselsgeduld, um das Naheliegendste zu begreifen.«

»Und nun?«

»Wir lassen Carlo seinen Nachmittagsspaziergang machen. Ich begleite ihn raus in den Kreuzgang, ich muss kurz telefonieren. Dann ziehen wir uns an und gehen dahin, wo alles begonnen hat: in die Basilica di Santa Maria Novella.«

20

In der Werkstatt stank es bestialisch. In den beißenden Geruch von Pferdeurin, Innereien und Fisch, der vom Arno herüberwehte, mengten sich die Ausdünstungen von Schweiß, Farben und Leim, dazu kamen Marmorstaub und Holz. Verrocchios Werkstatt war in einem billigen Ladenlokal am Flussufer untergebracht, eine düstere, fensterlose Höhle in einer namenlosen Gasse. Es herrschte eine gigantische Unordnung. Überall lagen Werkzeuge herum, Behältnisse, verschiedenste Materialien. Quälende Enge und Dunkelheit. Nur durch den Eingang fiel Licht, weshalb er zu jeder Jahreszeit ganztägig offen stand, bei jeglicher Witterung und selbst beim ungünstigsten Wind, der den Fäulnisgeruch unerträglich machte.

Für dieses Loch zahlte Andrea del Verrocchio über sechs Florin Miete pro Jahr. Worüber er zwar klagte, was er aber aufbringen konnte, weil er neben seinen Angestellten mehr als eine Handvoll Lehrlinge, Gesellen und Hilfskräfte hatte, die für Kost und Logis alles taten, was der Meister von ihnen verlangte – und wenn sie ein anständiges Nachtlager bekamen, dann taten sie sogar noch mehr. Seine bislang größten Entdeckungen waren Sandro und Domenico, zehn und mehr Jahre jünger als er, die es längst selbst zu einer gewissen Meisterschaft gebracht hatten. Sandro war zwar ein Frauenheld – aufgestraußt defilierte er die Via de' Tornabuoni auf und ab, im Seidenwams und in Samthosen, gewichsten Stulpenstiefeln. In der Via Calimala hatte er einen kostbaren Pelzbesatz erstanden, und man raunte hinter vorgehaltener Hand, um was für ein Tier es sich dabei handelte. Die feinen Schmuckgeschäfte an der Porta Rossa mied er allerdings, denn er war behängt mit selbst gebasteltem Modeschmuck, mit unsäglichen Ketten und Klunkern. Man munkelte, er habe einmal Goldschmied gelernt, und er hatte es, angesichts seines sonstigen Werks, eigentlich nicht nötig, täglich sein Scheitern in diesem Gewerbe vorzuführen. (400 Jahre später wurde er wiedergeboren als Oscar Wilde, wovon Verrocchio, der Agnostiker war, keine Ahnung hatte. In diesem vorerst finalen Stadium als Oscar, in dem er sich selbst zum Verwechseln ähnlich sah, hatte Sandro ein paar Begabungen, aber auch ein paar Schwierigkeiten mehr – ungelöste Probleme, die er aus seiner Renaissancereinkarnation mitgeschleift hatte.)

Mit 38 Jahren stand Verrocchio im Zenit seines Ruhms, zu viel mehr würde er es nicht bringen. Dabei wusste er noch nicht einmal, dass Sandro und Domenico mit Pietro, Luca und ein paar Kumpeln zu Papst Sixtus IV. nach Rom berufen werden würden, um in der neu errichteten Sixtinischen Kapelle die Wände zu verzieren. Bei dieser Malaktion ging es freilich mehr um Papstporträts als um das Leben von Moses und Jesus Christus. Bis dahin waren noch drei, vier Jahre Zeit. Man schrieb nämlich erst das Jahr 1478, es war schon Mitte April, aber immer noch saukalt in der Bude. Die Werkstatt war verwanzt und verschimmelt, es stank nach Verwesung. In der Ecke lag ein Haufen ausgebeinter Geflügelskelette. Verrocchio rümpfte die Nase. Im hinteren Teil seiner Werkstatt hockte ein Halbstarker auf dem Weinfass und drosch auf Steinplatten ein – seit Stunden zermahlte er mit unverdrossenem Eifer und blindem Zorn Pigmente. Die vermischte er dann mit Leim, Kreide, Gips und dem Knochenkalk. So rührte er den Gesso für die Grundierung an, nach einem gottvollen Rezept, das er dem Meister nicht preisgab. Verrocchio hatte den Lümmel deshalb mehrfach geohrfeigt, ohne den mindesten Nutzen. Die Farbe, die mit Leinöl abgerundet wurde, besaß einen zarten, wie jenseitigen Schimmer, der etwas Lichtvolles und Transparentes in die

Materie hineintrug. Auf dieser Grundierung gediehen Kunstwerke von unvergänglichem Weltrang wie von selbst. Es war ein Zaubermittel, hergestellt von einem pubertierenden Rebellen aus der Unterschicht.

Lion war so arm gewesen, dass er nicht einmal einen Nachnamen besaß, er nannte sich nach dem Ort 30 Kilometer westlich von Florenz, aus dem er kam. Er war unehelich geboren, und seine Mutter war dem Vernehmen nach als arabische Sklavin in die Toskana eingewandert, was ihm allerdings ein exotisches und elegantes, raubtierhaftes Aussehen verlieh. Haut und Augen waren dunkel, seine Haare aber blond. Das kam vermutlich vom Vater, der einigermaßen begütert war und bei dem er ab dem Schulalter aufwuchs. Seine Lieblingsfächer waren Musik, Zeichnen und Modellieren. Lion war schön und genial. Verrocchio war sich bewusst, dass der Knabe ihm weit überlegen war. Er selber war extrem talentiert und vielleicht sogar begnadet – durch sein Können hatte er mehr Reichtum in die Welt gebracht als die meisten seiner künstlerischen Zeitgenossen; Brunelleschi und Donatello, die beide schon lange nicht mehr unter ihnen weilten, einmal ausgenommen. Aber Lion war ein Universalgenie. Er konnte alles, es flog ihm einfach zu. Oder er nahm es aus sich selbst. Seit Jesus, Gottes Sohn, war er der erste Mensch, der das Göttliche in sich trug.

Und wie alle charismatischen Schöpfer hatte Lion einen veritablen Dachschaden. Er pöbelte und tobte. Wenn ihm etwas nicht passte, dann pisste er auf den Boden, gleich, wo er gerade stand. Das hatte er auch am Morgen wieder gebracht, wegen einer Lappalie, und aus Rache hatte ihn Verrocchio sieben Heiligenscheine aus Blattgold anfertigen lassen. Verrocchio wusste, wie sehr Lion Heiligenscheine hasste, und sein angewiderter, wutverzerrter Gesichtsausdruck hatte ihn köstlich amüsiert. Er versuchte mit sämtlichen Tricks, aus Lion einen anständigen Kerl zu machen, der verständig genug war, dass er es sich nicht mit allen verdarb. Dennoch würde er ihn nicht mehr erziehen können. Lions Existenz war gefestigt.

»Du kannst aufhören für heute«, sagte Verrocchio. »Die andern sind schon nach Hause gegangen. Es ist ja längst dunkel draußen. Du solltest bei diesem miesen Licht nicht mehr arbeiten. Das verdirbt dir die Augen.«

»Ich habe Geburtstag«, erwiderte Lion, der trotzig aufsah, mit glimmendem Blick unter den langen, geschwungenen Wimpern. »Ich werde 16. Es wird Zeit, dass du mir einen anständigen Lohn gibst.«

»Es ist Zeit, dass du Manieren lernst«, entgegnete Verrocchio. »Sprich mich gefälligst so respektvoll an, wie es sich für einen Lehrling seinem Meister gegenüber geziemt.«

»Lehrling, pah.« Lion spuckte auf den Boden. »Ich bin schon lange dein Geselle, und du gibst mir nicht mal ein Taschengeld.«

»Zeig mir erst mal, dass du welches verdient hast. Und was heißt überhaupt Geburtstag? So uneheliche Bengel wie du, die haben doch keine Ahnung, wann sie geboren sind.«

»Mein Vater ist Notar, und du glaubst doch wohl nicht, dass er das nicht beurkundet hat? Ich schwöre, mein Geburtstag ist am 15. April.«

»Ich dachte, du hast keinen Vater.«

Lion ließ den Mörser fallen. »Hab ich wohl. Ich wohne da. Das weißt du genau. Er hat mich sogar adoptiert.«

»Bene.« Verrocchio strich ihm über den wirren blonden Kopf. Die langen Locken fühlten sich strohig an. Der Schorf am Scheitel war blutig. »Du hast doch nicht wieder Läuse?«

»Wieso soll ich denn keine Läuse mehr haben?«

»Cazzo di stronzo! Hast du die Tinktur nicht benutzt, die ich dir gegeben habe?«

»Ich hab die getrunken.« Lion klang richtig heiser vor lauter Trotz.

Ja klar, dachte Verrocchio, da war ja auch Alkohol drin. »Du kommst jetzt mit mir mit. Ich lade dich ein zu einem gescheiten Essen.«

Sie landeten bei Lucrezia, in einer dämpfigen Kaschemme mit blinden Fenstern. Das Lokal war halb voll. Sie fanden einen freien Holztisch in der Ecke. Verrocchio bestellte einen Liter Chianti. Helles Rubinrot mit rosa Reflexen. Steinobst und Trauben, feine Bitterstoffe, charmante Süße. »Schicker Wein.« Verrocchio schnüffelte und nippte.

Lion trank das erste Glas in einem Zug leer. Er platzte schier vor Renitenz.

Sie bestellten Penne Boscaiola und als Secondo frischen Fisch.

»Wann wurde er geangelt?«, fragte Lion frech.

»Heute«, entgegnete Lucrezia und zeigte ihre madonnahafte Zahnlücke. »Wenn du weiter so eine große Klappe hast, beißt er dich noch in den Hintern.«

»Ich dachte, du bist ein Grasfresser«, sagte Verrocchio.

Lion schüttelte den Kopf. »Nein, ich esse am liebsten Pizza.«

»Pizza?« Verrocchio schüttelte den Kopf. »Vero? Nie gehört.«

»Kannst du auch nicht. Das ist eine Erfindung von mir. Pizza, das ist ein flacher Fladen aus Wasser und Mehl, den man mit Käseresten, fauligen Tomaten, vergammelten Gewürzen, Salsiccezipfeln und allem belegt, was gerade verrottet. Dann schiebt man sie in den Steinofen, fertig.«

»Madonna zoccola bambina cara bella«, fluchte Verrocchio. »Das hast du erfunden?«

Lion strahlte. »Ja, Meister. Wenn alle das essen würden, gäbe es bald keinen Hunger mehr. Und keine Kriege. Und keine Krankheiten. Ruhr, Pest und so – alles weg. Weil nichts mehr verrotten würde, nirgends. Und die Steinöfen sind so heiß, dass alle Keime abgetötet werden. Auf so einer Pizza lebt nichts mehr.«

»Ah.« Verrocchio war baff.

»Sie muss nur vitruvianisch sein, also die Quadratur eines Kreises. Und nach vitruvianischen Gesichtspunkten belegt werden. Der Geist der Pizza ist so geformt, dass der Belag niemals den Rand berührt und sich in ein harmonisches Ganzes fügt, das den Gesetzen des Körpers entspricht. Des ausgestreckten Körpers.« Nun grinste Lion. »Aus wiederverwertbarem Abfall, minderwertigem Getreide und verseuchtem Trinkwasser ergibt sich also eine sinnvolle, saftige, schmackhafte Struktur. Wenn der Pizza der Durchbruch gelingt, wird sie eines Tages Weltkulturerbe. Nie wieder eine Pestepidemie! Bloß wie ich die Menschheit kenne, wird es noch Hunderte von Jahren dauern, ehe die Pizza sich im globalen Maßstab durchsetzt.«

»Aber hat die Pest nicht das Mittelalter beendet und die Renaissance eingeläutet?«, wandte Verrocchio ein. »Jeder dritte Italiener war tot. Niemand wusste, warum. Kein Mensch hat mehr an Gott oder die Macht der Kirche geglaubt. Das war segensreich.«

»Du meinst, dass Fortschritt nur durch Katastrophen und Seuchen möglich ist?« Lion schüttelte den Kopf. »Das muss ganz einfach falsch sein.«

»Wie bist du eigentlich auf den Namen gekommen: Pizza?«

»Na, das Wort gibt es doch in fast allen Sprachen, im Arabischen, im Griechischen, im Lateinischen, und in vielen Dialekten rund um den Globus ist es zu Hause, es heißt einfach Fladen oder Brot.« Lion kratzte sich ausgiebig. Es konnte nicht nur sein, es war so, dass er auch Sackläuse und Flöhe hatte.

Verrocchio kam sich unglaublich blöd vor. Dumm und ungebildet. Er schenkte nach. Lucrezia brachte die Nudeln. Deftig und al dente. Sie aßen schweigend.

Lion kaute mit offenem Mund. »Es wird schon bald einen Putschversuch geben«, sagte er schließlich. »Die Mächtigen sind nicht mehr sicher in Florenz. Den Medici-Brüdern geht es zuerst an den Kragen. Lorenzo und Giuliano sind in akuter

Gefahr. In den nächsten Tagen rechne ich mit einem Attentat. Wir müssen was tun.«

»Ja, aber was?« Verrocchio kam sich noch blöder vor. Er hatte von diesen Gerüchten rein gar nichts vernommen, doch er tat so, als beschäftigten sie ihn ernsthaft. Von einem halbstarken Lümmel ließ er sich nicht bloßstellen.

Lion schielte an die Decke und raufte sich dabei die Haare. »Keine Ahnung. Irgendwas halt. Eine revolutionsreife Wirklichkeit fällt nicht vom Himmel.« (Der letzte Satz wurde später Rudi Dutschke zugeschrieben.)

»Sangue!«, schrie Lion. »Blut! Wir brauchen Blut, das Blut von lebendigen Menschen. Toskanisches Blut. Mein Blut. Il sangue vero, sangue che è vivente, organico e umano.«

Mit der Messerspitze schnitt er sich in den Unterarm, ritzte sich jedoch nur so viel, dass ein paar Tropfen herausquollen. Im matten Schein der Funzel ließ er sie in die Schüssel perlen und rührte mit stoischen Bewegungen den Gesso. Der Hitzkopf Lion beherrschte sich vollkommen. Es lohnte sich auf der Stelle. Die Grundierungsmasse bekam eine sämige und träumerische Konsistenz. Die Besonnenheit der Bewegung schien sich augenblicklich auf sie zu übertragen.

»Ist das dein Geheimnis, Bub?«, rief Verrocchio, der wie Rumpelstilzchen durch seine Werkstatt tanzte. »Ist das der ganze Trick bei der Sache? Lass das nur nicht die andern wissen, diese verfluchten Tölpel, wenn sie gleich hier reinstürmen. Sie schlagen dich sonst tot.«

»Aber wieso denn, Meister? Aber keine Angst, ich verrat denen nix. Ich hätte auch dir nichts gesagt, wenn du mich nicht auf der Stelle in den Stand des Gesellen erhoben hättest.« Lion grinste diabolisch. Über Nacht waren seine Eckzähne gewachsen.

»Was habe ich?«, rief Verrocchio. »Nichts habe ich. Mein Lehrling bist du und bleibst du. Dein drittes Lehrjahr ist zwar schon ewig rum, aber wenn du dich weiter so ungeschickt anstellst und bei der Arbeit verletzt, garantiere ich dir für nichts. Dann wirst du womöglich in der Gosse landen.«

Lion hatte ihn tatsächlich in Verlegenheit gebracht. Um seine Rührung zu überspielen, schaffte Verrocchio das Gerümpel weg und räumte die Werkstatt auf. Er hatte sofort erkannt, dass es nur mit Lions Blut funktionierte. Die Wandlung der Grundierfarbe in einen heiligen Sud vollzog sich nur deshalb, weil sich darin Lions stoffliche Seele offenbarte. Was er an geistiger Leuchtkraft hineintrug, ermöglichte einen astreinen Schaffensprozess bis hin zur sagenhaften künstlerischen Vollendung von immerwährend bleibendem Wert. Vermutlich hatte Lion diese Gabe bei sich bereits entdeckt, als sie zusammen mit ein paar fürchterlichen Stümpern und Dilettanten die »Taufe Christi« gefertigt hatten. Damals war Lion erst 13 Jahre alt gewesen, fast noch ein Kind, und er hatte sich mit dem linken knienden Engel selber ein Denkmal geschaffen. Danach hatte er gerettet, was das Team vermasselt hatte, von den Händen der anderen Engelsfigur über die Lenden des lieben Heilands bis zum gebirgigen Panorama. Er hatte Jesus Christus Schamhaare verpasst, was Verrocchio ihm eigentlich nicht durchgehen lassen wollte – doch jedes Mal, wenn er sie über dem knappen, kühnen Schurz wieder abrasierte, wuchsen sie über Nacht nach. Irgendwann gab Verrocchio auf. Aber auch mit dem Heiligenschein stimmte etwas nicht. Der Gottessohn trug eine Art Propeller auf dem Kopf, mit dem er fliegen konnte, und hob auch schon deutlich vom Boden ab. Lion erklärte, diese durchbrochene Scheibe sei eine Luftschraube, und taufte seine Erfindung »Helix Pteron«, Hubschrauber. (Der Erste, bei dem dieses Ding später prima funktionierte, zwischen die Schulterblätter verrutscht, war Karlsson vom Dach.)

»Na, was ist nun mit deinem Umsturz?« Verrocchio zog eine geringschätzige Grimasse, um Lion zu zeigen, was er von den politischen Einsichten eines halbwüchsigen Hasenhirns hielt. »Ganz schön abgehoben, deine Vorahnungen. Oder Weissagungen. Das Orakel des zwergenhaften Propheten Lion. Lächerlich.«

Unerhört langsam wurde es draußen hell. Ein grauer Lichtschimmer drang in die Werkstatt. Man hörte vom Arno die Flüche der Fischer. Einträchtig werkelten Meister und Lehrling vor sich hin. Obwohl sie am Vorabend tüchtig gebechert hatten, waren sie wie immer als Erste bei der Arbeit, und sie würden als Letzte gehen. Lion mischte weiter mit zärtlichen Schlägen die Farbe, die in ein milchiges, durchscheinendes Weiß überging. Verrocchio sortierte Zangen, Sägen und Hämmer und verteilte sie neu auf die Werkbänke. Fehlte nur noch, dass er die Schränke ausmistete und die Regale abstaubte.

»Wir befinden uns, glaube ich, in einer Stagnationseskalation. Das ist, wenn die Mächtigen nicht mehr können und die Ohnmächtigen nicht mehr wollen.« (Karl Marx nannte das später eine revolutionäre Situation.) Lion streckte den Zeigefinger in die Farbe und schleckte ihn ab. »Lecker. Schmeckt wie Muttermilch. Probier mal.«

»Nein, danke.« Verrocchio lächelte säuerlich. »Was hast du gesagt, mein Sohn? Ich verstehe nur Mercato.«

»Die Medici sind in die Enge getrieben und die Pazzi wittern Morgenluft. Sie fühlen sich über Jahrzehnte hinweg gedemütigt und wollen endlich an die Macht.«

»Vero«, meinte Verrocchio.

»Der Papst hat 30 berittene Armbrustschützen entsandt.« Lion tätschelte die Masse ungerührt weiter. »Dazu kommen 50 Fußsoldaten. Diese Söldnertruppen sind nach Florenz geschickt worden, scheinbar, um einen minderjährigen Kardinal nach Rom zurückzubringen; in Wahrheit aber, um den Staatsstreich zu unterstützen.«

»Wie willst du das wissen?«

»Ich habe ein Gespräch belauscht, zwischen Francesco de' Pazzi und dem Söldnerführer des Papstes, er heißt Montesecco und ist Hauptmann der Apostolischen Palastwache sowie Kommandeur der Engelsburg. Francesco hat den Auftrag, die Medici-Brüder Lorenzo und Giuliano zum Gottesdienst in den Dom zu locken und sie dort während der Wandlung mit dem Dolch zu erstechen.«

Verrocchio seufzte. »Der Papst kann die Florentiner nicht leiden. Aber ist das ein Grund, einen Bürgerkrieg zu entfachen?«

Lion lachte. »Sixtus wünscht lediglich einen Regierungswechsel. Mit dem bewaffneten Aufstand hat er nichts zu tun, noch weniger mit Mord und Totschlag.«

Verrocchio dachte nach. »Ich halte die Medici-Regierung keinesfalls für die schlimmste aller Diktaturen. Zumindest für uns nicht. Die Pazzi hingegen sind ein echtes Pack, Lumpen, ein billiges Gesindel. Sie sind gleichbedeutend mit dem Kulturtod, sie haben für die Schönheit der Kirchen und Paläste nicht das Mindeste übrig. Die verfügen über keinerlei Kunstverstand! Sollten sie über einen blutigen Putsch an die Macht kommen, ist das Goldene Zeitalter der Renaissance vorbei. Florenz wird seine Stellung verlieren. Rom ist dann das Zentrum der Künste.«

»Korrekt, Meister.« Lions Blick blitzte. »Darin besteht die Interessenspolitik des Papstes: Die neue Kulturhauptstadt des Abendlands wird Rom sein. Und ich könnte mir vorstellen, dass es Verräter in unseren eigenen Reihen geben wird, die dabei kräftig mithelfen.«

»Du denkst doch nicht etwa an den Kollegen Sandro, den unser lieber Lorenzo so über Gebühr fördert? Vielleicht ist er ein wenig eitel, aber er ist doch kein Intrigant!«

Polternd kamen die Lehrlinge und Gehilfen herein, Lion gab keine Antwort.

Die Tage verstrichen, doch es passierte nichts. Lion trieb sich nächtelang in den Gassen herum. Er wusste nicht genau, wo und wonach er suchen sollte. Was geschah, musste er dem Schicksal überlassen, doch er war beseelt von dem Willen, das Schlimmste zu verhindern. Da er bislang nur über ein einziges funktionierendes Zaubermittel verfügte, und das war seine Grundierungsfarbe, überlegte er, wie er den Gesso einsetzen konnte. Es musste doch möglich sein, mit Hilfe einer magischen Farbmischung ein Attentat zu verunmöglichen. Da kam ihm der Zufall zu Hilfe: Giuliano Medici, hieß es, sei unpässlich. Lion fasste einen göttlichen Plan.

Am Abend des 19. April suchte er Lucrezia in ihrer Spelunke auf, um ihr ein kleines Fläschchen zu geben. Es enthalte Arznei. Diese bittere Medizin sei bei Giuliano Medici abzugeben, ob sie das für ihn erledigen könne? Lucrezia war alles andere als begeistert. Sie hatte zu diesen Kreisen keinerlei Zugang und verkleidete sich nur widerwillig als Krämerin. Aus Neugierde tat sie es dann aber doch. Der Lohn war eine halbe Pizza, belegt mit Tomaten, Käse und Blutwurstscheiben, die sie wie einen Fächer zusammenklappte und gierig verschlang.

Lion musste eine geschlagene Woche warten, ehe er vernahm, dass die Aktion erfolgreich war. Giuliano war immer noch erkrankt, offenbar ernstlich, er konnte den Palazzo nicht einmal zur Messe verlassen, geschweige denn auf Party gehen, und so bestand kaum ein Zweifel daran, dass ihm das mystische Elixier nicht bekommen hatte. Lion war klar, dass er sich Francescos Vertrauen erschleichen musste, um mehr über den geplanten Anschlag zu erfahren, bevor es zu spät war. Es gelang ihm nicht. Das Nächste, was Lion von Francesco de' Pazzi sah, war die rote Blutspur, die sich durch halb Florenz vom Duomo bis zu seinem Palazzo zog.

26. April 1478, ein Freitag. Noch immer ist der minderjährige Kardinal zu Gast. Es wird endlich ein Bankett angesetzt. Im Dom Santa Maria del Fiore findet die Heilige Messe statt, die Giuliano trotz anhaltenden Unwohlseins besucht. Sein großer Bruder macht Druck: Was solle denn der Kardinal sonst von ihm halten? Und das, wo doch das Verhältnis zum Papst so angespannt und im Eimer sei? Als der Kardinal die Hostie in die Höhe hebt, zieht Francesco de' Pazzi seinen Dolch und sticht blindwütig auf Giuliano ein. Daraus wird ein Blutrausch. Weitere Komplizen (darunter Francesco Salviati, der Erzbischof von Pisa, und Papst-Neffe Girolamo Riario) zücken ihre Waffen sowie zum Mord gedungene Priester. Lorenzo greift nun seinerseits zum Dolch, und während sein Bruder blutüberströmt zusammenbricht und stirbt, gelingt es ihm zu fliehen. Giuliano wird nur 25 Jahre alt. Doch Lorenzo entkommt und hat noch 14 mehr oder minder blühende Jahre vor sich; der Anschlag auf die Medici-Brüder ist zu 50 Prozent gescheitert. In heller Panik fliehen Geistliche, Gläubige, Männer, Frauen, Kinder und Greise aus dem Duomo, sie drängeln, drücken, zertrampeln sich schier, schubsen einander, rennen, kreischen, johlen und toben, auf der Piazza bricht das Chaos aus, alte Weiber schreien: »Aiuto, aiuto! Hilfe, Hilfe, die Kuppel stürzt ein!«

Zunächst gelingt den Verschwörern die Flucht, doch sie kommen nicht weit. Bald schon werden sie von den erbosten Florentinern gejagt, aus dem Fenster geworfen, nackt durch die Straßen gehetzt und im Arno ertränkt. Am Palazzo della Signoria werden sie erschlagen und aufgehängt.

Als Verrocchio in die Werkstatt stürmt, ist Lion wieder mal der Einzige, der an seinem Platz sitzt und arbeitet.

»Dein Zaubertrank hat wohl nicht viel geholfen«, poltert Verrocchio, der eine verdrießliche Miene macht, »aber das Wort Pizza hat mich auf eine Idee gebracht. Ich bin in die Bibliothek gegangen und habe im Lexikon nachgeschlagen. Nicht du hast die Pizza erfunden, mein Freund, sondern ein gewisser Obelix aus Gallien, ein Reingeschmeckter, anno Schieß-mich-tot vor Christus!«

Lion sah von seinem Mörser auf und zuckte die Schultern. »Die Maultasche wurde und wird auch zigmal erfunden, erst von den Chinesen, dann von den Russen, den Polen, zuletzt von den Italienern und demnächst von den Schwaben. Was beweist das jetzt?«

»Du bist ein Lügner, Lion. Und du bist ein Epigone. Das ist noch sehr viel schlimmer.«

Lion sprang auf. Seine Augen blitzten. Er hielt den Mörser in der Hand, und er führte ihn durch die Luft wie einen Dolch. »Die Araber haben in der Antike schon Pita gebacken. Diese salzlosen Teigfladen waren den Griechen zu trocken, deshalb träufelten sie Olivenöl darauf und belegten sie mit Kräutern. Die Römer eroberten diese Vorform der Pizza und globalisierten sie in ganz Europa. Aber erst als die spanischen Wikinger kürzlich von ihren Beutezügen aus Südamerika zurückkamen, irrtümlicherweise in Neapel anlegten und säckeweise verdorbene Tomaten mitbrachten, kam ich auf die Idee, das zu erschaffen, was man eine Pizza Napoli nennt. Damit kann man die Armut besiegen, Hunger, Kriege und Katastrophen abwenden, den Klimawandel …«

»Du bist ein Aufschneider, Lion, ein Blender. Wie willst du es denn bis Neapel geschafft haben und wieder zurück?«

»Na, mit meinem Hubschrauber, Meister.« Lion guckte treuherzig und klimperte mit seinen langen, lockigen Wimpern. »Es war ein tollkühnes Unternehmen, denn es gab immer mal wieder Probleme mit den Aufwinden, die Geister der Lüfte waren mir nicht vollends gewogen; über dem Vatikan stürzte ich zumal ab, der Papst frühstückte gerade auf seinem mickrigen Balkon … Was für ein Pech, dass der Petersdom noch nicht erbaut ist. Sonst hätte er mich sicher zu sich eingeladen. So aber reichte er mir nur ein Vesper.«

»Er aß Tomaten«, mutmaßte Verrocchio mit vor Wut gepresster Stimme.

Lion strahlte. »Erraten, Meister. Ja, er aß Tomaten. Pralle Fleischtomaten, saftige Strauchtomaten und aromatische Cocktailtomaten. Das war also des Pudels Kern, das, was noch fehlte für meine Pizza. Deshalb musste ich auch gar nicht mehr weiterfliegen. Die Strecke Rom – Neapel habe ich mir geschenkt. Ich ging nicht zu den Tomaten, die Tomaten kamen zu mir.«

»Du wirst doch wohl nicht behaupten, dass du in Florenz die Tomaten eingeführt hast. Über Papst Sixtus IV.?« Verrocchio hatte die Schnauze gestrichen voll. »Du elender Lümmel. Schlimm genug, was für ein Theater du mit deinem Gesso anrichtest. Und nun noch diese Spukgeschichten. Du hältst dich wohl für etwas ganz Besonderes, eine Art Universalgenie! Lächerlich. Beschämend. Lachhaft. Ich sollte dir die Demut lehren, mit dem Stecken vermutlich, aber an dich ist ja nichts hinzubringen, nicht einmal mit Schlägen!«

Lion hörte auf zu prahlen. Plötzlich brach er in Tränen aus. Es ließ sich nicht länger leugnen. Sein göttlicher Plan war in die Hose gegangen. Er war schuld an Giuliano Medicis Tod. Er hatte ihn nicht aufhalten können. Ebenso wenig würde er verhindern können, dass Sandro Botticelli Florenz den Rücken kehrte und nach Rom ging, um dort die Sixtinische Kapelle zu bemalen. Und ihr damit jenen Hauch von Extravaganz zu verleihen, den Schuss an Überschwang, an überbordender Lebendigkeit, an gottvoller Gnade, der ganz und gar berückend und bezaubernd wirkte. Dann war es aus und vorbei mit Florenz. Lion wusste, es musste so kommen. Der Untergang der Kulturhauptstadt war bereits besiegelt, der Umsturz zum Greifen nah. Jetzt konnte er nur noch zum letzten Mittel greifen, um die Umstände gegen sich selbst zu richten und die Gefahr aufzuhalten und zu bannen: Er musste der Kunst mit der Kunst drohen. Die Macht der Kunst musste dafür herhalten, die Zustände zu stabilisieren, und sei es als gegen sie selbst gerichtete Waffe. Der Kampf der Schönheit als Instrument zu deren Erhaltung. Die Kunst im Krieg mit sich selber, um schließlich siegreich daraus emporzustreben.

Es war ein ehrgeiziger, waghalsiger und nicht vollends zu Ende gedachter Plan, den Lion nun verfolgte. Er würde, mit Hilfe einiger besonderer Fähigkeiten, die er noch an sich trainieren und üben musste, dafür sorgen, dass kommende Künstler wie Michelangelo oder Raffael in Florenz Spuren hinterließen, die Generationen von Leuten schwindeln und schaudern machten. Lion würde die Stadt in einen Hort der höllischen Schönheit verwandeln, in ein Grab des Verstands, in einen Ort, der den Menschen zu Zuckungen der Wonne verhalf. Der sie anzog und fesselte. Und sie gleichzeitig hilflos zurückließ, willenlos, ratlos. Lion erschuf in Florenz die Heimat des schwärmerischen Wahnsinns, der geisttoten Verzückung. Das Projekt war letztendlich vollkommen harmlos. Es tat niemandem weh. Aber es brachte alle Kunstsinnigen, die nach Florenz kamen, um sich von der Renaissance bescheinen zu lassen, auf Jahrhunderte so sehr durcheinander, dass Rom einpacken konnte.

Michelangelo und Raffael zu infiltrieren, war noch einigermaßen einfach – schwieriger war es, das Werk von Brunelleschi und Donatello zu unterwandern. Beide waren schon tot, und das, was sie erschaffen hatten, von bleibend währendem Wert. Es war solide, ordentlich, von ewiger gottgegebener Präzision und Perfektion. Es hatte aber nichts augenzwinkernd Diabolisches. Schlimmer noch: Es besaß kein Fünklein Humor. Somit kostete es Lion eine tüchtige Portion Geduld, auf den Trichter zu kommen, wie er das anstellen sollte. Lion fand einfach keine Schlupflöcher, sich in diese betonierten Schöpfungen einzuschleichen, deren Bedeutung kaum zu toppen war. Die aber weder zu Ohnmachtsanfällen verleiteten noch zu Amnesien aufriefen. Und erst als er mit seinem Kumpel Domenico Ghirlandaio in die Basilica di Santa Maria Novella eintrat, wo Domenico die Honoratioren der Stadt karikiert hatte, um sich an ein paar Fresken zu erfreuen, kam Lion die zündende Idee.

Veni, vidi, *Vinci*!

21

»Das Stendhal-Syndrom«, sagte Klara, als sie an der Seite von Giulia die Basilica di Santa Maria Novella betrat. »Na klar, ich hab's. Ich wusste, ich muss nur hierher zurück, dann fällt es mir sofort wieder ein. Das Stendhal-Syndrom, Stendhal aber nicht wie der *Kardinal Stendal*, nein, nicht Stendal wie die Stadt, sondern Stendhal mit h. Mit h wie Stendhal, das Pseudonym des französischen Schriftstellers Marie-Henri Beyle.«

Rasch googelte Giulia den Dichter. Und freute sich, dass man bald überall ins Netz kam. Sogar auf geheiligtem Boden drang das drahtlose lokale Netzwerk zu einem durch. »Hör mal, *Mama*, Stendhals ›Reise in Italien‹. Da heißt es: ›Ich befand mich bei dem Gedanken, in Florenz zu sein, und durch die Nähe der großen Männer, deren Gräber ich eben gesehen hatte, in einer Art Ekstase.‹ Blublublubb. ›Als ich Santa Croce verließ, hatte ich starkes Herzklopfen; in Berlin nennt man das einen Nervenanfall; ich war bis zum Äußersten erschöpft und fürchtete umzufallen‹.«

»Zu viel schön hier.« Klara nickte. »Firenze ist an allem schuld. Kulturelle Reizüberflutung. Nix anderes. Das Stendhal-Syndrom. Ich hab da mal was drüber gelesen, und als jetzt dieser Kardinal mit diesem Namen … *Kardinal Stendal*, der demente Boss des Vatikanischen Geheimdiensts Pro Deo Due … Stendal wie Stendhal, nur eben ohne h … Das hat mir auf die Sprünge geholfen. Zumal an diesem Ort.«

»Diese Stadt ist halt nix für sensible Gemüter. Zu viel Renaissance. Da kommt es dann zwangsläufig zu allerlei psychosomatischen Störungen. Dazu gehören Albträume, Panikattacken, Pulsrasen, Herzprobleme, Kreislaufkollapse, Nervenzusammenbrüche, Wahrnehmungsstörungen, Bewusstseinstrübungen bis hin zur Bewusstlosigkeit, Zwangsvorstellungen, Wahnsinnsanfälle, dissoziative Schübe, psychotische Durchbrüche und Amnesien.« Giulia las die Liste von ihrem Display ab. »Es gibt praktisch kein seelisch-geistiges Symptom, für das Florenz nicht herhalten kann. Diese Stadt macht uns alle sterbenskrank. Sie ist die Ursache allen Übels.«

»Eingedenk der Gruppenhysterie und der Massenpsychose. Das Stendhal-Syndrom wird zu einer kollektiven Epidemie! Hochansteckend und möglicherweise todbringend.« Klara strahlte.

»Ich schau mal, was Wikipedia dazu weiß.« Giulia blieb stehen und las vor. »›Der italienischen Ärztin Graziella Magherini fielen während ihrer Tätigkeit als Leiterin der psychologischen Abteilung des Florentiner Krankenhauses Santa Maria Nuova einander ähnelnde Krankheitsfälle unter ausländischen Touristen auf, die sie als eine Reaktion auf die Fülle an Kunstwerken und Eindrücken in Florenz deutete. In Anlehnung an die Reiseberichte Stendhals nannte sie 1979 diese psychosomatische Störung *Stendhal-Syndrom*. In den folgenden Jahren studierte Magherini mit ihrem Team zahlreiche Fälle von Patienten, die unter dem Stendhal-Syndrom litten. 106 dieser Krankengeschichten wurden von Magherini im Januar 1989 in der Monografie ›La Sindrome di Stendhal‹ veröffentlicht, wodurch der Begriff ›Stendhal-Syndrom‹ einer breiten Öffentlichkeit bekannt wurde‹.«

»Eine Stadt als Täterin, wie findest du das?« Klara trat einen Schritt zurück, hob die Arme und kicherte. »Diese Kirche als Würgerin der Weisheit? Nichts, was wir hier drin erlebt haben, folgt der Logik der Kausalität, die Realität entzieht sich, nichts entspricht, wenn wir so wollen, wirklich der Wahrheit. Der Overkill der Schönheit gebiert eigene Gesetze, ein Regelwerk des Wahnsinns. Es ficht uns sämtlich an.«

»Du meinst, dass wir angesichts der Pracht der Renaissance reihenweise den Verstand verlieren? Und alle gemeinsam in den geistigen Abgrund fahren?« Giulia wandte sich wieder ihrem Telefonino zu. »Ich glaube, es wäre das erste Mal, dass das Stendhal-Syndrom eine größere Gruppe heimsucht. Oder die halbe Stadt. Jedenfalls finde ich nichts darüber. Wie kann man die Visionen beschreiben?«

Klara überlegte. »Na, wie gesagt, als komplexe psychosomatische Störung infolge einer kulturellen Reizüberflutung.«

Giulia referierte: »Diese Verzückung zeitigt alle Symptome von Verliebtheit und führt zu gravierenden Störungen der Wahrnehmung und des Denkens. Das sind abnorme Reaktionen auf eine zu große Kunst- und Kulturfülle auf zu engem Raum. Was muss man sich darunter konkret vorstellen?«

Klara verdrehte die Augen. »Gleich hebt sich über mir die gotische Decke gen Himmel. Die Ornamentierung zerbröselt, die alternierenden Farbschichtungen ziehen von dannen, Spitzbögen und Kreuzrippengewölbe entschwinden in ein flirrendes Licht. Ein drohender Blitz fährt hernieder und schlägt in den Marmorboden ein. Er verpufft mit zartem Schwefelgestank.« Klara fasste sich an die Gurgel und kreischte.

Giulia erschrak. »Lass den Mist, *Mama*.«

»Na, du wolltest doch ein sinnlich erfahrbares Beispiel.« Klara tat beleidigt.

Gespannt las Giulia weiter. »Merkmal des Stendhal-Syndroms sei ein ›Verlust der Kohäsion des Selbst‹. Magherini unterschied drei Varianten von Symptomen. Bei einer Gruppe von Patienten äußerte sich das Stendhal-Syndrom durch Störungen des Denkens und der Wahrnehmung, die Halluzinationen und wahnhafte Stimmungen sowie tiefe Schuldgefühle bei den Betroffenen auslösten. Eine zweite Gruppe entwickelte affektive Störungen, die sowohl zu Allmachtsfantasien als auch zur Erkenntnis der eigenen Bedeutungslosigkeit angesichts der Fülle an Kunstschätzen führten. Bei einer dritten Gruppe von Patienten trat das Stendhal-Syndrom als eine Panikattacke auf, die mit erhöhtem Blutdruck, Ohnmachtsanfällen, Bauchschmerzen und Krämpfen verbunden war.« Geschwind nahm Giulia ihre Mutter in den Arm. »Es sind meist Gäste aus dem Ausland, die von diesen Symptomen dahingerafft werden. Dich hat es ja auch ganz schön erwischt. Was da noch hätte passieren können! Das ist ja gerade noch mal gut ausgegangen.«

»Sich von der Kunst überwältigen zu lassen, ist nicht gerade gut für die Gesundheit.« Klara grinste schon wieder frech. »Kunstschätze gefährden das psychosoziale Gleichgewicht. Denk nur an deine Amnesie. Sag mal, wie lang lebst du jetzt in dieser Stadt? Doch sicher drei Dutzend Jahre. Dass es dich am Ende auch noch erwischt hat! Wir haben alle ziemlich gesponnen. Aber so haben wir wenigstens etwas erlebt.«

»Wie meinst du das?«

»Na, eigentlich ist Weihnachten doch langweilig. Und Silvester. Und die Tage zwischen den Jahren sind es noch viel mehr. Man trifft Leute, mit denen man verwandt ist und denen man nichts zu sagen hat. Und sie einem auch nicht.«

»Höre ich da einen Vorwurf heraus?«, unterbrach Giulia verbittert. »Hör mal, *Mama*, ich habe dich willkommen geheißen, ich habe dich unter die Meinigen gebracht …«

Klara winkte ab. »Die Feste rauschen an einem vorbei. Man isst, man trinkt, man sitzt wie unter einer Glasglocke. Die großen Ereignisse – Christi Geburt, Jahreswechsel – erreichen einen gar nicht. Es ist jedes Jahr dasselbe. Sogar in Florenz. Hier ist es möglicherweise besonders schlimm, weil alles so unwirklich ist, so künstlich und billig, eine Pappkulisse.«

»Eben noch haben wir von unvergänglicher Schönheit gesprochen. Von Ästhetik von bleibendem Wert. Von Kunst und Kultur für die Ewigkeit.«

»So, haben wir das?«, fragte Klara spitz. »Kann sein. Kunst und Kitsch liegen ja nah beisammen. Und ich nehme alles wieder zurück. Ich habe gefehlt, ich habe mich geirrt. Firenze ist nicht gefährlich, wir fahren alle wieder gesund heim, und am Stendhal-Syndrom ist meines Wissens noch keiner gestorben.«

»Wie meinst du das jetzt?«

»Na, so, wie ich es sage. Diese Stadt ist keine Mörderin. Die Renaissance macht einen fertig, aber sie bringt keinen um. Es gibt keinen einzigen bewiesenen letalen Ausgang. Oder hast du in deinem Schlauphon einen gefunden? Na also. Und Alessandro und Viola wurden ganz bestimmt nicht von der Schönheit gefällt. Und Carlo wohl auch kaum. Falls er tatsächlich nicht mehr unter uns weilen sollte. Sicher ist das ja nicht.«

Sie liefen durchs Mittelschiff und landeten plötzlich vor einem Fresko von Sandro Botticelli, »Mythische Geburt«. Es war 520 Jahre alt, maß 108,5 auf 75 Zentimeter und war eines der sagenhaftesten Weihnachtsbilder überhaupt. Die leuchtenden Pigmente, die auf den frischen Kalkputz aufgetragen worden waren, blinkten unnatürlich grell. Im Himmel tanzten die Engel, wonnetrunken ob der Geburt Christi, drei weitere saßen gemütlich auf dem Dach, mischten sich gleichzeitig unter die Hirten und kämpften gegen böse Teufel in der Hölle. Es mussten die gleichen sein, denn sie waren grün, weiß und rot. Die Hoffnung, die Unschuld und die Liebe – aus den Farben von Insalata Caprese wurde dann später die Nationalflagge Italiens. Im Stall kniete Maria vor dem Jesuskind, begleitet von Josef, Ochs und Esel, während in der Unterwelt die Hölle los war. Gut und Böse rangen im Zweikampf miteinander, und es war klar, wer gewinnen würde. Die Botschaft erschien simpel: Dank der Geburt des Herrn wurde der Teufel am Ende besiegt.

»Weihnachten ist rum. Und dieses Fresko«, sagte Klara, die sich an die Kehle fasste, »dürfte hier nicht hängen. Ich weiß, dass es sich in der National Gallery in London befindet.«

»Ganz oben, das Spruchband.« Giulia deutete mit dem Finger darauf. »Vielleicht bietet uns das die Erklärung. Kannst du lesen, was darauf steht?«

»Ja, es ist Altgriechisch.« Klara runzelte die Stirn. »Aber auch sonst schon nicht mehr ganz frisch, und bei dem schlechten Licht? Hm. Warte einmal. ›Ehre sei Gott in der Höhe.‹ Und dann: ›Dreieinhalb Jahre lang tobte der Teufel, ehe er gefesselt wurde in diesem Bild‹.«

Giulia nahm ihr Telefonino und googelte. »Es wurde 1500 oder 1501 fertiggestellt. Das Ereignis geht also auf das Jahr 1478 zurück. Hast du irgendeine Ahnung, was da passiert ist?«

»Das wird sich wohl herausfinden lassen. Falls es ein Krieg war, eine Seuche oder der Mord an einem Mächtigen. Alles andere ist leider vergessen.«

»Halt, da hab ich noch was.« Giulia hob die Hand. »Nach 1500 konnte Botticelli selber gar nicht mehr malen, leitete aber weiter seine Werkstatt. Vielleicht litt er unter einer Behinderung oder unter den Folgen eines Unfalls. Sandro Botticelli verarmte und humpelte auf Krücken durch Florenz. Er starb mit 65 Jahren und wurde in seinem Heimatviertel Ognissanti unweit des Arno begraben.«

»Seltsam. Das Werk wirkt, als erlebte ein junges Genie seinen Durchbruch; dabei ist das aufblühend Vergeistigte daran bereits die Schwelle zu seinem Niedergang.« Klara pausierte. »Ach, Julia. So ist das Leben. Ich möchte frei sterben. Ob Botticelli frei war, als er gestorben ist?«

»Dieses Ding ist mir unheimlich.« Giulia ging mehrere Schritte rückwärts. »Mit dem Gemälde stimmt was nicht. Ich glaube, ich muss hier raus.«

Klara folgte ihr und hakte sie ein.

Als sie den hinteren Teil der Kirche erreichten, roch es nach Maiglöckchenduft. Unter ihnen rumorte es. Ein dumpfer Krach drang polternd aus der Gruft. Es hörte sich an wie ein grollendes Gewitter. Beide blieben kurz stehen und horchten.

»Alles Einbildung!«, rief Klara und sah auf die Uhr. »Aber eindeutig ein Zeichen. Ich reise bald ab. ›Es muß das Herz bei jedem Lebensrufe / Bereit zum Abschied sein und Neubeginne …‹«

»Seit wann zitierst du Hesse?« Giulia warf Klara einen Seitenblick zu. Zusammen marschierten sie weiter.

Klara ließ sich nicht drausbringen. »›Um sich in Tapferkeit und ohne Trauern / In andre, neue Bindungen zu geben. / Und jedem Anfang wohnt ein Zauber inne, / Der uns beschützt und der uns hilft, zu leben‹.«

Als sie hinaustraten auf die überaus belebte Piazza Santa Maria Novella, lag die Stadt im ersten Dämmer. Es hatte Plusgrade und nieselte leicht. Florenz war einfach nur eine gigantische Baustelle, ein wuchernder, wunder Verkehrsknoten mit der unvermeidlichen Rattenplage und der Tristesse eines unvollendeten Großprojekts.

Klara blieb stehen, blickte um sich und sang: »Happiness is a warm gun (bang bang shoot shoot) / Happiness is a warm gun, mama (bang bang shoot shoot) / When I hold you in my arms (oh, yeah) / And I feel my finger on your trigger (oh, yeah) / I know nobody can do me no harm (oh, yeah) …«

Giulia packte sie am Ärmel. »Jetzt komm endlich, *Mama*. Die Leute gucken schon, und du rempelst alle an, wenn du hier nicht bald weggehst.«

Aber Klara schüttelte sie ab und sang einfach weiter. Sie tänzelte im Kreis, die Hände in den Manteltaschen vergraben. »Because, (happiness) is a warm gun, mama (bang bang shoot shoot) / Happiness is a warm gun, yes it is (bang bang shoot

shoot) / Happiness is a warm, yes it is, gun / Happiness …« Klara stockte.

Bang bang shoot shoot. Bumsdich! In dieser Sekunde fiel ein Schuss, der die Stille zersiebte.

Es war eine Viertelliterflasche Natía aus Plastik, wie man sie im Frecciarossa umsonst bekam. *L´Acqua di Origine Vulcanica* stand darauf, *Acqua Minerale Oligiminerale Naturale*. Roberto, der offenbar gerade aus dem Zug gestiegen war, hielt sie fest umklammert in der Hand. Er lag in einer unnatürlich verdrehten Haltung auf dem Boden, die Arme von sich gestreckt, die Beine angewinkelt. Sein Kopf fiel schlaff zur Seite, der weißgraue, gewellte Pferdeschwanz floss in langen Locken übern Asphalt. Aus Nase und Ohr rann Blut.

Giulia drehte sich zu Klara um, aber die Mutter war im Gewimmel verschwunden. »*Mama*, verdammt!«

Um sie herum bildete sich ein Knäuel von Passanten, wobei sich einige über Roberto beugten, ihm eine Mütze unter die Wange schoben, seine warme Felljacke öffneten, seinen Puls fühlten, kontrollierten, ob er atmete; manche wandten sich ab, andere liefen einfach weiter. Zwei Frauen versuchten, Roberto zu reanimieren. Jemand schrie, jemand anders rief den Notarzt. Giulia wich einige Meter zurück. Sie betrachtete Roberto und sagte sich, dass sie nichts mehr für ihn tun konnte. Und dass es besser wäre, wenn sie die Szenerie so schnell wie möglich verließ.

War die Mutter nur nach Firenze gekommen und hatte den Affenzirkus aufgeführt, um Roberto zur Strecke zu bringen? War sie hier mit ihm verabredet gewesen oder hatte sie ihn überrascht? Oder er sie? Ein Zufall war das jedenfalls nicht.

Giulia widerstand dem Reflex, Roberto ein letztes Mal zu umarmen, sich von ihm nun doch noch zu verabschieden. Sie musste hier weg, für ihre eigene Sicherheit sorgen. Es war alles so schnell gegangen. Sie hatte gar nicht gesehen, ob Klara geschossen hatte. War sie geflüchtet, weil sie Angst hatte? Oder weil sie die Täterin war?

Das war also die Realität, in deren Fänge man geriet, wenn man sich von der Schönheit abwandte und vom Stendhal-Fieber erholte. Der Preis dafür: nackte Brutalität, ein mörderisches Finale, der Tod, hingegossen auf dem Pflaster.

Giulias Telefonino läutete. Die Glocken der Chiesa di Santo Stefano.

»Hau ab«, sagte die Mutter. Sie schnaufte. »Na los, zisch ab, wird's bald. Wenn sie dich als Zeugin vernehmen, steckst du mittendrin im Schlamassel.«

Giulia reagierte nicht. Stocksteif stand sie da.

»Du wirst es mir nicht glauben, Kind, aber wir mussten ihm leider zuvorkommen. Roberto hätte dich sonst erschossen.«

»Wer ist *wir*?«, fragte Giulia. »Und was für einen Grund sollte Roberto dafür haben?«

»Er kam nach Florenz, um abzurechnen. Erst hat er Alessandro und Viola ums Eck gebracht. Und nun warst du die Nächste auf der Liste. Und übrigens: Er hat dir die größenwahnsinnige Mail geschickt, von wegen Brigate Rosse. Er wär halt gern ein Held gewesen, der große ideologische Kopf einer mächtigen linksradikalen Kampftruppe. Der Robin Hood der Toskana.«

»Das macht doch alles überhaupt keinen Sinn. Wieso soll er die beiden denn ermordet haben?«

»Er ist wohl irgendwie verrückt geworden. Er fühlte sich von ihnen bedroht. Und er glaubt, dass auch du etwas weißt. Und dass du zur Gegenseite übergelaufen bist. Die einen kämpfen gegen die anderen. Vergiss das nicht.«

Mühsam setzte sich Giulia in Bewegung. Ihre Füße klumpten am Pflaster. Hinter sich hörte sie die Sirene eines Rettungswagens.

»Es geht um schmutzige Geschäfte«, erklärte Klara. »Um Immobilienbetrug, Steuerhinterziehung, Schwarzgeld und Schiebereien. Um allerlei unappetitliche, miese Verbrechen. Vielleicht ist auch noch ein klein wenig Drogenhandel mit dabei. Es war ziemlich leicht, das alles herauszufinden. Ich musste einfach nur Signor Zampone fragen. Er war es, den ich vorhin angerufen habe. Wir sprachen Deutsch, Englisch, Französisch, Spanisch und Italienisch miteinander. Er war in allen fünf Sprachen ziemlich auskunftsfreudig. Er hat mir sogar verraten, mit welchem Zug Roberto in Florenz ankommt.«

»Luigi Zampone, der Sekretär von Kardinal Stendal, dem Chef des Vatikanischen Geheimdiensts Pro Deo Due?« Giulia blieb das Gesicht stehen.

Klara lachte gallig. »Komm runter, Kind. Werd wieder normal. Commissario Zampone ist einfach nur ein hundsgewöhnlicher Polizist. Er hat sich ziemlich in diesen Fall verbissen.«

»Und hinter allem steckt die Mafia?«

»Muss es denn immer gleich die Mafia sein? Reicht der Dreck nicht auch so schon?« Klara schnaubte. »Viola und Alessandro waren übrigens keine verdeckten Ermittler. Und natürlich auch keine Terroristen. Viola und Alessandro sind einfach nur Carlo Scarivaris Kinder. Du hast doch gewusst, dass er einen Sohn und eine Tochter hat? Sie haben versucht, ihren Vater ausfindig zu machen. Mit allen Mitteln. Deshalb haben sie sich auch an deine Fersen geheftet. Na ja, Blut ist eben dicker als Wasser. Die Familienbande in Italien sind stärker als die Gesetze, sogar stärker als der Tod.«

»Wollten sie nicht glauben, dass Carlo tot ist?«

Giulia bog in die Via Nazionale ein. Sie wollte nach Hause. Auf der Straße staute sich der Verkehr, Motorinos jaulten auf und jagten über den schmalen Bürgersteig. Es fing an zu regnen, und über ihrem Kopf stießen Schirme aneinander.

»Bist du dir denn sicher, dass er tot ist?«

Giulia schluckte. »Nein. Natürlich nicht. Auch da habe ich mich vielleicht geirrt. Über zwei Jahre lang bin ich mit einem Kriminellen zusammen gewesen, noch viel mehr Jahre habe ich mit einem Kriminellen in einem Büro gesessen …«

»Halt! Woher weißt du, dass Carlo mit Roberto gemeinsame Sache gemacht hat?«

»Hat Zampone geschossen? Oder warst du das? Wo bist du überhaupt?«

»Fort.« Klara seufzte. »Das hier ist jetzt für alle ein vorerst beendeter Feldversuch.«

Sarah trug keines der Kleider, die ihr die Mutter genäht hatte, damit sie hübscher, schlanker und niedlicher wirkte. Sie hatte Jeans und einen dunkelblauen Baumwollpulli angezogen. Still saß sie am Tisch in ihrem Zimmer in der betreuten Wohnung und blickte auf das beseelte Gesicht ihres Sohns, der vor ihr auf einem Kissen lag und den Stift fixierte, den er konzentriert in der linken Hand hielt. Sein Kopf wanderte langsam hin und her. Er hatte sich nach der Weihnacht rapide verändert. Aus einem unkomplizierten, leicht zufriedenzustellenden, aber konturlosen Säugling war ein Wesen geworden, das mit einem halben Jahr alle Alter in sich barg. Noah besaß einen Charakterschädel, einen analytischen Blick und geschickte Finger. Sarah sah in ihm einen ganzen Menschen.

Sie schaute hinaus in den tristen Konstanzer Januarhimmel, hörte ein Auto vorbeirauschen und griff sich vom selbst getöpferten Teller das letzte Weihnachtsbrötchen. Es war ein Ausstecherle, das sie selber gebacken hatte. Sie fühlte sich stark. Sie dachte an den Vater von Noah, dem sie hatte schreiben wollen, aber sie brachte es nicht übers Herz, Noah den Stift wieder wegzunehmen. Es war ihr Lieblingsstift. Sie konnte nur mit diesem Stift schreiben. Ob sie die Holzfarben holen und ein Bild malen sollte? Ein Bild mit dem Jesuskind in der

Mitte und voller Licht? Tamir würde das mit Jesus nicht verstehen, doch das Licht sähe er wohl. Sarah hatte geglaubt, sie würde ihn besser vergessen. Doch inzwischen empfand sie tiefe Dankbarkeit, Tamir gegenüber, auch wenn er sich um sie und Noah nicht kümmern konnte. Sie würde ihm Fotos von Noah schicken. Justus half ihr, wenn sie ihn darum bat. Sie nahm ihr Handy und drückte seine Nummer.

»Fischer?«

»Ich bin es, die Sarah. Wie isso dein Tag?«

»Nicht schlecht, Prinzessin. Aber du weißt ja, die Reinhild ist weg und ich muss aus der Wohnung der Großeltern raus, weil sie jetzt verkauft wird. Nun geht es ans Erben.«

»Sterben und erben. Die werden auch nichts mitnehmen können. Und was jetzt?«

»Ich geh heim, zurück ins Pfarrhaus. Und mach meinen Job.«

Sarah jauchzte auf. Sie klatschte in die Hände, und das Handy fiel herunter. Sie bückte sich und hob es auf. »Ich komm mit. Das ist Wunder. Wir gehen wieder nach Hause.«

»Das wird deinen Schwestern aber gar nicht gefallen, wenn du wieder bei mir einziehst. Esther nicht und Hannah schon gar nicht. Sie wollen, dass du mit Noah ein selbstständiges Leben führst.«

»Das lügst du jetzt«, sagte Sarah vergnügt. Sie gluckste vor Lachen. »Die wollen gar nix. Die haben bloß Angst, dass du mein Mann bist. Aber du bist nicht mein Mann. Du bist mein Bruder.«

»Genau, Prinzessin. Ich bin dein großer Bruder.«

»Für immer?«

»Ja, natürlich für immer. Was sonst?«

»August ist nicht für immer. Er ist einfach wieder weg. Abgehaut, der Blödmann. Nicht einmal Ade gesagt hat der.«

Fischer atmete tief durch. »August führt sein eigenes Leben. Da, wo er ist, braucht er uns nicht. Er ist eine Welle im Weltmeer. Lassen wir ihn einfach.«

Sarah sah auf der Stirn ihres Sohns etwas durchscheinend Weißes. Es glomm leise auf und flackerte. Dann war es verschwunden. Noah gab Sarah den Stift. Er gähnte. Und schlief selig lächelnd ein.

Sarah saß einfach da. Sie war mit allem eins. Der Augenblick verzitterte.

ZITIERTE LITERATUR UND QUELLEN

John Cage: Silence. Lectures and Writings. Zit. nach Paul Auster: 4 3 2 1. London: Faber & Faber 2017, S. 735.

Fredrik Sjöberg: Vom Aufhören. Über die Flüchtigkeit des Ruhms und den Umgang mit dem Scheitern. Aus dem Schwedischen von Paul Berf. Köln: Kiepenheuer & Witsch 2018, S. 15, 67f.

Elise Wilk: Die grüne Katze. Hörspiel. Aus dem Rumänischen von Ciprian Marinescu und Frank Weigand. Hörspielfassung und Regie: Päivi Stalder, Produktion: SRF 2017. Dauer: 51', ab 5'21".

https://de.wikipedia.org/wiki/Frau_aller_V%C3%B6lker (abgerufen am 29.01.2019).

Dominique Manotti: Ausbruch. Aus dem Französischen von Andrea Stephani. Hamburg: Argument 2014, S. 244.

https://de.wikipedia.org/wiki/Stendhal-Syndrom (abgerufen am 11.12.2018).

Weitere Titel finden Sie auf den folgenden Seiten und im Internet:

WWW.GMEINER-SPANNUNG.DE